폴 / 인 / 러 / 브

Fall in love

초판 1쇄 찍은 날 § 2008년 9월 19일
초판 1쇄 펴낸 날 § 2008년 9월 29일

지은이 § 정해연
펴낸이 § 서경석

편집장 § 문혜영
편집책임 § 이종민
편집 § 한지윤

펴낸곳 § 도서출판 청어람
등록번호 § 제1081-1-89호
등록일자 § 1999. 5. 31
어람번호 § 제5-0210호

주소 § 경기도 부천시 원미구 심곡동 163-2 서경B/D 3F (우) 420-010
전화 § 032-656-4452 팩스 § 032-656-4453
http://www.chungeoram.com
E-mail § eoram99@chollian.net

ⓒ 정해연, 2008

ISBN 978-89-251-1483-5 03810

폴 / 인 / 러 / 브
FALL IN LOVE
정해연 지음
도서출판 청어람

• 목 차 •

가을은 멍하니 남자를 응시하였다. 이런 경우에 닥친다면 누군가는 시쳇말로 땡잡았다고 할 것이다. 어쩌면 넝쿨째 들어온 호박이라고도 할 것이었다. 그러나 그것은 모두 모르는 사람들의 이야기라고 지금 이 순간 가을은 생각하였다.

"가수 이기주 알지? 이번에 가을 씨가 걔 자서전을 맡아줬으면 한다니까."

인박출판사 서 사장은 앞에 선 가을의 얼굴도 보지 않은 채 서랍을 열어 담배를 하나 꺼내 물었다. 무심하게 툭 담뱃갑을 던지는 손길이 곱지 않았다. 분명 계약차 이기주를 만났을 때는 굽실거렸을 그가, 여기서는 '개'라고 말하며 어깨를 으쓱거리는 것이 우스웠다.

서 사장이 저렇게 불만 가득한 표정으로 담배를 던지는 것을 가을도 이해 못할 바는 아니었다. 물론, 대필이야 알게 모르게 출판사들에서 자행되는 일이고, 어찌 보면 관행이랄까 그런 것이었다. 그러나 근간에 유명인들의 대필 논란이 거세지면서 서로 쉬쉬하고, 그것도 모자라 조심조심하는 마당에 웬만한 인물도 아닌, 그야말로 연예계를 종횡무진, 쥐락펴락하는 이기주의 자서전 대필은 위험부담이 클 터였다. 그럼에도 이기주의 유명세가 팔아치울 자서전의 물리적 값어치는 무시 못할 것이었을 테니, 거절하기에는 힘들었을 것이다.

가을이 땡잡지도, 굴러온 호박이라고 생각하지 못하는 것도 비슷한 맥락에서였다. 대필 작가들은 유명인들의 대필을 하면서 그저 지어내지만은 않는다. 과장하거나 필요에 의해 지어내는 경우는 있지만, 모두 지어내는 건 아니라는 말이다. 실제의 이야기 뼈대에 붙이는 살만 조금 더 말캉하고 부드러운 살을 붙이는 것뿐이다. 완전히 거짓 이야기를 적어 넣으면 리얼리티가 떨어지고, 감동도 떨어지고, 그것에 비례해 판매량이 떨어지는 게 당연지사 아닌가.

그러니 적게는 삼사 일, 많게는 보름씩 동행하며 그들의 이야기에 대해 취재를 해야 했다. 물론 머리 희끗하고, 이마가 정수리까지 벗겨진 사, 오십대 배불뚝이 정치가가 상대가 아닌 것은 그나마 다행인 일이었지만, 상대가 누구인가? 십대, 이십대를 아울러 삼십대까지 여성 팬들을 구름 몰고 다니듯 다닌다는 이기주가 아닌가! 생각만 해도 피곤한 일이었다.

몇 년 전 아이돌 그룹의 대필 에세이 원고를 위해 그들을 취재했던 일이 떠올랐다. 그들에게 꼬리치며 얼쩡거리는 여자로 오인 받아 팬클럽에 둘러싸여 머리 뜯긴 경험이 있는 가을은 생각만 해도 무섭다는 듯 어깨를 떨었다.

"아우, 전 그거 안 할래요. 이기주 좋아하는 다른 작가 부르세요. 차라리 문창과 지망생들 문학과외 해주는 게 훨씬 낫겠다."

가을은 두 번 생각할 것도 없이 매몰차게 돌아섰다. 머릿속에는 이미 알음알음 가을에게 연락을 취해왔던 문창과 지망생 학부모의 전화번호를 떠올리고 있었다.

"사백!"

가을의 뒤통수로 서 사장의 나직한 목소리가 꽂혔다. 가을은 사장실 문 쪽으로 옮기던 발걸음을 우뚝 멈춰 세웠다.

"딱 3박 4일 취재."

이어지는 사장의 목소리. 가을은 날카로운 숨을 들이켰다. 그러니까 사장 말에 따르면 3박 4일만 눈 딱 감고 이기주인지 삼기주인지 하는 놈의 취재를 해와, 놈이 살았다는 짧은 생에 스펙터클한 몇 가지 사건만 얹어 읽는 사람으로 하여금 고개를 끄덕끄덕케 하고, 눈물짓게 하고, 그 안에서 이기주에 대한 환호를 이끌어만 낸다면 사백만 원이 자신의 마이너스 통장으로 들어온다는 말이었다.

사백만 원이 어떤 돈인가! 밀린 월세를 내고도 일 년을 더 살 수 있는 돈이었고, 문창과 지망생의 과외를 십삼 개월을 꼬박 해야 나올 수 있는 돈이었다.

가을은 천천히 사장을 향해 돌아섰고, 그런 그녀를 바라보는 서 사장의 입가에 음흉한 미소가 지어졌다. 그리고 서 사장은 작은 종이 하나를 내밀었다.

"이기주 매니저의 연락처야."

"네, 사장님!"

가을은 사장의 손을 덥석 부여잡았다.

서울 강남의 일명 노른자위, 논현동 주택가에서 멈춘 택시에서 가을은 '고맙습니다!' 란 커다란 인사를 남기고 내렸다. 택시가 출발하자 가을은 하늘을 찌를 듯 높다랗게 솟아올라 있는 붉은색 벽돌의 주택가 담장을 올려다보았다.

이게 대체 얼마 만인가. 지난 설에 다녀갔으니 근 육 개월, 거의 반년 만이었다. 제 집에 들어가면서도 이렇게 불편한 것은 흔치 않은 일이리라. 가을은 둘러메었던 작은 가방에서 열쇠 꾸러미를 꺼내었다. 이건 자취방 열쇠고, 이건 자전거 열쇠. 중얼거리며 하나둘 열쇠를 고르던 가을은 검은색 손잡이가 달린 열쇠를 찾아 쥐었다. 그리고는 왠지 모르게 두근거리는 마음으로 열쇠를 대문 열쇠구멍에 꽂아 넣었다.

철커덩, 끼이이익.

육중한 대문은 지독한 쇳소리를 내며 무겁게 열렸다. 가을은 안도의 한숨을 내쉬었다. 정말이지 다행이었다. 지난 설에 집에 왔을 때 분명 아버지는 얼굴이 붉으락푸르락하며 집 대문 열쇠를 바꿔 버리겠노라고, 다신 내 집에 발도 들이지 말라고 했었으니까 말이다.

가을은 남의 집 터는 도둑마냥 깨금발을 하고서 조심조심 정원을 가로질렀다. 제 아버지의 집이기는 했지만, 자신이 살고 있는 자취방의 여섯 배도 넘는 정원의 크기에 가을은 날카로운 숨을 들이켰다. 이 정원의 반의 반만이라도 자신의 자취방이 컸다면 정말 바랄 것이 없겠다 싶었다.

가을은 조심조심, 가능한 소리를 내지 않고 현관문을 열었다. 다행히 현관은 잠겨 있지 않았다. 그러나 그것은 다행일 수도 있고, 아닐 수도 있었다. 현관문이 잠기지 않았다는 것은 집 안에 누군가가 있다는 재수 나쁨에 대한 반증일 테니까 말이다.

"네가 웬일이냐?"

역시나였다. 살금살금 걸음을 옮기던 가을은 별안간 들려오는 목소리에 움직임을 멈추고 이맛살을 찌푸렸다. 왜 하필 집에 계시는 거야. 애꿎은 하늘을 원망하며 가을은 몰래 숨어들어 오려 했던 적이 처음부터 없었던 사람처럼 허리를 곧추세우고 아버지를 바라보았다.

"자료조사에 필요한 게 있어서 왔어요. 금방 돌아갈 거예요."

그녀의 대답에도 아버지 송진만은 뒤를 돌아보지 않았다. 시선을 신문에 박아둔 상태였다. 순간 자신은 아버지와 대화하고 있는 것이 아니라 아버지의 뒤통수와 대화를 하는 기분이 들었다. 하루 이틀의 일은 아니었다. 하루 이틀의 일이 아니라서 매번 짜증이 났다.

"자료조사? 풋!"

풋? 아버지 말끝의 '풋'은 분명 비웃음조였다. 그 바람 빠지는 소리가 가을의 신경을 건드렸다.

"되도 않는 일에 애 그만 쓰고 공부나 다시 시작하지 그러냐?"

"됐어요. 제 일은 제가 알아서 해요."

"알아서 해서 대필이냐?"

가을은 홱 고개를 돌려 아버지를 보았다. 알고 계셨나? 심장이 툭 떨어지는 기분이었고, 정신이 아찔했다. 무슨 말씀을 하실지 잔뜩 긴장이 되었다. 가슴을 누군가가 움켜쥐고 있는 것마냥 답답했다.

"대필을 하든 도둑질을 하든 상관은 없다만, 내 얼굴에 먹칠을 하려면 당장 유학이라도 가거라."

하, 걱정하시는 일이 그것이었나요? 아버지의 차가운 말에 가을의 심장도 얼음처럼 식어만 갔다.

"그럴 일 없을 테니 걱정 마세요."

툭 내뱉듯 가시를 쏘아대고 가을은 그대로 이층으로 올라가는 계단에 발을 올렸다. 아버지로부터 더 이상의 다른 말은 없었다. 아버지는 원래 저런 분이었다. 자신의 바람에 제한 선을 그어두고 그에 부합하지 못하는 자신에게 두 번 다시 애정도 기대도 없는 분이었다.

베스트셀러에 몇 번이나 자신의 책을 올린 아버지는 글을 쓰고 싶어하는 가을에게 더 독설을 퍼부었었다. 언젠가 한 번은 쓰레기 글이라고 했었다. 낙서라는 말이 그나마 쓰레기 글이라는 폭언보다는 좀 나았다.

쿵쿵.

불만을 가득 표출하고 가을은 신경질적으로 이층에 들어섰다. 방으로 들어서자마자 문을 잠갔다. 그리고는 짜증스럽게 침대에 길게 드러누웠다. 하얀 천장을 보는 마음은 지난여름 내내 환기를 시키지 못해 생긴 천장의 얼룩 같았다.

"후우."

한숨을 길게 내뱉던 가을은 몸을 벌떡 일으켰다. 아참! 이러려고 온 건 아니지!

가을은 책상 서랍을 뒤지기 시작했다. 분명 일전에 친구인 하나가 선물로 이기주의 음반을 주었었다. 그때 가을은 이런 것을 주려면 차라리 돈으로 내놓으라며 하나의 목에 헤드록을 걸었었다. 자신이 십대 소녀도 아니고 아이돌 음반을 사 오다니. 가을은 혀를 끌끌 차며 서랍에 넣어두었었다.

하나의 정성을 무시하는 건 아니지만 워낙 음악 취향이 이쪽이 아닌지라 어쩌다 보니 듣지 않게 되었다. 하나가 주었던 것

은 이기주의 1집 음반이었다. 앨범의 재킷 사진은 어색한 기색
이 뚝뚝 흐르기는 했지만 신인치고는 나쁘지 않다. 대형기획사
신인이라 그런가 보지? 가을은 CD를 꺼내 플레이어에 집어넣
고 플레이 버튼을 눌렀다.

　—촤차자자장! 두구두구두두!

　"헉!"

　가을은 기겁을 하고 멈춤 버튼을 눌렀다. 음악 감상을 위해
좀 누워 휴식을 취하려 했던 가을은 무서운 속도로 박동하는 심
장을 다스리기 위해 거친 숨을 내쉬어야 했다.

　문으로 다가가 귀를 대고 잠시 숨을 죽였다. 다행히 아버지가
쫓아 올라오거나 하지는 않았다. 원래 그런 분이기는 하지만.
안도의 숨을 내쉬며 가을은 책상에서 이어폰을 꺼내와 귀에 꽂
고 CD플레이어와 연결을 했다. 다시 그 시끄러운 음악이 나오
기 전에 볼륨을 줄여두고 플레이시켰다.

　—촤차자자장! 두구두구두두!

　여전한 기타와 드럼 세션의 시작. 그리고 강한 비트로 시작되
는 이기주의 목소리가 어지럽게 뒤섞여 나오고 있었다. 뭐야,
이건. 가을은 여전히 흘러나오는 요란스러운 음악의 볼륨을 있
는 대로 줄여두고, 앨범 재킷을 뒤적였다. 2001년 발매. 육 년
정도 된 앨범이었다. 잠시 그때로 되돌아가 생각해 보니 당시
유행했었던 일명 '아이돌 표' 음악이었다. 굉장히 작위적인 보
이스와 멜로디에, 우습잖은 사회비판. 쓴웃음이 지어졌다.

혹사시킨 귀에게 굉장히 미안한 마음을 품으며 다음 곡으로 넘겼다. 어? 가을은 좀 더 볼륨을 높였다. 앞의 것과는 굉장히 분위기가 다른 재즈풍의 멜로디. MR(반주만 녹음된 음악)만 놓고 보아도 훌륭한 연주곡인 듯 아주 화려한 음악이었다. 그리고 이기주의 애절한 목소리와 적절한 싱커페이션(당김음. 한 마디 안에서 센박과 여린박의 규칙성을 뒤바꾸는 현상. 여린박에 강세를 놓거나 센박을 연장하거나 붙임줄로 다음 머리에 연결하여 만든다) 이게 아이돌의 음악이란 말이야? 흥미가 생겼다. 가사를 보기 위해 가사 집을 펼쳤는데, 가을은 처음 들었던 그 '좌좌장 두구두구' 로 시작하는 음악을 들었을 때보다 더 놀라고 말았다.

〈작사작곡 이기주.〉

"호오."

이기주에 대해서는 이런저런 이야기를 많이 들어왔었다. 화장품 광고 얼굴에 남성 신사복 키. 온갖 폼을 잡고 노래를 부르고 온갖 폼을 잡고 광고를 찍는, 지난해 연예인 CF왕에 빛나는 이기주. 그것이 이기주에 대해 가을이 아는 전부였는데, 이 음악은 뭔가 그간 알고 있던 그와 극명하게 다른 것을 느끼게 해주고 있었다.

지이잉.

지난달 카드 십 개월 무이자 할부로 산 휴대폰 액정에 불이 들어온다 싶었더니, 진동에 못 이겨 온몸을 떨며 휴대폰이 침대 위를 동그랗게 돌고 있는 것이 보였다. 가을은 황급히 이어폰을 벗어 던지고 휴대폰을 들었다.

"여보세요?"

[나 서 사장인데요.]

"네."

이쪽에서 '여보세요?' 했으면, 적어도 '송가을 작가님이죠?' 정도는 나와야 한다고 본다. 가을은 짜증스럽게 대답을 하며 한 손으로 CD플레이어의 정지 버튼을 눌렀다.

[이기주 매니저한테 전화해 봤어요?]

"아뇨."

[이봐요, 송가을 씨!]

버럭! 사장이 불같은 화를 숨기지 못하고 소리를 지르자, 가 을은 짐짓 듣기 싫다는 듯 미간을 찌푸리며 귀에서 수화기를 잠 깐 떼었다가 붙였다.

[상대가 누군지 알아요? 이기주야, 이기주. 시간이 남아도는 사람이 아니란 말입니다. 톱스타 이기주가 대필 작가 전화 기다 리느라 목 빼야 되겠어요?]

흥분한 사장의 목소리는 점점 빨라져만 갔다. 이럴 때 그의 화를 누그러뜨릴 수 있는 대답은 오로지 '네'의 쥐 죽는 시늉뿐 이라는 것을 가을은 너무나도 잘 알고 있다.

"네."

[뭐요?]

앗! 고분고분 대답을 해야 저 지긋지긋한 발악을 듣지 않는다는 생각에 ‘네’라고 대답한 것이 결국에 이기주가 대필 작가 전화 기다리느라 목 빼야 되겠어요? 하는 물음에 대한 ‘네’가 되어버렸다.

“알았어요. 바로 전화해 볼게요.”

[그러게 전화 먼저 하고 집에 가든 식당을 가든 하지. 그런데 집에는 갑자기 왜 간 거예요?]

가을이 자취하는 것을 알고 있던 사장이 물어왔다.

“이기주 음반 들어보려구요. 가수를 만나는데 그 사람의 모든 것과도 같은 음악도 듣지 않고 취재하러 가서야 되겠어요? 예의가 아니니까.”

[아무 데서나 들으면 되지 그걸 뭘 집까지 가?]

정말 꼬치꼬치 물어오는 것이 지겨웠다. 애인 사이도 아니고 뭐 이렇게 궁금한 것이 많은지. 가을은 속엣말로 불평을 했다.

“집에 CD플레이어 없어요.”

[노트북 있잖아.]

“노트북 CD 망가졌는데요.”

[돈 주고 좀 고치든지 사든지 하지?]

“돈 없어요. 그럼 계약금, 잔금 다 당겨주세요.”

[그러니까 얼른 이기주 자서전을 내란 말이야!]

남이야 음악을 들으러 집엘 가든 교도소에 가든, 노트북 수리비를 빌려줄 것이 아니면 입 다물라는 듯 말하는 가을의 언사에 출판사 사장은 화가 난 모양이었다.

덕분에 가을은 그 이후 근 십 분이 다 되도록 사장의 잔소리만 듣고 있다가 전화를 끊자마자 이기주 매니저에게 전화를 하겠다는 약조를 하고도 오 분의 잔소리를 더 들었고, 이내 화가 난 가을이 전화를 끊어야 매니저에게 전화를 걸지 않겠냐는 소리를 지르고 나서야 사장과의 통화는 끊어졌다.

"짜증나."

가을은 거친 손놀림으로 주머니를 뒤져 아까 출판사에서 사장으로부터 받은 이기주 매니저의 명함을 찾아 꺼냈다. 휴대폰 버튼을 꾹꾹 누르는 그녀의 손길은 가히 곱지만은 않았지만, 큼큼, 헛기침을 내어 목을 가다듬었다.

[뚜르르, 뚜르르르.]

뭐야, 전화를 안 받네? 가을이 휴대폰을 닫으려는 순간,

[뭐야.]

수화기 너머에서 낮으면서도 거친 목소리가 흘러나왔다. 뭐야, 라니. 사장보다 더 심한 전화예절의 소유자인 모양이었다. 부르르 끓어오르려는 화를 가을은 애써 가라앉혔다. 이건 비즈니스야.

"안녕하세요? 이기주님 매니저 되시죠? 다름이 아니라 전……."

[끊어.]

뚝! 뚜뚜뚜뚜…….

가을은 잠시 끊어진 전화기를 보며 멍해 있었다. 지금 무슨 일이 일어난 것인가. 당황스럽고 황당했다. 잘못 끊긴 것일까. 대답은 '아니'다. 끊어, 라는 말이 선명하게 귀에 와 박혔으니까.

가을은 다시 전화를 걸었다. 오기가 생겼다. 제가 이기주 매니저면 매니저지, 이기주는 아니잖는가. 화가 나 버튼을 꾹꾹 누르는 손길에 불쾌감이 가득 묻어나왔다.

[뭐야.]

"이봐요! 사람이 전화를 했으면……."

[끊어, 이 스토커 새끼야.]

뚜뚜뚜뚜.

멍한 상태는 처음보다 더 심해졌다. 지금 뭐라고? 가을은 제 귀를 의심해야 했다. 그래, 전화를 건 상대에 대해 오해는 충분히 할 수 있었다. 조금 전까지 전화하던 상대와 다투고 끊은 뒤 바로 전화를 건 것이 자신이라 오해를 할 수도 있었다. 그러나 그보다 '새끼'라니! 이 낭창낭창한 목소리 어디를 들어 '새끼'냐!

그래! 그 스토커 새끼는 대필 안 할란다! 분노한 가을은 전화기를 집어 던지려 팔을 번쩍 들었다. 그러나 곧 멈칫해야 했다. 우르르 쾅쾅, 이기주의 첫 번째 앨범 타이틀곡 도입부처럼 소란스러운 사장의 잔소리가 떠올랐기 때문이다. 아니, 좌자장이었던가. 그건 아무래도 좋았다. 일단 중요한 것은 대필이었다. 취재에 대한 이야기는 꺼내보지도 못했고, 일단 취재를 하는 상대는 매니저가 아니라 이기주 본인이니, 매니저의 무(無) 예의에 모든 일을 그르칠 필요는 없다고 생각하며 가을은 애써 자신을 위로했다.

가을은 전화를 다시 걸었다.

[이 스토커 새끼가 진짜 미치고 환장했나!]

"미치고 환장하지도 않았고, 나 스토커 새끼도 아닙니다. 출판사에서 전화 못 받으셨어요? 이번 자서전을 대신 쓸 작가입니다!"

가을의 목소리는 상대 남자의 언성을 상회하고 있었다. 훗, 좀 놀랐을 거다. 곧 미안하다고 사과하겠지? 그러나 가을의 그런 예상은 금세 뒤엎어지고 말았다.

[자서전 코딱지 파먹는 소리 하고 있네. 너 다시 한 번 전화하면 내일 아홉 시 뉴스에 나랑 동반출연하게 될 줄 알아라.]

"뭐야? 이봐요! 당장 이기주 씨 바꿔요! 댁하고는 더 이상 할 말 없어!"

[내가 이기주다, 이 스토커 자식아.]

뚝!

지금…… 뭐라고? 가을은 정신이 아득해지는 것만 같았다.

"자, 받아. 다시는 전화 안 올 거야."

기주는 차가운 얼굴로 전화를 끊고는 건너에 앉아 어깨를 바들거리며 떨고 있는 혜련에게 핸드폰을 건넸다. 떨리는 손으로 휴대폰을 건네받는 혜련의 얼굴이 하얗게 질려 있었다. 기주는 한숨을 푹 내쉬며 어깨를 으쓱했다.

"가수에게 경호까지 시키는 매니저라니."

"미, 미안해."

미간을 찌푸리고 뭔가 말을 더 하려다 기주는 입을 다물었다. 겁을 먹은 여자에게 훈계를 하는 것은 꼴사나웠다. 소파에 깊숙이 기대앉으며 혜련을 바라보았다. 검은색의 긴 머리카락은 찰랑거리며 잘록한 허리까지 내려와 있었고, 칠흑같이 검은 머리 덕분에 더욱 빛나는 그녀의 하얀 피부색은 혜련의 아름다움을 한층 더 돋보이게 하고 있었다. 지금은 겁을 먹어 잔뜩 기가 죽은 얼굴이긴 하지만 평소의 그녀 얼굴에는 단정하면서도 우아한 여유가 있었다. 저건 뭐…… 웬만한 여자 연예인 싸대기 후려치는 외모 아닌가.

그렇잖아도 저 미모 덕에 평소에 주변에 남자들이 제법 꼬였다. 다른 가수들 매니저들이나 방송국 관계자들이 대부분이었다. 그런데 근래 들어 스토커가 생긴 모양이었다. 그것도 상대는 여자였다. 사실을 알았을 때 기주는 '여자가 여자를 좋아하다니' 라고 생각하며 쉬이 넘겼지만 상황이 그렇게 우습게보아 넘길 것은 아닌 듯했다. 밤마다 전화를 걸어오고, 간혹 그녀의 사진을 몰래 찍어 칼날과 함께 우편으로 보내온다고도 했다. 이

기주의 매니저라는 신분이 부담스러워 함부로 경찰에 신고하지
도 못하고 혼자 마음고생을 한 듯했다. 조금 전 걸려온 전화에
바들거리며 떠는 것이 이상해 물었더니 그 정신 나간 여자라고
해서 전화를 대신 받아준 것이었다.

매니저 일을 그만두는 게 낫지 않겠냐고 진지하게 얘기해 볼
까 기주는 진심으로 생각했다. 남자 현장 매니저들이 있어 스케
줄 관리를 제외하면 그다지 힘들 만한 일은 없지만, 아무래도
연예인만큼 사람들에게 노출되는 직업이기에 앞으로도 이런 일
이 없으리라는 보장이 없었다.

"근데, 어떻게 알았을까?"

여전히 핸드폰을 손에 쥔 채 파리한 안색으로 혜련이 물어왔
다.

"뭐가?"

"아까, 기주 씨 통화할 때 말이야. 자서전 어쩌고 하는 거 같
던데……."

혜련이 의아한 표정으로 고개를 갸웃거렸다.

"그런데?"

"이번에 사장님이 기주 씨 자서전 내라고, 대필 작가 알아보
셨거든."

"뭐?"

동그랗게 눈을 뜨고 기주가 혜련을 보았다. 갑자기 웬 자서
전? 그런 건 좀 일찍 말하라구. 불평을 하려던 기주는 '말을 말

자' 라고 판단하고는 다시 소파에 깊숙이 몸을 파묻었다. 남의 손을 빌린 낯간지러운 자서전 따위 소속사 사장에게 전화를 걸어 거절하면 그만이었다.

게다가 몹시 피곤했다. 그나마 오늘은 오후 지면 광고 촬영 예정이었던 스케줄이 펑크난 덕에 이렇게 집에라도 와 있지, 벌써 사흘 내리 잠도 못 자고 스케줄을 소화한 것 같았다. 새우잠이지만, 이렇게 소파에라도 기대어 눈을 좀 붙여야겠다 싶어 기주는 눈을 감았다.

"꺅! 나 어떡해, 기주 씨!"

별안간 들려오는 혜련의 비명에 기주는 '이번엔 또 뭐야?' 하는 얼굴로 눈만 가늘게 뜨고 그녀를 보았다. 혜련은 여전히 휴대폰을 든 채였는데 액정화면을 보며 곤혹스러운 얼굴을 하고 있었다.

"뭔데?"

"핸드폰 번호를 잘못 봤어. 그 여자는 3842였는데, 이 사람은 3824야. 어떡해, 그 사람 대필 작가 맞았나 봐."

"뭐? 어휴."

기주는 맥이 빠져 버렸다.

"미치고 환장하지도 않았고, 나 스토커 새끼도 아닙니다. 출판사에서 전화 못 받으셨어요? 이번 자서전을 대신 쓸 작가입니다!"

여자의 화난 목소리가 귀에서 맴돌았다. 미안한 마음이 들었
다. 그러나 이미 엎질러진 물. 기주는 눈을 감은 채 그대로 잠이
들었다. 이래저래 미안한 마음을 가지기엔 몸도, 마음도 너무
피곤했다. 어차피 혜련이 해결을 할 것이었다.

잠결에 혜련이 그 대필 작가에게 전화를 걸어 상황을 설명하
는 소리가 어렴풋이 들려왔다. 까무룩 잠에 빠지면서도 기주는
그럼 그렇지 하며 마음의 짐을 덜었다.

택시에서 내린 가을은 놀란 입을 다물지 못한 채 왔던 길을 돌아보았다. 골목에 접어들 때부터 시작된 기다란 벽은 그냥 벽이 아니라 자신이 들어가야 할 집의 담장이었다는 것을 알고는 경악을 금치 못했다.

정말이지 현실감 없는 집이었다. 집이라고 하기엔 무슨 공원 크기만 하지 않은가. 고기도 먹어본 사람이 먹는다고, 이런 집에서 살아본 적 없는 가을은 이런 곳에서 사는 사람은 대체 어떻게 청소를 하면서 살까 싶을 정도였다.

보기만 해도 육중해 보이는 철제 대문 앞에 선 가을은 고개를 들어 올렸다. 대문 너머로 솟아오른 건물은 그저 고개만 들어

올린다고 해서 보일 정도의 집이 아니었다. 고개를 젖힌 채로 가을은 비척비척 뒷걸음질을 했다.

헉!

보기만 해도 위압감이 느껴지는 크기였다. 그렇잖아도 이 동네는 꽤 땅값이 비싼 동네가 아닌가. 이런 집에 살려면 모르긴 몰라도 돈이 꽤나 많아야 할 것이었다. 가을은 놀란 입을 다물지 못하였다.

택시를 타고 오는 길에 기사 아저씨가 룸미러를 통해 가을을 호기심 어린 눈으로 계속 훔쳐보았었다. 이 동네엔 잘나가는 연예인도 살고, 국회의원 모모 씨와 인간문화재로 선정된 국악인도 산다고 했다. 내릴 적에는 여기는 연예인 이기주가 사는 집인데 그와는 어떤 관계이냐고 묻는 것도 잊지 않았다.

"가정부예요."

낮말은 새가 듣고 밤말은 쥐가 듣는다는 옛 현인의 말씀에 따라—결국엔 입조심의 일환으로—대충 둘러대면서도 내심 자신이 한 가정부라는 말에 자존심이 상했는데, 지금 집을 보고 나니 이런 집이라면 가정부로 들어가는 사람도 대단한 사람일 것만 같았다.

"후우."

고개를 치켜들고 한참이나 올려다봐서 그런지 가벼운 현기증을 느끼며, 가을은 다시 대문 앞으로 갔다. 초인종을 누르려다가 가을은 긴장감에 한숨을 내쉬었다. 이기주보다 더 대단한 유명인사를 만난 적도 있는 가을이지만 항상 긴장이 되는 것은 어쩔 수가 없었다.

대문 옆 초인종 아래에 보안회사의 명패가 붙어 있었다. 무슨 사람 사는 집에 보안회사까지. 입을 비쭉 내밀고 고시랑 대면서 가을은 초인종을 눌렀다. 어제의 일로 그녀는 이기주에게는 좋지 못한 감정이 남아 있었다.

어린 시절에는 오줌싸개였다고 써줄까 보다.

띵동.

초인종이 요란스럽게 울었다. 적막한 도로를 채우며 울린 초인종 소리는 여운을 남기며 사라져 갔다. 하지만 그때까지 안에서는 아무런 기척이 나지 않았다. 혹시나 하여 초인종 옆 스피커에 귀를 가져다 대어보았다. 역시 아무런 소리도 없다.

딩동 딩동.

신경질적으로 초인종을 눌렀다. 여전했다. 아무도 나올 기미가 보이지 않았다. 가을은 짜증스럽게 그 자리에 주저앉았다. 대필을 해줘야 하는 스타는 집에 없고, 늦겠다던가 하는 다른 연락도 해오지 않았다. 상대는 마음에 들지 않고, 날은 너무 더웠다. 가을은 옆으로 둘러매었던 가방에 손을 쑥 집어넣어 휴대폰을 꺼내었다.

휴대폰에는 이기주 매니저의 연락처가 아직 남아 있었다. 어제 이기주에게 스토커로 몰리고 나서 끊어진 전화는 금세 다시 울었었다. 이번에는 자신이 처음에 통화하려던 이기주 매니저였다. 이기주가 스토커로 오인한 것뿐이라나. 여자의 변명에 가을은 코웃음을 칠 뿐이었다. 여자에게 스토커 놈? 그거 정말 오해 맞아?

어제의 분함을 떠올리며 휴대폰을 귀에 대고 있던 가을에게 몇 번의 신호가 간 후 휴대폰 너머로 달칵 하는 소리가 들렸다.

"여보세요!"

다짜고짜 거친 언성이 튀어나왔다. 출판사 사장이 알았으면 기겁을 하고 뒤로 넘어갈 일이었지만 말이다.

[아, 송가을 씨죠?]

전화 너머의 여자의 목소리는 유려하고 매혹적이었다. 가을이 화를 내고 있다는 것을 감지했는지 구렁이가 담 넘어가는 것처럼 작위적이고도 친절하고 매끄러운 목소리를 내고 있었다.

"금방 아시네요."

상대에게 더 화를 내보았자 자신만 손해라는 생각에 가을도 목소리를 조금 낮추었다. 대필 작가는 어차피 길바닥 대기 다섯 시간은 기본이다. 이 정도 일에 화를 내다니 나도 멀었네, 하며 가을은 피식 웃었다.

[저장해 두었어요.]

가을의 자격지심인지도 몰랐지만, 대필 작가 따위의 전화번호를 저장한 것은 엄청난 배려라고 말하는 것 같아 가을은 새삼 빈정이 상했다. 다시 가시 같은 목소리가 나왔다.

"약속 시간은 저장 안 해두셨나 보죠?"

[어맛! 죄송해요. 제가 연락을 먼저 드렸어야 했는데. 어쩌죠? 지금 CF 촬영 중인데, 촬영이 좀 지연되어서요.]

여자의 목소리가 급격히 흔들렸다. 당황하는 것을 보니 정말 깜박했었던 모양이다.

"어쩌라구요."

가시 돋친 목소리로 반문하면서도, 사실 가을은 자신의 지금 반문이 지나친 반격인 것은 알고 있었다. 그러나 이것은 거의 습관적인 것이나 다름없다. 송가을 대필 작가 제1수칙이 〈길바닥 대기 세 시간은 기본〉이라면 제2수칙은 〈절대 우습게 보이지는 말아야 할 것〉이다.

[어쩌지……. 아! 지금 바로 저희 현장 매니저 보낼게요. 열쇠 보낼 테니까 안에 들어가서 기다려 주세요. 정말 죄송해요. 저희도 되도록 일찍 들어갈게요.]

"네."

매니저라는 여자의 너무 친절한 태도에 가을은 그만 맥 빠진 대답을 해버렸다. 그럼 어쩌겠는가. 미안하다는 사람에게.

전화를 끊고 난 가을은 대문 앞에 있던 계단에 주저앉았다. 슬며시 걱정이 되었다. 이기주가 금방 들어올 수 있으면 열쇠를 보낸다는 말 따위 하지 않았을 것이었다. 3박 4일 취재 기간 중 하루를 그냥 잡아먹게 생긴 것이었다. 게다가 이기주처럼 슈퍼스타급은 취재하기가 힘들다. 피곤하다며 자꾸만 인터뷰를 딜레이 시키기 일쑤였기 때문이다.

후우, 한숨과 함께 가을은 하늘을 올려다보았다. 하늘은 짜증나리만치 파랗고, 울어대는 매미는 머릿속을 뒤헝클어 놓는다. 후우, 너무 덥다. 가을은 벽에 머리를 기대고 눈을 감았다.

이기주의 현장 매니저라는 사람이 열쇠를 가지고 온 것은 그로부터 두 시간이 지난 뒤였다.

현장 매니저를 따라 대문 안으로 들어섰을 때, 가을은 입을 떡 벌린 채 다물지 못할 만큼 놀라고 있었다. 아니, 이건 그저 단순한 놀라움 따위가 아니었다. 경악이다, 경악!

대문을 열고 안으로 들어간 곳은 마치 몇 해 전 가보았던 수목원 같았다. 이름을 알 수 없는 나무들이 아름답게 그늘을 만들고 있었으며, 잘 자란 잔디가 싱그럽게 이슬을 맺고 있었다. 그리고 그 사이로 현관문까지 이어진 길. 그 길을 따라 걸으니 마치 가을은 자신이 부잣집 딸이라도 된 것 같은 기분에 사로잡혔다. 대체 어떤 식으로 관리하면, 아니, 관리하는 데 얼마의 비용을 들이면 이런 정원을 가질 수 있는지 궁금할 정도였다.

현관문 앞까지 가을을 안내해 준 현장 매니저라는 사람은 문 앞에서 몸을 돌려 가을과 마주섰다. 정원의 아름다움에 심취해 이곳저곳을 정신없이 둘러보던 가을은 이상한 것이라도 보는 듯한 매니저와 눈이 마주치자 쑥스러운 듯 뒷머리를 긁었다. 심드렁한 눈으로 그녀를 보던 매니저는 역시 그의 눈빛처럼 심드렁하게 가을을 향해 말했다.

"아직 촬영이 끝나려면 조금 더 있으셔야 해요. 그러니까 그때까지 안에서 기다려 주세요. 기주 형은 자신의 물건 남이 건드리는 거 끔찍하게 싫어하시니까 조심해 주시구요."

몇 가지 주의할 사항을 말한 매니저는 현관문에 달린 잠금장치에 비밀번호를 누른 뒤 그녀를 향해 문을 열어 보였다. 안으로 들어가라는 무언의 지시였다. 멀뚱히 서 있던 가을은 그를 향해 말했다.

"저, 뭘 좀 사러 잠시 나갔다 와야 하는데요."

매니저가 가을을 멀거니 바라보았다. 무얼 사러 나가는데 나보고 뭘 어쩌라는 거냐는 물음이 그의 눈빛에 그득했다. 가을은 매니저를 향해 엄지와 검지를 붙이고 손목을 비트는 시늉을 해 보였다. 열쇠를 쥐고 여는 모양새를 말이다.

"아……."

그제야 무슨 소리인지 알아듣겠다는 듯 매니저는 고개를 주억거렸다.

나갔다 오는 것은 문제가 되지 않는데, 대문의 열쇠도 없는데다가, 지금 보니 현관문도 비밀번호를 눌러야만 열 수 있는 것이었다. 슈퍼라도 가려면 현장 매니저가 가을에게 열쇠와 함께 현관문의 비밀번호를 알려주거나, 아니면 슈퍼까지 동행을 해야 한다는 것을 의미했다.

잠시 곤혹스러운 얼굴로 서 있던 매니저는 종이에 빠르게 비밀번호를 적어 가을에게 내밀었다. 가을이 싱긋이 미소를 지으며 그것을 받아 들자 주머니에서 작은 열쇠도 꺼내어주었다. 손으로 잡을 수 있는 주둥이가 둥그렇게 생긴 은색 열쇠였다. 이게 대문 열쇠구나. 가을이 열쇠를 주머니에 쑤셔 넣을 때까지 매니저는 못마땅한 눈으로 그녀를 바라보았다.

"뭐…… 열쇠랑 비밀번호는 바꾸면 되니까."

"……!"

중얼거리는 그의 말에 가을은 발끈하였다. 자기를 어떤 사람으로 생각하는 건가 싶었다. 그러나 가을이 따지기도 전에 매니저는 빠른 걸음으로 대문을 향해 정원을 가로질렀다. 쾅! 대문이 닫히는 소리가 나고 잠시 뒤, 차가 거칠게 출발하였다.

그것을 바라보고 있던 가을은 작게 한숨을 내쉬고는 현관문을 열고 안으로 들어갔다.

"뭐어?"

이기주의 높은 언성이 스튜디오를 갈랐다. 스튜디오에 있던 스태프들은 무슨 일이냐는 듯 기주와 혜련이 서 있는 곳을 흘끗흘끗 쳐다보았다. 뭘 보냐는 눈빛으로 기주가 그들을 쏘아보자 스태프들은 짧은 헛기침을 하며 다시 제각기 일을 하기 시작했다. 스튜디오가 다시 웅성거림으로 가득 찼다.

"지금, 뭐라고 했어?"

되묻는 그의 목소리는 무척이나 낮았다. 평소의 목소리도 중저음의 것이었지만 화가 날 때는 점점 더 목소리를 내리까는 것이 기주의 특징이었다. 그의 앞에 서 있던 혜련은 목을 더욱 움츠렸다.

"그, 그게…… 지금 기주 씨 자서전 써줄 대필 작가가 집에 와……."

"하!"

떠듬떠듬 이어나가던 혜련의 말을 기주의 기막힌 헛웃음이 단호하게 잘랐다. 혜련은 더욱더 얼굴이 하얗게 질린 채 목을 움츠릴 뿐이었다. 기주는 귀에 뭐라도 들어간 양, 새끼손가락으로 귀를 후벼 팠다.

"나 이거 참, 요새 귀가 뭐 잘못됐나. 이상한 소리가 자꾸 들려. 내가 분명 나의 유능하신 매니저 민혜련 팀장님께 거절해 달라고 부탁한 자서전 얘기가 다시 나올 리는 없고……. 그래, 지금 뭐라고? 누가 와 있다고?"

싱글싱글 웃는 기주의 얼굴이 무섭기만 한 혜련이었다. 기주는 싫다는 일을 억지로 밀어붙인다고 해서 할 사람이 아니었다. 이 순간 혜련은 자신에게 이런 일을 떠맡긴 기획사 사장님이 원망스러울 지경이었다.

"그, 그게…… 사장님께서 이미 그 출판사와 계약을 한 모양……."

"야, 영탁아!"

"예!"

혜련의 말허리를 다시 한 번 자른 기주는 혜련을 노려보는 눈을 거두지 않은 채, 어딘가를 향해 소리를 질렀다. 스튜디오의 구석에서 코디네이터와 의상을 의논하고 있던 현장 매니저 한 명이 황급히 달려왔다.

"이거 몇 시에 끝난다고 했지?"

"아마 삼십 분 정도 있으면 끝날 것 같습니다."

"그래?"

기주는 죄지은 사람마냥 서 있던 혜련에게 스윽 시선을 돌렸다. 혜련은 애원이라도 하는 듯 간절한 눈빛을 기주에게 보냈다. 그에 화답하듯 기주는 씨익 웃었다.

"취중진담이라던 그 인터넷 뉴스 인터뷰 잡아. 그게 아마 새벽 한 시까지 시간을 빼줘야 한댔지?"

'그게 아마⋯⋯' 라고 하면서 자신을 보는 기주의 표정은 혜련에게는 마치 악마처럼 보였다. 싫으면 싫다고 사장님과 합의하지 왜 나한테 이래! 하지만 가슴에서 들끓는 그 말이 목구멍에서는 터져 주지 않았다. 혜련은 불안한 듯 손목시계를 바라보았다. 이쯤 되면 대필 작가도 화가 나 있을 것 같았다.

"근데 형님, 그 스케줄 잡지 말라고⋯⋯."

영탁이라 불린 현장 매니저의 말에 기주의 입가에 드리워져 있던 미소가 사라졌다.

"잡아."

"네!"

영탁은 두말 않고 휴대폰을 손에 쥔 채 스튜디오 밖으로 달려

나갔다. 혜련은 짙은 한숨을 내쉴 수밖에 없었다.

　―이슬비같이 내린 사랑에, 이슬비처럼 흘러가 버린 사랑은…….

　마트로 들어서던 가을은 낡은 스피커에서 웅웅거리며 흐르고 있는 음악에 발을 우뚝 멈춰 세웠다. 이 노래를 어디서 들었더라? 아! 이건 분명 얼마 전 들었던 이기주 앨범의 노래 중 한 곡이었다. 가을이 명명했던 아이돌 표 음악.

　가을은 고개를 절레절레 흔들면서 카트를 끌고 마트의 내부로 들어섰다. 마트 내부에 있던 몇몇의 교복을 입은 여학생들이 서로의 팔을 툭툭 치면서, '어머, 기주 오빠 노래 나온다!' 라며 서로 꺅꺅 대고 있었다. 가을은 쓰게 웃으며 그들을 스쳐 지나갔다.

　오빠라니.

　가을에게 있어 연예인이나 유명인사의 대필을 할 때 그들의 프로필을 숙지해 두는 것은 기본 중의 기본이었다. 이기주의 나이 스물아홉. 저 꺅꺅거리는 여학생들에게는 이기주를 부르는 호칭이 '오빠' 보다는 '아저씨' 가 어울릴 것이었다. 저들은 알까? 지금 자신이 그 '이기주 오빠' 의 집에 있다가 나왔다는 것을? 그리고 지금 장을 봐서 다시 그 '이기주 오빠' 의 집으로 되돌아갈 것을? 아니, 그들은 절대 상상조차 못할 것이었다.

　Rrrrrr.

가을이 이것저것 카트에 담고 있을 때, 그녀의 주머니에 들어 있던 휴대폰이 요란스레 울었다. 어느새 이기주의 노래가 끝나고 다른 여가수의 음악이 마트를 가득 메우고 있었다. 휴대폰을 꺼낸 가을은 액정화면에 뜬 이름을 확인하고는 밝게 웃었다.

"여보십쌉싸리 와용?"

가을의 목소리에 장난기가 그득하였다.

[이보세요 네요 닷새요!]

이미 약속되어 있는 것처럼 주문 같은 답변이 들려왔다. 전화를 걸어온 것은 가을의 친구 수진이었다. 수진은 가을의 꽤 오래된 친구였다. 수진은 자신보다 먼저 대필 일을 하고 있었다. 똑같이 대필 일을 하면서 서로 말 못할 고민까지 털어놓게 되면서 어느새 가을에게 있어 어떤 친구보다 더 소중한 친구가 된 수진이었다.

[어디야?]

주문 같은 대답을 해놓고 깔깔 웃던 수진이 먼저 물어왔다. 가을은 매장 안을 시선으로 한번 쓰윽 훑은 다음 대답하였다.

"마트."

[또 시작이시군.]

수진은 자못 질린다는 어투로 말하였다. 가을은 쑥스럽게 배시시 웃으며 휴대폰을 고쳐 잡았다.

"또 시작은 무슨. 자기들 옛날 일을 말하는 것 자체가 무슨 큰 일급비밀이라도 되는 것처럼 골라내고 골라내 말하는 사람들한테는 이게 직방이란 말이야. 대필 작가의 수칙 몰라?

　[알지. 먹여라! 그러면 열릴 것이다!]

　금세 뒤따르는 정답에 가을과 수진은 동시에 까르르 웃었다. 지나가던 몇몇의 아주머니들이 과일을 고르다 말고 호들갑스럽게 웃고 있는 가을을 쳐다보며 지나갔다.

　[그런데 너…… 이번 상대 이기주라며?]

　“헉! 너 어떻게 알았어?”

　깜짝 놀란 가을이 되물었다. 사실 대필을 해주는 유명인사에 대한 사실은 대필 작가끼리도 비밀이 지켜지는 것이 일반적이었다. 그것이 상대에 대한 예의였고, 대필 파문이라는 문구가 신문 톱기사로 다뤄지지 않게 하는 최선의 예방이었으며, 이 바닥의 관례였다. 사장이 말했을 리는 없고, 어떻게 알았을까.

　[어떻게 알긴. 내가 이대리 꽉 잡았잖아.]

　이대리. 수진의 말에 가을은 반듯한 이마를 잔뜩 구기고는 카트를 잡았던 손에 힘을 꽉 주었다. 가을의 손이 분노에 못 이겨 부르르 떨렸다.

　이대리. 그는 출판사의 편집부 직원이었다. 모르는 사람이 들으면 그의 직책이 ‘대리’인 것 같지만 ‘이대리’는 그의 본명이었다. 성은 이요, 이름은 대리. 어찌 보면 참으로 슬픈 이름이었다. 아무리 용을 써봐야, 죽을 때까지도 그는 대리이니까. 그 이대리가 얼마 전부터 수진에게 열렬한 구애를 해오고 있었다.

　가을은 한숨을 내쉬었다. 보지 않아도 뻔히 눈앞에서 그려지는 상황이었다. 연예인을 좋아하는 수진이 지나가는 말로 ‘나 대필 상대로 연예인 좀 붙여줘요. 늙수그레한 정치인들 이제 지겨워’ 했을 것이었고, 신이 난 이대리가 ‘이번에 송가을 씨는 이기주 자서전 들어갔는데, 진즉에 알았으면 수진 씨 줄 걸 그랬네요. 말만 해요. 내가 다음에 꼭 연예인으로 붙여줄게요’ 라고 했을 것이었다.

[계집애. 정말 좋겠다, 야. 이기주의 그 불끈거리는 근육도 직접 볼 것 아냐. 너 떨리겠다.]

“떨리기는. 이 일 하루 이틀 하니? 데이트할 것도 아니고.”

가을은 그저 심드렁하기만 하였다. 그녀에게 있어 자서전의 상대는 배불뚝이 기업가든, 머리 벗겨진 정치인이든, 불끈거리는 근육질의 이기주든 큰 차이가 없었다. 가을이 콧방귀를 뀌는 와중에도 수진의 말은 계속되었다.

[야, 이기주 사인 받아와라.]

“미쳤니?”

빽! 허공을 날카롭게 가로지르는 가을의 경악성에 마트에서 한가로이 장을 보고 있던 아주머니들이 하나둘 그녀를 돌아다보았다. 민망해진 가을은 헤헤 억지웃음을 지으며 휴대폰을 닫아버렸다. 진짜로 받아와야 한다고 마지막까지 소리를 지르는 수진의 말을 뒤로하고 말이다.

이기주의 집으로 돌아온 가을은 양손에 짐을 가득 든 채로 그의 집 거실로 들어섰다. 불과 한 시간 전쯤에도 들어와 봤지만 가을은 새삼스레 거실의 규모에 또 놀라고 말았다. 보면 볼수록 한숨이 절로 나는 고급스러운 가구들이 커다란 거실을 가득 메우고 있었다.

신발을 벗고 들어서면 오른쪽으로 고급 평면 TV가 한쪽 벽을 장식하고 있었고, 그 건너편에 기다란 소파 하나가 벽에 붙어 있었다. 가을은 소파 뒤 벽에 걸려 있는 그림을 올려다보았다. 그림을 잘 아는 것은 아니었지만, 벽에 걸린 그림이 얼마 전 자선경매에서 아주 비싼 값에 팔렸다는 신문기사를 본 적이 있었다. 저걸 이기주가 샀었구나. 가을은 혼자 중얼거렸다. 별일은 아니었지만, 신문에서 보았던 것이 자신과 같은 공간에 있다고 생각하자 묘한 기분이 들었다. 지금도 이런데 나중에 이기주가 오면 기분이 어떨까.

출판사 사장이 그의 자서전 대필을 가을에게 넘겼을 때까지만 해도 가을은 연예인이든 뭐든 간에 좀 시큰둥해져 있었다. 그러나 아까 마트에서 여학생들도 그렇고, 수진의 말도 그렇고 자신이 뭔가 다른 사람들은 만날 수도 없는 사람을 만난다는 것에 기분이 좀 달라진 것이었다. 우월감 같은 것이었다.

잠시 그림에 넋이 빠져 있던 가을은 양손에 들린 봉지를 들고 널따란 거실을 가로질러 주방으로 향했다. 주방 입구 옆에 커다란 어항이 있었다. 보글보글 산소가 올라오는 곳으로 이름을 알 수 없는 검은색 물고기가 지나가다 기겁을 하며 몸을 틀었다.

이 집은 모든 게 다 이렇게 큰가.

가을은 입을 비쭉거리며 주방으로 들어섰다. 그러다 가을은 이 집에 들어서서 처음으로 작은 물건을 발견하였다. 그것은 식탁이었다. 벽에 바짝 붙여놓은 작은 식탁엔 의자가 달랑 하나 놓여 있었다. 의자에 앉으면 벽을 보고 먹는 자세가 될 것이었다.

혼자 먹는구나. 가을은 자신도 모르게 식탁을 만져 보았다.

이미 이기주가 미혼인 것은 알고 있었지만, 혹시나 한 건 사실이었다. 일전엔 사별한 정치인의 인터뷰를 갔다가 침대에 웬 여자와 뒹굴던 장면과 맞닥뜨린 적도 있었으니까 말이다. 연예인의 경우, 알리지 못한 그들의 연인이 꽤 있다고 수진이 말해 주었던 적이 있었다.

가을은 안도의 한숨을 내쉬었다. 그가 연인이 있든 없든 상관은 없지만 일단 침대에서 뒹구는 정사 중인 이기주와 맞닥뜨릴 난감한 일은 없을 것 같았으니 말이다.

가을은 마트에서 사 온 것들을 정리하기 위해 냉장고 문을 열었다. 그리고는 낮은 한숨을 지었다. 냉장고는 텅텅 비어 있었다. 언제 개봉한 건지도 알 수 없는 참치 캔이 덜렁 하나 놓여 있었는데 꺼내어보니 참치 겉면이 바짝 말라 있었다. 가을은 문득 함께 먹을 사람이 없어 식탁을 벽에 붙이고 혼자 사용하는 것이 아니라, 아예 식탁을 사용하지 않기에 거치적거려 벽에 밀어둔 건가 싶은 생각이 들었다.

달그락 달그락.

냉장고에 사 온 물건들을 정리하느라 적막했던 집 안의 공기
가 일순 흔들렸다. 냉장고 문에 달린 선반에 맥주까지 가지런히
집어넣고, 문을 밀어 닫은 가을은 손바닥을 툭툭 치며 뿌듯하게
웃었다.

대필 일은 쉬운 일이 아니다. 유명인사들을 상대로 하는 만큼
더 조심해야 할 부분도 많고, 어려운 일도 많았다. 그중 가장 어
려운 일이라면 그들의 비위를 맞추는 일이었다. 맡은 자서전의
내용을 훌륭하게 적어 내려가는 것도 물론 중요했지만 그보다
그런 훌륭한 글을 쓰기 위한 인터뷰가 더 중요하였다.

유명인들은 대부분 지나치리만치 말을 아낀다. 그렇기에 가
을이 처음 대필 일을 시작했을 때는 그런 부분에서 고전을 면치
못했었다. 그때 선배 대필 작가가 말해주었었다.

막힌 입은 술이 뚫는다.

그래서 가끔 가을은 젊은 인사들과의 인터뷰 직전 술을 준비
할 때가 많았다. 인터뷰는 이기주와 마찬가지로 일반적으로 정
해진 며칠간 동행하기도, 혹은 동거(?)하기도 하면서 하게 되는
데, 술의 기운을 빌리는 작전은 대부분 첫날밤에 이루어진다.
주거니 받거니 하며 술잔이 오가는 동안, 어느 가수가 불렀던
노래 제목처럼 취중에 그들의 진솔한 애기가 나오기 마련이었
다.

그러나 그것이 가끔 지나쳐 그 다음날 아침, 술이 깨고 난 뒤

에, '내가 왜 그랬지' 하며 머리를 쥐어뜯다가 그 얘기는 좀 지워달라고 전화가 오는 경우도 있긴 했지만, 까칠하기 그지없는 유명인사들의 이야기를 듣기에는 꽤 좋은 방법이었다.

가을은 문득 시계를 올려다보았다. 오후 여섯 시. 아직도 오지 않는 건가. 가을은 한숨을 쉬며 다시 거실로 향하였다. 슬쩍 이기주의 집을 둘러볼까 생각하다가 낮에 보았던 그의 매니저의 말이 떠올라 그만두었다.

자기 물건 만지는 것을 싫어한다고 했었나. 그래도 소파에 앉는 것쯤은 괜찮겠지. 가을은 슬쩍 웃으며 소파에 엉덩이를 내려놓았다. 푹신한 쿠션의 느낌이 역시나 비싼 가구는 다르구나 싶었다.

집 안을 조금 더 구경하고 싶은 듯 시선을 들어 올리던 가을은 베란다 창문으로 쏟아져 들어오는 햇살에 그만 눈시울을 찌푸렸다. 뜨거운 햇살이 쏟아진다. 실내는 덥고 몸은 노곤하였다. 아무 소리도 들려오지 않는 사위 속에 혼자 앉아 있는 것은 참으로 나른하였다. 소파는 이루 말할 수 없이 푹신하고, 당선될 리도 없는 단편소설을 쓰느라 어제 밤새도록 학대받은 눈이 피곤을 호소해 왔다.

가을은 소파에 편히 기댄 채 눈을 스르르 감았다. 잠깐만 눈을 쉬게 해주어야 할 것 같았다. 아주 잠시만……. 가을은 그렇게 까무룩 잠에 빠져들어 갔다.

"일어나."

꿈인가. 생생하게 귓전을 때리는 목소리를 들으며 가을은 눈을 감은 채로 피식 웃었다. 너무 피곤할 때는 꿈도 현실 같고, 현실도 꿈같다더니 정말 피곤하긴 했나 보다. 가을은 손가락으로 귀를 파고는 다시 잠을 청하려 자세를 고쳐 잡았다.

"일어나라구!"

반짝! 이번에는 꿈이라고 치부할 수도 없을 만큼 벼락같은 고함이 누워 있는 그녀의 목을 조를 듯 터져 나왔다. 가을은 깜짝 놀라 눈을 번쩍 떴다. 제일 먼저 눈에 들어온 것은 청바지를 입은 사람의 무릎이었다.

등허리에 서늘한 기운이 감돌며 몸이 딱딱해지는 긴장을 느낀 가을은 시선을 천천히 들어 올렸다. 청바지를 입은 무척이나 긴 다리, 허리를 조이고 있는 검은색 벨트, 흰 단추가 달려 있는 단정한 흰색 셔츠, 허리를 짚고 있는 기다란 손가락에 껴진 반지, 넓어 보이는 가슴, 불툭 튀어나온 목젖, 날카로운 턱 선과 고집스러워 보이는 입술, 짙은 갈색의 깊어 보이는 눈빛, 장마철처럼 잔뜩 찌푸린 미간, 그리고 얼굴, 얼굴, 얼굴……. 이기주?

벌떡!

가을은 다급히 상체를 일으켰다. 지금 몇 시야? 자신의 눈앞에서 허리에 손을 얹고 노려보고 있는 이기주의 허리 옆으로 보이는 시계를 바라보았다. 한 시 삼십 분이었다. 밤? 낮? 가을은 얼른 판단이 되지 않아 거칠게 머리를 흔들고는 눈을 비볐다.

"참 끈질기군."

기주의 말에 가을은 연방 눈 비비던 손을 멈추고는, 만끄러미 그를 올려다보았다. 뭐라고?

"새벽 한 시가 넘을 때까지 안 오면 돌아가야 하는 거 아닌가?"

"3박 4일 밀착취재인데요?"

가을은 조금의 흔들림도 없이 그의 말을 맞받아쳤다. 이기주의 매니저라는 여자의 말을 들어서 대충은 사정을 알고 있었다. 무척이나 자서전에 대해 회의적이었다고 했다. 싫은 일을 꾸역꾸역 밀어 넣으면 누구라도 싫을 것이다. 그러니 저런 반응은 당연하다. 그러나 여기서 물러설 수는 없다. 대필 작가를 우습게 보는 일을 미연에 방지하려면 기선제압이 중요했다.

가을은 눈에 힘을 바짝 주었다. 그러면 그럴수록 기주의 눈은 더 날카로워졌다. 스리슬쩍 눈을 피해 버리고 싶은 욕구가 가을의 속 깊은 곳에서 스멀스멀 밀려 올라왔다.

자식, 성격은 못된 게 잘생기긴 엄청 잘생겼군.

가을은 힘을 주었던 눈을 더 크게 뜨며 우리나라 브라운관 기술력에 대하여 깊이 한탄하였다. 그는 TV에서 볼 때와는 사뭇 달랐다. 에이, 심장은 또 왜 이렇게 뛰어. 가을은 자신의 말을 듣지 않는 심장을 탓하며 아랫입술을 꾹 깨물었다.

"하!"

말똥거리며 자신의 시선을 되받아치는 조그마한 여자를 내려다보던 기주는 기가 막힌다는 듯 탄식을 뱉으며 이마를 짚었다. 보통 눈을 날카롭게 뜨고 노려보면, 남자든 여자든 간에 시선을 피하기 마련인데 이 여자는 조금도 눈을 돌리지 않고 있다.

신경줄이 대체 어떻게 생겨먹은 여자지? 기주는 문득 궁금해졌다. 자신의 시선을 되받아친다는 건, 그래, 있을 수 있는 일이라 치자. 남의 집에 들어와 소파 위에 길게 드러누워 쿨쿨대며 자는 것도, 그래, 그럴 수 있다 치자. 그런데 이 천하의 이기주를 바라보는 눈빛이 대체 왜 저렇지? 마치 백화점 고객을 바라보는 판매원의 눈이 아닌가! 저 여자 설마 집에 TV가 없는 건 아니겠지?

"그래, 좋아. 좋다고. 어차피 해야 하는 건 해야지. 당신이 무슨 죄가 있겠어. 그런데 당신, 아예 내 소파 위에서 잘 생각은 아니지?"

자서전 건에 관해서는 사실 어느 정도 포기한 상태였다. 기획사 사장과 출판사 사장이 막역한 친구라서, 다 망해가는 출판사를 살릴 방법은, 나왔다 하면 적어도 3쇄까지는 보장되어 있는 유명인, 그것도 십대 학생들부터 사십대 주부의 지갑까지 탈탈 털어낼 수 있는 이기주를 밀어 넣는 수밖에는 없었을 거라고 혜련은 말했다. 그리고 그 결정을 철회할 수도 없을 거라고도 말했다. 해야만 하는 일을 할 수밖에 없는 것처럼, 어쩔 수 없는 일은 그야말로 어쩔 수 없는 일이니까.

"그럼……."

"따라와."

기주는 우선 오늘 밤은 늦었으니 일단 저 강단 있어 보이는 여자가 눈 붙일 곳을 알려주기 위해 몸을 틀었다. 저 여자가 어디서 춤을 추든, 자든 상관은 없었지만 자신이 아끼는 소파 위에 또다시 길게 드러누울 생각을 하니 끔찍했다. 누구든지 자신의 물건에 닿는 것이 싫었다. 그래서 손님방도 따로 마련해 두었던 것이고 말이다.

"그런데요, 이기주 씨."

이층으로 올라가는 계단에 발을 올리던 기주는 가을이 부르는 소리에 걸음을 멈추고 스윽 몸을 돌렸다. 총명해 보이는 곧은 시선으로 생글거리고 있는 가을이 보였다. 기주의 걸음이 멈추어진 것을 확인한 가을은 바닥에 내려놓았던 작은 갈색 가방을 들고 안을 뒤지기 시작하였다.

"……?"

기주는 의아하게 그녀를 바라보았다. 뭘 하려는 거야, 대체. 무슨 짓을 해도 상관없지만 지금 새벽 두 시가 다 되어간다고! 피곤했기에 기주는 짜증이 치밀어 올랐다.

그러나 가을을 골탕 먹이기 위해, 혜련이 곤란해 쩔쩔매는 것을 보고 싶기에 일부러 늦은 잘못도 있고 하여 기주는 애써 화를 꾸욱 눌러 참았다.

이내 찾던 것을 손에 쥐었는지 가을이 함박웃음을 지으며 가방을 내려놓았다. 그녀의 손엔 작은 수첩이 들려 있었다. 이리저리 몇 장을 넘기던 가을은 이내 화색을 띠며 소리쳤다.

"맞네! 내가 잘못 본 줄 알았네."

"……?"

"이기주, 1980년 5월 15일 출생. 그러니까 2008년 현재, 스물아홉! 맞죠?"

"그런데?"

청바지에 손을 찔러 넣으며 기주는 신경질적으로 대답하였다.

"난 서른하나예요. 당신보다 두 살 많다구요. 존댓말 쓰고 그런 걸 바라는 건 아니지만 적어도 예의 없이 툭툭, 말꼬리를 잘라서 말하지는 마시라구요. 당신은……."

연예인이니까.

기주는 가을의 말 뒤에 오는 것이 그 말일 거라 생각했다. 세상은, 아니, 적어도 연예계 이 바닥은 자신에게 그렇다. 연예인이니까 참아야 하고, 연예인이니까 다른 사람들의 귀감이 되어야 하고, 연예인이니까 자신의 속내를 보이면 안 되고. 연예인이니까, 연예인이니까.

"당신은, 성인이잖아요."

뭐? 자신의 예상과 다른 그녀의 말에 기주는 조금 놀라 그녀를 건너다보았다. 가을은 자신이 화가 난 것처럼 보였는지 어깨를 으쓱하고는 뒷머리를 긁적이며 말했다.

“뭐…… 정 싫으면, 그냥 편한 대로 하시든지요.”

픽, 기주는 자신도 모르게 웃었다. 가을에게까지 보일 정도는 아니었지만, 입꼬리가 비쭉 올라감과 동시에 기주는 얼른 자신의 표정을 굳혔다. 그리고 그녀를 물끄러미 바라보았다. 정말 이상한 여자군.

“내 소파 위에 흘린 침이나 닦고 따라 올라와.”

“네? 헉! 이걸 어째!”

그제야 자신의 볼에 침이 묻어 있는 것을 확인한 가을은 소파 위에도 침이 묻어 있자 울상을 지으며 호들갑을 떨었다. 그런 그녀를 보던 기주는 다시 몸을 돌려 계단을 오르기 시작하였다. 그러다 문득 그는 다시 뒤를 돌아보았다.

“이름이 뭐예요?”

허리를 숙여 휴지로 소파를 닦던 가을이 고개를 돌리고 기주를 바라보았다.

“네?”

“그쪽, 이름이 뭐냐구요.”

가을은 잠시 기주를 바라보다가 대답하였다.

“Ghost writer. 유령작가예요. 유령이라서 이름은 없어요. 대필 작가로서의 이름은 말이죠.”

“그렇군.”

기주는 계단을 마저 걸어 올라갔다.

어린 시절의 가을은 아버지를 참으로 무서워했다. 그러나 그녀가 그것보다 더 무서운 것은 외로움이었다. 그 외로움이 이내 공포로 변해가던 어느 날, 가을은 아버지 서재의 문을 조심스레 밀고 들어갔었다. 비가 오는 날이었고, 집 안의 공기는 눅눅하였다.

"아버지……."

아버지, 하고 부르는 가을의 목소리가 어느새 젖어 있었다. '아버지'라는 말의 뒤에는 '무서워요'가 더 있었지만, 그것까지 뱉어내지는 못한 가을이었다.

"무슨 일이냐."

검은 뿔테안경을 쓴 아버지가 책상에서 몸을 스윽 돌리며 가을을 쳐다보았다. 딱딱한 얼굴, 표정에 조금의 변화도 없는 얼굴, 웃지 않는 얼굴, 다정하지 않은 얼굴.

가을은 고개를 저었다.

"쓸데없는 일로 귀찮게 하지 마라."

가을의 눈에 보였던 아버지의 얼굴은 이내, 그의 딱딱해 보이는 등으로 바뀌었다. 문을 닫으려던 가을은 문득 서재 안을 시선으로 훑었다. 방 안은 온통 책뿐이었다. 벽조차 보이지 않게 사방으로 책장이 늘어서 있었으며, 조금의 틈도 없이 책이 빽빽이 꽂혀 있었다.

가을은 두려웠다. 저 책들이 자신을 내려다보고 있는 것만 같았다. 우르르 쏟아져 자신을 덮칠 것만 같았다. 무서워요. 무서워요. 가을은 울고 싶었다. 그러나 아버지는 돌아봐 주지 않았다.

아버지의 서재는 항상 어두웠다. 책상 위의 스탠드가 아버지의 독서나 집필을 도울 뿐이었다. 아버지에게는 그 스탠드 하나만을 필요로 했다. 그래서 가을은 아버지의 서재에 들어갈 수가 없었다. 아버지가 필요한 그 밝음 안에 자신은 들어갈 수 없으니까.

그날 밤, 가을은 자신의 방 책상 밑에 쭈그리고 앉아 참 많이도 울었다. 하느님, 나는 왜 엄마가 없을까요, 하고 말이다.

　기주를 따라 올라간 그의 집 이층에서 가을은 마치 어린 시절의 아버지 서재를 다시 보는 기분이었다. 올라가는 계단과 기주가 안내하려는 방의 문을 제외하고는 벽에 온통 책장이 늘어서 있었다. 빽빽이 꽂힌 책, 어두운 실내. 이것은 환각일까.

　탁, 하는 소리와 함께 이층에 불이 들어왔다. 가을은 정신을 퍼뜩 차리고 기주를 바라보았다. 뭐에 정신을 그렇게 빼놓고 있냐는 듯 기주는 의아한 눈초리로 그녀를 보고 있었다.

　가을은 밝아진 내부를 다시 둘러보았다. 온통 책이긴 했지만, 아버지의 서재와는 달랐다. 이층 거실의 정면이 통유리로 되어 있어 바깥의 정원을 볼 수 있게 되어 있었다.

　갑자기 왜 그날을 떠올린 걸까. 쓰게 웃으며 몸을 돌리던 가을은 우뚝 멈추어 섰다. 아버지의 책이었다. 얼마 전 베스트셀러에로 선정된 책이었다. 그 옆에 예전의 책들도 보였다.

　"뭐 해요?"

　먼저 방으로 들어섰던 기주가 가을이 따라 들어오지 않자, 다시 밖으로 몸을 내밀었다. 책장을 물끄러미 바라보던 가을은 고개를 돌려 기주를 바라보았다.

　"이 책들 다 읽기는 해요?"

　"뭐요?"

　가을의 뜬금없는 물음에 기주는 미간을 구기며 그녀를 바라보았다. 가을은 그런 그를 향해 피식 웃어 보였다. 장난스러운 목소리와 그에 어울리는 표정이었다. 정말 웃긴 여자다, 이 여

자. 자신을 본 지 얼마나 되었다고 장난을 거는 건가. 기주는 그녀를 잠시 노려보다가 이내 등을 돌려 버렸다.

"쓸데없는 소리 말고 따라 들어와요. 오늘 밤 정원에서 이슬 맞으며 자고 싶지 않다면 말이에요."

"다 읽어요."

기주는 신경질적으로 고개를 돌렸다. 자꾸 뭐라는 거야. 가을은 기주를 볼 생각도 않은 채 책들을 손으로 쓰다듬으며 말하고 있었다.

"다 읽으라구요. 작가들이 피땀 흘려 밤새 쓰는 글이에요. 가족도, 친구도, 취미도, 여유도 다 버리고 쓰는 글이라구요."

기주는 묵묵히 선 채로 가을을 바라보았다. 어느새 웃음이 사라진 그녀의 표정은 단호하였고, 굳게 입술을 다물고 자신의 대답을 기다리고 있는 표정이 고집스러워 보였다.

뜬금없이 다 읽으라니. 그냥 지나치기엔 뭔가 뼈가 느껴지는 말이었다. 자신이 신경 쓸 일이 아닌데도 기주는 왠지 가을의 말속에 담긴 그 '뼈'의 이면을 보고 싶은 생각이 들었다.

그러나 기주의 그런 궁금증은 잠시였다. 시간은 너무 늦어 있었으며, 자신은 충분히 지쳐 있었다. 며칠 머물렀다 가버릴 사람의 우습잖은 감상에 함께 젖어줄 여유 따위는 없었다. 기주는 차갑게 말했다.

"현실을 무시한 이상론이군. 그런 푸념은 당신 일기장에나 써요. 적어도 소비자들에게는 흥미없는 책을 집어 던질, 책 한 권

값만큼의 자격이 있는 겁니다. 그런 뜬구름 잡는 소릴 하려거든 당장 짐 싸들고 집으로 돌아가요. 당신이 지금 해야 할 일은 작가의 푸념이 아니라 내 여유 시간을 방해하지 않도록 당장 이 방으로 들어가는 겁니다. 인터뷰를 제대로 진행시키고 싶다면 말입니다."

기주의 딱딱한 말이 마치 얼음 같았다. 더할 나위 없이 차갑고 지독히 날카롭다. 가을은 천천히 책장에서 손을 거두었다. 내가 무슨 소릴 한 거지. 뒤늦게 이성이 돌아온 사람처럼 가을은 정신을 퍼뜩 차렸다. 내가 대체 왜 이 사람에게 그런 말을……. 아버지와의 케케묵은 감정으로 점철된 그 말은 이 사람에게 할 말도, 이 사람이 들어야 할 말도 아니었다.

머뭇거리던 가을은 더 이상의 유예는 없다는 듯 자신을 신경질적으로 보고 있는 기주의 눈빛에 아무 말 없이 방으로 발을 들였다.

"여기, 제가 쓰는 거예요?"

가을은 눈을 둥그렇게 뜨고 안내된 방을 둘러보았다. 참 깔끔하다. 정말 자신의 물건을 만지기 싫어하는 그의 성격다운 곳이었다. 깔끔한 침대 하나와 구석 벽에 붙어 있는 책상, 그 옆으로 티 테이블 하나와 소형 냉장고가 전부였다. 누가 보아도 '손님을 위한 방'이었다.

"삼 일이니까."

기주는 그렇게만 말하고 방 밖으로 몸을 틀었다. 혜련과 있을 때는 한 번도 느껴보지 않았었는데, 여자와 이 늦은 시간에 작은 방에 함께 있는 것이 좀 불편하였다. 아니, 불편이라기보다는 묘한 긴장이라고 표현하는 쪽이 더 맞을 것 같았다. 그리고 여자의 움직임 하나하나가 쓸데없이 신경 쓰였다. 피곤해서 그럴 거야. 기주는 얼른 자신의 방으로 돌아가고 싶었다.

"잠시만요!"

뒤에서 다급한 가을의 외침이 기주의 발목을 붙잡았다. 하아, 지친다, 정말. 기주는 한숨을 내쉬며 고개를 돌렸다. 가을이 싱긋 웃고 있었다. 조금 전까지만 해도 지극히 우울해 보이더니 이번에는 저렇게 쾌활하게 웃고 있다. 정말이지 종잡을 수 없는 여자다.

이번엔 또 뭐지?

기주가 그녀를 바라보자, 가을이 손가락을 깜작거리며 기주 앞으로 한 걸음 다가섰다. 그녀에게서 달콤한 향기가 났다. 샴푸? 아니면 향수? 기주가 그런 생각을 하는 사이 가을은 어느새 그에게로 한 걸음 더, 그리고 한 걸음 더 다가서고 있었다. 기주는 자신도 모르게 한 발짝 뒤로 물러났다.

"뭐, 뭡니까?"

"방 빌려주시는 호의는 감사한데요, 저는 이기주 씨를 인터뷰해야 하거든요. 인터뷰 가능 기간이 3박 4일밖에 안 되잖아요. 그중 벌써 1박 지나가고 있구요."

문틀에 기대어 팔짱을 낀 채 가을의 얘기를 듣던 기주는 피식 웃었다.

"2박 3일이나 남았네. 무엇보다 나는 지금 무척이나 피곤해요. 예고도 없이 들이닥쳐 새벽까지 기다리고 있던 누구 덕분에 말입니다. 일단 날 쉬게 해줘야 당신들이 원하는 내 과거를 캘 수 있을 겁니다."

"그런……."

가을이 반문하려 하자 기주는 가차없이 몸을 홱 돌렸다. 더 이상은 듣지 않겠다는 의도적인 거절이었다. 방문이 탁 닫힘과 동시에 가을은 방 안에 혼자 남았다. 그녀는 분한 듯 아랫입술을 질끈 깨물었다.

"난 꼭 시간을 맞춰야 한다구. 저만 아는 이기주의 자식."

그때였다. 방문이 별안간 홱 열리더니 기주의 머리가 쏙 들어왔다. 심장이 털썩 떨어져 내리는 것을 느끼며 가을은 한 걸음 뒤로 물러났다. 얼굴에 핏기가 싹 가셨다. 들었을까?

"아, 한 가지 잊은 게 있는데 이 방, 방음 안 돼요. 그리고 난 아직 미혼입니다. 내 자식 같은 건 없어요."

가을이 말한 '이기주의 자식'을 두고 하는 말이었다. 귀도 밝지. 다 들었구나. 가을은 변명하기를 체념해 버렸다. 어차피 변명이 통할 분위기도 아니었다. 자리에 없으면 나라님도 욕한다는데 뭐……. 가을은 그냥 배시시 웃어 보였다.

잠시 그는 날카롭게 가을을 쏘아보고는, 다시 문을 탁, 닫았다. 다시금 혼자.

"휴우."

안도의 한숨을 내쉰 가을은 티 테이블 의자에 무너지듯 주저
앉았다. 이기주와의 만남은 불과 이십 분도 채 안 되는 짧은 시
간이었지만, 그 이십 분이 마라톤 달리기를 한 것마냥 힘에 부
쳤다.

"아이고, 결국 인터뷰는 하나도 못했네. 좋았어, 송가을. 기죽
지 말자! 내일은 기를 확 꺾어놓고 인터뷰를 제대로 하는 거야.
아 참, 핸드폰 충전해야 되는데……."

주먹을 불끈 쥐고 허공을 향해 다짐을 하던 가을은, 뒤늦게
휴대폰의 배터리가 다 되었다는 것을 생각해 냈다. 내일 아침이
면 이래저래 하룻밤을 어찌 보냈는지 궁금해서라도 수진이 전
화를 걸어댈 것이 분명했다. 만약 충전을 시키지 않아 연락이
닿지 않는다면 수진은 별의별 생각을 다 할 것이었다. 생각만
해도 휴, 한숨이 먼저 나왔다. 그래서 이기주의 집에 있을 동안
은 휴대폰을 항상 켜두기로 한 터였다.

가을은 가방을 열어 휴대폰을 꺼내었다. 그리고 지퍼를 닫다
가 멈칫, 가방 안에 들어 있던 캔 커피를 꺼내 들었다. 아까 마
트에서 돌아오는 길에 마시려고 사두었던 것인데, 생각보다 이
것저것 산 것이 많아서 커피를 마실 수 있는 손이 없었다.

"내일이면 미지근해질 텐데……."

가을은 캔을 만지작거렸다. 지금 마시면 잠을 제대로 못 잘
것이었다. 괜히 커피를 마시고 잠이 오지 않아 뒤척거리다 늦잠

이라도 자게 되면 낭패일 터였다. 그때 가을의 눈에 소형 냉장고가 들어왔다.

"넣어놨다가 내일 아침에 마셔야지. 나쁜 이기주 놈은 주지 말고. 엥?"

콧노래를 흥얼거리며 냉장고 문을 연 가을은 잠시 굳은 채 냉장고 안을 들여다보기만 하였다. 이거 망가진 냉장고인가? 작동하는 것이라면 냉장고를 열었을 때 불이 들어와야 하는데 이것은 안이 어두웠다. 그러고 보니 냉장고 작동 소리도 들리지 않는다. 이리저리 냉장고 주변을 두리번거리던 가을은 이내, 냉장고 코드가 콘센트에서 빠져 있는 것을 발견했다.

"뭐야, 그럼 그렇지. 한동안 손님이 없어서 빼놓은 모양이지?"

가을은 코드를 한 손에 쥐어 들었다. 좀 젖어 있는 것 같았다. 아닌가? 가을은 헷갈렸다. 마치 겨울에 마당에 널어두었던 빨래가 아직 마르지 않은 것인지, 아니면 날씨가 너무 차가워서 마르지 않았다고 느껴지는 것인지 모호할 때처럼 가을은 얼른 분간을 하지 못했다. 한여름 눅눅한 곳에 사용도 하지 않고 방치해 두어 그런가 보다.

그렇게 생각한 가을이 만족스러운 듯 웃으며 벽으로 시선을 던지자 콘센트가 보였다. 커피만 넣어두고 얼른 핸드폰 충전시켜야지. 가을은 그렇게 생각하며 콘센트에 코드를 정확히 찔러 넣었다.

퍼벅!

순식간의 일이었다. 가을이 코드를 꽂는 순간, 굉장히 둔탁한 소리가 나며 손끝에 찌릿한 통증이 찾아들었다. 그 충격으로 인해 가을은 뒤로 벌렁 나자빠졌다.

어둡다. 사방이 칠흑같이 어두웠다. 가만, 내가 기절한 건가? 가을은 눈을 끔벅거려 보았다. 아니, 아니다. 아릿한 손끝의 통증도 고스란히 전해져 오고 있었다. 기절한 것도 아니고, 꿈을 꾸고 있는 것도 아니었다. 헉! 가을은 날카로운 신음 소리와 함께 벌떡 상체를 일으켰다. 이런, 정전이다!

일순, 그녀의 머릿속이 혼잡해졌다. 이 난관을 어찌 극복해야 할지 가을은 종잡을 수가 없었다. 나이트클럽을 갔다가 학생주임 선생님께 걸렸던 고3 시절 때보다 더 난감한 상황이었다. 남의 집에 들어와 사고를 치다니. 이 일을 빌미로 이기주가 대필작가 교체를 출판사에 요구할 수도 있었다. 안 돼! 내 마이너스 통장!

가을은 엉금엉금 바닥을 기었다. 아직 구조도 익숙하지 않은 터라, 이 어둠 속에서 문을 찾아다가는 가구들에 부딪힐지도 모른다는 공포 때문이었다. 지금 가을에게 중요한 것은 스피드였다. 얼른 이기주를 찾아 내려가 이게 웬 정전이냐며, 먼저 선수를 쳐야 했다.

바닥을 바득바득 기어가던 가을의 머리에 딱딱함이 느껴졌다. 손을 들어 만져 보니 나무 느낌이 나는 것이 문이었다. 더듬

더듬 문을 짚고 일어선 가을은 드디어 손잡이를 찾을 수 있었다. 강하게 비틀자, 탁 소리가 나면서 문이 열렸다.

"꺄아아아악!"

가을의 날카로운 비명 소리가 온 집 안을 뒤흔들었다. 그리고는 그녀는 그만 방바닥에 주저앉아 버렸다. 온 신경이 곤두서는 기분이었다. 귀, 귀신인가? 바들바들 떨며 가을은 자신이 본 형상이 무엇인지 확인하기 위해 시선을 올렸다.

……이기주였다.

잠을 자기 위해 침대를 정리하던 기주는 갑자기 정전이 되자, 손전등을 찾아 들고 이층으로 올라왔던 것이다. 넘어진 김에 쉬었다 간다고, 기주는 정전된 김에 그냥 자려다가 아무래도 가을이 신경 쓰여서 자리에서 일어났다. 이층으로 올라선 기주가 손잡이에 손을 가져가는 순간 문이 확 열렸고, 그것에 놀란 기주가 반사적으로 손을 거두었는데 그러다 손전등이 직선으로 세워져 그의 턱을 비추었던 것이다.

그러나 그것은 가을에게 있어, 자신이 대필을 해주어야 하는 이 시대 최고의 톱스타가 아닌 그저 귀신의 형상으로만 보였던 것이다.

"뭘 그렇게 놀라요? 사람 머쓱하게."

퉁명스럽게 말을 내뱉는 기주를 가을은 멍하니 바라보았다. 이기주다. 귀신이 아닌 이기주. 일순, 긴장이 탁 풀렸다. 가을의 눈가에서 눈물이 뚝뚝 흘러내렸다.

"하······하하, 아, 놀라라······. 난 또······. 하하, 하하하······ 흑흑."

두서없이 이어져 가던 가을의 말과 웃음에 점점 물기가 배어 났다. 왜 우는지 알 수는 없었지만 눈물이 흘러나오고 목소리가 흔들리는 것을 가을 스스로도 어찌할 수가 없었다. 한 번 시작 된 눈물은 제어할 겨를도 없이 쏟아지고, 어느새 그녀의 흐느낌 은 통곡으로 바뀌어갔다.

"뭐야, 우는 거야? 울어요? 왜요? 어디 다쳤어요? 넘어지다 가 발목을 삐끗하기라도 한 거야?"

갑작스런 가을의 울음에 당황한 기주는 얼른 손전등을 책상 위에 올렸다. 손전등의 빛이 침대 위를 환하게 비추었다. 그 빛 에 의지해 기주는 가을에게 성큼성큼 다가갔다.

"······!"

가을은 당황하여 비명조차 지르지도 못하였다. 기주가 그녀 를 번쩍 들어 안아 올렸기 때문이다. 기주는 조금의 거리낌도 없어 보였다. 그의 단단한 팔이 자신의 등을 타고 느껴지자 가 을은 숨을 들이켠 뒤 내쉬지도 못하고 있었다.

그녀를 안아 올린 기주는 가을을 침대 가장자리에 앉혔다. 이 제야 가을이 보였다. 기주는 허리를 숙이고 그녀의 얼굴을 들여 다보았다. 고작 손전등의 불빛에 의존하는 것이라 그녀의 표정 이 잘 보이지는 않았지만 바보처럼 겁에 질려 입가가 파리하게 떨고 있는 것이 보였다. 기주는 그녀와 눈을 마주했다.

“어디 다쳤어요?”

“아, 저, 그게…….”

괜찮다고 말하려 고개를 들던 가을의 입술이 꾹 다물렸다. 고개를 든 순간 생각보다 너무 기울어져 있는 그의 얼굴에 입술이 부딪칠 뻔하였다.

“아, 흠흠!”

기주 역시 너무 가을을 들여다보았다는 생각에 그만 머쓱해져 헛기침을 하며 고개를 돌렸다.

“다친 거 아니라면 일어나요. 밖에 내다보니 다른 집은 불이 켜져 있는 게, 아마 여기만 정전된 것 같아요. 누전 차단기 확인을 해야 할 것 같으니 손전등 좀 들어줘요. 차단기가 높은 곳에 있어서…….”

기주의 말은 그의 당황함을 감추려 빠르게 이어졌다. 그리고는 가을의 대답을 듣기도 전에 기주는 방을 빠져나왔다.

가을 역시 조금의 망설임도 없이 기주의 뒤를 따랐다. 나가기 전에 냉장고의 콘센트를 빼놓는 것도 잊지 않았다.

잠시 뒤, 그들은 일층 현관 앞에 나란히 선 채 천장 부근을 올려다보고 있었다.

“누전 차단기가 떨어진 것 같은데…….”

손전등으로 누전 차단기를 비추어보던 기주는 미간을 찌푸리며 중얼거렸다. 일단 떨어진 차단기를 올려보고 다시 정전이 되면서 차단기가 떨어지면 오늘 밤은 어쩔 수 없이 그냥 보내고 내일 전기 기술자를 불러야 할 것 같았다.

"이거 들어요. 저기 차단기 보이죠? 거길 좀 비춰줘요."

"네."

가을은 얌전히 손전등을 건네받았다. 대체 이게 무슨 꼴이란 말인가. 하나도 계획대로 되는 일이 없었다. 술을 먹여 술술 인터뷰를 받아내려던 계획도 틀어졌고, 지금 자신의 핸드폰은 충전을 시켜달라 빽빽대고 있을 것이다. 그리고 아마 내일쯤이면 캔 커피는 얼굴 씻은 물처럼 미지근해져 있을 것이다.

"잘 비추라니까요. 아, 환장하겠네."

기주의 탄식 섞인 신음에 가을은 위를 올려다보았다. 의자 위에선 기주는 골치가 아픈 듯 이마에 손을 얹고 있었다.

"왜요?"

가을의 물음에 기주의 시선이 그녀에게로 향했다. 곤혹스러운 눈빛이다.

"열어본 지 오래되어서 그런지, 차단기 커버가 안 열려요. 원래 이거 누르면 열리는 건데……."

기주는 짜증스럽게 커버에 달린 버튼을 탁탁 눌렀다. 꿈쩍할 기미도 보이지 않았다.

항상 바빴던 기주로서는 잠자는 것과 밥을 먹는 것 이외에는 이 집에서 해본 일이 없었다. 그러니 누전 차단기의 커버가 열리는지 안 열리는지 따위를 알지 못하는 것도 무리는 아니었다.

"에이, 무슨 남자가 그것도 못하고……. 비켜봐요, 내가 해볼 테니까."

가을은 의자 위에 올라선 기주의 다리를 탁탁 치며 말했다. 기주는 어이없다는 듯 가을을 내려다보았다.

"그쪽도 못해요. 이왕 늦었으니까 오늘은 이만 올라가서 자죠. 내일 아침에 기술자 부르면 되니까."

"아, 글쎄! 일단 내려와 보라니까요."

가을의 기세에 기주는 의자에서 쭈뼛쭈뼛 내려왔다. 그런 기주의 손에 가을은 싱긋 웃으며 손전등을 쥐어주었다.

"똑바로 비춰요."

"나 참……."

탁탁. 의자 위로 올라간 가을은 조금 전 기주가 말했던 버튼을 눌러보았다. 역시나 그의 말대로 꿈쩍도 하지 않았다. 더 강한 힘으로 눌러보아도 역시나 마찬가지였다.

"거봐요. 안 되잖아요."

기주의 기세등등한 목소리가 얄밉게 들려왔다. 그 목소리는 가을의 심기를 건드리는 것도 모자라 긁어놓기에 충분하였다.

"도라이바 좀 가지고 와봐요."

"뭐요?"

"도라이바요, 도라이바!"

"아, 드라이버……. 그건 왜요?"

가을은 신경질적으로 그를 내려다보았다. 이 남자, 처음 볼

땐 안 그렇더니 참 말도 많다. 기주는 모르는 사이 가을의 승부 근성을 건드려 놓았다. 가을은 턱짓을 하며 말하였다.

"드라이버든 도라이바든 얼른 가져와 보라니까요? 현관문 앞에서 손전등 든 채 날밤 새고 싶어요?"

이건 뭔가 바뀌어도 한참 바뀌었다. 대체 이 집 주인이 누구인지 그녀는 잊고 있는 것 같았다. 기주는 어이가 없었다. 그러나 또 딱히 따지고 들 것도 없었다. 정전이 되어 집 주인이 고치지 못하는 것을 객식구가 고쳐 주겠다는데, 잘못된 거냐 되물으면 할 말도 없다.

기주는 몸을 홱 돌려 다용도실로 향했다.

"작가가 도라이바가 뭐야, 도라이바가."

중얼거리는 그의 목소리를 들으며 가을은 피식 웃었다. 국내 톱스타 부려먹는 재미도 쏠쏠한데? 싱긋 웃던 가을은 다시 한 번 버튼을 눌러보았다. 여전히 꿈쩍도 하지 않았다.

"그렇게 해서 될 게 아니라니까요. 일단 오늘은 그냥 자고……."

어느새 다시 돌아온 기주가 가을을 달래듯 말하였다. 그렇게 말하면서도 기주는 자신이 지금 왜 이런 짓을 하고 있어야 하는지 이해가 되질 않았다. 대체 지금 불을 켜면 뭘 어쩔 거냔 말이다. 어차피 불을 켠다 해도 다시 끄고 침대로 기어들어 갈 것 아닌가. 그런데도 기주는 어쩐지 승부욕을 불태우는 가을의 요청을 다 따르고 있으니 이 또한 이상한 일이었다.

달래듯 말하는 기주의 목소리에도 불구하고 가을은 그를 향해 손을 내밀었다.

"도라이바."

기주는 자신도 모르게 나직한 한숨을 쉬었다.

"드라이버라니까."

곧 가을의 손에 드라이버(혹은 도라이바)가 전해졌다. 가을은 기주에게서 시선을 거두고 차단기 커버를 고정시키고 있는 나사에 드라이버(혹은 도라이바)를 꽂았다.

기주는 열심히 차단기 커버를 걷어내려 애쓰는 가을을 보면서 알게 모르게 빙긋 웃었다. 좀 웃긴다. 모르겠다. 그냥 웃겼다. 놀랐다고 우는 모습도, 별것 아닌 일에 화르륵 불타올라 열중하는 것도.

"뭐야, 이거."

짜증 섞인 그녀의 목소리에 기주는 그녀에게 시선을 던졌다. 자꾸만 즐거워지려는 기주의 마음과는 다르게 가을의 목소리는 분노로 이글거렸다.

가을은 씩씩거리고 있었다. 이기주가 가져온 드라이버는 대체 어떻게 된 것이 나사못 하나 제대로 풀지를 못하고 허공에서 빌빌, 마치 웅덩이에 빠진 자동차 바퀴 공회전 하듯 하고 있었다.

"이거 뭐야! 도라이바가 아니라 또라이바잖아!"

가을의 목소리가 빽! 하고 허공을 갈랐다. 그리고는 불만 가득한 눈을 기주에게로 홱 돌렸다.

"왜, 왜 그런 눈으로 봐요?"

기주의 말이 턱하고 목에서 한 번 걸렸다 나왔다. 소 되새김질하는 것도 아니고 말을 더듬고 나니 좀 부끄럽다. 그러나 기주의 기어들어 가는 목소리와는 다르게 가을은 더욱 힘껏 그를 쏘아보았다.

"무슨 남자 사는 집에 제대로 된 공구 하나 없어요?"

"집에 잘 있지 않으니 그렇지. 그런 일 있을 때는 매니저들이 다 알아서 해주고……. 그러는 당신은 무슨 여자가 그렇게 승부욕이 심해? 거기다 집착까지."

기주의 말에 가을은 발끈했다. 여전히 의자 위에 선 채로 팔짱을 끼고는 기주를 내려다보았다. 쪼끄만 게 까불고 있어.

"거기에 여자가 왜 들어가요? 이기주 씨, 그거 성차별적 발언인 거 알아요?"

"고작 드라이버 하나 때문에 남자 사는 집이니 어쩌니 끌어다 붙인 건 누군데?"

흠. 듣고 보니 그건 또 그랬다. 가을은 기가 한풀 꺾여 기주의 시선을 피했다.

"뭐, 그건 뭐……."

"쓸데없는 말꼬리 그만 잡아요. 난 이미 충분히 피곤해. 이만 올라가 자요. 아침 밝는 대로 고치면 되니까."

"네……."

가을의 목소리가 기어들어 갔다. 그러고 보니 자신이 너무 오지랖을 부렸던 것 같기도 하다. 왠지 좀 흥분해 있던 것 같기도 하고 말이다. 상대가 톱스타 이기주여서일까. 그에게 언성을 높이고, 그와 소소한 말다툼을 벌이고, 그가 잡아주는 의자 위에 올라가고, 그에게 핀잔을 주고. 그랬던 자신은 그 다툼들을 즐기며 좀 흥분했었던 것 같기도 했다. 시야에 익숙해진 어둠 사이로 기주가 등을 돌리고 발을 옮기는 것이 보였다. 이제 방으로 들어가려는 것 같았다. 그러다 무슨 생각이 난 건지 기주는 가을을 돌아보았다.

"그 손전등 가지고 올라가요. 괜히 올라가다 넘어져 골치 아프게 하지 말고."

"네."

어둠 속에 잘 보이지 않을 텐데도 가을은 고개를 주억거렸다. 잘못 들은 것일까. 기주의 피식, 하는 낮은 웃음을 들은 것 같기도 했다.

아, 내가 왜 이러지. 가을은 짜증스럽게 차단기 커버를 쳐다보았다. 이놈 때문이다. 이놈이 다 원흉인 거다! 가을은 주먹으로 커버를 쾅, 쳤다.

"어, 열렸다!"

방으로 돌아가던 기주의 발이 우뚝 멈춘 채, 자신을 돌아보고 있는 것이 느껴졌다. 가을은 마치 보물을 캐는 듯한 눈빛으로 차단기를 바라보았다. 케이스는 열렸다. 그렇다면 이제 저 내려

간 차단기를 올려봐야 한다. 가을은 조심스럽게 차단기에 손을
대고 천천히 올렸다.

삐비빅.

이상한 소리와 함께 온 거실이 환해졌다. 가을의 얼굴에 웃음
꽃이 활짝 피었다.

"됐다! 켜졌다! 켜졌다!"

너무나 기쁜 나머지 가을은 의자에서 방방 뛰었다.

"어! 뛰지 마. 위험……. 어, 어!"

"꺄악!"

눈 깜짝하는 찰나, 일은 벌어지는 법. 가을의 비명이 공기를
뒤흔들었다. 의자 위에서 방방 뛰던 가을 때문에 의자가 이리저
리 균형을 잡지 못하고 흔들리다 이내 넘어간 것이었다. 뛰지
말라고 경고를 해주려던 기주는 이미 경고하기엔 늦었다는 것
을 판단, 순간적으로 몸을 날려 떨어지는 가을을 몸으로 받아내
었다. 그러나 그 무게를 이기지 못하고 함께 나동그라진 것이었
다.

"으윽."

기주의 낮은 신음에, 잠시 그의 품에 안겨 놀란 가슴을 진정
시키던 가을은 퍼뜩 정신을 차렸다. 그리고 그와 동시에 자신이
지금 누워 있는 것이 딱딱한 거실의 바닥이 아니라 단단한 이기
주의 가슴이라는 것도 알아차렸다.

"어머, 죄송해요. ……앗!"

얼른 몸을 일으키던 가을은 손을 들어 코를 감쌌다. 순식간에 얼굴이 빨갛게 달아오르고 있었다. 놀란 마음에 황급히 일어나려던 것인데, 그만 기주와 코가 부딪친 것이었다. 오늘 자꾸 왜 이러는지 알 수가 없었다. 아까의 일도 그렇고……. 가을은 슬쩍 기주를 훔쳐보았다. 웬일인지 그의 입술만 눈 한가득 클로즈업되어 보였다. 남자치고는 가늘면서도 윤곽이 뚜렷한 것이…….

뭐야, 송가을! 미쳤니? 가을은 머리를 쥐어뜯고 싶은 심정이었다. 솔로로 지낸 지가 손가락 다섯 개가 부족할 만큼이다. 드디어 욕구불만에라도 걸린 걸까.

"죄, 죄송해요."

붉어진 얼굴을 들키지 않으려 가을은 고개를 돌린 채로 말했다.

"죄송할 짓은 처음부터 하지 말아요. 얼른 저 의자나 치우고 그만 올라가요. 이러다 정말 밤새겠으니까."

기주는 무뚝뚝하게 말하고 몸을 일으켰다. 그리고는 자신의 바지를 툭툭 털어내었다. 기주는 유연한 태도로 몸을 쓰윽 돌려 자신의 방으로 향했다.

가을은 그의 등에 대고 주먹을 불끈 쥐어 보였다. 역시, 자신이 잠깐 어떻게 된 것이 틀림없었다. 저렇게 냉정한 놈이 갑자기 멋져 보이다니.

방 앞에 다다라 문의 손잡이를 쥔 기주는 가을 쪽을 보지 않고 중얼거렸다.

"당신 때문에 나까지 이상해졌잖아."

탁! 문이 거칠게 닫혔다.

혼자 남겨진 가을은 조용해져 버린 거실에서 기주가 들어가 버린 방문을 멍하니 바라보았다. 뭐라는 거야.

잠시 뒤, 넘어진 의자를 치우고 이층으로 올라가던 가을은 생각했다.

합선을 일으킨 주범으로 추정되는 저 냉장고를 어떻게든 이 기주 모르는 사이 고쳐 놔야겠다고. 덤터기를 쓰게 될지도 모르는 일이니까 말이다.

쩝쩝. 입맛을 다시며 가을은 빙글, 몸을 틀어 모로 돌아누 웠다. 창으로 햇살이 가득 쏟아져 눈이 조금 부셨던 탓에 그녀 는 끄응 신음을 흘리며 이불을 머리끝까지 뒤집어썼다.

"응?"

이불이 주는 포근한 어둠 속에서 가을은 눈을 반짝 떴다. 햇 빛? 침대? 가을은 다시금 이마 끝까지 덮고 있던 이불을 끌어 내렸다. 그리고는 천장을 올려다보았다. 새로 한 지 얼마 되지 않은 것 같은 은은한 연둣빛의 도배지가 눈에 들어왔다. 그제야 가을은 지금 자신이 편히 누워 있는 이곳이 자신의 반지하 자취 방이 아니란 것을 깨달았다.

햇빛이 눈을 괴롭혀 깨어나는 것이 아니라, 습기 탓에 생긴 두통으로 이마에 손을 짚으며 일어나야 하는 반지하 자취방, 짹짹 새소리를 들으며 일어나는 것이 아니라, 부우웅 출근길 찻소리를 들으며 눈을 떠야 하는 도로변 반지하 사취방 말이다. 그 방이 아니라 가을은 지금 이기주의 집에 와 있는 것이었다.

아, 그랬지 하며 가을은 무심결에 손목을 들어 올려 시간을 확인했다.

"헉!"

가을은 벌떡 일어나 앉았다. 마치 뭔가를 잘못 본 사람처럼 눈을 쓱쓱 비비고 다시 시계를 들여다보았다. 아니, 아니야. 이건 뭔가 잘못된 거야. 가을은 믿을 수 없는 현실에 세차게 머리를 흔들고는 미간을 잔뜩 찌푸린 후 다시금 시계에 눈을 고정시켰다. 그러나 그것은 현실이었다. 번복될 수 없는 사실이었다.

오전 아홉 시 이십 분.

가을은 아랫입술을 질끈 깨물며 머리를 감싸 쥐었다. 어제 그 난리를 피우고 방으로 돌아가 휴대폰 충전을 하려고 콘센트에 꽂았을 때, 문자 수신음이 연방 울렸다. 이기주 실물은 대체 어쩌냐는 문자와 무슨 얘길 나누고 무슨 음식을 먹었냐는 문자와 대체 뭘 하기에 답 문자도 없냐는 수진의 문자가 전부였다. 답 문자를 보내려다가 금세 피곤해져 버린 가을은 내일 전화나 한 통 해야겠다, 생각하며 침대에 몸을 뉘었다. 그리고 눈을 감으려 할 때쯤 수신음이 다시 울렸다.

또 수진일까.

한숨을 지으며 휴대폰 폴더를 재차 열었다. 수진이 아니었다. 이기주의 매니저였다. 매니저 팀장이라던 민혜련. 이기주가 워낙 바쁘니 취재는 집과 스케줄 이동 때 차에서 조금씩 했으면 좋겠다고, 내일 아홉 시 생방송 때문에 여덟 시에 데리러 갈 테니 함께 움직여 달라는 내용이었다.

스케줄 바쁜 사람들의 취재는 어차피 대부분 이런 식으로 이루어졌다. 생각 못했던 바도 아니었다. 여유롭게 앉아 차나 한 잔 홀짝거리며, 상대는 진지하게 얘기하고 그 맞은편에 앉아 고고하게 수첩에 적어 내려가는 그런 취재는 월간 여성 잡지에 가서나 하라고 선배가 말한 적도 있었다.

아무튼 이기주의 옆에 바짝 붙어 취재를 해야 하는 건 아무렇지 않은데, 너무 늦은 시간 탓에 자신은 너무 피곤해 있었다. 잠깐 눈을 붙여야 할 것 같았다. 그때 왜 알람을 맞춰두지 않았을까. 가을은 거칠게 머리를 헝클었다. 아홉 시 생방송인데, 깨어난 시간이 아홉 시 이십 분이라니.

결국 그녀는 푹신한 침대에서 눈을 뜬 죄로, 따뜻한 햇살을 받으며 우아하게 눈을 뜬 죄로, 짹짹거리는 새소리를 들으며 고상하게 눈을 뜬 죄로, 이기주를 인터뷰할 수 있는 삼사십 분의 시간을 그 푹신한 침대에, 따뜻한 햇살에, 짹짹거리는 새소리에 처박은 것이나 다름없었다.

가을은 황급히 휴대폰을 열었다. 혜련의 번호를 찾아 통화 버

튼을 길게 눌렀다. 미안하다며 다시 굽실거릴 생각을 하니 자연
스레 입술을 물게 된다. 가을은 입술을 문 걸로 모자라 불안한
듯 잘근잘근 깨물었다.

"왜 이렇게 안 받아."

인내심이 극에 달할 때쯤, 달칵 하고 전화기 너머에서 소리가
났다.

[여보세요.]

"매니저님, 저 대필 작가 송가을입니다."

[아, 예.]

들려오는 그녀의 목소리가 영 밝지만은 않다. 첫날부터 약속
을 어긴, 그보다 자기가 떠받들고 있는 연예인보다 더욱 늦게
일어나는 대필 작가가 불쾌했을 것이었다.

약속된 여덟 시가 땡 울리기가 무섭게 멀쩡한 얼굴로 나서는
이기주와는 달리, 내려오지 않아 이상해서 올라가 보니 남의 침
대 위에 큰대 자로 뻗고 드러누워 있었을 자신을 보며 그녀가
얼마나 기막혀 했을까. 그것을 알기에 가을의 목소리가 더욱 기
어들어 가고 있었다.

"죄송해요. 알람을 맞춰놓지 않아서 그만……. 어딘지 말씀해
주시면 바로 갈게요. 가서 다음 스케줄 이동하는 동안, 그리고
촬영 틈틈이 취재할게요. 부탁드려요. 이기주 씨 스케줄 때문에
취재 일정 더 늘리는 거 힘드시잖아요."

애절한 가을의 부탁에 나직한 그녀의 한숨이 전해져 왔다.

[……여기 탄현이에요. ISB요. 오셔서 제게 다시 전화하세요. 그럼 내려갈게요. 출입증 없으면 들어오시기 힘드실 거예요. 저희 현장 매니저 보내면 좋은데, 길이 막히기라도 하면 여기 촬영 끝날 때까지 차가 다시 못 돌아올까 봐요.]

"괜찮아요. 제가 택시 타고 갈게요."

가을은 전화를 끊기가 무섭게 침대를 박차고 일어섰다. 머리를 대충 올려 묶음과 동시에 발가락을 꼼지락거리며 바지를 벗었다. 며칠 지내야 되기 때문에 잘 때 입는 반바지를 준비해 왔다가 갈아입었던 것이다. 가을은 얼른 바지를 꿰어 입고 가방을 둘러메었다. 어제 입은 바지라 무릎 부분이 늘어나 있었지만 별로 개의치 않았다.

세수? 훗, 그까짓 거. 가을은 현관문을 밀어 열고 뛰쳐나가면서 눈곱을 떼어냈다.

출근 시간대를 피한 덕인지, 차는 그렇게 밀리지 않았다. 이기주의 집에서 혜련이 말했던 탄현 스튜디오까지는 이십 분 만에 도착하였다. 택시비를 치르고 문을 닫음과 동시에 달리기 시작하면서 가을은 핸드폰의 통화 버튼을 길게 눌렀다.

[일층이에요?]

가을의 번호를 확인했는지 혜련이 전화를 받았을 때 그녀는 이미 전화를 걸어온 것이 가을인 줄 알고 있었다. 가을은 거친 숨을 몰아쉬며 대답했다.

"네. 헉헉. 일층이에요. 어디로 가면 돼요?"

이기주의 집 담장만큼 높은 로비의 출입문을 밀어 열면서 가을은 대답하였다. 로비를 둘러보던 가을의 눈이 휘둥그레졌다. 안은 굉장히 넓었고, 사람도 득시글거렸다. 카메라를 든 사람들이 자신의 옆을 스쳐 지나갔고, 정장을 입은 경비업체 사람들이 출입통제를 하고 있었다. 가을은 조금 들뜨는 기분을 억누르며 전화통화에 신경을 집중했다.

[아니요. 제가 내려갈게요.]

전화가 뚝 끊겼다.

뚜뚜뚜. 허락도 없이 끊어진 전화에 가을은 머쓱해져 휴대폰을 바라보다가 가방끈을 고쳐 메곤 앞을 바라보았다. 출입을 통제하던 경비업체 직원이 자신을 이상하게 바라보고 있었다. 그러고 보니 이곳에서는 자신이 제일 초라한 것 같았다. 그건 비단 옷차림만이 아니었다.

이곳은 꿈의 공장이었다. 꿈을 만들고, 꿈을 보여주고, 꿈을 꾸게 하는 곳이었다. 그러나 이곳에서 대필 작가인 자신은, 꿈을 보여주겠다고 홀리는 사기꾼일 뿐이었다. 자격지심이 아니라 지극한 현실 직시였다. 가을은 자신을 이상하게 바라보고 있는 경비업체 직원을 향해 어색하게 웃어 보였다.

"가을 씨."

누군가가 뒤에서 등을 톡 쳤다. 얼른 몸을 돌리니 검은색 정장 바지에 고급스러워 보이는 시폰 블라우스를 입은 혜련이 한 손에 휴대폰을 들고 빙긋 웃고 있었다. 전화 목소리로 어림짐작한 만큼 화가 난 것 같지는 않아 보였다. 가을은 얼른 그녀에게로 몸을 돌리고 허리를 꾸벅 숙였다.

"죄송해요. 알람을……."

"괜찮아요. 제가 올라가서 깨울 수도 있었지만 너무 달게 자고 있어서요. 오는데 힘들지는 않았어요?"

가을은 쑥스럽게 웃었다. 그러면서도 자신이 민망하지 않도록 웃어주는 혜련이 내심 고마웠다. 이기주 정도의 연예인을 데리고 있는 매니저라면 어딘지 모르게 고압적일 거라는 가을의 편견을 단숨에 깨어주고 있었다.

"그래도 늦지 않아 다행이네요. 기주 씨는 2부부터 들어가거든요. 지금 1부 끝나고 광고 나가는 중이구요."

어느새 다시 목소리가 밝아진 혜련이 엘리베이터 쪽으로 몸을 돌리면서 말했다. 가을도 그 뒤를 따랐다. 출입증을 목에 걸고 지나가며 출입통제를 하고 있던 직원을 향해 까딱 목례를 해 보이는 혜련의 태도가 무척이나 유연하고 멋있었다. 가을은 금세 혜련이 좋아졌다.

혜련의 뒤를 따라 올라간 곳은 대기실이었다. 그곳을 올라가면서 가을은 연예인들을 몇이나 보았다. TV에서 지금 방금 뛰쳐나온 사람처럼 사극 복장으로 지나가는 사람도 있었으며, 요즘 제일 잘나간다는 MC도 그녀의 곁을 스쳐 지나갔다. 대중가

수 중 다섯 손가락 안에 들어간다는 이기주를 볼 때도 이런 기분은 없었는데, 가을은 마치 자신이 지금 별천지에 온 듯한 기분이 되었다. 매번 정치가나 기업가들을 만나온 가을과는 달리, 연예인들 대필만을 고집해 온 수진이 이해가 되기도 했다.

대기실 문을 열자 거기는 또 그곳 나름대로의 별천지였다. 수십 가지가 넘는 화장품이 담긴 케이스며 옷, 신발, 그리고 많은 사람들. 그들은 지금 자신의 별을 위해 땀을 흘리는 사람들이었다.

혜련의 뒤로 쭈뼛쭈뼛 몸을 들이자, 한 남자가 빠른 걸음으로 다가와 혜련에게 꾸벅 인사를 했다. 설핏 시선을 올려 바라보니 첫날 가을이 이기주의 집에 왔을 때, 열쇠를 들고 왔었던 현장 매니저였다.

"형님은 촬영 들어가셨어요."

"아, 그래?"

여유로운 태도로 혜련이 고개를 돌려 벽에 붙은 모니터에 시선을 옮겼다. 그런 자연스러운 모습이 참 멋있구나, 생각을 하던 가을도 모니터를 바라보았다.

이기주의 활동 모습이 자료화면으로 나간 뒤, 무대가 비춰지자 소파에 편하게 기대앉은 이기주의 모습이 카메라에 잡혔다. 아침 프로그램의 생방송이었다.

─요즘 활동이 많아 더 바쁘시겠어요.

요즘 여기저기서 활발하게 MC 활동을 하는 여자 아나운서가 이기주를 향해 물었다. 그런 그녀의 만면에 미소가 가득한 것으로 봐서는 오늘의 출연자가 흡족한 듯 보였다.

—다 여러분 덕분이죠.

그 대답을 들은 가을은 갑자기 속이 메스꺼워졌다. 어젯밤 미간을 찌푸리면서 얼른 이층으로 올라가라며 냉정하게 말하던 이기주는 그곳에 없었다. 모든 여자의 열망, 이기주의 가면을 쓴 녀석이 거기에 앉아 있었다. 그러나 이기주가 한 말은 정말 식상하면서도 100% 먹히는 대답이었다. 일단 그곳에 앉아 있던 여 아나운서는 조금 감동한 표정이었다. 그 표정 역시 어느 정도는 만들어낸 것일 테지만.

가을이 팔짱을 끼고 혼자 어이없다는 듯 피식 웃을 때에도 인터뷰는 계속되었다.

—한여름과 맞물려 활동하시느라 고생이 많으시겠어요. 여름을 싫어하신다던데.

—아뇨, 싫지 않아요. 활동적이고 정열적이고 좋죠. 해변이 더 아름다워지기도 하고.

화면 속의 이기주가 음흉하면서도 장난스러운 표정을 지음과 동시에 방청석에서 까르르 웃음이 터졌다.

—그러시군요. 여름을 싫어한다는 기사를 본 적이 있는 것 같은데……. 그럼 어떤 계절을 가장 싫어하세요?

아나운서의 질문에 이기주는 턱을 괴고는 '음……' 했다. 잠시 그러고 있던 이기주는 턱에서 손을 떼고는 씨익 웃어 보였

다. 왠지 음흉한 웃음이라는 생각이 들면서 가을의 살갗에 소름
이 오소소 돋았다. 이기주의 얼굴이 화면 한가득 클로즈업 되었
다.

　―가을이요.

　"풉!"

　대기실에 있던 혜련과 현장 매니저의 어깨가 들썩거렸다. 웃
음을 참으려 입을 가리고 있는 그들을 가을은 울상을 하고 쳐다
보았다. 그리고는 다시 화면으로 앙칼지게 눈을 돌렸다.

　뭐야, 저 자식! 내 이름을 알고 있었어? 음흉한 놈.

　이기주의 인터뷰가 계속되는 동안 가을은 대기실 구석에 위
치해 있는 소파에 조심스레 엉덩이를 두고 앉았다. 바삐 움직이
는 사람들 속에 괜스레 거치적거렸다가는 눈치받기 십상이니
말이다. 이런 생활을 좀 오래한 탓일까. 이렇게 북적이는 공간
에서 가을이 앉아 있어도 절대 거치적거리지 않을 사각지대가
그녀의 눈에 보이는 것만 같다.

　혜련의 말대로라면 이기주의 촬영은 앞으로 삼십 분은 더 걸
릴 것이라고 했다. 그동안 책이라도 볼까. 가을은 미리 사서 가
방에 넣어두고 다녔던 포켓북을 꺼내었다. 자투리로 남는 무료
한 여유 시간은 몇 달 내내 열 페이지도 채 넘기지 못한 책을 괜
스레 뒤적이기에 적당했다.

　소파로 피신(?)하기 위해 가을이 몸을 돌리는데 이기주가 연

예인으로서 살아가는 이야기를 인터뷰하는 것인데 방송 보지 않아도 괜찮겠냐고 현장 매니저가 물어왔었다. 가을은 그저 슬며시 웃어 보이는 것으로 답변을 대신하였다.

어차피 저곳에서 얘기하는 것들은 그간 인터뷰해 왔던 신문이나 잡지, 혹은 인터넷에서 충분히 구할 수 있는 닳고 닳은 소재에서 크게 벗어나지 않는 것이었다. 지금 저기서 이기주가 하는 말이 진심이든 만들어낸 것이든 간에 신문, 잡지, 인터넷에서 쉽게 접하는 이야기를 적어낸 자서전을 돈 주고 살 바보는 많지 않다. 이기주의 벗은 상체 사진을 서비스로 넣지 않는 한에는 말이다.

잠시 책을 뒤적이고 있는데, 그녀의 숙인 얼굴 앞으로 흰 종이 뭉치가 불쑥 내밀어졌다. 가을은 시선을 들어 올렸다. 깔끔하게 사무용 집게로 집은 종이 뭉치를 내밀고 혜련이 웃고 있었다. 가을은 어리둥절한 얼굴로 쭈뼛쭈뼛 그것을 받아 들었다.

"기주 씨에 대한 것들이에요. 출생년도, 출생지. 가족관계. 학력, 데뷔년도, 작품, 그리고 현재 그의 음악세계 등, 그런 거예요. 될 수 있음 자서전 내용에서 빠지지 않았으면 하는 것들이죠."

"아, 고마워요."

가을은 책을 집어넣고 그것을 무릎 위에 두었다. 겉장을 여니 깔끔하게 프린트된 자료가 나왔다. 좀 의외였다. 귀찮게 생각할 줄 알았다. 그리고 인터뷰에 관한 것도 가을의 영역일 뿐이라 생각할 줄 알았다.

"소란스러우면 차에 먼저 가 계셔도 되구요. 어차피 이거 끝나면 후속곡 뮤직비디오 촬영 때문에 바로 이동할 거거든요. 춘천까지 가야 하니까 이동 시간이 한두 시간 정도 돼요. 인터뷰는 그 시간 동안 해주셨으면 좋겠고, 그전에 지금 드린 자료를 파악해 주시면 인터뷰 시간도 단축되겠죠."

그녀의 말을 들으며 가을은 고개를 끄덕였다.

"영미야, 가을 씨하고 차까지 같이 가드려."

"네, 실장님."

대기실의 거울 앞에서 화장품을 정리하고 있던 여자가 화장품 케이스를 들고 일어섰다. 양 갈래로 머리를 묶은 것이 퍽 귀엽게 생긴 여자였다. 화장품 케이스를 보니 코디네이터인 듯했다. 가을은 그녀를 따라 대기실을 나섰다. 그때까지도 이기주는 화면 속에서 방긋방긋 웃고 있었다. 가을은 그 모습을 보며 어젯밤 본 사람과 다른 사람인 것 같다는 생각을 하였다.

연예인들의 차란 바깥에서 봐도 '이 안에 연예인 있소'라는 것을 티내게 마련인 모양이었다. 온통 시커멓게 선팅이 된 그 차는, 모르긴 몰라도 가을의 대로변 반지하 방의 크기와 비슷했다. 그러나 대로변 반지하 방과는 비교도 안 되는 이 쾌적함이란!

가을은 고개를 내저으면서 혜련이 주었던 프린트 물에 신경을 집중했다. 안내해 준 코디네이터는 다시 대기실로 올라간 것인지 보이지 않았다.

"뭐야, 이기주 음악 콩쿠르 수상 경력도 있네. 피아노?"

이 얘기는 금시초문이었다. 가을은 볼펜으로 프린터 물에 밑줄을 그은 뒤 별표를 쳤다. 이건 쓰기에 좋은 자료이다. 나중에 이기주에게 왜 피아노 쪽이 아닌 연예인으로 방향을 바꿨느냐고 물어보아야겠다, 생각을 했다. 뭔가 스펙터클하거나 뭉클한 이유가 숨어 있으면 좋겠다는 생각을 하면서 말이다.

이곳저곳에 밑줄과 별표를 반복해 나가던 가을의 손이 한 지점에서 우뚝 멈추었다.

〈2006년 5월 15일, 교통사고에 의한 부모님 사망.〉

가을의 시선이 크게 동요하였다. 2006년이라면, 불과 이 년 전의 일이었다. 생각해 보니 그 당시 화제가 되었던 게 기억에 남아 있었다. 그러나 금세 사그라졌던 사건이었다. 어차피 대중과 미디어의 관심이란 이기주의 부모님이 아닌 이기주에게 쏠려 있을 뿐이었을 테니까 말이다. 부모님의 사망으로 이기주가 얼마나 오열을 터뜨리는지, 이기주가 얼마나 상심을 하였는지에 대한 영상을 충분히 담아낸 미디어들은 채 삼 일이 지나지 않아 관심을 버렸을 것이고, 대중들의 관심 역시 돌아섰을 것이다.

“아, 설마……”

머릿속을 번뜩 스치고 지나간 생각에 가을은 서둘러 가방을
뒤졌다. 작은 수첩이 나오자 빠른 손길로 마구 펼쳤다.

〈1980년 5월 15일생 이기주.〉

가을은 그만 신음을 흘리고 말았다. 프린트 물에는 분명 그의
부모님이 2006년 5월 15일 사망이라고 되어 있었다. 그러니까
이기주의 생일에 부모님이 돌아가신 것이었다.

뭔가 보면 안 되는 것을 본 사람처럼, 왠지 이기주의 상처를
헤집고 들여다본 것처럼, 단지 그 숫자들의 조합에 가을은 가슴
속에 가시가 박힌 듯 불편해졌다.

덜컥.

갑자기 차 문이 열렸다. 꺄악거리는 소란스러운 소리와 함께
이기주가 모습을 드러내었다. 가을은 반사적으로 가방을 들어
얼굴을 가렸다.

“도깨비, 뭐 하냐.”

이기주의 냉소적인 음성에 가을은 가방을 살짝 내리고 상황
을 살폈다. 차가 얼마나 좋은 것인지 문을 닫자, 소녀들의 비명
이 반절이나 줄어들었다. 완벽한 것까지는 아니지만 어느 정도
방음이 되는구나, 가을은 감탄을 했다. 그런데……

“뭐라구요? 도깨비?”

옆에 앉은 이기주를 가을이 쏘아보았다. 그와 동시에 조수석의 문이 열리더니 혜련이 다급히 탔다. 운전석으로 현장 매니저가 뛰어올랐고 차는 이내 유유히 그곳을 빠져나가고 있었다.

"유령이라며."

팔베개를 하고 몸을 차 시트에 깊숙이 기댄 채 눈을 감고 있던 이기주가 뒤늦은 대답을 하였다. 가을의 입가가 씰룩거렸다.

"대필 작가를 그렇게 부른다는 거지, 누가 그게 도깨비래요?"

"그거나 그거나. 내 맘이야. 이름 없다며."

이름 알면서.

가을은 그렇게 말하려다가 그만두었다. 이렇게 그에게 말려들어서는 안 된다는 경보음이 머릿속에 울렸다.

"근데 왜 반말해요? 어제 잠깐 존댓말 쓰는 것 같더니 금세 반말이네요?"

드디어 꼬투리를 잡았다 싶은 마음에 가을은 앙칼지게 물었다. 눈을 감고 있던 기주의 눈꺼풀이 천천히 들어 올려졌다. 가을은 그를 쏘아보았고, 기주 역시 흔들리지 않는 눈으로 그녀를 응시하고 있었다.

"내 맘이야."

"뭐, 뭐요?"

정말 까맣고 깊어 보이는 눈이었다. 전형적인 꽃미남 스타일은 아니지만 뭔가 깊은 우울함을 감추고 있는 듯한 그의 눈빛이 묘한 매력을 풍기고 있었다. 가을은 그의 그런 눈이 자신을 지

그시 응시하고 있다는 것에, 이상하게도 얼굴이 화르륵 불타 올랐다.

"뭐, 뭘 그렇게 빤히 봐요?"

말하는 것조차 긴장되는 가을이었다.

"내 맘이야."

그렇게 말한 기주는 아무 일 없었다는 듯 다시 눈을 감았다. 앞자리에 앉은 혜련만이 룸미러를 통해 가을에게 미안하다는 듯한 표정을 보이고 있을 뿐이었다. 가을은 다시 기주에게로 시선을 던졌다. 표정의 변화 없이 여전히 기주는 눈을 감고 있었다. 가을은 그런 그를 발로 뻥 차주고 싶은 강한 충동을 느꼈다.

인터뷰는 대체 언제 하냐구!

가을의 복잡한 심경은 아는지 모르는지, 차는 빠른 속도로 고속도로를 내달렸다. 그렇게 한 시간 남짓 달렸을까.

"목말라."

그제야 눈을 뜬 이기주의 첫 마디는 고작 그것이었다. 그의 말에 현장 매니저는 가까운 휴게소로 차를 멈춰 세웠다.

한 시간이나 굳은 자세로 앉아 있던 탓에 사실 휴게소에 차가 멈춰 서자 가을 역시 조금 반갑기는 하였다. 얼른 차 문을 열어젖히던 가을은 꿈쩍도 하지 않는 기주를 의아한 듯 바라보았다.

"안 내려요?"

가을이 그렇게 묻는 동안 혜련은 빙긋이 알 수 없는 웃음을 지으며 차에서 내렸다. 기주는 스윽 가을에게로 시선을 돌렸다. 미간을 찌푸리고 있는 것이 마치 덧셈 뺄셈도 제대로 할 줄 모르는 학생을 보듯 한심스럽다는 얼굴이었다.

"휴게소에서 사인회 할 일 있어?"

가을은 민망해져 문을 탁 닫아버렸다. 지나가는 여학생을 붙잡고 저 차에 이기주 있다, 라고 크게 소리를 질러주고 싶었다.

한 시간이나 차에 갇혀 있어 그런지 화장실은 그녀를 반가이 맞아주었고, 그녀의 배도 편하게 해주었다. 쏴아, 한 시간 동안이나 그녀의 뱃속에 있던 것을 변기에 털어놓은 가을은 세면대에 손을 대고 수도를 가득 틀었다.

그녀의 손 위에서 물이 하얗게 부서졌다. 손을 박박 문질러 닦던 가을은 아까 혜련이 주었던 프린트 물에서 보았던 5월 15일에 대한 것을 떠올렸다. 이기주의 인생에서 가장 커다란 상처는 아마 그것일 것이었다. 그 이야기를 이기주의 자서전에서 뺄 수는 없었으니, 가을은 그것에 관한 것을 반드시 기주의 입으로 들어야 했다. 그 사건이 있었을 때 얼마나 아팠는지, 얼마나 외로웠는지, 그리고 어떻게 이겨내야 했는지를 말이다.

사실 묻고 싶지 않은 마음이 더 컸다. 남의 아픔을 들추어내는 것은 들추는 사람 역시 마음에 커다란 짐이 되었으니까 말이다. 무엇보다 그의 아픔과 함께 공명되어 울릴 자신의 아픔 역시 싫었다. 동질감. 어쩌면 가을은 기주에게서 그런 것을 느꼈을지 모른다. 부모님을 잃은 이기주와 어머니를 잃음과 동시에 아버지와 연을 끊다시피 한 자신이 갖고 있는 그런 상처의 동질감.

가을은 수도꼭지를 비틀어 잠그며 거울에 비친 자신을 들여다보았다. 남의 상처를 헤집는 일 따위는 하고 싶지 않았다. 그러나 해야 하는 일이었다. 어차피 맡은 일은 해야 하는 것이었다. 괜한 감상에 젖어 쓸데없는 고민을 하는 건지도 몰랐다. 어쩌면 이미 이기주는 아픔에서 벗어났을지 모르는 일이었다.

차로 돌아가던 가을은 휴게소 안으로 발걸음을 돌렸다. 자꾸만 이상하게 기주와 대립 구도가 되고 있는데, 사실 이것은 대필 작가로서 좋지 못한 일이었다. 상대의 마음을 편안하게 해서 그의 내면에 무엇이 들어 있는지를 쏟아 붓게 해야만 좋은 자서전 거리가 나올 수 있다. 그런데 자꾸만 빗장을 걸게 해서 어쩔 것인가.

휴게소 내부로 들어선 가을은 음료수 박스로 다가가 망고 음료수를 몇 개 집었다. '먹여라, 그러면 열릴 것이다' 작전의 술은 아니었지만, 일단 잘 보여야 하는 것 아닌가. 가을은 이제 춘천까지 도착하는 동안 그를 어떻게든 구워삶아야 한다고 생각하고 있었다. 그리고 이 음료수는 이기주를 구워삶는 데 불씨가 되어줄 거라고 믿어 의심치 않는 가을이었다.

차 문을 빠끔히 열고 급하게 몸을 쑤셔 넣은 가을은 다시 황급히 문을 탁, 닫았다. 음악을 듣고 있던 기주가 귀에서 이어폰을 빼면서 가을을 쳐다보았다. 무슨 죄를 지었기에 꽁지가 빠져라 차 속으로 뛰어들었냐고 당장이라도 물을 듯한 눈초리였다.

가을의 고개가 기주에게로 기울어졌다.

"괜히 사람들 눈에라도 띄면 곤란하잖아요. 제가 하는 일이긴 하지만 대필, 좋은 일도 아니고……."

가을의 목소리가 말끄트머리에 가서는 미묘하게 사그라졌다. 지금껏 맡아왔던 정치인들이나 기업가들은 대부분 집에서 조용히 인터뷰를 해왔었다. 그러나 이기주는 자신을 드러내는 직업을 가진 사람이다 보니 가을은 신경을 더 곤두세워야 했다. 낮말은 새가 듣고 밤말은 쥐가 듣는다고, 아직 책이 나가기 전에 이상한 소문이 새와 쥐에게라도 나서는 안 되었다. 그러나 가을의 말에 기주는 어이가 없다는 듯 '허!' 하고 웃었다.

"바보야, 당신? 내 매니저와 코디네이터까지 함께 이동하는 사람들만 기본으로 여섯 명이야. 내 팬이라고 해도 그 얼굴 다 아는 것도 아니고 코디네이터들은 자주 바뀌기도 해. 당신 얼굴 드러내도 눈 깜짝할 사람들 많지 않으니까, 스릴러물은 이만 찍지?"

아, 그런가. 피식피식 웃어대는 기주 때문에 가을은 더 부끄러워졌다. 좀 부드럽게 말해줘도 좋겠구만. 가을은 어느새 그에 대해 가졌던 애잔한 마음이 사라져 버렸다. 손에 들고 온 음료수 봉지가 후회되는 순간이었다.

콱 버려 버릴까 보다.

"자요."

그러나 가을은 음료수 병을 하나 꺼내어 기주에게 내밀었다. 기주의 눈이 좀 동그랗게 떠졌다. 내민 음료수 병을 받지 않고 멀뚱히 바라보고 있는 기주를 향해 가을은 음료수 병을 흔들어 보였다. 감동받았나?

"받지 않고 뭐 해요? ……엥?"

기주에게 재촉하던 가을은 자신의 등 뒤에서 나타난 손이 음료수 병을 쏙 뺏어가자 깜짝 놀라 뒤를 돌아다보았다. 기주의 시선 역시 가을의 등 뒤로 향했다.

그녀의 뒤에 있던 혜련이었다. 가을이 기주에게 내밀었던 음료수 병이 그녀의 손에 들려 있었다.

"기주 씨는 망고 음료수 안 마셔요. 과일 망고도 마찬가지지만. 이건 제가 마실게요. 괜찮죠, 가을 씨?"

최대한 기분 상하지 않으려는 그녀의 의도가 얼굴에서 묻어 나왔다. 가을은 고개를 끄덕였다. 기분 상하고 말고 할 것도 없었다. 기주의 그런 작은 입맛까지 알고 있다니, 그저 그 둘 사이가 오래되었구나 싶은 생각은 들었다.

"네. 그러세요."

"자, 그럼 기주 씨는 이거 마시고."

혜련이 자신이 들고 있던 봉지에서 꺼낸 것을 기주에게 내밀었다. 캔 커피였다. 음, 커피를 좋아하나 보군. 그렇게 생각하며

가을은 자신이 사 온 음료수를 다른 차를 타고 있던 사람들에게
나누어 주려 차에서 내리려고 하였다. 그때였다, 기주의 목소리
가 들려온 것은.

"됐어. 도깨비가 사 온 거 줘."

휘익, 하고 손에 뺏어 든 음료수 병을 건네며 혜련이 휘파람
을 부는 소리가 들렸다.

한참을 달려 도착한 곳은 춘천의 한 산이었다. 원래대로라면 선착장에서 내려 배를 타고 들어와 근 한 시간가량을 등산해야 촬영지인 절에 도착할 수 있는 것인데, 차를 타고 안내인의 뒤를 따르자 산의 중반이 나왔다. 이곳에 근무하는 사람들이 들어오는 길이라고 했다. 그래도 이십 분 정도는 산을 걸어 올라와야 했기에 차에서 내린 스태프들이 각자의 장비를 들고 분연하게 움직이고 있었다. 뒤늦게 도착한 기주의 일행 역시 의상과 메이크업 박스를 들고 차에서 내렸다.

차에서 내려 녹음으로 뒤덮인 산의 경치에 취한 가을이 여기저기를 둘러보는 동안 혜련은 벌써 뮤직비디오를 촬영하기로 해준 스태프들에게 일일이 인사를 건네고 있었다. 그런 그녀의 행동이 무척이나 자연스러워 보였다.

기주는 차 안에서 대본을 넘기고 있었다. 집중을 해서 그런지 미간을 살짝 찌푸리고는 한참 동안 대본에서 시선을 떼지 못하고 있었다. 그러다 이따금 하늘을 응시하며 무엇인가 생각을 하는 듯 보였다. 가을은 혜련을 기다리다가 그녀가 감독과 이야기가 길어질 것 같자 포기하고는 기주에게 다가섰다. 가을의 인기척을 느낀 기주의 시선이 그녀에게로 향했다.

“저기…… 저는 차에 있을게요.”

쓸데없는 소리를 들었다는 듯 기주의 시선이 다시 대본으로 가 박혔다.

“제가 있을 자리도 아니고, 괜히 올라갔다가 민폐만 끼칠 것 같아서요. 여기서 기다렸다가 서울 올라갈 때 잠깐 인터뷰에 협조해 주세요.”

“그것 가지고 되겠어?”

여전히 시선을 가을에게 두지 않은 채 기주가 툭 던지듯 내뱉었다. 부르륵, 가을은 화가 치밀어 올랐다. 보릿고개도 아니고 배가 고파 혀를 잘라 먹었는가. 대체 왜 말끝마다 반말이냐 이 말이다. 자기가 스타면 스타지 어디에 대고 함부로……. 가을의 손에 힘이 가해져 부르르 떨었다.

그러던 가을은 크게 한숨을 내쉬었다. 진정하자, 송가을. 이건 비즈니스나 다름없어. 가을은 애써 자신의 속을 진정시키려

했다. 워낙 낙천적인 성격 탓에 화는 금방 가라앉았지만 할 말
은 해야겠다 싶은 생각이 들었던 가을은 기주를 향해 미소를 지
어 보이며 대답해 주었다.

"그것 가지고 자서전 쓰기는 좀 어렵지."

기주의 인상이 순식간에 구겨졌다. 찌푸린 그의 이마를 보면
서 가을은 속으로 쾌재를 불렀다.

"어.렵.지?"

난데없는 가을의 반말이었다. 기주는 자신이 잘못 들은 건 아
닌가 싶어 가을에게 되물었다.

"뭐가? 이상해? 이상한 걸로 따지면, 이기주 씨가 두 살이나
많은 나한테 반말 쓰는 게 더 이상하지."

의기양양하게 어깨를 으쓱해 보이기까지 하며 가을이 대답하
자 기주의 입술이 굳게 다물어졌다. 그의 표정을 보니 속이 다
시원해졌다.

잠시 무슨 생각을 하는지 기주의 얼굴은 잔뜩 굳어 있었다.
아무 말 않고 가을을 바라보는 그의 얼굴이 마치 화를 내고 있
는 사람 같았다. 그러자 가을은 지레 긴장을 하였다. 괜히 건드
렸나? 취재도 제대로 하지 못했는데 협조 안 해주면 어떡하지?
가을의 머릿속이 일순 복잡해졌다.

기주는 신경질적으로 대본을 탁 덮고는 의자 옆에 붙어 있는
뚜껑을 잡아당겼다. 선글라스가 딸려 나오자 그것을 꺼내 썼다.
그리고는 가을에게로 쓰윽 시선을 돌렸다.

가을의 어깨가 일순 움찔하는 것이 눈에 확연히 보였다. 마음에 들지 않았다. 저렇게 움찔거리며 신경 쓰이게 하는 것도, 동생을 대하는 듯한 반말도.

"마음대로 해. 따라오든지 말든지."

여전한 반말이었다. 가을이 그를 노려보고 있는 동안 기주는 차에서 내려 버렸다. 마음대로 하라면 누가 못할 줄 알고? 그의 등 뒤에서 가을은 혀를 날름 내밀었다.

"아, 근데……."

갑자기 걸음을 멈춰 세우고 기주는 몸을 빙글 돌렸다. 가을은 흠칫 놀라며 혀를 쏙 들이밀었다.

"오늘 여기서 밤샘 촬영이거든? 기다리려면 차에서 혼자 밤을 새워야 할 거야. 괜찮으면 그렇게 하든지."

아, 밤샘 촬영이라고? 기주의 말에 가을은 난감해졌다. 잠시 멍하니 있던 가을을 보며 씨익 음흉하게 웃던 기주는 다시 발을 떼다 말고 말을 이었다.

"그런데 저 옆에 있는 산이 공동묘지라지, 아마?"

헉, 가을은 짧은 숨을 들이켰다. 바지 주머니에 손을 끼워 넣고 유들유들 웃으며 그녀를 보고 있던 기주는 '그럼 좋은 밤 보내' 라고 하며 한쪽 손을 들어 보이고는 산을 올라가기 시작했다.

등줄기가 서늘해졌다. 그의 말이 정말일까. 에이, 거짓말이겠지. 가을은 잠시 기주를 의심해 보았다. 장난일 거야. 그렇게 생각하면서도 가을은 자신의 팔에 오소소 돋은 소름을 어찌할 수 없었다.

이상하다. 꼭 뒤에서 누군가가 보고 있는 것만 같았다. 자신을 노리고 있던 누군가가 당장에라도 손을 뻗어 뒷덜미를 낚아챌 것만 같은 것이 온 신경을 바짝 곤두서게 하였다. 가을은 마른침을 삼키며 곁눈질로 주변을 살폈다.

조금 전 아름답다 느꼈던 녹음들이 이제 그녀에게는 마치 자신을 삼키려는 듯 쩍 벌린 악마의 아가리와 같았다. 가을은 자신도 모르게 흠칫, 어깨를 떨었다.

"가, 같이 가요!"

가을은 황급히 기주의 뒤를 따라잡았고, 큭큭거리는 웃음을 참으려 기주의 어깨가 들썩이는 것이 보였다. 저만치 올라가고 있던 혜련이 그들을 내려다보며 빨리 올라오라고 손짓을 하고 있었다.

"아, 미치겠네."

한 오 분쯤 올라갔을까. 거칠어진 숨을 몰아쉬며 가을은 잠시 행렬에서 옆으로 빠졌다. 커다란 아름드리 나무에 기댄 채 구두를 벗으면서 낮게 신음을 흘렸다.

미리 산에 오는 줄 알았으면 절대로 정장 바지에 구두를 신지 않았을 것이다. 스케줄이라는 것이 대부분 스튜디오에서 촬영하는 것이라 간단히 생각했을 뿐이었는데, 뮤직비디오 촬영이 있을 거라고는 예상치 못했었다.

구두를 신고 산을 올라가는 꼴불견 짓을 자신이 하게 되리라고는 상상치도 못했었다. 그런데 그 상상치도 못했을 일을 지금 자신이 하고 있는 것이었다.

"아아……."

가을은 한숨을 내쉬었다. 구두를 신고 산을 올라가 발이 아픈 것은 어쩔 수 없다 치지만 참을 수 없는 것이 있었다. 여름이라 샌들을 신었기에 그 틈새로 자꾸만 작은 돌멩이며 모래가 들어오고 있었다. 발바닥에 박혀 있는 모래를 털어내는데 고개 숙인 그녀의 앞으로 검은 그림자가 드리워졌다.

고개를 들어 올리니 이기주가 고개를 꺾고 그녀를 내려다보고 있었다. 이럴 때 나타날 건 또 뭐람. 가을은 신경질적으로 미간을 찌푸렸다.

"산에 구두를……."

그는 미묘하게 말끄트머리를 흘리고 있었다. 반말을 하면 반말이 돌아올 것이나 그렇다 하여 존댓말을 쓰고 싶지는 않은 모양이었다. 저건 또 무슨 똥고집인지. 사람이 예의가 없어 정말. 가을은 흙이 차인 신발을 툭툭 털어내고는 발에 끼워 넣었다.

"괜찮아요. 좀 참죠 뭐."

가을은 심드렁하게 대답하였다. 산에 올 줄 몰랐다고 말하려다가 그만두었다. 어차피 이런저런 변명을 해봤자 말만 길어질 것이었다.

산으로 올 줄 몰랐죠.

취재하려면 스케줄 확인은 필수 아닌가.

그건…….

기본이 안 되어 있군.

듣지 않아도 그런 상황은 뻔히 가을의 눈앞에 그려졌다. 그것은 한글에서 가, 다음으로 나가 오듯, 알파벳에서 A 다음에 B가 오듯 확실한 수순이었다. 그러니 이래저래 하는 변명보다는 인정을 해버리는 편이 훨씬 낫다고 가을은 생각하고 있었던 것이다.

기주는 팔짱을 낀 채 그녀를 내려다보고 있었다. 뭔가 크게 마음에 안 든다는 얼굴이었다. 저런 얼굴을 하고 서 있을 바에는 차라리 자신을 버려두고 얼른 올라가 버리지, 하는 생각을 가을은 하고 있었다. 그러는 사이 기주는 그녀의 발 앞에 무릎을 굽히고 앉아 이제 막 신은 가을의 신발에 손을 대었다.

"뭐, 뭐예요!"

갑작스러운 일에 가을은 깜짝 놀라 발을 빼려 힘을 주며 소리쳤다. 그러나 기주는 개의치 않고 그녀의 발목을 더 힘을 주어 잡았다. 이내 가을의 발에서 샌들이 벗겨져 나갔다.

깜짝 놀란 탓일까. 가을의 심장이 이루 말할 수 없이 두근대었다. 자신의 앞에 무릎을 굽히고 앉아, 자신의 발을 아무렇지도 않게 손으로 잡고 있는 그를 위에서 내려다보면서 가을은 뭐라 말할 수 없는 묘한 기분을 느끼고 있었다.

얼굴이 붉게 타오르는 것만 같았다. 이기주는 갑자기 왜 자신에게 이렇게 친절을 베푸는 것일까. 두근거리는 마음을 들키지 않으려 아랫입술을 꼬옥 깨물면서 가을은 기주의 다음 행동이 몹시나 궁금했다. 혹시 제 신발을 벗어 자신에게 신겨주려는 것은 아닐까..

"이게 뭐야! 미끄러워! 미끄럽다구우!"

잠시 뒤 가을의 고함 소리가 온 산을 뒤흔들었다. 지나가는 이들이 가을의 발을 내려다보며 픽, 픽 웃음을 흘렸다.

그랬다. 기주는 가을의 발에 높은 샌들 대신 비닐봉지를 씌웠던 것이다. 이가 없으면 잇몸으로, 구두가 불편하면 맨발로, 라는 것이 기주의 주장이었다. 가을의 거부도 소용이 없었다. 그녀의 발목을 꼭 잡은 기주는 대체 어디서 가지고 왔는지, 발에 검은 봉지를 씌우고 꽁꽁 묶어버렸다.

그러나 낙엽으로 가득한 산길에 그녀의 비닐봉지 신발은 미끄러지기 충분한 조건을 갖추고 있었다.

신고 있던 신발을 벗어 자신에게 신겨주는 기주의 모습을 잠시나마 상상했던 것이 가을은 굴욕스러웠다.

"뭐야, 웬 불만이 그렇게 많아."

앞서 올라가는 기주가 퉁명스럽게 핀잔을 주었다. 가을은 앙칼지게 눈을 떠올려 그를 흘겨보았다. 저 둥그렇게 휘어진 눈, 픽픽 웃고 있는 입꼬리. 그는 지금 즐기고 있는 것이었다.

당했다! 그러나 그 자각은 가을에게 너무 늦은 것이었다. 지금 자신의 발을 감싸고 있는 비닐을 벗어 던지고, 아프든 말든 샌들을 신고 싶은 마음이 간절했다. 그게 산을 내려가는 등산객에게 웃음거리가 되는 것보다는 나을 것 같았다. 그러나 지금 그녀의 신발은…… 저 픽픽 웃고 있는 이기주의 손에 들려 있었다.

"미끄러워! 미끄럽단 말이야!"

"그래?"

이기주는 걸음을 멈춰 세웠다. 아래에서 나무들을 짚고 간신히 올라오던 가을은 고개를 번쩍 치켜들고 그를 올려다보았다.

"잡아줘?"

부드럽게 웃는 그의 미소. 쿵, 다시 가을의 심장이 무거운 소리를 내며 저 아래로 떨어져 내렸다. 뭐라고 대답을 해야 할까. 싫지는 않았다. 얼른 대답을 할 수가 없어 가을이 그를 멀뚱히 바라보고 있자, 기주는 씨익 웃으며 손을 내밀었다. 그리고 그의 손끝에는…… 나뭇가지가 들려 있었다. 마치 아직 손 잡는 것조차 부끄러워하는 초등학생 아이들 손 잡듯.

"내가 심봉사냐! 내 신발 줘! 신발 달라구!"

가을은 조금 흥분해 있었다. 그것도 그럴 것이 이미 혜련은 보이지도 않았다. 혜련이 있었다면 좋은 중재자가 되어줄 것이었다. 게다가 스태프들까지 벌써 모습을 감춘 뒤였다. 신발 때문에 실랑이를 하느라 뒤처진 탓이었다.

가을의 악에도 불구하고 기주는 자신의 손가락 끝에 샌들을 걸고 휘적휘적 산의 정상을 향해 걸음을 옮겼다. 그래, 한번 해보자 이거지. 가을은 이를 악물고 자서전에 '이기주는 오줌싸개였다'라는 문장을 꼭 써넣겠다며 다짐해 보았다.

"이제 그 어색한 존댓말 안 쓰네."

별안간 들려오는 그의 말에 가을은 나무를 부여잡고 그에게로 시선을 던졌다. 기주가 고개를 돌려 그녀를 바라보았다. 또다. 저 부드러운 미소. 가을은 자신의 가슴속에 있는 이상한 파동을 다시 한번 느꼈다.

기주는 그 말만 해두고 부지런히 걸음을 옮겼다. 이따금 가을이 잘 올라오는지 뒤를 돌아 확인하는 것을 잊지 않았다. 가을은 나무에 매달리느라 그것조차 모르는 모양이었지만 말이다.

조금 뒤처져 가을과 기주가 촬영지에 도착했을 때, 먼저 도착한 스태프들은 장비를 설치하느라 한창 분주한 모습이었다. 기주의 모습이 보이자 종이 뭉치를 들고 매니저들과 의논을 하고 있던 혜련이 부드럽게 미소를 지으며 다가섰다. 그와는 상반되게 가을은 땀으로 범벅된 얼굴로 거친 숨을 몰아쉬고 있었다.

"올라오느라 고생했어요. 그리고 기주 씨."

가을을 향해 위로라도 하듯 조근조근 말을 건네던 혜련이 기주에게로 몸을 틀었다. 무릎에 손을 짚고 헐떡거리던 가을은 설핏 시선을 들어 올려 그들을 바라보았다. 모델이 옆에 서도 무색하리만치 멋진 몸매로 청바지에 손을 꽂고 비스듬히 고개를 꺾어 혜련을 내려다보고 있는 이기주와 반듯한 자세로 서서 당당히 자신의 이야기를 하고 일에 관한 지시를 해나가는 아름다운 혜련. 누가 보아도 정말 잘 어울리는 사람들이었다.

문득 가을은 혜련과 거의 하루 온종일 붙어 다니다시피 하는 이기주 사이에 어떤 감정이 싹트지 않았을까 하는 생각이 들었다. 이건 뭐지? 그런 생각을 잠시 하는데, 마음속에 왠지 불편한 이물감이 들었다. 산을 올라오느라 그런 것일까. 가을은 그렇게 치부하며 그들의 모습을 씁쓸하게 잠시 더 바라보았다.

"일단 현장 정리부터 해야 된대요. 안됐지만 여기 사정 때문에 대기실은 따로 없어요. 저기 안쪽으로 조금 더 들어가면 천막을 쳐놨는데 거기서 잠깐 쉬시고요."

"뭐, 이런 데서 거울 딸린 대기실이 있을 거라구는 생각 안 했어."

뒤로 슬쩍 가을의 신발을 던져 주며 기주가 말했다. 자신의 발치에 툭 떨어지는 신발을 보면서 가을은 어이없다는 듯 기주의 뒤통수를 노려보았다. 그러나 기주는 가을을 돌아보지 않은 채 혜련의 말에만 귀를 기울이고 있었다.

"이따 촬영 시작 전에 부른다니까, 가을 씨와 함께 가서 인터뷰 좀 해요. 얼마 안 남았어요. 모레면 가을 씨의 인터뷰도 끝나잖아요."

숨이 찬 것이 진정된 가을은 혜련의 말을 들으며 허리를 곧게

폈다. 신경을 써주는 혜련이 고마웠다. 오늘은 어떻게든 기주를 붙잡고 인터뷰를 시작해야겠는데, 말을 꺼내기가 어려웠던 터였다.

기주가 비스듬히 가을을 바라보았다.

"……가지."

혜련은 만족스러운 듯 웃었고, 기주는 냉정히 돌아서 휘적휘적 혼자 천막을 향해 걸었으며, 가을은 입을 비쭉대며 그의 뒤를 따랐다. 어느새 산 너머로 해가 기울고 있었다.

혜련이 말한 천막은 촬영장에서 오 분은 더 걸어 올라가서야 모습을 나타내었다. 그곳으로 향하는 동안 산속은 어스레해지기 시작했다. 역시 산중인지라 해가 빨리 떨어지는 모양이었다.

파란 천막 안으로 들어가니 기다란 나무의자 두 개가 휑뎅그렁하게 놓여 마주 보고 있었다. 천막은 그저 주변과의 경계만 해놓은 것뿐, 뻥 뚫린 천장이 반짝이는 별이 무수히 보이는 시골 하늘을 여실히 드러내고 있었다. 여전히 주머니에 손을 집어넣은 채로 기주가 먼저 들어가 자리를 잡고 앉았다. 피곤한지 그는 자리에 앉자마자 뒷벽에 상체를 기울여 기대고는 눈을 감았다. 후, 하고 짙은 한숨을 내쉬는 것이 보였다.

피곤할 것이었다. 아침부터 지금까지 그는 쉴 시간이 없었다. 쭈뼛쭈뼛 다가가 그의 맞은편 자리에 앉으면서 가을은 저렇게 피곤해하는 사람에게 인터뷰를 종용해야 하는 걸까, 내심 고민했다. 그러나 고민도 잠시 기주가 먼저 눈을 무겁게 떠올렸다.

"뭐부터 말을 해야 하지?"

기주의 물음에 가을은 옆에 둘러매고 있던 가방에서 혜련이 주었던 파일을 꺼내었다. 기주의 시선이 그리로 향했다.

"우선 이기주 씨의 자서전이니까 넣고 싶은 얘기 있으면 말씀을 해주세요. 콘셉트를 잡아야 하니까요."

볼펜과 수첩을 꺼내며 가을이 말했다.

"그 종이는 뭐야?"

"아, 이거. 혜련 씨가 준 거예요. 이기주 씨 프로필이랑 여러 가지요."

"그걸로 쓰면 되겠네."

다시 눈을 감으며 기주가 심드렁하게 말을 뱉었다. 가을은 그런 그를 물끄러미 바라보았다. 5월 15일에 관한 일이 입에서만 맴맴 맴돌고 있었다. 한 사람의 인생을 말하는 데 있어 어찌 그를 세상에 보내신 부모님의 이야기를 뺄 수 있겠는가.

그러나 가을은 고개를 가로저으면서 수첩에 적힌 '부모님에 관한 이야기'라는 글자 위에 동그라미를 그렸다. 그리고는 '나중에 다시 인터뷰'라고 적어 넣었다. 가을은 잠시 한숨을 내쉬고 그를 바라보았다.

"그래도 자서전이니까요. 혜련 씨가 전해준 건 이기주 씨의 사건이지, 이기주 씨의 이야기가 아니잖아요."

기주는 감은 눈을 떠올리고 가을을 물끄러미 바라보았다. 곧은 시선으로 가을이 기주의 시선을 맞받았다.

정말 재미있는 여자였다. 건드리면 건드리는 만큼 화르륵 반응을 보여왔다. 그런데 재밌다 싶으면 어느새 태도를 180도 바꾸어 저렇게 사무적인 태도로 자신을 보고 있다. 조금 전 산을 올라올 때는 자신의 반말에 항거하는 뜻으로 험한 말도 서슴지 않더니, 어느새 거리감이 느껴지는 존댓말로 돌아와 있었다.

이 여자는 다른 여자들과 다른 걸까. 자신의 관심을 얻어보려 팔짱을 끼며 교태 섞인 목소리로 말을 걸어오는 그녀들과 다른 걸까. 그런 여자가 혜련 말고 또 있을 수가 있을까. 기주는 알 수가 없었다.

"혜련이 얘기한 이기주가 이기주 그 자체야."

가을은 후, 한숨을 내쉬었다. 그의 입에서 혜련의 이름이 나오자 다시 시작된 가슴속의 꾸물거리는 이물감.

"오래 일하셔서 그런가, 믿음이 있으시네요. 스캔들도 나겠어요."

분위기를 풀어보려 한 말이었는데 기주의 시선이 날카롭게 가을에게로 와 꽂혔다. 가을은 머리를 긁적이며 말했다.

"그냥 해본 말인데……. 그럼 연애 쪽 이야기부터 해볼까요? 요즘 인기 많으신데, 대시도 많이 받으시죠?"

"뭐, 일렬로 세워두면 여기부터 저기 산 아래까지 늘어설 만큼?"

그렇게 말해두고는 스스로도 민망했는지 그는 풋, 웃었다. 그

웃음이 좀 귀엽다는 생각을 가을은 문득 했다.

"그 말 그대로 책에 넣어도 되겠어요? 나중에 빼달라고 해도 안 빼줄 거예요."

장난스럽게 웃으며 가을이 그의 말을 맞받았다.

"처음으로 웃네."

"예?"

"당신 어제부터 오늘까지 처음으로 웃고 있는 거 알아?"

"제가요?"

그는 대답을 하지 않고 다시금 벽에 기대었다.

가을은 머리를 긁적거렸다. 그랬었나? 아마 그랬을 것이었다. 처음부터 기 싸움에 눌리지 않으려고 일부러 더 딱딱거린 것도 있고 하니 말이었다.

그런데 지금 그녀는 어쩌면 자신이 좀 지나친 선입견을 기주에게 품고 있었을지도 모른다는 생각을 하고 있었다. 그도 그럴 것이 정치인들이나 사업가들의 자서전 대필 인터뷰 때는 서로 시간을 배려해 가며 조정했었다. 인터뷰의 내용 결정도 마찬가지였고 하니 말이다. 그런데 이기주 때는 어떠했는가. '연예인이니까' 혹은 '연예인이라서 이럴 것이다'의 기준을 잡아두고 그에게 날카롭게 굴었는지도 몰랐다. 조금 미안한 생각이 들었다.

"그렇게 안 웃는 편은 아닌데……."

"물을 거나 물어."

"음, 그러니까. 인기가 생긴 다음에 대시를 받은 여자들 중에요, 혹시 진심이 생겼다거나 했던 적은 없었어요? 이상형 같은 것도 알려주시면 좋구요. 이런 이야기는 팬들에게 서비스 차원이거든요."

그것은 수진이 코치해 주었던 것이었다. 인기 연예인들 같은 경우 너무 그들의 옛날이야기만 쓰는 것보다는 팬들을 위해 서비스 삼아 이런 얘기를 물어두는 것이 좋을 거라고 했었다. 가을 역시 나중에 5월 15일에 관한 무거운 이야기를 묻기 전의 애피타이저쯤으로 그것을 물었다.

기주는 무슨 생각을 하는지 가을의 질문 끝으로 잠시의 침묵을 두고 하늘을 올려다보다 천천히 입을 열었다.

"그들에게 있어서 이기주는 스테이크 하우스에 가서 점심을 먹고, 스타벅스에 가서 후식으로 커피를 마시는 것과 마찬가지야. 무슨 소린지 알겠어?"

기주는 하늘에서부터 고개를 내리고 가을을 바라보았다. 그녀의 맑은 눈동자가 말끄러미 자신을 향하고 있었다. 말해봐, 넌 달라? 기주는 그녀를 보며 그렇게 묻고 있었다. 입 밖으로 내지는 않을 물음이었다.

"……"

"인기스타 이기주는 결국 그들이 목에 걸고 있는 것보다 좀 더 비싼 액세서리일 뿐이라는 거야."

잠시 가을의 눈에 곤혹스러운 빛이 스쳤다. 기주는 그녀의 감정들을 읽어내기라도 할 듯 시선을 돌리지 않고 주시하였다. 무슨 생각을 하는지 잠시 자신을 바라보고 있던 가을이 수첩에 무언가를 적으며 고개를 절레절레 흔들었다.

"지나친 비약이에요."

기주는 그저 미소만 지을 뿐이었다.

삼십 분 뒤, 가을은 수첩에 적어둔 것을 다시 한 번 읽어 내려갔다. 이렇게 해야 어느 정도 자서전의 가닥이 잡혀간다. 인터뷰는 짧았지만 나쁘지는 않았다. 일단 혜련이 적어준 그에 관한 일들을 가지고 그에게 질문을 하는 작업이 선행되었다. 이를테면 얼마 전 화제가 되었던 그 선행을 하기까지 어떤 생각을 했었느냐는 질문들이었다.

이기주는 이 년 전부터 장애우 학생들을 위한 장학재단에 기부를 해오고 있었다. 그것이 알려지지 않다가 장학금을 받고 있는 한 학생의 글이 인터넷에 올라오면서 화제가 되었던 것이다. 일부에서는 그것이 그의 이미지를 조금 더 높여보려는 수작이라고 폄하되긴 했었지만, 확실히 훈훈한 뉴스이기는 했었다.

"그, 그런 건 적지 마!"

그 일에 관련해 가을이 묻자 기주는 기겁을 하며 언성을 높였다. 천막 안을 밝히고 있는 백열등 때문일까. 그의 얼굴이 좀 붉었다.

"풉!"

다시금 그때 그의 표정을 생각하니 웃음이 나왔다. 수첩에 정리를 하다 말고 가을은 자신이 앉은 건너편을 바라보았다. 금세 촬영 때문에 나가야 하기 때문에 너무 진지한 인터뷰를 할 수가 없어, 가벼운 이야기들만 끝내기로 하였다. 나머지 일들은 이기주의 집으로 돌아가서 듣겠다고 했고, 기주 역시 조금 쉬게 돼서 다행이라고 생각하는 듯했다.

인터뷰를 마치자 기주는 혜련에게 휴대폰으로 전화를 걸었다. 현장이 얼마나 진행되었는지 확인하는 것이었다. 전화를 끊는 기주는 한숨을 내쉬고는 핸드폰을 주머니에 넣으며 말했다.

"사찰과 마찰이 좀 생겨서 촬영이 지연될 거라는군. 나는 눈 좀 붙일 테니까 적당히 있어."

가을은 고개를 주억거렸다. 그녀의 대답을 확인한 기주는 팔짱을 끼고는 눈을 감았다. 가을이 수첩을 가방에 집어넣을 때쯤 기주가 퍼뜩 눈을 떴다.

"덮치지 마."

"안 덮쳐!"

가을이 버럭 소리를 질렀고, 기주는 킥킥대며 다시 눈을 감았다.

그러기를 잠시, 잠이 들은 것인지 기주의 숨소리가 조금 거칠게 들려왔다. 가을은 그를 바라보았다.

아버지를 잃었을 때 그는,

어머니를 잃었을 때 그는,

가족이라는 이름을 잃었을 때 그는,

한 명의 스타였던 그는,

하나의 사람이었던 그는…… 얼마나 아팠을까.

여름이었지만 밤이 되자 차가워진 산속의 공기 때문에 기주
는 추위를 느낀 모양이었다. 어렴풋 잠에서 깨어났는지 팔의 맨
살갗을 부비는 것이 어린아이 같았다. 가을은 풋, 웃으며 가방
에서 천으로 된 주머니를 꺼내었다.

남의 집에서 기거를 하는 것 중 가장 가을이 어려움을 느끼는
것이 잠자리 문제였다. 다른 것은 예민하지 않아 문제가 안 되
는데 유독 잠자리가 바뀌면 불면증에 빠지곤 했다. 그래서 가지
고 다니는 것 중 하나가 이 무릎덮개였다.

담요처럼 생긴 그것은 차곡차곡 접어 세트로 된 주머니에 집
어넣으면 쿠션이 되는 것이었는데, 그것을 베면 그나마 잠이 잘
왔다.

가을은 무릎덮개를 주머니에서 빼내었다. 그리고는 발걸음을
잔뜩 죽인 채 깨금발로 조심조심 기주에게 다가갔다. 하루 종일
피로에 지친 그의 단잠을 방해하지 않기 위해 상체를 숙이고 조
심조심 기주에게 그것을 덮어주었다. 다행히 그는 깨지 않았다.

"후, 잘 자요."

그렇게 산속의 밤은 깊어갔다.

"미치겠네, 정말!"

혜련은 짜증 섞인 언성을 높이며 한 손에 쥐고 있던 스포츠 신문을 테이블에 팽개치듯 던졌다. 그녀의 기세에 테이블 옆으로 놓인 소파에 무릎을 가지런히 모으고 앉아 고개를 숙인 채 제 손톱만 깔작거리고 있던 가을의 어깨가 흠칫하였다. 설핏 고개를 들어 눈치를 살피던 가을의 눈에, 재미있다는 듯 얄미운 얼굴로 싱긋거리며 자신을 바라보는 기주가 보였다. 가을은 인상을 찌푸렸다.

"미치긴 왜 미쳐. 미치면 당장 내 매니저 때려치워야 하잖아."

킥킥거리며 기주가 장난스럽게 말했다. 가을과 혜련의 날카로운 눈빛이 동시에 그를 향해 쏟아졌다. 그러나 기주는 모르는 척 소파에 깊숙이 기댄 채 뭔가 알 수 없는 노래를 흥얼거렸다.

혜련이 집어 던진 스포츠 신문 1면으로 가을의 시선이 향했다. 대체 이 사진은 언제, 누가 찍었을까.

어제 밤샘 촬영을 마치고 집으로 이기주와 함께 돌아온 혜련이 문을 따주며 '푹 쉬어요. 그리고 가을 씨두요' 라고 인사를 전할 때까지만 해도 혜련은 기분이 좋아 보였었다. 촬영 초반, 뮤직비디오를 촬영해도 된다는 허락을 번복한 사찰과 마찰이 있었지만, 그것도 잘 해결되어 촬영도 곧잘 풀렸다. 서울에 도착한 시간은 아침 일곱 시경이었지만, 또 하나의 산을 넘었다는 안도 때문인지 혜련은 기분이 좋아 보였단 말이다. 문을 열어주던 그녀의 발치에 있던 스포츠 신문을 보기 전까지만 해도 말이다.

〈이기주의 연인?〉

붉은색 굵은 헤드라인 글씨가 가장 먼저 눈에 들어왔다. 헉, 혜련의 어깨 너머로 스포츠 신문의 사진을 보던 가을은 기겁을 하고 말았다. 연예인의 스캔들이란, 그것도 아주 잘나가는 연예인의 스캔들이란 드라마 방영 직전 광고하듯 심심찮게 뿌려지는 것이라 이미 알고는 있었지만, 가을은 결코, 절대 그 스캔들의 주인공이 자신이 될 거라는 생각은 해본 적이 없었다.

그런데 그 생각해 본 적 없는 일이 자신의 눈앞에서 벌어지고 있었다.

사진은 어젯밤 이기주와 인터뷰를 마친 뒤, 그가 잠이 들자 추워하는 것 같아서 가을이 무릎덮개를 꺼내 덮어주던 그때 찍힌 것 같았다. 그런데 참으로 적절한 타이밍과 오묘한 각도였다. 사진은 상황을 알고 있는 자신이 보아도 앉아 있는 이기주에게 키스를 하는 것처럼 보였으니까 말이다.

이 일을 어쩌면 좋아. 사고 친 것을 알면 출판사에서 거품 물고 뒤로 넘어갈 일이었다. 아니, 그보다 지금은 혜련의 눈치가 더 보였다. 이 일을 어쩌면 좋아.

불안한 마음에 한숨을 내쉬던 가을은 혜련을 향해 고개를 돌리다 공중에서 이기주와 시선이 마주쳤다. 가을은 시선을 피하지 않고 기주를 노려보았다. 아까부터 뭘 저렇게 싱글거리고 있는 거야! 모르는 사람이 보면 이 일이 기주의 일이 아니라 혜련만의 일인 줄 알 것이다. 그야말로 기주는 강 건너 불구경을 하고 있는 듯 보였다.

노려보던 가을의 시선과 마주치자 기주는 정색을 하며 자세를 고쳐 바로 앉았다.

"했어?"

끔벅. 가을의 눈이 크게 떠졌다.

"했냐구."

끔벅끔벅. 얼른 그의 말의 진의를 알아들을 수 없었던 가을은 멍하니 기주를 바라볼 뿐이었다. 싱긋 웃던 기주는 손가락으로 자신의 입술을 쿡쿡 찔렀다.

"했냐구."

헙! 그제야 그 의미를 깨달은 가을은 온몸에 핏기가 싹 가시는 기분을 느끼며 소리를 질렀다.

"안 했어!"

"아니 땐 굴뚝에 연기가 왜 나?"

"그러니까, 그 굴뚝에 연기 피운 게 내가 아니라니까!"

가을의 격앙된 고함이 온 방 안을 뒤흔들었다.

기주는 애써 웃음을 참으려 이마에 손을 짚었다. 그러나 큭큭, 새어나오는 웃음소리는 어쩔 수 없었다. 아침 신문 1면에 실린 기사를 봤을 때부터 가을은 연방 저런 얼굴이었다. 잔뜩 하얗게 질려서는 당황한 기색이 역력했고, 그녀는 미처 느끼지 못하는지도 모르지만 어느새 기주 자신에게 반말을 쓰고 있었다. 한 마디만 해도 바르르 떨며 항변하는 것이 무척이나 귀엽고 재미있었다.

웃음을 멈춘 기주는 혜련에게로 시선을 돌렸다. 혜련은 휴대폰을 귀에 대고 거실 안을 이리저리 휘젓고 있었다.

"연기 안 피웠다는데?"

기주의 말에 귀에 대고 있던 휴대폰을 거칠게 닫은 혜련이 그를 바라보았다.

“그걸 누가 몰라서?”

뾰루퉁하게 쏘아붙인 혜련은 곧 가을에게로 시선을 돌렸다. 의도한 바는 아니었지만 너무 미안해 죽겠다는 표정으로 가을이 그녀를 바라보고 있었다. 혜련은 나직이 한숨을 내쉬고는 말을 이었다.

“가을 씨, 너무 걱정 말아요. 나, 둘 사이 오해하는 거 아녜요. 이 바닥이 원래 아무 일 안 해도 기자들끼리 알아서 장작 패서 불씨 놓고 불 때는 바닥이니까. 다만 후속곡 시작하는 마당에 이러면, 팬들이 동요하기 때문에 당황스러운 것뿐이에요. 가을 씨가 그런 얼굴 할 것 없어요.”

그렇다면 조금 안심은 되었다. 그럼에도 불구하고 가을은 자신 때문에 이런 기사가 났다는 생각을 떨쳐 버릴 수가 없었다. 가을은 무릎 위에 올려둔 손으로 다시 손톱을 갉작거렸다.

그녀의 손 움직임을 물끄러미 바라보고 있던 기주는 시선을 거두어 혜련에게로 향했다.

“이런 일 하루 이틀 있었던 것도 아니고, 너무 그럴 것 없어. 일단 해당 기자한테 정정보도 내라고 해. 그럼 됐지?”

소파에서 일어난 기주가 혜련의 어깨를 붙잡고 달래듯 말했다. 시선을 맞추고 다정스레 말하는 기주를 향해 혜련은 고개를 주억거렸다. 그런 그들을 보는 가을의 가슴 한켠에 알싸한 바람이 스쳤다.

“좋아. 그럼 이만 돌아가 쉬어. 다들 지쳤어. 오후 스케줄

있나?"

"아니. 오후엔 다 비웠어."

"오케이. 그래도 도깨비 얼굴은 안 나와서 다행이지 뭐."

"뭐요?"

가을이 발끈하였다. 그러나 곧 가을은 입술을 비쭉 내밀며 반쯤 일어섰던 몸을 앉혔다. 입이 두 개라도 어디 할 말 있겠는가. 괜스런 동정으로 무릎덮개 따위를 덮어주는 것이 아니었다. 저렇게 빙글거리는 뻔뻔스런 이기주야 어찌 되든 말든 상관없었지만 괜히 신문사 기자에게 전화를 하느라 혜련을 곤혹스럽게 만든 것 같아 조금 죄스러운 기분이 들었다.

"잘하면 한 대 치겠네. 암튼, 조용히 해결하자구."

그렇게 말한 뒤, 기주는 고개를 끄덕이는 혜련의 어깨를 두어 번 툭툭 치곤 방으로 들어갔다.

탁, 하고 기주의 방문이 닫히자, 이제야 겨우 안정된 혜련이 가을에게로 몸을 틀었다. 가을은 엉거주춤한 자세로 일어섰다.

"죄송해요. 괜히 저 때문에……."

여전히 손톱을 깔작거리며 가을이 말하자, 고개를 낮게 저으며 혜련은 피식 가볍게 웃었다. 조금 전 안심을 시키듯 기주가 혜련을 툭툭 쳐주던 그런 느낌이었다.

"그런 말 할 거 없어요. 저 사진이 맞는 것도 아니고, 가을 씨가 일부러 그런 것도 아닌 거 아니까. 그나저나 가을 씨, 기주 씨와 많이 친해졌나 봐요."

"글쎄요……."

가을은 그저 말끝을 흐릴 수밖에 없었다. 친하다. 그 말은 가을과 기주 사이에는 어울리지 않는 것이었다. 그러나 많이 친해졌냐고 물으면…… 처음보다는 불편감이 좀 사라진 것 같기도 하였다.

가을의 애매모호한 대답을 듣곤 고개를 살짝 기울인 혜련은 이내 의미심장한 미소를 지으며 말했다.

"이상하네요. 기주 씨는 절대 자신보다 나이 많은 사람한테 말 놓지 않거든요. 저런 말장난도 치는 사람 아니구요. 저희 사무실에 기주 씨와 오 년 넘게 함께 일한 부장님이 계시는데, 호형호제 하는 사이지만 절대 말은 놓지 않거든요. 다른 사람에게도 마찬가지구요."

가을은 혜련을 건너다보았다.

'나에게만?'

가을은 기분이 좀 이상했다. 다른 사람에게는 하지 않는 일을 자신에게 한다는 우월감이 아니었다. 왜 나한테만 그러냐며, 나를 무시하냐는 자격지심의 분노도 아니었다. 그것은…… 두근거림이었다.

"아무튼 저는 이만 갈게요. 오늘은 기주 씨 저녁시간 확실하게 뺐으니까 인터뷰 정리해 주셔야죠. 내일이면 끝이잖아요."

가감 없이 밝게 웃어 보인 혜련은 끄덕이는 가을의 고갯짓에 만족스러운 표정을 짓곤 현관 쪽으로 발걸음을 옮겼다.

"저기, 혜련 씨."

가을의 성급한 부름이 혜련의 발을 붙잡았다. 혜련이 상체를 돌려 그녀를 바라보았다.

"네?"

"저기…… 아무것도 아니에요."

가을은 황급히 손을 내저었다. 어리둥절한 표정을 짓던 혜련은 피식 웃고는 '수고해요'라는 말을 남기고 현관을 나섰다.

혜련의 모습이 문 너머로 완전히 사라질 때까지 못 박힌 듯 가을은 그 자리에 서 있었다.

기주 씨와는 어떤 관계예요?

가을은 혜련에게 그것을 묻고 싶었다. 이렇게 어려워할 만큼 묻지 못할 질문은 아니었다. 물었다 해도 혜련은 성심성의껏 대답을 해주었을 것이다. 자신이 기주에게, 혹은 기주가 자신에게 어떤 의미이고 어떤 존재인지 세세히 얘기해 주었을 것이다. 그러나 가을은 묻지 못했다. 그 물음이 대필 작가로서의 물음이 아니라 여자 송가을로서의 물음이었기 때문이다. 가을은 한참 동안이나 그 자리에 서 있었다.

"헉!"

기겁을 하듯 상체를 벌떡 일으키며, 기주는 날카로운 비명을 삼켰다. 그리곤 거친 숨을 몰아쉬며 주변을 돌아보았다. 자신의 방, 자신의 침대 위에 땀범벅이 된 자신을 느끼자 기주는 후우,

하고 한숨을 내쉬었다. 꿈이었구나.

이 며칠 사이 가을이 쫓아다닌 탓일까. 잠이 든 기주는 내내 펜촉에 쫓겨 도망 다니는 꿈을 꾸어야 했다. 미친 듯이 도망을 치다 이내 막다른 길에 다다랐을 무렵, 공포에 질린 그는 이번엔 두꺼운 종이 더미에 깔려야 했었다.

"뭐야, 진짜. 이상한 꿈을……."

기주는 손목을 들어 시계를 보았다. 이제 겨우 낮 열두 시. 새벽에 도착하여 잠이 든 것치고는 악몽 때문인지 깊은 잠을 자지 못했다. 감기에라도 걸린 것처럼 온몸이 쑤셔왔다. 아무리 여름이라지만 산에서 잠이 들었던 탓인 것 같았다.

다시 잠이 들 것 같지 않아 기주는 몸을 일으켰다. 온몸을 처덕처덕 감고 있는 이 땀부터 씻어 내리고 싶은 마음이 간절했다. 실내 슬리퍼에 발을 끼워 넣은 기주는 천천히 거실로 나갔다.

온 집 안은 고요하였다. 덜컥거리는 슬리퍼 소리만이 온 거실을 메웠다. 기주는 문득 떠오른 생각에 이층을 올려다보았다. 그리고는 천천히 이층으로 올라갔다.

똑똑.

인터뷰 기간 3박 4일 동안 가을에게 사용하라고 했던 방의 문을 기주는 조심스레 두드렸다. 그러나 아무런 대답도 들리지 않았다. 다시 한 번 두드려 보았지만 마찬가지였다. 그 앞에서 잠시 머뭇거리던 기주는 이내 참지 못하고 문을 빠끔히 밀어 열었다.

"저기…… 어?"

방은 비어 있었다. 왜일까. 그 방이 비어 있는 것을 보니 기주는 심장이 털썩 떨어지는 것을 느꼈다.

기주는 빠른 걸음으로 이층에 있는 욕실로 다가가 문을 두드렸다. 역시나 안에서 대답은 없었고, 마찬가지로 문을 밀어 열었을 때 기주는 텅 빈 욕실만 확인하였다.

눈앞에서 버스를 놓쳐 황망해져 버린 사람처럼 그는 온몸에 힘이 쭉 빠진 채 맥 빠진 걸음으로 이층 거실 중간에 놓인 의자에 털썩 앉았다.

"간…… 건가."

기주는 자신도 정의 내릴 수 없는 어떤 감정에 복잡해 있었다. 가을이 발끈거리는 것이 귀여워 좀 괴롭히기도, 일부러 속을 좀 긁어놓기도 했다. 그것이 관심이라는 것을 기주는 어느새 느끼고 있었다.

그도 그럴 것이 지금껏 연예인 이기주, 혹은 톱스타 이기주가 아닌 이기주 그 자체로 봐주는 여자는 혜련뿐이었고, 그녀 이외의 다른 누군가가 그런 시선으로 자신을 봐줄 것이라고는 생각지도 않았었다. 기주 역시 타인이 자신에게 다가서는 것이 싫었었다.

그런데 어느새 정신을 차리고 보니 가을이라는 여자가 자신의 옆에 와 있었다. 다른 여자들처럼 톱스타 이기주의 연인이 되고 싶어서도 아니었고, 혜련처럼 인간 이기주의 편안을 위해 애쓰지도 않았다. 이기주에게 입을 삐죽거리고, 사사건건 따지고 들면서도 자신의 옆에 와 있었다. 그것은 기주에게 즐거움이었던 것 같았다.

그런데 지금 그녀는 떠났다. 아마도 아침의 스캔들 때문이리라. 평범한 여자로서는, 아니, 자신을 드러내지 않아야 하는 대필 작가의 신분으로서는 그것이 부담스러웠을 테다. 기주는 힘이 쭉 빠져 버려 의자에 앉은 채 멍하니 있었다.

그러던 그의 눈에 책장 위에 놓인 어머니, 아버지의 사진이 띄었다. 기주는 천천히 팔을 뻗어 그것을 집어 들고는 말끄러미 바라보았다. 그리고는 피식 웃었다.

"엄마, 상상이 가? 엄마 아들 기주가 고작 그 조그만 여자애 하나 없어서 이렇게 허전해한다는 게⋯⋯."

정말 그랬다. 이층에 그녀가 있던 시간은 고작 이틀 남짓이었다. 그러나 그녀가 없는 이 집이, 그녀의 고함이 없는 이 공간이 너무나 황량하게만 느껴졌다. 그런 생각을 하니 기주는 몸 어딘가로 찬바람이 지나가는 것만 같았다.

햇빛이라도 쏟아지게 만들어야 할 것 같았다. 이 집을 처음 설계할 때, 유난히 햇빛을 좋아하는 어머니를 위해 이층 전면을 통유리로 만들었었다. 그러나 그 사고 이후 기주는 커튼을 자주 쳐두었었다. 그러나 오늘 그는 자신을 둘러싼 이 황량함 때문에 조금 쓸쓸한 기분이 되어 따뜻한 햇빛을 보고 싶은 생각이 들었다.

　기주는 천천히 일어서 커튼 옆의 줄을 잡아당겼다. 천천히 커튼이 열리고 따가운 빛이 쏟아졌다.

　"……!"

　그리고 그는 창밖의 풍경에 크게 웃음을 터뜨렸다.

　창밖에서는 그 조그만 여자가, 어느새 자신의 옆에 다가와 웃게 만들었던 그 작은 여자가, 화단 앞에 쪼그리고 앉아 꽃을 바라보고 있었다.

　그때 가을은 화단에 쪼그리고 앉아 있었다. 그러다 문득 그녀는 손목을 들어 시계를 확인했다.

　"후우."

　큰 한숨을 내쉰 가을은 자신의 무릎에 얼굴을 묻었다. 애꿎은 시간만 흘러가고 있었다. 오늘이 이기주를 취재할 수 있는 마지막 날이었다. 오늘 밤을 보내고 내일이면 짐을 싸서 이 집을 나가야 했다. 이 집을 나갈 때는 어느 정도 자서전을 꾸밀 수 있는 그의 것들을 담아가야 할 것이었다. 그러나 지금 그녀에게는 가장 중요한 한 가지 물음이 남아 있었다. 5월 15일…….

　그래서 오늘은 이렇게 흐지부지 보내서는 안 되는 시간이었다. 그러나 가을은 선뜻 기주를 깨우지 못하고 있었다. 괜스레 기주를 깨웠다가 신경질적인 그의 화를 당할까 봐서는 아니었다.

어제 그는 새벽같이 이 집을 나가 오늘 새벽이 되어서야 돌아왔다. 그동안 그는 제대로 된 밥을 먹지도, 편히 쉬지도 못했다. 혜련을 안심시킨 뒤 지친 기색으로 방으로 들어간 그는 죽은 듯 잠에 빠져들었다. 그런 그를 가을은 차마 깨울 수가 없었다.

"네 주인은 왜 이렇게 안 일어나니."

가을은 입을 비쭉거리며 애꿎은 꽃잎을 툭툭 찔렀다. 꽃잎이 항거라도 하듯 파르르 몸을 떨었다.

"에효. 안 되겠다. 들어가서 눈치껏 깨워봐야겠어."

그렇게 마음먹은 가을은 엉덩이를 털며 자리에서 일어났다. 그리고는 몸을 돌리던 그녀의 눈에 무언가가 들어왔다. 잔디 곳곳에서 은색 막대기 같은 것이 지잉 소리를 내며 꼿꼿이 몸을 곧추세우고 있었다. 길어야 10㎝ 정도 되는 것들이었다. 가을은 미간을 찌푸리고 무엇인지 확인하려 그것을 주시했다.

촤아아악!

"꺄아아아악!"

별안간 솟구쳐 오르는 물줄기에 가을은 기겁을 하며 상황파악을 할 새도 없이 내달리기 시작했다. 은색 막대기 같은 관에서 물이 분수처럼 뿜어져 나오고 있었다. 가을은 그 작은 손으로 연방 얼굴을 가려보았지만, 결국 물을 뒤집어쓰고야 말았다.

"크크크크큭."

그 넓은 정원을 한참 달리던 가을은 자신의 비명 사이로 새어 들어 오는 웃음소리에 발을 멈추어 세웠다. 여전히 솟아오르는 물줄기가 자신을 고스란히 적시고 있었지만 지금 그녀는 그런 것에 아랑곳하지 않았다. 현관 앞 계단에 비스듬히 기대어선 이기주만이 그녀의 시선을 사로잡고 있었다. 하얗게 부서져 오르는 물줄기 사이로 이기주는 그녀를 곧은 시선으로 응시하고 있었다.

가을은 기주의 시선을 조금도 피하지 않고 그에게로 곧장 걸어갔다.

"뭐, 뭐야."

기주가 흠칫 뒤로 물러섰지만 가을은 조금의 아량도 없이 그의 손을 잡아끌었다. 예상치 못한 일이라 그녀의 작은 손에 기주의 커다란 몸이 그대로 따라 계단을 내려왔다.

"으악!"

이번에는 기주의 온몸이 젖었다. 비명을 지르는 그를 보던 가을이 배를 잡고 깔깔 웃어대기 시작했다.

"꼴 좋네요!"

"뭐야, 한번 해보자는 거야!"

이미 다 젖어버린 기주는 결심을 했다는 듯 팔을 걷어붙였다. 그의 행동을 본 가을의 머릿속에 경계경보가 울리기 시작했다. 가을은 기주의 반대편 방향으로 도망치기 시작했다. 이내 그의 긴 팔에 손목이 잡혀 버렸지만 말이다.

"꺄악! 항복, 항복!"

가을은 한쪽 팔을 들어 올린 채 항복을 외치고 있었다. 그녀의 다른 팔을 잡고 선 기주는 그녀의 저 말간 웃음이 참 좋았다. 혹시 이 여자라면…….

가을은 자신의 손목을 잡은 채, 자신을 말끄러미 바라보고 있는 기주를 의아하게 바라보았다.

"왜 그래요?"

미소를 띠고 있던 가을의 입가에 천천히 미소가 걷혀졌다. 차가운 물에 온몸이 젖었음에도 기주의 눈은 뜨거운 열기로 일렁이고 있었기 때문이다. 가을의 심장이 덜컹거리며 바닥으로 떨어지더니 이내 정상적이지 못한 박동으로 거세게 뛰기 시작했다. 자신을 바라보는 기주의 눈이 온몸을 태워 버릴 듯했다. 가을은 기주에게 잡힌 손을 쓰윽 빼내었다.

"다, 다 젖었어요. 들어가야겠어요."

자신의 손을 빠져나가는 가을의 손을 기주는 왠지 놓고 싶지 않았다. 그러나 아무런 명목 없이 그녀를 붙잡을 수는 없었고, 그 감정 역시 기주로서는 너무나 생소한 것이었다. 그녀의 손목, 손등, 가느다란 긴 손가락, 그리고 손끝. 자신과 맞닿은 그녀의 살결이 점점 떨어져 나가자 그가 느끼는 것은 아쉬움이었다. 혼란스럽게 몰아쳐 올라오는 감정 중 그것 하나만은 분명히 알 수 있었다.

잔디의 물 주는 타임이 끝나자 은색 노즐은 서서히 물 뿜기를 중단하곤 곧추세웠던 몸을 눕혔다.

"어떡해! 내가 미쳤나 봐! 뭐지? 뭐야, 이건?"

가을은 거실에 들어서기가 무섭게 자신의 가슴을 부여잡은 채 왔다 갔다만을 반복하고 있었다.

탁!

문을 여닫는 소리가 들리자 가을의 움직임도 탁 멈추었다. 온 몸의 신경이 빳빳이 일어나는 기분이었다. 가을은 크게 숨을 들이쉬며 심장의 박동을 억누르려 무던히도 애를 썼다. 그리곤 억지로 미소를 지어 보이며 기주를 향해 돌아섰다.

"이, 이제 인터뷰 시작하죠!"

과장된 음성이 튀어나왔다. 가을은 자신의 그런 목소리가 민망했지만 주워 담을 수는 없었다. 그녀는 일부러 더 활짝 웃어 보였다. 그렇게라도 하지 않으면 지금 이 이상한 감정을 들킬 것만 같아서였다.

그런데 이상했다. 기주는 바깥에서와는 다르게 가을의 미소를 보자 얼굴을 딱딱하게 굳히고 몸을 반쯤 틀어 벽을 바라보고 있었다. 가을은 기분이 좀 나빠졌다. 아무리 자신이 물을 맞게 했다 한들 저렇게 삐칠 건 뭐냔 말이다.

"저기요, 이기주 씨!"

"옷부터……."

"예?"

"옷부터 갈아입고 얘기해. ……보인다."

"응?"

그의 말을 얼른 알아듣지 못한 가을은 눈을 말똥히 뜨고 그를 건너다보았다. 벽에 거의 얼굴을 박을 듯이 하고 있는 그의 목언저리가 붉게 타오르고 있었다.

갸우뚱. 그때까지만 해도 가을은 그의 말이 무엇을 의미하는지 알지 못했다. 로딩 중.

그러던 그녀는 퍼뜩 든 생각에 고개를 숙여 자신을 내려다보았다. 하얀 셔츠가 물에 젖어 실루엣을 그대로 비추고 있었다. 그리고 무엇보다 속옷이 그대로 비치고 있었다.

"꺄아아아악!"

가을은 비명을 지르며 이층으로 달음질쳐 올라갔다.

기주는 놀란 가슴이 영 진정되질 않았다. 무슨 여자가 저리 조심성이 없는지. 거실로 들어와 그녀를 바라보았을 때 심장이 덜컥 내려앉는 줄 알았었다. 얇은 셔츠 너머로 비치는 그녀의 속옷에 심장의 피가 역류하는 것만 같았었다. 그녀의 쿵쿵거리는 발걸음 소리를 들으며 기주는 여전히 벽에 머리를 박고 있었다. 서서히 그녀의 달려가는 소리가 잦아들 때쯤, 그제야 기주는 소리 내어 웃기 시작했다.

이토록 고요하고, 아름답고, 평화로우며 더할 나위 없이 감성의 풍요로움을 선사하는 공간이 또 있을까. 해가 저물자 어둠이 드리워진 정원 한 켠에 놓인 테이블 위로 담 너머의 가로등 불빛이 은은하게 내려앉는 것을 보며 가을은 감탄을 금치 못하고 있었다. 밝을 때에도 정원의 아름다움에 그 관리 능력을 감탄하였었는데, 밤이 되니 또 다른 아름다움이 그곳에 있었다.

거뭇거뭇하게 보이는 정원의 나무들은 어둠의 두려움이 아니라 편안한 안락을 느끼게 하였고, 담 너머에서 내려앉는 붉은색 불빛은 쓸쓸함이 아니라 따뜻함을, 그리고 이따금 불어오는 바람에 사르륵 이리저리 부딪치는 나뭇잎의 소리는 한여름 밤의 꿈을 꾸게 하는 기분이었다. 그리고 그것들은 한 치의 모자람도 없이 균형과 조화를 이루어 눈과 귀, 그리고 감성에 충분한 즐거움과 만족을 주었다.

부러웠다. 그리고 알듯 말 듯한 질투도 느껴졌다. 이 공간이 다름 아닌 이기주의 집이라서 말이다. 그것도 이런 아름다움조차 즐길 줄 모른다는 듯 허공에 모기약을 칙칙 뿌려대고 있는 저 이기주의 집이란 것이 말이다.

가을은 말끄러미 기주의 옆얼굴을 쳐다보았다. 수십, 수백 명의 팬들에게 함성을 이끌어내는 무대 위의 이기주는 어디 가고, 잘 보이지도 않는 모기를 잡느라 연방 칙칙 대며 인상을 쓰고 있는 어린아이 같은 이기주가 그곳에 있었다. 가을은 불평을 하듯 중얼대었다.

"개발의 편자."

풋, 그러다 그녀는 그만 웃음이 터지고 말았다. 이기주는 어느새 모기의 시체를 전리품처럼 테이블에 늘어놓고 있었다. 까만 알갱이 같은 게 붙어 있어서 뭔가 하고 봤더니 모기의 시체였다. 정말 어린아이 같은 모습이었다. 아까 낮에 정원의 물줄기 속에서 보았던 열기 가득한 눈은 보이지 않았다. 그것은 뜨거운 여름이 파생시킨 환각이었을까.

"뭐라고 했어?"

"아니요. 아무것도……."

가을은 고개를 가로저으며 손을 뻗어 테이블 위에 있는 캔 맥주를 집어 들었다. 치익, 하는 시원한 소리와 함께 거품이 조금 밀려 올라왔다. 가을은 그것을 기주에게 내밀었다.

"마시라고?"

가을은 대답 대신 고개를 끄덕였다.

"뭐야, 술 먹여놓고 무슨 짓을 하려구."

기주는 장난스러운 표정으로 가을을 흘겨보며 맥주를 받아 들었다. 그리고는 다시 캔을 하나 더 집어 드는 그녀의 옆모습을 물끄러미 바라보았다.

"반말하는 거…… 싫어?"

무슨 뜻으로 묻는 걸까. 캔을 따던 가을은 기주에게로 시선을 돌렸다. 위에서 비춰지는 가로등의 불빛 때문인지 그의 눈이 더 깊어 보였다. 이상한 기분.

덥긴 더운가 보다, 이렇게 손에 땀이 차는 걸 보니.

가을은 그렇게 생각하며 피식 웃었다. 웃지 말고 대답을 해보라는 듯 기주가 고개를 까닥해 보였다. 가을은 캔의 입구에 입을 살짝 갖다 대었다가 떼면서 그를 향해 웃었다.

"좋을 리만은…… 없잖아요. 내가 두 살이나 많고."

그놈의 나이는 꽤나 들먹거리는군. 기주는 불평을 하려다가 입을 다물었다. 불평보다 '도깨비라 그런가, 밤에 보니 꽤 예쁘네' 하는 생각이 먼저 들었기 때문이다.

"흐음."

"그리고……."

"그리고?"

깍지 낀 손에 턱을 고이면서 기주는 비스듬히 가을을 바라보며 되물었다. 가을이 잠깐 기주를 바라보았다가 고개를 숙인 채 애꿎은 맥주 캔을 만지작거렸다.

"혜련 씨가……."

"응?"

기주는 의아하게 그녀를 바라보았다. 혜련이 대체 뭐라고 한 거지? 기주는 얼른 그녀의 말이 퀴즈라도 되는 듯 그것을 맞추려는 사람처럼 미간을 찌푸리고 자신의 행동들을 되짚어보았다. 혹시 자신도 모르는 사이에 혜련에게 도깨비의 흉이라도 보았던가? 아니, 그건 절대 아니었다.

그때 가을은 이 말을 해야 하나 말아야 하나 고민하고 있었다. 물론 기분이 나쁘면 말하라는 것이니까 허심탄회하게 말해 버리는 것이 자신의 성격이었다. 그리고 못할 것도 아니었다. 그러나 내일이면 이 집에서 나가고 더 이상 이기주를 마주칠 일이 없을 것이었다. 괜한 말을 해 이미 지난 일들을 되짚느니 그냥 두는 것이 낫지는 않을까 싶기도 하였다. 그래서 고민을 하며 뜸을 들이고 있었는데, 역시나 하고 싶은 말은 해야 송가을답지 않은가. 가을은 속에 꽁 담아두느니 탁 던지는 게 자신답다고 생각하며 입을 열었다.

"솔직히 말할게요. 혜련 씨한테 들었어요. 이기주 씨보다 나이 많은 다른 사람들한테는 꼬박꼬박 존댓말 쓰신다구요. 그것도 모자라 말도 쉽게 못 놓는다면서요.”

“그래서?”

비스듬히 두었던 목을 바로 세우며 기주가 물었다. 그것은 따지는 음성이 아니었다. 무슨 말인지 알아들을 수 없다는 의아함이었다.

“그래서…… 기분이 좀 묘했어요. 대필 작가라서…….”

“무시하나 보다?”

“자격지심이라고 해도 좋아요.”

하! 다시 캔을 만지작거리며 시선을 내리까는 가을을 보며 기주는 좀 곤혹스러워졌다. 이 여자에게는 존댓말을 쓰고 싶지 않았던 게 솔직한 심정이다. 그러나 가슴속에 있는 그 이상한 감정들을 어떻게 꺼내보여야 할지 기주는 알 수가 없었다.

난 당신 같은 작가가 아니야. 그래서 그 이유를 뭐라 말하기가 힘들어. 그냥이야! 그냥 송가을에게는 존댓말 따위 쓰기가 싫어!

그 말이 목 언저리까지 솟구쳐 나왔다가 들어갔다. 기주는 잠시 몸을 뒤로 기울여 나무에 머리를 기대었다.

평소처럼 장난인 듯 진심인 듯 대충 넘기면 될 것이었다. 그러나 오늘은 왠지 그러면 안 될 것 같았다. 고민하여 어렵사리 말을 골라 늘어놓은 그녀에게 대충은 안 될 것 같았다. 기주는 딱딱한 나무를 느끼며 하늘을 올려다보았다.

오늘은 기분이 이상했다. 어둠 때문일까. 이 시원한 맥주 탓일까. 그도 아니라면 자신의 공간에 들어온 그녀의 존재 때문일까. 하늘은 검고, 깊고, 그리고 고요하다. 한밤의 센티멘탈(sentimental).

"내 자서전 인터뷰 때문에 이런 자리 마련한…… 거죠?"

그는 말을 잇다가 잠시 공간을 두었다. 그리고는 존댓말을 썼다. 가을은 피식 웃으며 맥주 캔을 다시 집어 들었다.

"사실은…… 네, 맞아요. 이건 대부분 자신의 이야기를 쉽게 내놓게 하기 위해 가끔 하는, 그러니까 수법이라면 수법이죠. 의외로 가장 잘 먹히기도 하구요."

하하, 하고 소리 내어 웃으면서 기주는 고개를 끄덕였다.

"사실은 그럴 때마다 좀 에고이스트가 된 것 같은 기분이기도 해요. 술을 마시게 해서 억지로 남의 추억을, 남의 상처를, 남의 속을 들춰내는 것 같아서요."

비스듬히 허공의 어딘가를 바라보며 말을 잇던 가을은 문득 고개를 돌려 기주를 보았다.

"이렇게 묻기라도 해주시면, 그나마 면죄부를 얻은 것 같기도 하죠."

"하하. 내 인터뷰니까 내가 하고 싶은 말…… 내 얘기 하라는 거죠?"

가을의 눈이 동그랗게 떠졌다. 붉은빛 아래의 이기주는 뭔가 좀 다른 것 같아 보였다. 가을은 천천히 고개를 끄덕였다.

그녀의 고갯짓에 기주는 팔을 뒤로 하고 완전히 나무에 기대었다.

"이기주의 인간관계부터 얘기해 줄까요? 이기주에게는 세 분류가 있어요. 좋아하는 사람. 싫어하는 사람. 좋아하지만 신뢰하지는 않는 사람."

가을은 맥주를 들이키고는 비어버린 캔을 밀어두며 고개를 끄덕였다. 정확치는 않지만 알 것도 같은 말이었다. 좋아하는 사람. 싫어하는 사람. 좋아하지만 신뢰하지는 않는 사람. 나는 어느 쪽일까.

"좋아하는 사람은 그냥 좋은 사람이죠. 같이 있으면 편하고, 내가 얼마나 아픈지 내가 얼마나 피곤한지 알아주는 사람이죠. 싫은 사람은 그냥 싫은 사람이에요. 날 피곤하게 하고 짜증나게 하죠. 반면에 좋아하지만 신뢰하지 않는 사람은 그저 같이 수다를 떠는 건 좋은데 내 속 얘기를 할 수는 없는 사람이에요."

가을은 고개를 끄덕였다.

"그럼 도깨비는 나한테 어떤 사람인지 궁금하지 않아요?"

"……."

가을은 대답을 하지 못했다. 좋은 사람과 싫은 사람. 대필 작가로서든 아니면 그냥 인간 송가을로서든 그녀는 기주에게 전자이고 싶었다. 누구든 싫은 사람이 되고 싶지는 않을 것이었다. 좋은 사람이 아니라면, 적어도 좋아하지만 신뢰하지 않는 사람은 되고 싶지 않았다. 그의 답이 그것이라면 차라리 싫은 사람이라고 해주길 가을은 바랐다. 왜 그런지는 알 수 없었다.

젠장, 송가을 너 이상해.

대답을 기다리듯 기주가 그녀를 응시했다. 굳게 닫힌 입술로 가을은 그저 가만히 있었다.

"도깨비는 나한테, 반말하고 싶은 사람."

"엥?"

어이가 없다는 듯 가을은 입을 벌리고 그를 보았다. 기주는 큭큭거리며 배를 쥐고 웃음을 참고 있었다. 자신의 말도 말이지만 무엇보다 가을의 얼빠진 얼굴이 재미있었다.

가을은 아마도 알아듣지 못하는 것 같았다. 자신이 한 말이 거짓말은 아니지만 못 알아들었으면 설명해 주지 않을 생각이었다. 조금만 더 저 얼빠진 얼굴이 보고 싶었다.

"큭큭, 존댓말 써줄 때는 부드럽더니 금세 가시 같은 얼굴로 돌아오네?"

한참을 혼자 웃던 기주는 자신을 노려보고 있는 가을을 바라보며 다시 웃었다. 왠지 놀림을 받은 것 같아 가을은 뾰로통하게 그를 흘겨보았다.

"그렇게 노려볼 것 없어. 아, 그보다 물어볼 건 다 물어본 건가. 내가 어떻게 가수의 길로 들어왔다고 얘기했었나?"

맥주 캔을 하나 더 집어 들면서 가벼운 어투로 기주가 말했다. 가을은 고개를 끄덕였다.

좋은 성적으로 국내에서 제일간다는 대학에 무사안일하게 잘 다니고 있던 스물두 살의 이기주는 어느 날 영화관에서 노래를 해야겠다는 생각을 했다고 했다. 그건 '하고 싶어'의 희망이 아니었다고 했다. 번개처럼 스쳐 지나간 생각, 혹은 죽어라 생각나지 않던 TV 드라마의 배우 이름처럼 불현듯 머릿속을 스쳐 지나갔다고 했다. '아, 노래를 해야 해'라고 말이다.

"아, 했군. 그럼 뭐가 더 필요하지? 이거 뭐, 자서전에 어떤 내용이 들어가는지 알아야 말이지."

엄지와 중지로 집어 든 캔을 좌우로 흔들면서 그는 잠시 생각을 하는 것 같았다. 가을은 다짐이라도 하듯 마른침을 삼키었다. 지금밖에는 물을 시간이 없었다. 그리고 오늘따라 기주는 좀 부드럽고, 좀 더 솔직한 것 같았다. 가을은 눈을 깊게 감았다가 무겁게 떠올렸다.

"사실은……."

하늘을 올려다보며 자신의 기억을 되짚던 기주의 시선이 가을에게로로 내려앉았다.

"사실은, 5월 15일에 대해 알고 있어요."

시간이 정지하였다. 서글픈 침묵.

"으아! 바쁘다, 바빠! 이기주 하루 저녁시간 빼줬을 뿐인데 뭐가 이렇게 바빠!"

이리저리 다이어리에 붉은색 밑줄을 그으며 연방 방송 관계자들과 스케줄을 조절하던 혜련은 참다못한 비명을 내질러 버렸다. 사무실에 있던 다른 직원들의 시선이 그녀에게로 쏠렸다.

혜련은 헤헤 쑥스럽게 웃으며 뒷머리를 긁적였다. 사람들의 머리가 다시 제자리로 돌아갔다. 혜련은 낮은 한숨을 내쉬었다.

사실 오늘 스케줄을 미뤄달라고 요청한 것은 기주 쪽이었다. 비록 가을이 매번 스케줄마다 따라왔지만 이런저런 일로 제대로 된 인터뷰를 못했으니 하루 정도는 할애해 줘야 하지 않겠냐고 기주가 먼저 말을 꺼냈다. 그 말을 들었을 때 혜련은 하마터면 그의 면전에 대고 눈을 비비고는 '이기주의 탈을 쓰고 있는 넌 누구?' 하고 물을 뻔했다. 남의 일이라면 관심이 없는 이기주의 입에서 나온 말이라고는 상상조차 가지 않았으니까 말이다.

산사에서의 일을 생각하는 혜련의 입가에 음흉한 미소가 걸렸다. 얼른 올라가야 한다며 산을 올라가는 혜련을 두고 쭈뼛쭈뼛 차에서 늦게 내리더니 이내 가을과 말싸움을 하고 있었다. 다른 현장 매니저들이나 코디네이터는 미처 눈치를 못 챈 것 같았지만 혜련의 눈에는 그것이 확실하게 보였다.

그리고는 산에 올라가서 하루간의 일정을 빼달라고 말했을 때, 이리저리 그의 심경을 염탐이라도 하는 듯한 말투에 기주는 자신의 자서전이니까 아무 내용이나 쓰게 할 수는 없어서 그렇다고 말했지만, 그렇다고 속을 혜련은 아니었다.

"저, 실장님."

붉은 볼펜을 다이어리에 대고 히죽거리던 혜련은 별안간 들려온 목소리에 퍼뜩 정신을 차리고 고개를 들었다. 신참 현장 매니저 영탁이었다. 혜련은 입가에 웃음을 거두고 그를 올려다 보았다.

신참 남자 매니저들에게 으레 보이는 표정이었다. 그렇지 않으면 매니저 실장급인 자신이 단지 여자라는 이유만으로 얕잡아 보일 수도 있다는 생각 때문이었다. 다행히 혜련의 능력이 뛰어나 그녀를 얕잡아 본다든지 하는 그런 불상사는 일어나지 않았지만, 그것은 어느새 혜련의 습관이 되어 있었다.

"아, 기주 씨한테 전화했어? 내일 아침 일찍 있는 스케줄 어떻게 하래?"

혜련은 영탁에게 기주와 통화할 것을 지시했었다. 오늘만 스케줄을 비워달라고 했던 거라 아무 생각 없이 내일 새벽에 있을 촬영의 스케줄을 잡았었는데, 생각해 보니 기주에게 일단 말이라도 해두어야 할 것 같았다.

내일은 가을이 돌아가는 날이었으니 말이었다. 자신의 생각대로라면 기주는 분명 가을에게 관심이 있었다. 아니, 관심이라고 하기엔 조금 더 강렬한 것을 가을에게 품고 있는 듯했다. 기주는 아직 그 감정을 모호하게만 생각하고 있는 것 같았지만 말이다.

"네, 내일부터는 상관없다고 하시던데요."

"그래?"

"네, 형님께서 분명 괜찮다고 하셨어요."

자신의 생각과는 조금 어긋난 대답에 혜련이 되물었으나 영탁이 고개를 끄덕이며 답하였다. 혜련은 '음' 하고 턱에 손가락을 가져다 대며 자신이 오해한 건가 하고 생각했다. 이 민혜련의 직감이란 틀린 적이 없는데.

"몇 시라고도 말했어?"

"네, 새벽 여섯 시 반 촬영이니까, 늦어도 여섯 시까지는 모시러 가겠다구요."

혜련은 고개를 갸웃거렸다. 이상해, 이상해.

"혹시 지금 뭐 하고 있대?"

"아, 그게 저……."

영탁은 말끝을 얼버무리며 혜련의 시선을 피했다. 이걸 솔직하게 말해야 돼, 말아야 돼? 아니면 적당히 포장이라도 해서 둘러대야 하는 건가? 영탁은 고민했다. 술을 마시고 있다고 사실대로 말하면 혜련은 아마 그걸 듣고도 가만히 두었냐며 잔소리를 퍼부어댈 것이었다. 그렇다고 거짓말을 할 수도 없는 노릇이었다. 내일 새벽에 있을 촬영은 금요일에 있을 방송의 녹화 분이었는데, 라이브를 해야 했다.

영탁은 미간을 찌푸리며 중얼거렸다. 이건 고자질이 아냐. 매니저로서의 할 일인 거다! 대의를 위한 일이야, 대의를.

"정원에서 맥주 드신다는대요."

"맥주?"

"……네에."

침통한 표정인 영탁의 대답이 점점 말꼬리를 숨기며 사그라져 갔다.

"누구랑?"

"저, 그게……. 형님이 좀 취하신 건지, 이상한 말씀을 하시더라고요."

"이상한 말?"

혜련은 되물으면서 영탁을 올려다보았다.

"도깨비랑 마시고 있다고."

"뭐? 으하하하!"

빙고! 역시나 자신의 예상이 맞았다. 혜련은 퀴즈를 맞힌 사람처럼 기분 좋게 웃었다. 아아, 드디어 삭막한 이기주의 인생에도 꽃피는 봄이 오는가.

연예인 매니저로서는 사실, 스캔들의 걱정이 먼저일 테지만 혜련은 달랐다. 사실 기주와의 인연은 연예인과 매니저로서의 관계가 먼저가 아니었다. 두 집의 부모님의 친분으로 기주를 알게 된 것이 먼저였고, 연예인과 매니저로서의 관계는 그 다음이었다.

그래서 그런지 혜련은 기주가 좀 안쓰러웠었다. 그는 늘 자신을 마지막의 마지막까지 다그치고 밀어붙이는 사람 같았다. 옆도 뒤도 돌아보지 않고 오로지 앞만 보려는 사람 같았다. 뒤를 돌아보면 뭔가 큰일이라도 나는 것처럼 말이다.

혜련의 웃는 모양새를 들여다보고 있던 영탁은 어쩔 줄 몰라 하며 혜련의 눈치를 살폈다.

“저기 실장님…… 가보지 않아도 될까요? 내일 라이브인데, 술에 취해 헛것까지 보시는 거라면 너무 많이…….”

“헤이, 영탁?”

영탁의 더듬거리는 말을 혜련은 그의 이름을 부르는 것으로 단호하게 잘랐다.

“예, 예?”

“넌 꼭 눈치도 없는 게, 남 눈치는 죽어라고 보더라? 제발 눈치 좀 키워라, 응?”

“네에…….”

맥 빠진 영탁의 대답을 들으며 혜련은 기분 좋게 웃었다.

바닥까지 비워진 맥주 캔은 찌그러진 채 정원의 잔디 위를 굴러다니고 있었다. 가을은 자신의 발치에 있는 빈 캔을 집어 들어 테이블 위에 올려두었다.

“혜련이, 얘기했군.”

마치 혼잣말인 양, 기주의 목소리는 들릴락 말락 하게 전달되어 왔다. 가을은 무겁게 고개를 주억거렸다.

“이기주 씨의 일부분이니까요.”

죄책감.

가을이 느끼고 있던 것은 그것이었다. 자신이 이것을 물음으로써 이기주의 자서전은 더욱 그 진정성을 가질 것이었다. 이런 일이 있었구나 하면서 독자들은 눈물을 지을 것이고, 이런 일이 있었음에도 이런 생각을 했구나 하면서 그를 대단하게 여길 것이며, 이런 일을 겪으면서도 자신의 자리를 굳건히 지켰구나 하면서 그들은 박수를 칠 것이었다.

그러나 그것은 과연 누구에게 좋은 일일까. 혹시 편협적인 생각으로 그들이, 혹은 자신이 이기주를 이용하는 것은 아닐까.

기주는 하늘을 한번 올려다보았다. 한숨을 크게 내쉬었고, 시선을 내려 허공의 한 부분을 바라보았다. 그리고 가을을 바라보다 이내 시선을 다른 곳으로 돌렸다. 그렇게 그의 이야기가 시작되었다.

"그날은, 팬클럽에서 만들어준 생일 파티를 하고 있었지."

기주는 눈을 감았다. 떠올리고 싶지 않은 그날이었다. 그때의 일을 누군가에게 말할 거라고는 생각해 본 적이 없었다. 그러나 왠지 가을이라면 괜찮을 것 같았다. 가을에게라면 말해도 좋을 것 같았다.

"굉장히 성대했어. 모인 사람들 수는 거의 콘서트를 방불케 했고, 커다란 케이크가 준비되었지. 나는 협찬을 받은 고급 양복을 입고 무대에 오르고 있었는데, 사색이 된 혜련이 달려왔어. 그리고는 말했어. 사고가…… 났대, 하고."

기주의 말끝에 가을은 자신도 모르게 살갗에 오소소 소름이 돋는 것을 느꼈다. 이유는 알 수가 없었다. 그리고는 몹시 마음이 아파왔다. 가장 행복한 순간에, 인생을 잠식해 버릴 만큼 가장 슬픈 소식을 전해 들어야 했던 그의 충격과 아픔과 슬픔을 가을은 감히 가늠할 수조차 없었다.

"그러나 그게 다였어. 난 무대 위로 올라갔지."

말을 이어가는 그의 음성이 짓눌려 있었다. 애써 무언가를 참는 고통이 그대로 전해져 왔다. 가을은 그에게서 시선을 거두지 않았다. 그는 허망한 미소를 지었다.

"노래를 불렀어."

엄마, 아빠!

"웃었고."

제발, 제발 안 돼요! 안 돼, 안 돼요!

"선물을 받아 들었지."

안 돼, 날 두고 가지 말아요.

"무대 위로 올라오는 팬들을 하나하나 안아주었어."

나만 두고 가지 마!

"그리고는 그게 다였어. 끝나고 도착했을 때는 이미 시신에 흰 이불을 덮어씌우고 있는 중이었어."

가슴을 바늘로 찌르는 것 같았다. 그때 느꼈을 아픔이 지금 힘겹게 말을 이어가는 그의 얼굴 위에 고스란히 나타났다. 그만 말하라고 하고 싶은 것을 가을은 그가 보지 못하는 테이블 아래에서 주먹을 꼬옥 쥐는 것으로 참아내었다.

"왜, 바로 가지 않았어요?"

가을의 질문에 기주는 잠시 생각하는 듯 보였다.

"글쎄, 왜였을까. 병원에서 걸려온 전화를 받았던 혜련이 그랬거든. 위독하시다고. 여기는 자기가 알아서 수습할 테니 얼른 가보라고. 그런데 갈 수가 없었어. 아마…… 믿을 수가 없었던 이유였을 거야. 내가 그것을 믿어버리면, 모든 게 현실이 될 것 같아서 말이야.”

가을의 눈에서 눈물이 또르륵 굴러 내렸다. 어두운 곳이었지만 기주는 그것을 확연히 알아보았다. 가로등 불빛에 반짝 빛나는 순연한 그녀의 눈물. 아릿한 가슴의 통증을 느끼며 기주는 손을 뻗어 그녀의 눈물을 훔쳐 내었다.

“왜 도깨비가 울고 그래.”

그의 목소리가 너무나 부드러워서, 너무나 따뜻해서, 가을은 참을 수 없는 기분을 느끼며 더 큰 눈물방울을 흘렸다.

“당신이 울고 있잖아요.”

가을의 말에 기주는 쿡쿡 소리 내어 웃었다.

“뭐래, 울고 있는 건 당신이야.”

“당신도…… 울잖아요.”

“무슨 소리야.”

기주는 여전히 웃었다. 그리고는 가을에게 향한 시선을 거두고 다시 허공을 바라보았다. 하루살이들이 가로등의 밑에서 이리저리 바삐 움직이고 있었다.

가을은 그의 옆모습을 응시했다. 정말 열대야인 탓일까. 그래서 묘한 기분이 들어 더욱 그렇게 보이는 것일까. 가을의 눈에는 기주가 무척이나 위태로워 보였다. 가을은 늘어뜨린 그의 손

밑에 가만히 자신의 손을 끼워 넣었다. 조금 놀랐는지 동그랗게 떠진 기주의 눈이 자신에게로 향하였다. 가로등의 붉은 불빛에 그의 눈이 파동을 일으키고 있었다.

"울지 말아요."

"……."

기주는 답하지 않았다. 그렇다고 가을에게 잡힌 손을 빼내지도 않았다. 그저 가만히 다시금 고개를 돌릴 뿐이었다.

그리고 잠시가 흘렀다. 맞잡은 두 손에서 땀이 촉촉이 배어날 만큼 아주 잠시, 가을이 '그래도 부모님은 자랑스러우셨을 거예요. 거기 모인 사람들을 실망시키지 않았을 테니까' 라고 말하는 잠시만큼, 기주의 손을 잡은 그녀의 손에 힘이 조금 더 쥐어지던 그 잠시 만큼이 흘렀다.

"으흑, 흑…… 끄윽, 흑흑흑 아버지…… 엄마."

"……."

"어흐흐흑, 아아, 흑흑…… 엄마, 아빠."

천천히 천천히 내뱉어지던 그의 고통은 흐느낌으로, 그리고 오열로 바뀌어갔다. 가을은 아무 일도 하지 않았다. 그저 하늘을 바라본 채 그의 손만 잡고 있었다.

열대야다. 잠은 오지 않고, 온몸을 휘감은 열기는 자신을 잠식해 버릴 만큼 뜨겁다. 오늘만, 오늘만이다.

작은 가방의 지퍼를 잠그며 가을은 뭔가 빠진 것이 없는지 방을 휘이 둘러보았다. 어차피 들고 온 것이 거의 없기에 빠뜨리고 자시고 할 것은 없었다. 아무리 확인해도 빠뜨린 것도 없고 빠뜨릴 것도 없는데, 가을은 자꾸만 이곳에 뭔가를 두고 가는 것만 같아 쉬이 방을 나설 수가 없었다.

은은한 연둣빛의 방, 창으로 가득 쏟아지는 햇살, 나른한 아침을 시작하게 해주는 새소리, 그리고 공간. 무엇 하나 가을이 이곳에 왔을 때와 바뀐 것은 없었다. 그러나 분명 무언가가 바뀌었다고 가을은 생각하고 있었다.

바뀐 것은 분명 없는데, 분명 무언가가 바뀌었다.

앞뒤가 맞지 않는 말이었지만, 가을의 시야는 지금 그 아이러니를 보고 있었다. 아마도 그것은 물리적인 바뀜과 감성적인 바뀜의 차이일 것이라고 가을은 어렴풋이 느끼고 있었다. 물리적으로 바뀐 것은 아무것도 없지만, 가을 안의 어떤 감성이 분명 바뀌어 있었다.

"가자, 송가을. 뭐 하니, 너."

쉽사리 발을 떼지 못하는 자신을 재촉하듯 가을은 한숨처럼 중얼거렸다. 그리고는 손에 든 가방을 다시 고쳐 잡았다.

일층으로 내려가니 집 안은 모든 시간이 멈춘 듯 적막하기만 했다. 예전 '시간 탐험대'라는 애니메이션의 돈데크만의 마법처럼 모든 것은 멈춰 있고 자신만 움직이는 그런 기분이었다. 기주는 어디에 있을까.

가을은 천천히 걸음을 옮겨 주방으로 들어섰다. 아무도 보이지 않았다. 슬쩍 등을 돌려 기주의 닫힌 방문을 바라보았다. 열어볼 용기는 나지 않았다. 인기척이라도 나면 좋으련만 들려오는 것이라고는 윙윙대는 전자제품의 가동 소리뿐이었다.

여름의 열기 탓인지, 야릇한 밤의 분위기 탓인지 알 수는 없어도 가을과 기주는 어젯밤 단둘이서 준비해 두었던 맥주를 바닥내고 말았었다. 사면서도 너무 많이 샀나 고민했을 정도였었는데……. 그 많은 것을 다 마셨다고 생각을 하니 아직 자신의 뱃속을 그득 채우고 있을 술의 냄새가 역하게 밀고 올라오는 것 같았다. 머리도 무거워져 왔다.

"이 인간은 괜찮은 거야? 자는 거야, 마는 거야?"

가을은 살짝 미간을 찌푸리고 그의 방문을 노려보며 말했다. 분명 오늘 나가는 것을 알고 있을 텐데, '오늘 가는 거예요? 하는 한 마디도 없는 그가 조금 야속했다. 어젯밤의 일로 작은 교감을 나눴고, 속 이야기를 하며 보여준 그의 눈물에 기억의 공유자라도 된 듯한 기분이 들었던 것은 사실이었으나, 그 모든 것은 가을 혼자만의 착각인 모양이었다.

"무슨 생각을 하는 거야, 내가!"

퍼뜩 정신을 차린 가을은 세차게 머리를 내저으며 주먹으로 자신의 머리를 콩콩 쥐어박았다. 자서전을 준비하는 연예인이 그 대필 작가에게 자신의 속을 터놓는 것은 어찌 보면 지극히 당연한 일인데, 이 무슨 말도 안 되는 망상이난 말이다. 슬슬 공주병이 오려는 모양이다.

"안 되지, 안 돼. 그따위 공주병에 절대 걸릴 수는 없지, 암."

그러나 그렇게 자신을 다잡던 가을은 곧 그 표정을 무너뜨리며 울상을 지었다.

"이게 다 이기주 때문이라니까. 왜 잘 쓰던 반말 놔두고 존댓말을 써서는……. 왜 갑자기 자기 얘기를 해서는, 왜 갑자기 눈물을 흘려 가지고. 왜 괜히 잡힌 손을 뿌리치지 않구, 왜 괜히!"

친구인 수진이 보았으면 또 모노드라마를 찍는다며 핀잔을 주었을 만큼 가을은 혼자 이리저리 표정을 바꿔가며 말을 잇고 있었다. 그러다 문득 가을은 과장되게 흔들던 팔을 내리고 닫힌 기주의 방문을 원망스럽게 바라보았다. 지우려는 마음은 애를 써도 사그라지지 않았다.

"왜 갑자기…… 사람 두근거리게 해서는……."

평일 오후였지만 명동은 그 명색에 걸맞게 많은 사람으로 북적였다. 누군가를 기다리는 사람들, 장사를 하는 상인들, 엄마의 손을 잡고 아이스크림을 사달라 떼를 쓰는 어린아이. 작은 짐 가방을 들고 약속 시간에 맞추어 나올 수진을 기다리며 가을은 상가 옆에 서 있었다. 억지 눈물을 짓느라 얼굴이 벌겋게 달아오른 아이를 보며 가을은 조금 씁쓸하게 웃었다. 자신에게도 저렇게 엄마를 조르던 때가 있었는데…….

삼 일간이나 이기주의 스케줄을 쫓아다닌 탓인지, 아니면 이상스레 자신이 컨트롤할 수 없었던 감정의 기복 탓인지 몰라도 그녀는 지금 당장에라도 눕고 싶을 만큼 피곤하였다. 그러나 간만에 얼굴을 보자는 수진의 전화를 단칼에 자를 수는 없었다.

수진이 만나자는 시간까지는 좀 여유가 있어 가을은 약속 장소에 오기 전 PC방에 들렀었다. 이기주와 인터뷰했던 내용들을 토대로 자서전의 뼈대를 적어둔 수첩을 한글 파일에 옮겼다. 이따금 이것은 뺄까, 아니면 조금 더 장황하게 이어가 볼까 하는 고민에 이마를 톡톡 두드리며 두 시간여의 작업을 해나갔다.

그러다 가끔 가을은 5월 15일의 이야기를 하던 이기주의 표정을 떠올리며 묘한 기분에 사로잡혔다. 마음이 아팠다. 안쓰럽고 그가 안되었다는 생각이 들었다. 이야기를 듣던 그날 밤처럼 그의 손을 잡고 위로를 해주고, 그의 상처를 보듬어주고…… 그리고 잘해주고 싶다.

가을은 고개를 거세게 가로저었다.

밀착취재의 후유증일까. 그의 생각을 할 때마다 가슴 한켠이 아리고, 아프고, 그리고 이루 말할 수 없이 두근거렸다. 왜 이러지. 가을은 애써 파일을 만들어가는 것에 집중하려 애를 써야 했다.

파일 만들기가 끝나자 가을은 출판사에 메일을 넣어두고 출판사 사장에게 전화를 걸었다. 인터뷰가 무사히 끝났다는 것에 대해 그는 안도를 하며 기뻐했다. 넘치게 좋아하는 것을 보니 아마도 이기주의 비위를 맞추지 못해 대필 작가 송가을은 눈물을 지으며 패배의 깃발을 흔들어 보일 것이라고 생각한 모양이었다.

[잘했어, 잘했어.]

"아, 예에……."

[그나저나 자서전 뼈대 잡은 거 이기주 씨 매니저한테도 보내드려. 메일 주소는 핸드폰 문자에 찍어줄 테니까. 내가 여기서 보내주면 좋은데 난 지금 밖이라서 곤란해. 오케이?]

되지도 않는 발음을 굴려가며 그는 전화를 끊었다. 그리고 잠시 뒤 문자 수신음이 울려왔다. 메일 주소였다.

가을은 조금 전 출판사에 보내준 파일 그대로를 문자에 찍힌 메일 주소에 첨부시켰다. 아마도 혜련의 메일 주소일 테지. 그리고 송신 버튼을 누르려던 가을은 마우스를 움직이다 잠시 멈칫하였다.

화면을 뚫어지게 바라보았다. 검은색 커서가 깜박깜박 가을에게 자신의 존재를 증명이라도 하듯 명멸하였다. 가을은 천천히 마우스에서 손을 떼고 키보드에 양손을 올렸다.

〈이기주 씨 많이 피곤해 보이던데, 혜련 씨가…….〉

거기까지 입력하던 가을은 아랫입술을 질끈 깨물며 백스페이스 바를 거칠게 눌러 모두 지웠다. 송가을, 뭐 하는 짓이니. 이게 웬 오지랖? 가을은 다시 키보드를 두드렸다.

〈이기주 씨에게도 안부 전해주세요.〉

그리고는 힘을 주어 전송 버튼을 꾹 눌렀었다.

후우. 그게 끝이었구나. 그런 생각을 하자 가을은 자신도 모르게 한숨을 내쉬었다. 뜨거운 태양이 자신을 질타하듯 강하게 내리쬐고 있기 때문이라, 그래서 이렇게 가슴 한켠이 묵직한 것이리라 가을은 생각했다.

"가을아!"

자신의 이름을 부르는 반가운 목소리에 가을은 퍼뜩 정신을 차리고 소리가 난 쪽을 바라보았다. 수진이 양팔을 벌리고 자신을 향해 함박웃음을 짓고 있었다.

"꺄아! 수진아!"

가을은 잰걸음으로 수진에게 다가가 그녀를 끌어안았다. 지나가던 이들 몇몇이 빙그레 웃으며 끌어안은 그녀들을 바라보고 지나갔다.

"우와, 딱 사 일 만인데 왜 이렇게 간만인 거 같냐!"

끌어안은 가을을 놓아준 수진은 그녀의 몸 이곳저곳을 살피며 말했다. 그녀의 과장된 몸짓에 가을은 함박웃음을 지으면서도 이제 한여름 밤의 꿈은 끝났구나, 이제야 현실로 돌아왔구나 하고 실감을 할 수 있었다.

"그러게. 너무 간만인 거 같아."

"아무튼 무사귀환을 축하한다, 송가을!"

수진은 손을 들어 가을의 머리를 쓱쓱 쓰다듬었다. 머리칼이 얼굴 위에서 흔들리는 통에 킥킥 소리 내어 웃던 가을은 마음한켠에 싸함을 맛보았다. 그래, 내 자리로 돌아온 거야.

"그래서? 이기주네 집에선 아무 일도 없었고?"

마시던 커피 잔을 입에서 떼고 테이블 위에 내려놓으며 수진이 물었다. 아까부터 뭔가 궁금한 것을 애써 참는 듯 입술을 꾸물거리더니 기어이 물어본다는 것이 저 물음이었다. 3박 4일 동안 궁금해서 어찌 참았누. 가을은 커피 잔에

각설탕을 넣고 휘저으며 핀잔이라도 주듯 그녀를 가볍게 흘
겨보았다.

"무슨 일이 있을 게 뭐가 있어?"

덤덤한 그녀의 말에 수진은 조금 실망한 기색이었다. 설마 톱
스타와 일반인의 로맨스라도 생각하는 거야? 가을은 그렇게 말
하려다 그만두었다.

톱스타와 일반인의 로맨스.

그런 쉬운 말로 폄하하고 싶지는 않았다. 그래, 분명 들어갈
때의 감정이 지금은 조금 변해 있었다. 그에게 손을 뻗을 수는
없었지만 그래도 그날 정원에서의 이기주에게 가을은 분명 두
근거렸다. 그리고 그날 밤의 이기주를 안아주고 싶은 충동도 있
었다. 하지만 그런 거 아니잖아. 그렇지, 송가을?

"얘 좀 봐. 그래도 혈기 왕성한 남녀가 3박 4일이나 단둘이
붙어 있었어. 뭔·일 안 일어나는 게 오히려 이상한 거 아냐?"

서비스로 나온 쿠키를 손으로 툭툭 부러뜨리며 수진은 흘긋
흘긋 가을의 눈치를 보았다. 작은 쿠키 조각 하나를 제 입 안으
로 넣으면서 가을의 앞으로 내밀었다. 먹겠냐는 거였다. 그녀의
어린애 같은 모습에 가을은 피식 웃으면서 고개를 절레절레 흔
들었다.

"이상하긴 뭐가 이상해? 그리고 단둘이라니, 하루 종일 스케
줄 따라다니느라 매니저에 코디에……. 아유, 대(大) 이동이었다
구."

"에이, 그래도 밤에는 집에 단둘이었을 거 아냐."

가을의 대답에도 수진은 도저히 믿을 수가 없다는 듯 의혹의 눈초리를 보냈다. 가을은 좀 곤혹스러운 기분이 들어 커피 잔에 시선을 박아 넣었다.

"에이, 재미없다."

손에 묻은 쿠키 부스러기를 탁탁 털어내며 수진은 소파에 기대었다. 가을이 시선을 피할 때는 말하고 싶지 않다는 것이라는 걸 알기에 더 묻지 않는 것이었다. 그러면서도 수진은 가을이 말하고 싶지 않은 이유가 나쁜 일이 있었기 때문은 아니기를 바랐다. 그렇잖아도 마음고생 심한 아이인데, 괜히 연예인에게 헛마음이라도 품어 그 고생 더 하게 될까 봐서였다. 사실 대필 작가 일도 수진이 처음 가을에게 소개를 시켜준 것이었다.

아버지의 집에서 가을은 점점 더 삭막한 아이가 되는 것 같았다. 웃는 날은 점점 줄어들었고 술을 먹고 전화를 걸어오는 날은 잦아졌다. 그렇게 수진의 걱정이 깊어가던 어느 겨울의 주말 오후, 가을은 짐을 싸들고 집을 나왔다.

그녀를 자신의 자취방에 들이고 수진은 가을의 아버지에게 전화를 걸었었다. 물론 가을에게는 수퍼에 잠깐 다녀오겠다며 나가서 몰래 한 전화였다.

그러나 그녀의 아버지는 돈 떨어지고 배고프면 들어올 테니 걱정하지 않는다고 말씀하셨다. 그의 냉랭한 태도에 잔뜩 위축된 수진은 전화한 것을 후회하며 얼른 끊으려 했다. 공중전화의 수화기를 내려놓으려는 순간, 수화기를 통해 나직한 음성이 전해져 왔다.

[네가 가을이…… 위로 좀 해줘라.]

그것은 가을이 모르는 이야기.

그녀의 아버지 생각은 빗나갔다. 말씀대로 돈 떨어지고 배고플 즈음 가을은 수진을 졸라 대필 작가 일을 얻어낸 것이었다. 첫 대필 수당을 받아 반지하 보증금 없는 자취방을 계약하였고, 잡다한 아르바이트를 해 가재도구와 생활비를 마련하였다. 그렇게 가을의 독립이 이루어진 것이었다.

"수진아?"

"으, 응?"

얼빠진 것마냥 눈에 초점을 잃고 있다가 가을이 부르자 퍼뜩 고개를 드는 본새가 우스워 가을은 쿡쿡 웃었다.

"무슨 생각을 그렇게 해?"

"아, 아냐. 어디까지 얘기했지?"

"별 얘기 안 했는데?"

가을이 장난스럽게 말하자 수진은 입을 비쭉 내밀었다.

"넋 빼고 앉아 있었다고 얘가 아주 망령난 노인네 취급하네. 안 하긴 뭘 안 해. 집에 둘이 있으면서 정말 별일 없었어?"

정말 집요하게도 물어온다. 가을은 좀 곤혹스러웠다. 어디서부터 어떤 이야기를 해야 할지 난감했다. 그리고 그 이야기 속에서 묻어나올 자신의 마음의 변화를 눈치 빠른 수진이 알아채는 것도 두려웠다.

"별일은 없었어. 그냥…… 인터뷰한 게 다야. 스케줄 따라다니고."

"얘가. 내가 이기주 스캔들 기사 못 봤을까 봐?"

헉! 가을은 날카로운 숨을 들이켰다. 그걸 생각 못했다. 아무리 뒷모습뿐이었다지만 자매보다 더 막역한 사이인 수진이 가을을 알아보지 못했을 리가 없었다. 가을은 테이블 위에 맞잡은 두 손가락을 깕작거리기 시작했다.

수진은 그녀의 손동작을 보며 씨익 회심의 미소를 지었다. 긴장하면 나타나는 가을 특유의 버릇이었다. 아까부터 이기주의 이야기만 나오면 퍼뜩 고개를 치켜들고는 잔뜩 흔들리는 그녀의 눈빛을 볼 때부터 대강 짐작은 했었다.

"너, 흔들렸지?"

빙고! 가을의 퍼뜩 들려지는 고개와 심히 흔들리는 저 눈빛. 수진은 내심 기뻤다. 아버지와의 관계로 힘들어하던 그녀의 삭막해진 마음에 따뜻한 빛이 도는 것만 같아 기뻤던 것이다. 그러나 가을은 금세 고개를 떨어뜨렸다.

"아냐."

"두근거렸지?"

"……"

대답 없이 가을은 커피 잔을 꼬옥 쥐었다. 인정한다. 흔들렸다. 분명 두근거렸었다. 자신은 분명 기주에게 처음과 다른 마음이 생겨났다. 그러나 그것은 단지 잠시간일 뿐이라고, 그 집을 떠나온 순간 그 꿈들은 다 읽은 동화책을 덮는 것과 같은 것이라고 생각하고 있다. 자서전이 나오면…… 그래, 그걸로 끝이라고.

"오늘 오후에 있었던 CF 촬영이 취소돼서 스케줄은 이걸로 끝이야."

밴의 조수석에 앉아 있던 혜련이 수첩을 뒤적이면서 말을 걸어왔다. 거의 눕다시피 시트를 뒤로 넘기고 있던 기주는 창밖으로 시선을 던졌다.

"다행이네."

그의 대답에 혜련은 빙긋이 웃었다. 정말이지 간만에 기주에게 주는 여가시간이었다. 앨범을 발표하고 쉴 새 없이 밀려오는 방송이다 CF다 하여 이리저리 끌고 다녔으니 잠은 대부분 차에서 해결하기 십상이었다. 그나마 어제 자서전 때문에 주었던 인터뷰 시간이 그에게 준 간만의 휴가라면 휴가였을 것이었다.

혜련은 룸미러를 통해 기주를 흘긋 쳐다보았다. 기주는 무슨 생각을 하는지 눈을 뜬 채 창밖만 바라보고 있었는데, 그의 얼굴이 왠지 좀 굳은 듯 보였다. 사실 혜련은 좀 의외였다. 오늘 새벽에 있을 촬영을 기주가 뒤로 미루겠다고 할 거라 예상했었기 때문이다.

이윽고 한참을 달리던 차는 기주의 집 앞에 멈추어 섰다. 그

러나 차가 멈추고 나서도 잠시간을 그렇게 가만히 있던 기주는
천천히 몸을 일으켜 문을 열었다. 그의 느릿한 모습은 혜련으로
서도 처음 보았다.

"차 한 잔 안 줄래?"

발을 땅에 디디던 기주가 혜련의 말을 듣고 멈췄다.

대문을 들어서 정원을 가로지르자 정원 한구석에 놓여 있던
커다란 테이블 위에 어지럽게 흩어져 있던 맥주 캔이 혜련의 눈
에 들어왔다. 살풋이 미소를 짓는 혜련의 머릿속에 어제 가을과
기주가 같이 술을 마시고 있다던 영탁의 말이 떠올랐다.

"라이브 있는 전날 술이나 마시다니. 불량가수."

앞서 걷던 기주가 멈췄다. 그리고 천천히 몸을 돌렸다. 그러
나 돌아선 그의 시선은 장난스럽게 말을 걸던 혜련에게로 향하
지 않았다. 테이블 위의 맥주 캔 쪽으로 향하고 있었다. 지저분
해져 버린 자신의 정원이 아니라 그곳에서 다른 무언가를 떠올
리고 있는 것 같다고 혜련은 기주를 보며 생각했다.

"저렇게 지저분하게 있으면 벌레 꼬여. 얼른 치워야지. 치워
줘?"

혜련의 질문 끝에 기주는 잠시간의 공간을 두었다. 그의 시선
은 그곳을 떠날 줄 몰랐다. 혜련은 계속 기주를 응시하고 있었
다.

"내버려 둬."

거실로 들어선 혜련은 주변을 한번 빙 둘러보았다. 기주는 손을 씻고 나온다며 화장실에 들어가고 없었다. 흐음. 혜련은 무언가를 찾아내고 싶은 듯 턱을 손가락으로 슬슬 긁으며 주변을 유심히 관찰했다. 그러나 평소와 달라진 것은 아무것도 없었다.

"갑자기 무슨 차야. 뭐 할 얘기라도 있어?"

화장실에서 나온 기주가 젖은 손을 수건으로 쓱쓱 닦으며 물어왔다. 아까의 굳은 얼굴은 좀 풀린 듯 보였다.

"그냥. 꼭 내가 할 얘기가 있어야 기주 씨 집에서 차 마셔?"

혜련의 말을 들으며 기주는 손에 남은 물기를 마저 닦고는 수건을 소파에 아무렇게나 던졌다. 그리고는 씨익 웃었다.

"그거 기자들이 들으면 아주 좋아 죽을 말이다, 너."

혜련은 어깨를 으쓱했다.

"여기 누가 있다고."

"낮말은 새가 듣고 밤말은 쥐가 듣는다고 귀에 못이 박히도록 말한 건 누구지?"

"그런가?"

뒷머리를 쓱쓱 긁으며 머쓱한 표정을 지어 보이자, 기주는 픕하고 웃었다.

좀 기분이 나아진 걸까. 웃는 그를 보던 혜련은 조금 안심이 되었다. 자신의 예상과는 달리 기주의 심경에는 정말 달라진 건 없는 모양이었다. 잠시 자신이 잘못 본 건가 싶기도 했다.

"차 뭐 마실래?"

"아, 난……."

주방 쪽으로 몸을 돌리는 기주에게 대답하려던 혜련은 입을 다물었다. 기주가 걸음을 멈추고 이층으로 통하던 계단을 물끄러미 바라보고 있었기 때문이다. 마치 무언가를 찾듯, 혹은 무언가를 떠올리듯 기주는 한참을 그렇게 묘한 눈빛으로 그곳에서 시선을 떼지 못하고 있었다.

오호. 혜련은 회심의 미소를 지었다. 달라진 게 이거구만.

"이만 갈래."

느닷없는 혜련의 말에 조금 넋을 잃고 있던 기주가 고개를 돌렸다.

"차 마신다며."

"차는 무슨. 하루 종일 여기저기서 주는 음료수에 커피에, 내 방광이 남아날 일이 없거든?"

기주는 쯧쯧 혀를 찼다.

"무슨 여자가……. 할 말 있었던 거 아니었어?"

"아냐. 할 말 없어. 할 말은 네가 아니라…… 아냐아냐, 이것도 됐고. 나 이만 간다!"

기주의 집에서 나온 혜련은 차 문을 열고 타기가 무섭게 핸드폰을 열어 저장된 단축키를 눌렀다. 액정화면에 '인박출판사'라는 글자가 찍혔다.

혜련이 돌아가자 기주는 낮은 한숨을 쉬었다. 혜련과 있으면 정신이 하나도 없다. 일을 할 때 있었던 냉정이 사석에만 오면 싹 사라지는 모양이었다. 엉뚱하고 가끔 무슨 생각을 하는지 알 수가 없을 정도였다. 그녀의 그 에너지틱함이 매력일지도 모르지만.

좀 쉬기 위해 방으로 들어서려던 기주는 잠시 발을 멈칫하고 이층으로 통하는 계단을 또다시 올려다보았다. 그리고는 천천히 계단에 발을 올렸다. 삐거덕 하는 소리가 텅 빈 공간을 메웠다.

가을이 머물던 방은 그녀가 있었던 사실조차 잊을 만큼 이전과 다를 바가 없었다. 왠지 가슴 한켠이 허해지는 것 같았다. 뭐 하냐, 이기주? 기주는 자신에게 조소를 했다.

밖으로 나가기 위해 몸을 돌리던 기주의 눈에 냉장고에 붙은 노란색 메모지가 보였다. 가슴이 이상하게 진정이 되질 않았다. 그저 평범한 메모지였지만 그것은 분명 가을이 남긴 것이라고 기주는 짐작했다. 천천히 냉장고에서 메모지를 떼어냈다.

〈그날 정전, 냉장고 코드 꽂다가 그렇게 된 거예요. 근데 내 잘못은 아니라구요. 좋은 냉장고로 좀 바꿔요. 꼭 있는 사람들이 더 하드라. ―송가을.〉

침대 위에 주저앉아 기주는 크게 소리 내어 웃기 시작했다. 그렇게 한참을 웃던 기주는 웃음이 비로소 가라앉자 침대로 벌

러덩 누웠다. 자신의 집이었지만 뭔가 다른 공간인 듯 기주에게
는 느껴졌다.

삼 일 동안 가을은 이 공간에서, 이 침대에 눕고, 이 천장을
바라보고, 그리고…… 정전을 일으켰구나. 기주는 다시금 쿡쿡
웃었다.

잠시 뒤, 침대에서 몸을 일으켜 거실로 나온 기주는 책장에
꽂힌 책들 중에서 하나를 골라 빼내었다.

〈새벽의 기적 —송진만.〉

일전 책장에 꽂혀 있던 이 책을 보고 가을이 관심을 주었던
것이 문득 생각났다. 그때 그녀의 앙칼진 목소리가 생생히 들려
오는 것 같았다.

"이 책들 다 읽기는 해요?"

"다 읽으라구요. 작가들이 피땀 흘려 밤새 쓰는 글이에요. 가족
도, 친구도, 취미도, 여유도 다 버리고 쓰는 글이라구요."

이 집에 가을이 들어온 첫날 그녀는 참 당돌하게 그렇게 말했
었다. 기주의 입가에 싱긋이 미소가 지어졌다. 기주는 그 책을
들고 창가에 있는 의자로 가 앉았다. 그리고 한참 동안을 소중
히 한장한장 책장을 넘기며 꼼꼼하게 읽어 내려갔다.

수진과 헤어지고 집으로 돌아간 가을은 문을 열자 썰물처럼 밀려드는 차갑고 눅진한 공기에 자신도 모르게 몸을 움츠렸다. 불과 며칠 전까지 자신이 기거하던 방이었지만, 며칠 만에 돌아온 그 방은 가을에게 무척이나 차갑고, 고독하고, 외롭게만 느껴졌다. 방으로 들어선 가을은 형광등을 켜고 들고 있던 가방을 아무렇게나 구석에 밀어놓은 다음 화장실로 들어갔다.

낮 세 시 사십 분.

반지하 방이 가질 수 있는 최고의 사치의 시간. 하루 중 오로지 이 시간만은 화장실에 햇빛이 쏟아졌다. 화장실 벽 꼭대기에 달린 창문으로 들어오는 것이었다. 항상 춥고 자신도 모르게 외로워질 때면 가을은 화장실 변기 뚜껑 위에 앉아 무릎을 모으고 햇볕을 쬐었다. 그러면 모든 우울한 기분이 사라졌다.

평소와 다름없이 가을은 화장실 변기 뚜껑을 내리고 그 위에 무릎을 모으고 앉아 머리를 박았다. 그다지 우울감은 없었으나 자꾸만 마음이 무거운 탓이었다. 뭔가를 두고 온 듯한 기분. 마치 뭔가를 잊고 있는 듯한 기분.

Rrrrrr—

핸드폰이 기겁을 하며 울어대는 소리에 가을은 깜짝 놀라 무릎에 박았던 머리를 들었다. 화장실 안이라 핸드폰의 벨소리가 윙윙 사방으로 울리고 있었다. 가을은 주머니에서 핸드폰을 꺼내 발신자를 확인했다.

〈스크루지.〉

인박출판사 서 사장이었다. 아마 메일을 받고 마감일을 알리기 위해 전화를 한 것이리라. 가을은 낮은 한숨을 쉬었다. 지금은 혼자 있고 싶은 기분이었다. 아무런 생각도 하지 않고 멍하니 한두 시간쯤, 자는 것도 그렇다고 깨어 있는 것도 아닌 상태에서 그렇게 가만히만 있고 싶은 심정이었다.

"여보세요."

[아무래도 연예인 인터뷰는 처음이라 생소한가 봐?]

역시나 앞뒤 끊고 몸통부터 뱉는 말본새는 여전했다. 가을은 인상을 찌푸렸다.

"그건 또 무슨 말씀이세요? 아까 보낸 메일 확인하신 거예요?"

메일을 확인하지 않았으리라. 그걸 봤다면 저런 말이 나오지 않을 것이니 말이었다. 각계각층의 유명인사들의 자서전을 대필해 왔던 가을의 생각으로는 조금도 허술하지 않을 내용들이었다. 그것이 흡족하지 않다면 아직 뼈대뿐이라 그럴 거라고 가을은 사장을 설득시킬 생각이었다.

[메일은 확인했어.]

"그게 마음에 안 드셨어요? 사장님이 아직 뼈대뿐이라 그러신 것 같은데……."

[내가 아냐. 이기주 쪽에서 태클을 걸어왔어.]

"예에?"

가을은 자신의 귀를 의심했다. 이기주 쪽이라니? 대체 그 '쪽'이란 게 누구를 말하는지 알 수가 없었다. 모든 인터뷰는 모두 그들의 요청에 맞춰서 했다. 혜련이 내준 기주의 자료들을 토대로 뼈대를 만들었고, 당사자인 이기주의 이야기들로 살을 채우려 했었다. 대게 대필이라 하면 모두 가짜의 이야기를 만들어내는 거라 생각하는 사람도 있다. 그러나 그건 아니었다. 그들이 하는 얘기에 자신은 그저 약간의 문장력과 노력만 보탤 뿐이었다.

[아까 이기주 매니저한테 전화가 왔어. 너무 이기주의 가족사 쪽으로만 맞춰진 거 아니냐고.]

"허허…… 허허허."

이제 와서 이게 대체 무슨 소리인가. 이해 가지 않을 소리에 가을은 맥없이 웃을 뿐이었다. 대체 어디부터 어디까지가 이기주의 가족사 쪽으로만 맞춰졌다고 하는지 알 수가 없었다. 가족사가 나오는 것은 전체 내용의 8분의 1을 차지할까 말까였다.

[아무튼 내일 RBS 방송국에서 촬영 있다고 하니까 가봐. 가서 얘기를 듣든지 새로 인터뷰를 하든지 설득을 하든지 하라구.]

그 말을 끝으로 사장은 전화를 끊어버렸고, 가을은 끊긴 휴대폰을 한참이나 더 쥐고 있었다.

"**자,** 잠시 쉬었다 갑시다! 삼십 분 후 카메라 리허설 들어갑니다!"

RBS 방송국의 제3스튜디오. 음악방송의 마지막 출연자인 이기주의 드라이 리허설까지 끝나자 확성기를 통한 조연출의 목소리가 들려왔다. 백업댄서들이 우르르 무대 위를 빠져나가자 숨을 고르던 기주 역시 계단을 통해 대기실로 들어왔다.

"수고했어."

"아."

혜련이 내미는 수건을 받아 들고 목에 흐른 땀을 닦던 기주는 그녀를 의아하게 바라보았다. 평소 같으면 이런 일은 영탁이 나서서 할 일이었고, 워낙 덤벙거리는 영탁의 성격에 제대로 챙기지 못했을 때도 혜련이 나서는 것이 아니라 그녀는 영탁을 혼내왔었다. 얼핏 고개를 돌리니 뻘쭘하게 벽에 붙어선 영탁이 보였다. 아마 혜련이 자처한 모양이었다.

"웬일이야?"

기주는 장난스럽게 그녀에게 말을 한 후, 거울 앞에 있는 의자에 힘없이 앉았다. 늘상 있는 일이라 힘에 부치는 것은 아니나, 오늘은 이상하게도 지친다. 마음이 지쳤다. 가슴 한구석이 휑하게 느껴지기만 했다. 기주는 의자에 기댄 채 눈을 감았다.

"오빠, 메이크업 수정 좀……."

코디네이터 영미가 조심스레 다가와 말을 건넸다. 기주는 천천히 눈을 떠올렸다. 퍼프를 들고 선 영미가 쭈뼛쭈뼛 서 있는 것이 보였다. 영미는 작년부터 기주의 메이크업을 담당해 왔다. 무엇보다 저 조심스러운 태도가 마음에 들었다. 그녀는 톱스타 이기주를 상대한다고 소란을 떠는 축에도, 톱스타라서 자신을 무시라도 할까 봐 손톱을 세우는 축에도 속하지 않는 사람이었다. 늘 조심스러운 태도와 남을 배려하는 자세가 마음에 들었던 것이었다. 기주는 그녀를 향해 부드럽게 웃어 보였다.

"미안해서 어쩌지? 조금 있다가 하고 싶어."

"아, 그게……."

손에 끼운 퍼프를 만지작거리며 영미가 말끝을 흐렸다. 기주는 '아, 그렇지' 하는 생각과 함께 거울을 통해 혜련을 바라보았다. 그녀는 벽에 비스듬히 기대서서 기주를 바라보고 있었는데, 묘한 웃음이 그녀의 입가에 걸려 있었다.

"카메라 리허설까지 삼십 분 시간 있댔지? 그럼 나 딱 이십 분만 쉬고 싶은데."

거울을 통해 혜련이 고개를 끄덕이는 것이 보였다. 그녀의 고갯짓과 함께 주변에 있던 현장 매니저들과 코디네이터들이 우르르 문밖으로 나갔다. 정말이지 눈치 빠른 사람들이야. 기주는 만족스러운 웃음을 지으며 다시 눈을 감으려 했다.

그러나 그것도 잠시, 뒤에서 느껴지는 이상한 감각에 기주는 다시금 눈을 떴다. 혜련은 밖으로 나가지 않은 채 무슨 할 말이 있는 사람마냥 기주를 바라보고 있었다. 역시나 그 묘한 웃음은 사라지지 않은 상태였다.

아까 수건을 건네올 때부터 좀 이상하긴 했다. 혹 할 말이라도 있는 걸까. 기주는 기대었던 몸을 일으키고 혜련을 향해 몸을 틀었다.

"뭐 할 말이라도 있어?"

"응."

그 물음을 기다렸다는 듯이 혜련은 벽에 기대었던 몸을 일으켜 재빨리 의자를 하나 들고 와 기주의 옆에 놓았다. 또 무슨 얘기를 하려고. 기주는 반사적으로 경계 태세를 갖추었다. 혜련은 뭔가 중요한 것을 얘기할 때는 꼭 이런 식으로 바짝 다가앉는 습관이 있었다. 가끔 그것이 좋은 제안일 때도 있긴 했지만 문제는, 폭탄선언일 때가 더 많았다는 것이다. 혜련은 의자를 거꾸로 놓고 등받이를 끌어안은 자세로 앉아 말똥말똥 기주를 바라보았다. 기주 역시 혜련의 의중을 살피기 위해 그녀의 시선을 맞받았다.

말똥말똥.

멀뚱멀뚱.

"왜, 왜?"

이내 궁금증을 참지 못한 기주가 먼저 입을 열었다. 혜련이 씨익 웃었다. 기주는 탄식하듯 중얼거렸다. 아, 음흉한 저 웃음.

"우리가 알고 지낸 지가 언제부터였지? 가수 이기주와 매니저 민혜련으로서 말고."

뜬금없는 혜련의 말이었지만, 기주는 시선을 천장의 어딘가로 두고 계산을 해보았다. 고등학교 2학년 때부터였으니까…….

"십 년이네."

정말 질긴 인연이긴 하다. 고등학교 때 혜련과 기주는 같은 반이었다. 성적 우수자 순으로 실장과 부실장을 뽑던 담임선생님의 주먹구구식 인사에 기주가 실장을, 혜련이 부실장을 맡으면서 둘은 친해졌다. 굳이 부모님끼리 아시는 사이가 아니더라도 기주와 혜련은 서로에게 잘 맞았기에 친구가 되었을 것이었다. 그때부터 이어진 인연이 잡초의 생명력처럼 질기게도 이어져 온 것이었다.

"그래, 십 년이야. 자그마치 십 년!"

혜련이 과장된 제스처를 취하며 말했다.

"그래서?"

"그래서는 뭐가 그래서야. 십 년이면 이 민혜련이 이기주 속에 수십 번은 더 들어갔다 나왔을 시간이라는 거지."

당최 알 수 없는 말들을 늘어놓고 있다. 기주는 이제 혜련의 의중을 파악해 보려는 노력조차 포기한 채로 피곤한 두 눈덩이를 꾹꾹 눌렀다. 그리고는 다시 혜련을 바라보았다. 혜련은 이제 노골적으로 그 음흉한 웃음을 짓고 있었다. 씨익 웃는 그녀의 입꼬리가 둥글게 말려 치켜 올라갔다.

"그러니까 그 말은, 이기주가 지금 뭐가 필요한지, 뭘 원하는지를 이 몸이 알고 있다, 이 말이지."

방송국의 일층 로비로 들어선 가을은 뛰어왔음에도 불구하고 아직 분이 삭이지 않은 상태였다. 간혹 자서전의 줄기를 보고 마음에 들지 않는다고 제동을 걸어오는 유명인사들은 몇몇이 있긴 했다. 그러나 지금은 경우가 달랐다. 기획사 입장에서 자서전에 써주었으면 하는 내용들을 참고하였고, 이기주의 이야기들이 그 토대가 되었다. 그러니 이번 인터뷰 진행은 90% 이상이 이기주 측의 입장에서 이루어진 것이란 말이다. 인터뷰 내내 다른 이야기는 없다가 갑자기 이런 식의 제동을 걸어오다니!

아니, 그런 것보다 가을은 기주에게 배신당한 기분을 느끼고 있었다. 자신의 속내를 드러내 보이면서 가을은 기주의 인간적인 면을 보았다고 생각하였다. 처음 보았을 때는 정말 차갑고, 정 없는 사람이라 생각하였는데 그 내면에는 따뜻함이 있다고도 생각하였었다. 그런데 앞에서는 마음을 조금이나마 열어준 것처럼 굴더니 뒤에서는 이런 식으로 뒤통수를 칠 줄은 몰랐다. 잠시나마 좋은 사람이라고 생각했던 것이 억울할 지경이었다.

뛰어와서 그런지 분노로 인한 것인지 알 수 없는 격정으로 가을은 가슴을 들먹거리면서 이리저리 둘러보았다. 순간, 가을의 얼굴에 곤혹스러운 빛이 스쳤다. 그러고 보니 방송국은 출입증이 있어야 했다. 그렇잖으면 방문 목적을 말해야 하는데 어찌해야 하나. 잠시 고민하던 가을은 할 수 없이 휴대폰을 꺼냈다.

[뚜르르르르.]

신호음이 몇 차례나 갔지만 혜련은 전화를 받지 않고 있었다. 주위가 워낙 소란스러워 벨소리를 듣지 못한 것일 수도 있다. 그런 것이 아니라면……. 눈을 잔조름하게 뜨고 의구심을 품던 가을은 머리를 휘휘 내저었다. 자서전에 관해 제동을 걸어온 사람이 전화를 고의로 받지 않을 리는 없다. 가을은 쭈뼛쭈뼛 출입 경호원에게로 다가갔다. 명쾌하지 못한 자세로 걸어오는 가을을 보던 출입 경호원의 미간이 살짝 찌푸려졌다.

"저……."

"무슨 일이십니까?"

마치 녹음이라도 해놓은 듯 잠시의 여유도 두지 않고 경호원이 그 딱딱해 보이는 얼굴을 그녀에게로 돌리며 기계적으로 물었다. 가을은 잔뜩 위축되어 어깨를 옹송그렸지만 이내 등을 곧게 펴고 크게 심호흡을 했다.

"제3스튜디오에 가려고 하는데요. 업무적인 일로 이기주 씨 매니저 민혜련 씨를 만나러 왔어요."

쉽게 통과가 되지 않을 거라 지레짐작했던 가을의 예상과는 달리, 조금 전 그 기계적인 얼굴의 경호원은 '아!' 하며 반색하는 듯 보였다. 그는 가을을 향해 손을 까딱거려 보이며 잠시 기다리라는 제스처를 취한 뒤 안내석에 있는 여직원에게 향했다.

'뭐지?'

걱정을 했던 것처럼 단박에 거절을 당한 것이 아니라 그나마 다행이었다. 그러니 일언반구도 없이 성큼성큼 걸어가는 경호원을 부르지 않았다. 가을은 가방을 다시금 고쳐 메며 경호원이 걸어간 곳을 바라보았다.

안내센터 데스크에 한쪽 팔을 기대고 상체를 조금 기울인 경호원은 안내 여직원에게 뭐라 뭐라 말을 건네고 있었다. 무슨 말을 하는지 가을에게까지는 들리지 않았지만 자신이 제3스튜디오에 혜련을 찾아가는 일에는 그다지 어려움이 없을 것 같다는 기분이 들었다. 그녀의 예상대로 경호원이 건넨 말에 안내 여직원은 고개를 끄덕이고 있었다. 기계적인 미소와 함께 말이다.

"저 안내 데스크로 가셔서 방문록을 작성하시고 신분증을 맡

겨주시고 올라가시면 됩니다. 안내 여직원이 임시 출입증을 줄
겁니다. 이기주 씨의 매니저께서 연락을 해두셨다는군요."

"아……."

가을은 고개를 끄덕였다. 그녀의 고갯짓을 확인한 경호원은
다시금 굳은 얼굴로 자신의 자리로 되돌아갔다. 그의 단호한 뒷
모습을 바라보던 가을은 뒷머리를 긁적이며 작은 한숨을 내쉬
었다. 사람 하나 만나기도 어려운 이 공간이 슬슬 물리기 시작
했다.

"저, 저는 송가을이라 합니다. 민혜련 씨, 아니, 이기주 씨 매
니저 분을 만나러 왔는데요. 미리 연락을 해두셨다고……."

혜련의 이름을 대려다가 가을은 혜련의 두 번째 이름이나 다
름없는 '이기주의 매니저' 라 그녀를 지칭했다. 아무래도 그러는
것이 이곳에서는 그녀를 찾는 데 더 수월할 것 같았기 때문이
다. 말끝을 흐리며 가을이 묻자 데스크에 있던 여직원은 입술
양끝을 올리며 반듯하게 웃었다.

"네, 여기 방문록에 성함과 연락처를 적어주시구요. 신분증
가지고 오셨으면 맡겨주세요."

가을은 메고 있던 가방에서 황급히 지갑을 꺼내 신분증을 내
밀었다. 그것을 받아 든 데스크의 여직원이 한 번 더 그녀를 향
해 방문록이라는 것을 내밀었다. 여직원의 손에서 볼펜을 받아
든 가을은 휘갈기듯 자신의 이름과 연락처를 적었다. 그것을 확
인한 데스크의 여직원은 살짝 허리를 굽히며 안쪽에서 목에 걸

수 있게 되어 있는 임시 출입증을 내밀었다.

"감사합니다. 조금 이따가 나갈 때 돌려 드리고 제 신분증을 찾아가면 되는 거죠?"

"네, 맞습니다."

기계적인 음성. 가을은 쓰게 웃었다.

"감사합니다."

"아, 그리고 이거요."

데스크의 여직원이 내민 임시 신분증이라는 것을 목에 걸며 가을이 위로 올라가기 위해 몸을 돌리자 그녀가 다급히 가을을 불러 세웠다. 의아한 듯 가을이 눈을 동그랗게 뜨고 돌아보자 여직원은 그녀를 향해 메모지를 한 장 내밀었다.

"뭐예요?"

받지 않고 선 채로 가을이 물었다.

"이기주 씨 매니저가 맡겨두신 메모입니다."

들을수록 의아하기만 하다. 가을이 도착하면 임시 출입증을 주라는 조치를 해둔 그녀가 무슨 일로 메시지까지 남겼을까? 곧 만날 텐데 말이었다. 설마 말로는 하기 힘든 이야기인가? 가을은 고개를 갸웃거리며 종이를 받아 들었다. 안내 여직원은 그제야 제 할 일을 다 했다는 듯 가을의 뒤편에 서 있던 남자에게 생긋 미소를 지으며 가벼운 목례를 하였다. 볼일 다 봤으면 바쁘니 이만 비켜달라는 무언의 압박.

가을은 천천히 승강기 쪽으로 걸어가며 쪽지를 열었다.

<제3스튜디오로 올라오면 그 옆으로 기주 씨의 대기실이 있어요. 아무래도 비밀이 지켜져야 하는 일이니 거기서 얘기하는 게 좋을 것 같아요. 단독으로 쓰는 대기실이니까 말이에요. ―민혜련.>

가을은 나직한 한숨을 쉬며 메모지를 주머니에 쑤셔 박고는 승강기에 몸을 실었다.

“무슨 짓이야.”

눈을 내리깔고 마치 질타를 하는 듯한 기주의 목소리에 혜련은 잠시 몸을 움츠렸다. 설마 잘못 짚은 것일까. 아니, 그럴 리가 없었다. 분명 기주는 가을에게 호감을, 아니, 그보다 더 깊은 감정을 가지고 있었다. 그런데 지금의 기주는 가을을 불렀다는 말에 분명 화를 내고 있었다.

혜련은 기주가 조금 더 솔직해지기를 바랐다. 행복해지길 원한다면 손을 뻗어 잡아야 한다는 것을 느끼게 해주고 싶었다. 원하는 사람이 가는데도 그저 멀뚱히, 이러지도 못하고 저러지도 못하는 그에게 자신이라도 떠나는 그의 행복을 잡아 기주의 옆에 놓아주고 싶었다. 그리고 알려주고 싶었다. 행복을 향해 손을 뻗게 하지 못하는 그의 손을 쥐고 있는 족쇄는 인기가수 이기주라는 간판이 아니라, 스스로가 자신에게 건 봉인 같은 것뿐임을 말이다.

오지랖이라고 해도 좋았다. 그가 조금만 더 자신을 옭아맨 것들에서 의연해지기를 바랐다. 가을이 떠남에도 애써 평소와 다름없이 행동하려던 기주를 혜련은 눈치 채고 있었다. 아무렇지 않게 평소의 스케줄을 소화하면서도 이따금씩 멍하니 넋을 빼고 있던 그를 알고 있었단 말이다.

그래서 혜련은 가을을 다시 불러들였던 것이었다. 조금 비겁한 방법이긴 했지만 재 인터뷰가 필요하다는 핑계를 대었다. 그렇게 해서 오늘 다시 가을이 찾아올 거라는 말을 기주에게 전했을 때 혜련은 그가 내심 기뻐할 거라 생각했었다. 그렇지 않은 척 얼굴을 굳혀도 속으로는 씨익 웃고 있을 거라고.

그러나 자신의 예상과는 달랐다. 그는 지금 화를 내고 있는 것이었다. 혜련은 조금 당황하였다. 혜련을 보는 기주의 표정은 서슬이 퍼랬다.

"기주야, 난……."

의자에서 벌떡 일어나는 기주를 따라 엉거주춤 일어서며 혜련이 말했다. 이기주의 매니저로서의 일을 할 때는 사람이 있든 없든 간에 혜련은 그를 '기주 씨'라고 불렀다. 그러나 지금 혜련은 기주를 '기주야'라고 불렀다. 그것은 그녀가 무척 당황하고 있음을 말해주는 것이었다.

기주는 그런 혜련을 물끄러미 바라보았다. 젠장, 언제부터 눈치를 챈 것일까. 너무 오랜 시간 함께한 사이라 그런지 그녀는 기주의 일이라면 눈치가 빨랐다. 언제나 그가 원하는 것을 말하기도 전에 세팅해 두는 것이 혜련이었다. 하지만…….

목 관리를 위해 금연 중인 것만 아니라면 기주는 지금 담배라도 꺼내 피워 물고 싶은 심정이었다. 거울 앞에 있는 메이크업 테이블에 엉덩이를 두고 비스듬히 기대면서 기주는 피곤한 듯 눈을 감았다. 꼴깍 하고 혜련이 목으로 침을 넘기는 소리가 들렸다.

"쓸데없는 짓을 했어."

메모에 쓰여져 있는 대로 제3스튜디오에 도착하자 복도 양쪽으로 출연자 대기실이 늘어져 있었다. 각 문마다 대기자들의 이름이 프린트된 종이가 붙어 있었다. 천천히 걸음을 옮기며 가을은 그것들을 주의 깊게 읽었다.

"황지호…… 일렉트릭, 본 아웃…… 아, 이기주!"

다섯 번째의 오른쪽 방에 기주의 이름이 크게 적혀 있었다. 다른 가수들은 두 팀 혹은 세 팀씩, 많게는 다섯 팀씩도 이름이 같이 써 있는데 이기주의 이름은 정말 하나만 써 있었다.

문 앞에 선 가을은 크게 심호흡을 하며 주문이라도 외우듯 중얼거렸다. 흥분하지 말자. 괜히 따지고 들지 말자. 소리치지도 말고, 송가을 넌 지금 온 정성을 다해 서비스를 하고 있는 중이라고 생각하자. 가을은 연방 자신을 컨트롤하고 있었다. 그리고 어느새 마음이 좀 가라앉는 기분이 들자 가을은 눈을 크게 떴다.

똑똑.

짧은 노크를 한 가을은 한 발짝 뒤로 물러섰다. 잠시간의 침묵. 그리고 이어지는 적막. 가을은 고개를 갸웃거렸다. 아무도 없는 걸까. 분명 이리로 오라고 했는데. 이기주라면 촬영을 위해 스튜디오로 들어갔다손 치지만 혜련은 남아 있을 거라 생각했다. 가을을 부른 것이 혜련이었으니까 말이다.

똑똑.

가을은 다시금 노크를 해보았다. 다시 조용한 공기가 흘렀다. 아무도 없는 모양이네. 포기를 하고 휴대폰을 꺼내 들던 그때였다.

"……들어와요."

안에서 들려온 남자의 목소리에 돌아서던 가을의 발걸음이 우뚝 멈추었다. 그리고 가을은 몸을 휙 돌려 대기실의 문을 바라보았다. 저것은 분명 이기주의 목소리였다. 저곳에 이기주가…… 그가……. 이상하게 가슴이 요동을 쳤다. 가을은 다시 한 번 크게 심호흡을 하고 문을 삐거덕 열었다.

"아, 저……."

동정이라도 살피듯 열린 문틈으로 고개를 들이밀며 가을은 대기실의 내부를 훑어보았다. 그러다 그녀의 눈에 들어온 형상에 가을은 숨을 멈췄다. 역시였다. 들려온 목소리는 기주의 것이었다. 기주는 거울 앞의 테이블에 비스듬히 서서 팔짱을 낀 채 가을을 가만히 바라보고 있었다. 혜련은커녕 대기실에는 현장 매니저들이나 코디네이터도 없었다. 혹시 할 말이 있다는 것은 혜련이 아니라 기주였던 걸까.

"오, 오랜만이네요."

"이틀 만이야. 정확히 말하자면 하루하고도 네 시간 만이지. 전처럼 괜한 사진 찍히고 싶지 않으면 얼른 들어와 문을 닫는 것이 좋을 텐데?"

"아, 예."

가을은 퍼뜩 정신을 차린 듯 황급히 몸을 들이고 문을 닫았다. 아무리 하루하고도 네 시간 만이더라도 이기주는 여전했다. 저 반말 마니아. 입을 비쭉 내밀고 고시랑대던 가을은 기주가 자신에게서 시선을 거두지 않고 있다는 것을 깨닫자, 헤헤 하고 어색한 웃음을 지으며 그의 앞에 다가섰다.

"혜련 씨는 없네요. 혜련 씨가 연락해서 온 건데……."

아무도 없는 방 안에서 무언가를 찾기라도 하듯 주위를 두리번거리며 물어오는 가을을 기주는 조금도 시선을 돌리지 않고 곧게 응시하고 있었다. 둔한 여자. 그녀와 못 본 것이 하루하고도 네 시간 만이라는 자세한 이야기까지 했는데 아무도 느끼지 못하는 눈치였다. 이 말인즉 그녀가 자신의 자리로 돌아간 한 시간 한 시간들을 다 세고 있었다는 이야기인데도 말이었다.

"다음 스케줄 때문에 현장 매니저들과 의견 조율한다고 나갔어."

기주는 무뚝뚝하게 말하였다. 혜련이 알아채는 자신의 마음을 정작 당사자는 모르고 있으니 조금 화가 나기도 하였다.

"아, 예. 그럼 조금 기다려야겠네요."

가을은 애써 경직된 분위기를 쇄신하기 위해 밝게 웃으며 목소리를 한 톤 높였다. 그러나 기주의 표정에는 여전히 변화가 없었다. 뭐야, 이 사람. 화라도 난 건가. 가을이 의아하게 생각하고 있을 때 기주는 대기실의 한 편에 놓여 있는 소파로 다가가 앉았다.

혜련은 곧 가을이 올 거니 자리를 피해주겠다며 나갔다. 좀 솔직해져 보라는 이야기도 잊지 않았다. 그러나 기주는 그것이 말처럼 쉬운 일이라 생각지 않았다.

과연 그럴 수 있을까. 그래도 될까. 송가을, 내가 널…… 가져도 돼?

기주는 소파에 기댄 채로 가을을 보며 그렇게 생각해 보았다.

"사실 혜련 씨를 만나러 온 건……."

가을은 기주가 무슨 생각을 하는지도 모르는 채 천천히 본론을 꺼내었다. 혜련의 입장이야 어찌 되었든 간에 기주의 의사가 가장 중요한 것이었다. 마음에 들지 않는 부분이 어디냐고 정확히 물어볼 심산이었다.

"아, 알고 있어."

가을의 말허리를 자르며 기주가 입을 열었다.

"그런데 그 부분은 걱정할 것 없어. 그다지 대단치도 않은 일이니까. 그러니 이만 돌아가도 좋아.”

예상치 못했던 말이었다. 가을은 잠시 어리벙벙 입을 벌린 채 그의 얼굴만 바라보았다. 그는 조금의 표정 변화도 없이 그녀를 응시하고 있었다. 그리고 말하고 있었다. 돌아가라고 말이다.

처음부터 따질 것도 없었다. 문제 삼지 않겠으니 그만 돌아가라는 것이 기주의 말이었다. 제동을 걸어 화가 나 씨근덕거리며 쫓아온 가을로서는 니나노라도 외치며 발길을 돌려야 맞는 일일 것이다. 그런데 가을은 왠지 이대로 발길이 돌려질 것 같지 않았다. 뭔가가 자신의 발에 매달려 있는 것 같다. 그리고 냉정하게 돌아가라 말하는 기주가 원망스럽다. 서럽다.

“하지만 혜, 혜련 씨가 부른 거니 만나고 돌아가겠…….”

“됐어.”

다시 한 번 가을의 말허리가 잘렸다. 그녀가 따지지도 못하고 입을 다물어 버릴 만큼 기주의 어조에는 조금의 여지도 없었다.

“됐으니 이만 돌아가.”

가을과 마주섰던 기주는 몸을 돌려 메이크업 테이블로 가 앉으며 말했다. 가을은 그의 단호하게 돌린 등 뒤에서 지그시 아랫입술을 깨물었다.

“그래도 혜련 씨 만나고 갈래요. 자꾸 이런 식의 전화가 출판사에 들어가면 제가 곤란해서 그래요.”

그녀의 목소리는 잔뜩 낮아져 있었다. 그러나 가을의 말에 기주는 피곤한 듯 눈두덩을 꾹꾹 주무르고 있었다.

"됐다니까. 어차피 내 자서전이야. 내가 혜련에게 이야기하면
돼."

"대체 당신은!"

무심하게 내뱉는 기주의 말끝에 가을은 참다가 끝내 소리를
지르고야 말았다. 조금 놀랐는지 기주가 앉은 자리에서 몸을 돌
려 가을을 쳐다보았다. 그의 눈이 동그랗게 떠졌다.

"대체 당신이란 사람……."

가을은 지금 자신이 왜 이러는지 알 수가 없었다. 그러나 가
슴속에서 소용돌이치는 이 정의할 수 없는 감정을 뱉어내지 않
고서는 참을 수가 없었다. 화가 났다. 돌아가라고 말하는 그가
미웠다. 그리고 원망스러웠다. 말을 차마 잇지 못하고 가을은
가슴께를 연방 씨근대다가 주먹을 꼬옥 쥐었다.

송가을, 너 여기서 뭐 하니. 자신도 지금 왜 이렇게 화가 나고
그가 미운지 알 수가 없었다. 자신의 글에 제동을 건 줄 알았다
가, 자서전의 당사자가 괜찮으니 이만 가도 좋다는 것은 어찌
보면 오히려 반색해야 할 일이 아닌가. 그런데 가을은 돌아가라
는 말이 그렇게 분하고, 그리고…… 서글펐다.

그제야 가을은 그를 향해 생긴 마음이 어떤 것인지를 정확히
깨달았다. 그날 함께 맥주를 마시던 밤에 그의 슬퍼 보이는 깊
은 눈에 매료된 것일지도 모른다. 아니, 그날 정원에서 그와 함
께 물을 맞던 순간 보았던 기주의 뜨거운 눈빛에. 그도 아니면
처음 가을이 그 집에 들어갔을 때 잠을 자던 그녀를 투덜대면서

도 깨워 이층으로 안내해 주던 그의 행동에 이렇게 된 것일지도 몰랐다. 자, 지금부터 내가 너에게 마음을 줄게. 이렇게 명확히 선을 긋고 시작한 것이 아닌 이상 그 마음의 근간을 찾는다는 것 자체가 어리석은 일이었다.

"이봐."

흥분한 가을이 소리를 친 후 대각선으로 멘 가방끈을 꾹 쥐어 잡고 아랫입술을 지그시 깨문 채 아무 말이 없자 기주는 걱정스러운 듯 앉아 있던 의자에서 일어나려 하였다. 가을은 황급히 손을 들어 그를 제지하는 제스처를 취해 보였다. 가을의 행동에 기주는 일어나다 말고 멈칫하였다.

기주가 움직임을 멈추자 가을은 바닥으로 시선을 두었다.

"아니에요. 아무것도 아니에요. 다행이네요. 저도 이리저리 끌려 다니는 거 싫었어요."

애써 아무렇지 않은 척 내보낸 목소리가 지독하게 갈라져 나왔다. 가을은 황급히 몸을 돌렸다.

"이봐……."

기주의 목소리가 잔뜩 낮아져 그녀를 불러 세웠다. 밖으로 나가기 위해 문의 손잡이를 잡아 쥔 가을은 우뚝 움직임을 멈추었다. 문고리를 쥐고 있는 그녀의 손이 간헐적으로 떨려왔다.

"이러려면 그렇게 장난 걸어주지 말지 그랬어요."

"너……."

"이럴 거면 그때 그렇게 쏟아지는 물줄기 속으로 뛰어들지 말

지 그랬어요. 함부로 말 놓지 말지 그랬어요. 이럴 거면…… 이
럴 거면, 그런 눈 보이지 말았어야지."

가을의 목소리가 점점 작게 공간을 메웠다. 가을은 기주에게
여전히 등을 돌린 채로 크게 숨을 들이켰다. 송가을 무슨 꼴이
야, 이게. 흉하다, 정말.

기주는 지금 분명 어리둥절한 표정일 것이다. 다른 여자들에
게도 으레 하는 행동을 했을 뿐인데 이 여자 정말 오버가 심하
구나 하고 생각하고 있을지도 모른다. 부끄럽다. 아니, 그런 것
보다 가을은 얼른 이곳에서 벗어나고 싶었다. 괜스레 더 있다가
는 정말 흉한 꼴을 보이게 될지도 모르겠다는 생각이 들었다.
눈가가 젖어들고 있었으니까.

"이봐!"

기주의 날카로운 음성이 공간을 갈랐다. 그리고는 빠른 걸음
으로 그녀에게 다가와 문을 열고 나가려는 가을의 손목을 잡아
챘다. 힘의 반동으로 가을은 그에게로 몸이 돌려 세워졌다.

"무슨 짓……."

"오해야."

뭐? 그렇게 차마 묻지를 못하고 가을은 그에게 손이 잡힌 채
로 기주의 얼굴을 올려다보았다. 여전히 가을의 손을 잡은 채
다른 손으로 앞머리를 쓰윽 쓸어 넘기며 기주는 가을의 시선을
똑바로 응시했다.

"오해라구. 자서전 따위의 이유를 들어야만 널 볼 수 있다는

게 기분이 상했을 뿐이야. 이젠 그따위 이유 듣지 않고 남자 이기주가 여자 송가을을 만나러 갈 거야.”

“……!”

심장이 쿵하고 떨어졌다. 꿈이라도 꾸고 있는 걸까. 떨어진 심장이 격하게 박동하고 있었다.

“듣고 있어? 남자 이기주가 여자 송가을을 만나고, 만지고, 안고, 키스하기 위해…… 오로지 그 이유만으로 찾아갈 거라구.”

그렇게 말한 기주는 당황하여 흔들리는 가을의 눈을 바라보며 씨익 웃었다.

“그러니까 대필 작가 무명씨는 그만 돌아가라구.”

열

해가 들지 않는 반지하 눅진한 방의 구석에 가을은 가슴께
에 무릎을 모으고 앉아 있었다. 수명이 다 된 모양인 형광등만
이 밤의 방 안을 어스름하게 밝히고 있었다. 이 밤중에 어디를
가는지 이따금 지나가는 도로 위의 차 소리와 함께 어두운 방에
환한 빛이 짧게 명멸하였다.

또다. 정신을 차리고 보니 또 넋을 놓고 문을 바라보고 있었
다. 가을은 자신에게 짜증을 뱉으며 아랫입술을 지그시 깨물었
다. 그리고는 벽에 기댄 채로 맥없이 스르르 몸을 뉘었다. 딱딱
한 바닥이 느껴짐에도 가을은 구부정하게 굽혔던 허리를 펴지
않았다. 누워 있으면서도 어느새 그녀의 시선은 문을 향하고 있

었다.

기주의 고백을 들은 지 삼 일째가 지나가고 있었다. 아직도 그의 나직한 목소리는 그녀의 귀 바로 옆에서 들려오는 것마냥 생생하게 들려왔다.

"자서전 따위의 이유를 들어야만 널 볼 수 있다는 게 기분이 상했을 뿐이야. 이젠 그따위 이유 듣지 않고 남자 이기주가 여자 송가을을 만나러 갈 거야."

그는 그렇게 분명히 말했었다. 그의 고백에 가을은 솔직히 기뻤었다. 심장이 터질 것처럼 부풀어 올랐었다. 곧 촬영을 들어가야 한다며 문을 두드리는 조연출만 아니었다면 가을은 분명 그의 목을 끌어안고 그의 입술에 키스를 퍼부었을지도 모르는 일이었다.

'나가요'. 가슴을 울리는 중저음의 목소리로 문밖을 향해 말한 그는 붉어진 뺨으로 애써 그의 시선을 피하려던 가을의 볼을 부드럽게 쓰다듬었다. 그리고는 문밖으로 뛰어나갔다.

그리고 그것이 끝이었다. 가을은 집으로 돌아왔고, 그리고 그뿐이었다. 그는 며칠이 지나도 가을을 찾아오지 않았다.

TV를 보다가도 거리의 소음이 들려올 때마다 가을은 어깨를 흠칫하고는 문 쪽을 주시했다. 열릴 기미가 보이지 않는 그 문을 뚫어져라 한참을 바라보는 자신을 느낄 때마다 가을은 애써 신경을 다른 곳으로 돌려보려 하였다.

그러나 그것은 쉽지 않았다. 이가 잘 맞지 않은 가구가 탁 소리를 낼 때에도, 오래된 냉장고의 팬이 우웅 소리를 내며 돌아갈 때도, 평소와 다름없이 사람 소리만 나도 짖어대는 동네 강아지의 울음소리에도 가을은 움직임을 멈추었다. 그것은 자신이 어찌해 보려 해도 통제가 되지 않는 일이었다.

기주의 고백을 들은 뒤, 그렇게 두 번의 밤이 지나고 세 번째 낮이 찾아왔다. 하지만 그는 연락조차 없었다.

방바닥에 누워 그에게 고백을 들은 후의 자신을 생각하며 가을은 쓰게 웃었다. 너무 부푼 기대를 품었다. 천하의 톱스타 이기주가 뭐가 모자라 고작 대필 작가인 송가을에게 마음을 내주겠냔 말이다. 드라마에서나 나올법한 신데렐라 스토리를 꿈꾸고 있었던 것일지도 몰랐다. 어쩌면 그날 그런 말을 한 것은, 가을이 흥분을 하여 소리를 칠까 봐 그녀를 다독이기 위함일지도 몰랐다. 방송국에서 소란이 일어나면 여러모로 귀찮아지는 사람이니까 말이다. 분명…… 그럴 것이었다.

"착각도 참 버라이어티하게 한다, 송가을."

씨익 웃으며 혼자 중얼거렸다. 입은 그렇게 웃는데 마음은 좀 쓰렸다.

월월, 월월!

방음이 전혀 되지 않는 벽 사이로 개 짖는 소리가 소란스럽게 들려왔다. 바로 옆집의 마당에서 키우는 개였는데 예민해서 그런지, 노망이 나서 그런지 제 주인에게도 짖어댔다. 내일은 날이 밝는 대로 옆집에 항의 방문을 해야겠다, 생각을 하며 가을은 눈을 감았다.

월월, 월월!

이번에는 더 기세 좋게 짖어대는 소리. 가을은 벌떡 일어나 앉으며 소리쳤다.

"저 똥강아지가!"

그리고 그때였다, 덜컥 하며 가을의 방문이 열린 것은.

"뭐야, 전에는 이기주의 자식이라더니 이번엔 똥강아지야?"

멀뚱멀뚱. 별안간 들어온 기주를 바라보며 가을은 한참 동안이나 아무 말도 못한 채 입을 벌리고 눈만 껌벅거렸다. 기주는 장난스러운 표정으로 그녀를 향해 빙글거리며 웃고 있었다.

이상하다. 별것 아닌 소리에도 흠칫흠칫 몸을 굳힐 만큼 그를 내심 기다렸던 가을이었다. 그리고 한참 동안 모습을 드러내지 않는 그를 이해하면서도 내심 서운해했던 가을이었다. 그랬던 그가 자신의 앞에 나타나자 해줄 말이 많았는데 아무런 말도 나오지 않았다.

한참을 그렇게 입만 벌리고 있던 그녀가 천천히 입술을 달싹였다.

"……너 누구야."

의외의 질문이었음에도 기주는 눈을 잠시 동그랗게 떴을 뿐, 예의 여유작작한 태도로 정장바지 주머니에 손을 찔러 넣었다.

"남자 이기주."

퍽! 그의 대답 끝에 가을은 기주를 향해 베개를 집어 던졌다. 그래도 분이 풀리지 않았다. 씨근덕대며 그를 노려보고 있는 시선을 피하지 않았다. 손에 잡히는 대로 집어 던진 것이었는데 던지고 보니 베개였다. 기주는 여유롭게 한 손으로 베개를 툭 쳐 바닥으로 떨어뜨렸다. 그의 발잔등에 맞고 바닥으로 떨어지는 베개를 보면서 가을은 집어 던진 것이 오래전에 산 무거운 라디오였다면 좋았을 텐데 하는 생각을 했다. 그랬더라면 저 여유로운 얼굴이 구겨지는 것을 볼 수 있었을 테니 말이다.

"기다렸어?"

여전히 바닥에 주저앉아 분한 듯 입술을 깨물고 있는 가을의 앞에 무릎을 굽히고 앉은 기주가 그녀와 시선을 맞추며 다정하게 물었다. 왜일까. 가을은 왠지 그의 모습에 눈물이 나오려 하였다. 파르르 떨리는 손을 애써 주먹 쥐고 그의 어깨를 쳤다. 살짝 기주의 어깨가 흔들렸다.

"못됐어."

그녀의 말이 진심이 아님을 기주는 알고 있다. 씨익 웃으며 그녀의 흐트러진 앞머리를 쓸어 넘겨주었다. 이렇게 될 줄 상상이나 할 수 있었겠는가. 그렇게 싫다는 자서전을 억지로 하게 된 탓에 3박 4일 동안 밀착취재를 온 그녀를 향해 미간을 찌푸릴 때만 해도 그녀가 이렇게 자신의 마음을 헤집어놓고 또 그 마음에 온통 그녀를 가득 담게 될 줄 알지 못했다.

"못 되긴, 잘됐지. 이렇게 가까이에 여자일 뿐일 송가을을 두게 됐으니까."

심장에 쿵, 묘한 충격이 느껴졌다. 그러나 가을은 그것이 고통의 충격이 아니라 거부할 수 없는 달콤한 충격임을 알고 있었다. 이제 그에게 마음이 닿으려 하는 것임을. 그리고 그녀는 이 충격을 그에게도 맛보게 해주고 싶었다. 언제나 남들보다 몇 미터쯤 높게 서서 내려다보는 듯한 그의 여유만만한 태도를 부수고 싶었다. 저 깊은 눈이 놀라움으로 가득 차게 해주고 싶었다.

가을은 단호해 보이는 그의 뺨을 양손으로 잡았다. 그녀의 예상대로 기주의 눈이 작은 파동을 일으키며 커다래졌다. 가을은 그대로 그의 입술에 자신의 입술을 묻었다.

부드러운 촉감이 입술을 타고 전신으로 퍼져 나갔다. 몸이 달뜨고 호흡이 거칠어졌다. 예상치 못한 가을의 행동에 당황했는지 잠시 몸을 굳힌 채 그녀의 입술이 자신을 가두는 것을 가만히 느끼고 있던 기주의 팔이 서서히 들어 올려져 가을의 작은 등을 감싸 안았다. 그리고 그의 팔에 힘이 가해지자, 가을의 입술이 더욱 밀착해져 왔다.

이렇게나 달콤한 순간을 기주는 믿을 수가 없었다. 그러나 그 달콤함은 기주에게 갈증만을 불러오고 있었다. 한여름 가뭄처럼 목이 바싹 타 들어가는 것 같았다. 기주는 가을의 아랫입술을 잠시 머금은 후 혀로 그녀의 입술을 갈랐다. 그러나 그것은 곧 가을의 행동에 저지되고 말았다.

가을이 그의 어깨를 살짝 밀어내었던 것이다. 이런 아쉬움을 주는 그녀가 원망스러운 듯 기주는 미간을 살짝 찌푸리고 그녀의 눈을 들여다보았다. 가을은 거칠어져 있는 호흡을 가쁘게 내쉬며 그의 어깨를 꼭 잡고 씨익 웃었다. 그동안 기주가 해왔던 그 미소.

"만나줘?"

그녀의 물음은 지독히도 자극적이었다. 기주는 그제야 알았다. 남자 이기주는 앞으로 여자 송가을의 손에 쥐어 살 거라는 것을 말이다. 그러나 그다지 싫지 않았다. 벌써 쥐어 잡힌 건가. 기분 좋게 기주는 미소를 머금으면서 가을의 눈을 정확히 들여다보며 입을 열었다.

"부탁해."

기주의 대답이 만족스러운 듯 씨익 웃는 가을의 입술을 찾아 기주는 다시 그녀의 등허리를 안았다. 그러나 이번에도 역시 기주의 앞가슴을 미는 가을의 행동에 그의 욕구는 저지되고 말았다. 이 여자가 정말 날 죽일 셈이야? 기주가 이번에는 또 뭐냐고 묻는 듯 입을 비쭉 내밀고 그녀를 바라보았다.

"누나 한 번만 만나주세요, 해봐."

가을은 그의 뺨을 양손으로 감싸 쥐고 시선을 피하지 못하도록 한 다음 말을 이었다. 순간 기주의 미간에 짙은 주름이 잡히는 것이 보였다. 사실 존댓말이나 호칭은 그다지 중요하지 않았다. 꼭 듣고 싶은 말도 아니었다. 그러나 계속 이렇게 그와 맞닿아 있다가는 자신의 모든 것이 산산이 부서져 버리고 말 것 같았다. 미친 듯이 뛰는 이 심장이 스스로도 믿을 수가 없는데, 그런 것을 그에게 들키고 싶지 않았다.

"안 해."

기주가 경고라도 하듯 낮은 목소리로 말하였다. 화가 난 듯한 그의 얼굴이 이렇게 귀여워 보일 수가 없었다. 송가을, 정말 단단히 미치긴 했구나. 가을은 그를 도발하듯 물었다.

"왜에?"

"난 누나라고 부르는 사람은 만지지 않아. 안지도 않고, 키스하지도 않아. 그래도 좋아?"

가을은 동그래진 눈으로 그를 응시했다. 상황 역전.

"싫어."

가을은 그대로 그의 얼굴을 당기어 키스했다. 입술과 입술이 포개어지고 짧은 한숨 같은 호흡이 서로에게 공유되어졌다. 닿았던 입술을 떨어뜨리며 가을은 참을 수 없이 뛰는 심장의 박동 때문에 붉어졌을 얼굴이 들키기 싫어 고개를 숙였다.

그러나 기주는 한순간도 자신의 시선에서 그녀의 얼굴이 벗어나는 것이 싫었다. 살짝 턱을 잡아 들고 조금 전 자신의 입술을 따뜻하게 덮어주었던 그녀의 아랫입술을 쓰윽 훑었다. 가을의 입술이 살짝 벌어졌다.

"당신 여우인 거 알아?"

나직해져 있는 그의 굵은 목소리가 묘한 기분을 일으켰다. 가을은 그를 바라보며 말했다.

"당신이 늑대인 건 알지."

그리고는 어느새 자신의 티셔츠 밑으로 들어와 있는 그의 커다란 손을 탁 때렸다.

잠들었던 기주는 어깨가 선뜩거리는 것을 느끼고 몸을 뒤척이며 이불을 끌어당겨 턱까지 덮었다. 새벽에 이르기까지 도로의 소란스러움 때문에 기주는 제대로 잠을 이루지 못하였다. 잠들 만하면 차가 지나가고, 다시 잠들 만하면 술주정뱅이들이 해롱거리며 무더기로 지나가 그의 잠을 방해했다. 다시 한산함이 감돌 때 이제야 자겠구나 싶은 생각이 들어 몸을 모로 돌려 누우니 무방비한 상태로 잠이 들어 째근거리는 가을의 모습에 온 잠이 다 달아났었다.

기주는 팔베개를 한 채 잠든 그녀의 얼굴을 지그시 들여다보았다. 아주 편안해 보이는 얼굴이었다. 째근거리는 숨소리가 기분 좋게 느껴졌다. 그러나 무방비 상태의 그녀의 모습이 기주에게는 좀 버겁다. 기주는 나직한 한숨을 쉬었다.

어젯밤 그녀와의 깊은 키스로 기주의 몸은 이미 들떠 있었다. 불에 데인 듯 온몸의 열기가 신경 구석구석까지 퍼져 나갔었다. 그리고 그녀도 자신과 다르지 않을 거라 생각했다. 짙은 키스를 다시 한 번 나누었고 조심스레 손을 뻗어 그녀의 티셔츠 속으로 맨살을 느꼈다. 그리고 기주는 생각하였다.

아, 때가 왔구나.

그러나 그것은 기주만의 착각이었다. 때는 오지 않았던 것이었다. 황급히 입고 있던 티셔츠를 벗어 던지려 하는 기주의 손을 가을은 탁 붙잡았다.

"뭐, 뭐 하는 거예요?"

가을의 물음에 기주는 당황하였다. 그녀는 붉어진 얼굴이었는데 자신의 셔츠 자락을 잡은 그녀의 손이 미세하게 떨리고 있었다. 긴장을 한 것이었다. 겁을 먹은 것이었다. 그녀는 전혀 예상치 못한 순간일지도 몰랐다. 기주는 후, 한숨 같은 웃음을 지으며 말했다.

"나 자고 갈 거야."

"자, 자다뇨!"

섹스하자고 노골적으로 말했으면 기절이라도 했겠군. 그녀의 파리해진 얼굴을 보며 기주는 생각했다. 기주는 한 손가락으로 그녀의 이마를 쿡 찔렀다.

"무슨 생각을 하는 거야, 이 여자야. 이 시간에 저 유흥가를 이기주가 어슬렁거렸다가는 당장 내일 신문기사 톱 자리 예약이라구. 그러니 자고 가야지."

"그, 그럼 그냥 자면 되잖아요."

오, 그 와중에 꽤나 예리하군. 기주는 감탄을 했다. 그러나 옷을 벗은 이유가 그녀와 함께하기 위한 것이 아니라는 핑계를 대야 했다. 잠시 생각하던 기주는 이내 답을 찾아내었다.

"내 잠버릇이야. 바지 안 벗고 자는 걸 감사히 생각해."

그리고 기주는 방바닥에 그대로 벌러덩 드러누웠다. 아직 어안이 벙벙한 채 가을은 기주만을 내려다보고 있었다. 잠깐 눈을 감았던 기주는 눈꺼풀을 떠올리고는 상체를 비스듬히 일으켜 그녀에게 말하였다.

"뭐, 아쉬우면 언제든 말하라구."

그것이 몇 시간 전의 일이었다. 조금 멀찍이 떨어져 가을이 누웠고 이내 그녀는 잠이 들었지만, 기주는 최고급 자신의 침대도 없는, 게다가 방음이라고는 조금도 되지 않은 그녀의 방에서 잠이 쉬이 들지 않았다. 게다가 저 쌔근거리는 얼굴을 보라지! 기주는 저 여자가 정말 오늘 자신을 죽이려 하는 것이라는 생각을 이 집에 와 두 번째로 하고 있었다.

그것은 고문이었다. 그러나 기주에게는 아주 달콤한 고문이었다. 기주는 상상해 보았다. 누군가가 나타나 그 온기 하나 없는 그의 집에서 매일을 사는 것과 가을에게 이 달콤하고도 즐거운 고문을 받으며 매일을 함께하는 것. 둘 중에 하나를 택하라고 하면 자신은 여지없이 후자를 선택할 것이었다.

가을이 알아들을 수 없는 잠꼬대를 하며 입맛을 다셨다. 그녀의 입술이 온전히 눈에 들어왔다. 기주는 미간을 찌푸리며 아랫입술을 꼭 깨물었다. 그리고는 주문처럼 자신에게 중얼거렸다. 자야 해. 잠들어야 해.

그렇게 애쓰던 그는 언제 잠이 들었는지도 모르게 까무룩 깊은 잠에 빠졌다. 웃통을 벗고 잔 탓에 어깨가 선뜩거렸다. 뒤척이며 이불을 턱으로 당기던 기주는 움직임을 탁 멈추었다.

너무 조용하였다.

기주는 깜짝 놀라 몸을 일으켰다. 휘휘 둘러볼 것도 없는 좁은 방 안에는 가을의 모습이 보이지 않았다. 삼 일간 이층에 머물렀던 가을이 떠난 다음날 텅 빈 듯한 자신의 집을 보는 듯했다.

그런 생각을 하고 있던 기주의 눈에 TV에 붙어 있는 노란색 메모지가 보였다. 그 옆으로는 책과 종이들, 알아볼 수조차 없게 휘갈겨 쓴 메모들이 분연하게 늘어져 있었다. 기주는 무릎걸음으로 다가가 TV에 붙어 있는 메모를 떼어내었다.

〈출판사에 넘겨줄 게 있어서 나가요. 훔쳐 갈 것도 없으니 문은 대충 밀어 닫고 가주면 돼요.〉

기주는 한숨을 내쉬며 머리를 쓸어 넘겼다. 그런 밤을 보낸 뒤 남길 메모가 고작 이것뿐이냐, 송가을. 그러나 그런 것조차 너무나 가을다워서 기주는 빙긋이 웃고 말았다.

기주는 가을이 남긴 메모를 소중히 접어 조심히 바지주머니에 집어넣었다. 그리고 몸을 돌려 자신이 조금 전까지 누워 있던 이불을 돌아다보았다. 적어도 개켜줘야 예의일 것 같았고, 그래야 가을이 좋아할 성싶었다. 개킨 이불을 방 한구석으로 밀어두던 기주는 어젯밤 가을이 베고 잠을 잤던 베개를 바라보았다. 조심히 손을 뻗어 자신의 품으로 끌어당겼다. 그것을 꼭 안고 있으니 왠지 가을의 향기가 느껴지는 것만 같았다. 그렇게 잠시 코를 킁킁거리며 있던 기주는 정신을 퍼뜩 차렸다.

변태냐, 이기주.

그리고 기주는 방 안에서 일어섰다. 아쉽지만 세수는 집에 가서 해야 할 것 같았다. 두 시쯤부터 촬영이 있는데 간밤에 잠을 제대로 못 자 다크써클이 구만 리로 늘어져 있을 것이다. 혜련이 또 잔소리를 하려나.

문을 밀어 열고 방 밖으로 발을 내놓던 기주는 움직임을 멈추고 다시 뒤를 돌아다보았다. 자신의 집 욕실 반쪽만한 방. 대낮에도 형광등을 켜지 않으면 어두컴컴한 방. 그냥 척 보기에도 위험해 보이는 이리저리 늘어져 있는 거미줄 같은 전기선들. 그리고 간밤의 취객들. 훔쳐 갈 것 없으니 대충 문을 밀어 닫고 가라는 가을. 기주의 얼굴이 딱딱하게 굳어졌다.

그는 주머니에서 휴대폰을 꺼내 들고 단축번호를 길게 눌렀다. 삐익 하는 신호음과 함께 전화기 너머로 통화 대기음이 들려왔다. 기주는 벽에 비스듬히 기댄 채 다른 한 손을 바지 주머니에 찔러 넣으며 상대방의 목소리가 들려오기를 기다리고 있었다.

[예, 형님.]

그놈의 형님 소리는 그만두라는데도 영탁은 매번 대답만

'네'였고 늘 이런 식이었다. 남들이 보면 조직폭력배의 형님 냄새가 난다고 기주가 하지 못하게 했던 것이었다. 아직도 고치지 못했군. 기주는 짬나는 대로 영탁을 다시 교육시켜야겠다는 생각을 했다.

"영탁아."

[예, 형님.]

"이삿짐 센터 알아봐라."

네에? 하고는 깜짝 놀라 영탁은 이것저것 되물었으나 기주는 정확한 상황설명 없이 그저 가을의 집 주소만 불러주었다.

전화를 끊은 기주는 중얼거렸다.

"넌 훔쳐 갈 거 없으니 문 열어놔도 되겠지만, 난 안 돼. 송가을 잃어버리면…… 내가 안 돼."

기주는 그대로 문을 탕 닫았다.

출판사 바로 앞에 위치한 카페 이카루스에 가을은 수진과 마주 앉아 커피를 마시고 있었다. 조용한 피아노 연주곡이 카페를 가득 메우고 있었다.

출판사에 일이 있어 갔을 때 우연히라도 수진과 만나면 가을은 항상 이곳에 왔었다. 외국에 유학까지 다녀온 바리스타가 여러 곳의 스카우트 제의를 거절하고 소품 같은 커피숍을 차리고 싶어 작게 개업한 가게라고 들었다. 그 소문대로 커피의 맛은 커피를 잘 모르는 가을이 마셔도 알 만큼 일품이었다. 게다가

매일 아침마다 새로 구운 토스트를 서비스로 주기도 하였다.

"내가 지금 잘못 들었나?"

자신의 귀 상태를 확인하듯 수진은 새끼손가락을 귓구멍에 꽂아 넣고 휘휘 돌리며 과장된 행동을 해 보였다. 가을은 그저 커피 잔에 시선을 박고 웃을 뿐이었다. 수진이 잘못 들은 게 아니었다. 적어도 그녀의 귀는 말짱했다. 가을이 한 폭탄선언에 이미 예상되어진 표정을 지어 보이는 것을 보면 말이다.

"내가 잘못 들은 거지? 맞지?"

재차 확인이라도 하듯 수진은 눈을 동그랗게 뜨고 가을을 보았다. 마치 잡아먹기라도 할 듯한 맹수의 눈이었다.

"잘못 들은 거 아닌데?"

"헉!"

확인사살이라도 받은 패잔병처럼 수진은 날카로운 숨을 들이켰다. 그리고는 애써 진정이라도 시키려는 듯 커피를 물 마시듯 입 안에 들이부었다. 그녀의 모습을 보며 가을은 저 커피가 적당히 식어 있었으니 망정이지 안 식었으면 어쩔 뻔했냐는 생각을 하고 있었다.

탁 소리가 나도록 커피 잔을 테이블에 내려놓은 수진은 방금 칼에 물을 뿜은 망나니처럼 손등으로 입가를 쓰윽 닦았다.

"어쩌려고 그래?"

"뭐가. 한집에 남녀가 단둘이 있으면서 아무 일도 일어나지 않는 게 이상하다며."

“누가 이렇게 될 줄 알고……. 그나저나 진심이야?”

“응?”

가을이 되묻자 수진은 살짝 시선을 피하며 토스트를 만지작거렸다. 뭔가 곤란한 말을 하려는지 말을 고르는 모습이었다.

“내가 연예인들 자서전 대필 많이 해봐서 알아. 그 사람들…… 많이 외로워. 그리고 부모님이 두 분 다 돌아가신 이기주의 경우라면 더할 거구.”

자세한 이야기까지는 하지 않았지만 전에 가을이 의논했던 적이 있었다. 부모님이 두 분 모두 돌아가신 이야기를 어디부터 어디까지 써야 그의 상처를 들추지 않을 수 있을까 하는 고민을 했을 때였다. 다시금 그 생각을 하니 가을은 마음이 무거워졌다.

“그러니까 네 마음이…… 그가 잘나가는 연예인이라서, 그 매력에 끌려서 그러는 게 아닌지 확실하냐는 거야. 그들은…… 그런 것에 지쳐 있으니까.”

그렇게 말하는 수진을 바라보며 가을은 가슴 한켠에 싸한 바람이 흐르는 것을 느꼈다. 일전 모 탤런트의 자서전 대필을 하다 수진은 그에게 마음이 동했었다. 그러나 그는 받아들이지 않았다. 그녀가 싫은 것이 아니었다. 자신이 연예인이라서 그 매력에 수진이 그에게 다가서는 것이라고 그는 생각하고 있다고 했다. 그렇게 그는 수진을 밀어내었었다.

“그런 관심 아냐. 그 사람 앞에 서면 가슴이 아플 정도로 뛰어. 몸속 어딘가에 불을 당겨놓은 것처럼 화끈거리고 그에게 안기는 상상을 하기도 해. 그런데 그건 다른 연예인들에게는 그렇지 않아. 마치 자물쇠와 열쇠처럼 그에게만 반응하는 거야. 사랑은 잘 모르지만…… 이런 거라면 그 사랑이라는 게 맞지 않을까.”

수진의 고개가 작게 끄덕여졌다. 시선을 박아 넣은 커피 잔 속에서 수진은 지금 그때 그 사람의 생각을 하고 있는 걸까. 잠시 그러고 있던 수진은 일부러 쾌활한 목소리를 내며 말했다.

“그래서? 이기…… 아니지, 그 남자랑은 어디까지 갔어?”

혹시 이름을 잘못 떠벌려 곤혹스러운 일이라도 벌어질까 싶어 수진은 ‘이기주’라고 말하려다 ‘그 남자’라고 말하였다. 가을은 피식 웃었다.

“내 방까지.”

“어어어억!”

소란스럽게도 수진은 입을 가리고는 호들갑을 떨었다. 그녀가 무슨 생각을 하는지 가을은 충분히 알 것 같았다.

“근데 아무 일도 없었거든?”

당연하지 않느냐는 태도로 가을이 말하자 입을 가리고 호들갑을 떨던 수진의 괴성이 멈추었다.

“그냥 그야말로 손만 잡고 잤거든?”

가을의 말이 이어질수록 수진의 눈은 더욱 동그랗게 떠질 뿐이었다. 엥? 하는 믿을 수 없다는 표정이었다. 그 자식 그거 혹시 병 있는 거 아냐? 하고 묻고 싶어하는 얼굴이었다.

　수진과 헤어지고 집으로 돌아가는 가을의 발걸음은 한없이 가벼웠다. 조금 촌스럽고 유치한 기분일지는 몰라도 가을은 지금 발목에 모래주머니를 묶고 전지훈련을 다녀온 육상선수가 모래주머니를 풀어헤치고 운동장을 달리는 그런 기분이었다. 마음을 무겁게 짓누르던 것을 내려놓은 그런.

　평소 같았으면 집으로 돌아가는 길이 이렇게 즐겁게 느껴지진 않을 것이었다. 특히나 수진과 열렬히 수다를 떨고 들어가 눅진한 방 한가운데 오롯이 앉아 있을 때면 평소보다 우울감은 더 극심해졌었다. 그러나 가을은 이제 눅진한 방이 외롭지만은 않을 것 같았다. 이것이 연애하는 사람의 기분일까. 가을은 오전 내내 핸드폰을 손에 쥐고 놓을 줄을 몰랐다. 이따금 부재중 전화가 들어오지는 않았을까 열어보기도 하였다.

　집에 도착한 가을은 콧노래를 부르며 주인집 뒷마당을 돌면 나오는 계단으로 내려가기 시작했다. 열다섯 개의 높낮이가 제각기 다른 계단들. 그것마저도 오늘은 즐겁게만 느껴졌다.

　마지막 계단을 폴짝 뛰어 바닥에 착지하면서 가을은 여전히 즐거운 기분으로 녹슨 철문의 손잡이를 잡았다. 문을 잠그지 말고 나가라 하였으니 당연히 열려 있을 것이었다. 그녀의 예상대로 문은 삐거덕하는 요란한 소리를 내며 열렸다.

　"응?"

안으로 들어서던 가을은 잠시 멈칫하였다. 왠지 평소와 달랐다. 핑크빛 애정전선에 뛰어든 그런 행복함 때문에 평소와는 달랐던 오늘의 기분을 애기하는 게 아니었다. 평소에도 습기 때문에 차갑고 눅눅한 공기였지만 문을 여는 순간 가을은 알아차렸다. 이것은 썰렁함이었다. 공허함이었다. 그제야 가을의 눈에 바닥에 분연하게 찍혀 있는 발자국들이 보였다.

도, 도둑?

가을의 등허리로 서늘한 공포 한줄기가 흘렀다. 아무리 훔쳐 갈 것이 없다고 장난삼아 말했다 해도 그것은 결코 도둑을 맞아도 된다는 것은 아니었다. 두려움도 잠시 가을은 황급히 방문을 홱 열어젖혔다.

텅 빈 방.

그야말로 방 안은 텅 비어 있었다. 늘 새벽 두 시까지 듣던 라디오도, 테이블도, 이불도, 일인용 밥솥도 아무것도 남아 있지 않았다. 바닥을 굴러다니는 신문지들이 방 안의 휑함을 더해주고 있었다.

가을은 굳은 채 그 자리에 서 있었다. 이상하다. 무슨 도둑이 밥숟가락까지 훔쳐 가느냔 말이다. 이건 마치 이사를 간 것 같잖아.

아무튼 이건 예삿일이 아니었다. 얼른 경찰에 전화해 신고부터 해야 할 것 같았다. 이 방에서는 잠시도 있기가 싫어져 가을이 휴대폰을 들고 밖으로 나가려 할 때였다.

"뭐지?"

들어올 때는 미처 알지 못했는데 방문에 노란색 포스트잇이 붙어 있었다. 어디서 많이 보던 메모지다. 가을은 아침에 자신이 기주에게 문을 닫기만 하고 가도 좋다는 메모를 남겼던 포스트잇을 떠올렸다. 사채를 쓰라며 명함과 함께 주고 간 포스트잇. '돈 주센' 이라는 사채회사 광고가 떡하니 박힌 것이었다.

가을은 어릴 적 보았던 만화 시리즈 괴도 X를 떠올렸다. 정의로운 도둑이 재벌들의 보석 등을 훔쳐 낸 뒤 자신의 사인을 남겨놓고 갔던 그 괴도 X를 말이다. 설마 이사라도 하듯 모든 짐들을 다 훔쳐 간 뒤 책상에 있던 메모지에 사인이라도 남긴 걸까.

가을은 부들거리는 손을 간신히 뻗어 그 메모를 떼어내었다. 그리고 그 메모지를 들여다보던 가을의 얼굴이 경악으로 잔뜩 일그러졌다.

〈집에 와서 냉장고 코드 고쳐 놔.〉

그녀의 손에 들려 있던 작은 가방이 바닥으로 툭 떨어졌다.

육중한 대문 앞에 선 가을은 초인종을 누르고는 잠시 멀찌 감치 떨어져 허리춤에 손을 올리고 씩씩대며 숨고르기를 하고 있었다.

—픕!

초인종의 저편에서 응답을 기다리던 가을은 '누구세요?'가 아닌 '픕!' 따위의 낯선 웃음소리에 인상을 구겼다. 가을은 인터 폰으로 다가가 벽에 팔을 붙이고 잔뜩 낮은 목소리로 경고하듯 말했다.

"당장 문 열어라."

—문…… 열어라?

문은 열지 않고 꼬투리를 잡으며 시비를 걸어오는 기주가 인
터폰의 저편에서 이죽이죽 웃고 있을 것을 가을은 보지 않아도
뻔히 알 수 있을 것 같았다. 그래, 한번 해보자 이거지? 가을은
어금니를 꽉 깨문 채로 말하였다.

"민증 까고 해볼까?"

삐익.

이번에는 말대답 없이 삐익 소리와 함께 철커덕하고 문이 열
렸다. 짜식, 이제야 말이 좀 통하는군. 가을은 거칠게 문을 열고
안으로 들어갔다.

그의 집 정원은 여전히 넓고, 여전히 푸르고, 여전히 대단했
다. 자기 것은 건드리기 싫어해 이 큰집에 도우미 아주머니도
없이 산다는 이기주가 정원을 관리해 주시는 분을 따로 두고 있
을 것 같지는 않았다. 그렇다면 그 바쁜 일정에도 혼자 관리를
하는 걸까?

정원을 가로지른 가을은 현관문 앞까지 다가섰다. 그리고는
다시 허리춤에 팔을 올린 채로 현관문을 뻥 걸어찼다. 씩씩. 거
친 숨을 몰아쉬면서도 분이 가시질 않았다. 그때 삐그덕 소리와
함께 현관문이 열렸고, 기주가 모습을 드러내었다. 가을이 현관
문을 걸어차고 얼마간의 틈도 없이 바로 열리는 것을 보니 대문
을 열어주고는 현관문 앞에서 대기를 하고 있었던 모양이었다.
찔린다 이거지. 가을은 있는 힘을 다하여 빙글거리고 웃고 서
있는 기주를 노려보았다. 기주는 아무것도 알지 못한다는 듯이

어깨를 으쓱거려 보였다.

"도둑놈."

끊어질 듯한 그들의 신경전을 먼저 끊은 것은 가을이었다. 화를 낼 것이라고는 생각했지만 의외의 말에 기주는 눈을 동그랗게 떴다. 역시나 전화라도 한 통 넣어줄 걸 그랬다는 생각이 들었다.

"이봐, 들어오자마자 그건 좀 심한……. 억!"

말을 하다 말고 기주는 단발마의 비명과 함께 바닥으로 풀썩 쓰러졌다. 마치 빨간 천을 보고 흥분한 투우 소처럼 가을이 기주의 배를 들이받아 버렸던 것이었다. 기주는 무릎을 굽히고 배를 감싸 쥔 채 나직한 신음을 뱉었다. 워낙 급작스레 당한 일이라 놀란 마음 반, 통증 반의 반, 그리고 너무 큰 비명을 지른 것 아니냐는 부끄러움 반의 반이었다.

"다시 제자리로 돌려놔."

가을은 여전히 기주가 고개를 들지 않고 있음에도 단호하게 말하였다. 무척이나 화가 난 듯한 모습이었다. 그렇다. 자세한 얘기도 없이, 게다가 그녀의 동의도 없이 물건을 죄 쓸어 담아 온 것은 자신이 잘못한 일이었다. 그러나 기주는 이미 알고 있었다. 가을의 성격에 자신의 집으로 들어와 살라고 하면 절대 들어오지 않을 것을 말이다. 그러니 어쩔 수 없잖은가. 죽어도 그녀를 그런 방에 들이기가 싫은 것을 말이다.

잠들 만하면 취객들의 소란스러운 소리들과 토악질 소리가 들리는, 차가 부웅 하고 지나가면 그나마 손바닥만하게 나 있는 창문이 우두두 떨리는, 해라고는 조금도 들어오지 않는, 그런 일들을 가을은 일상으로 보내고 있었다는 것이 기주는 미칠 만큼 싫었다.

기주는 허리를 펴고 바닥에 앉으며, 여전히 선 채로 씨근덕거리는 가을의 손목을 잡았다. 그러자 가을이 기주에게로 시선을 내리깔았는데 여전히 상냥한 눈빛은 아니었다. 그러면 어떠하랴. 적어도 맞는 것보다는 나았다.

"내 말 좀 들어봐. 내가 못 봤으면 몰라도 안 이상은 안 돼. 당신이 그 방에 있다는 상상만 해도 화가 나. 당장에라도 당신을 끌고 나오고 싶었어."

가을은 아랫입술을 깨물었다.

"그런 건 내가 알아서 해. 당신 뭐 착각하나 본데, 내가 돈 많은 톱스타 이기주를 만난다 해서 달라질 건 아무것도 없어. 지금껏 내가 해오던 대로 난 내 능력껏 알아서 살아. 이기주 잡았다 앗싸 하고 들러붙을 사람이 아니란 말야, 나는!"

가을의 어조가 날카롭게 바뀌었다. 그녀의 말을 들으며 기주는 가슴 한켠에 따뜻한 바람이 불었다. 이기주 당신이 무슨 상관이야 하고 가을이 말했다면 기주의 기분은 참담해질 것이었다. 그러나 그것이 아니었다. 자신이 만나고 있는 것은 톱스타 이기주가 아니라 남자 이기주여야 한다는 것을 가을은 은연중에 말하고 있었다. 기주는 자리에서 일어나 벽에 비스듬히 기대어 따뜻한 눈으로 그녀를 응시하였다. 그러나 여전히 그녀의 눈은 단호하기만 하였다.

"두 번 말 안 해요. 원상태로 돌려놔요."

가을은 단호하게 말한 뒤 몸을 휙 돌렸다. 남자 하나 잡아 팔자 고쳤다는 소리를 듣고 싶지는 않았다. 자격지심이라고 해도 좋다. 그런 소리를 듣는 자신은 상관이 없었다. 그러나 남자 하나 잡아 팔자 고친 여자에게 이용당하는 불쌍한 남자의 역할을 기주에게 주고 싶지는 않았다. 그것이 아니더라도 충분히 상처가 있고, 충분히 힘들고, 충분히 외로운 기주였기에.

조금의 여지도 남기지 않고 모든 짐을 원상태로 돌려놓으라는 말을 한 뒤 문을 열어젖히던 가을의 머릿속에 핑, 하고 무언가가 스쳐 지나갔다. 가을은 기주를 향해 천천히 몸을 돌렸다.

"짐들…… 하나도 버리지 않고, 하나도 망가뜨리지 않고, 모두 다 소중히 옮긴 거지?"

가을의 목소리가 가느다랗게 떨렸다. 기주는 대답 없이 의아한 시선으로 그녀를 올려다보았다. 기주가 대답을 해오지 않는 시간이 길어지자 가을은 속이 탈 지경이었다.

"마, 말해. 하나도 망가진 거 없고, 함부로 다룬 거…… 없는 거지?"

그러나 기주는 여전히 가을을 바라보고 있었다. 이내 가을의 표정이 일그러지며 당장에라도 눈물을 터뜨릴 것 같은 모양이 되었다.

"말해, 말…… 꺄악!"

가을의 비명이 그녀의 눈물을 가로막았다. 그녀를 지그시 응시하던 기주는 순식간에 그녀를 들어 올렸다. 양팔에 그녀를 안은 채로 기주는 이층 계단으로 성큼성큼 올라가기 시작했다.

"무슨 짓이야! 무슨 짓이냐구! 놔, 놔봐! 놓으란 말이야!"

가을의 고함이 온 집 안에 쩌렁쩌렁 울렸다. 그녀의 발버둥에도 아랑곳없이 기주는 이층으로 올라가는 일에만 집중하고 있었다. 가을이 발버둥을 치면 칠수록 그녀를 안은 팔에 힘을 더욱 줄 뿐이었다.

이층으로 올라간 기주는 그녀의 등 밑으로 살짝 팔을 뻗어 일전 가을에게 빌려주었던 방의 손잡이를 돌린 후 문을 발로 밀었다. 방문이 천천히 열렸고, 여전히 발버둥을 치며 고함을 지르고 있는 가을을 살짝 땅에 내려주었다.

"아!"

방으로 들어서던 가을은 그 자리에 얼어붙어선 채 탄성을 내지르고 말았다. 그녀의 눈가가 눈물로 촉촉이 젖어들었다. 슬픔의 것도 아닌, 기쁨의 것도 아닌 그런 눈물을.

그곳은 마치 가을의 방을 그대로 옮겨놓은 것 같은 모양새였다. 전에 보았던 손님용 침대는 사라지고 가을의 방에 늘 깔려 있던 그 이불이 깔려 있었다. 늘 그녀가 습작해 오며 꿈을 키우던 작은 테이블 위에, 어둠에 두려웠던 밤에 위로를 받던 라디오가 그대로 놓여 있었다. '돈 주센'의 메모지까지. 그 방에서 가을이 사용하던 것과 다른 것은 오로지 초록빛 싱그러운 벽지와 따사롭게 내리쬐는 햇볕뿐이었다.

그러던 그녀의 눈에 조금 전 제대로 옮겼는지 그렇게 애타게 묻던 물건이 테이블 위에 소중히 올려져 있는 것이 보였다. 테이블로 다가서며 그것을 향해 손을 뻗는 가을의 뺨 위로 뜨거운 눈물이 주르르 흘러내렸다.

"어머니 맞지? 돌아가신…… 건가."

기주는 그녀의 마음을 상하지 않게 애쓰며 떠듬떠듬 물었다. 가을은 여전히 손에 돌아가신 어머니의 단 하나뿐인 사진 액자를 들고 눈물을 흘렸다. 이기주 당신 어쩌면 이래. 어쩌면 이렇게 날 감동시켜. 어쩌면 이렇게 날 이해해 줘. 당신 어쩌면…….

그사이 기주는 그녀에게로 다가와 어깨에 손을 얹고 자신을 마주 보게 하였다. 흔들리는 눈으로 가을이 그를 올려다보았고 기주는 따뜻한 시선으로 그녀의 시선을 맞받았다.

"기분이 좋지만은 않을 거라는 거 알아. 당신이 뭘 걱정하는지도 알고. 그래서 최대한 기분 상하지 않게 하려고 당신의 물건 하나도 바꾸지 않은 거야. 난 그냥 집만 빌려준 것뿐이라구. 정 싫다면 월세를 내. 살던 반지하 방의 월세만큼만 받지."

진지하게 말을 잇던 기주가 엉뚱한 소리를 하자 가을은 어이가 없다는 듯 그를 올려다보았다.

"이 동네 땅값이 얼마나 비싼지 알고 하는 말이에요?"

기주가 피식 웃었다.

"뭐, 어차피 이기주는 송가을 일에 대해선 바보니까. 아까도 말했지만 당신이 그렇게 위험한 곳에 있다는 생각만 해도 난 미쳐. 그러니 이건 날 위해서인 거야. 그럼 들어와 사는 거다?"

그녀의 눈을 마주한 채 기주는 그녀의 대답을 기다렸다. 그러나 가을은 눈을 내리깔 뿐 대답을 하지 않았다. 기주는 허리를 굽히고 다시 한 번 대답을 재촉해 보았다.

"그렇게 할 거지?"

"……."

"응? 그렇게 하자."

"……."

"오케이?"

"……."

아무리 물어도 그녀는 대답을 하지 않았다. 아닌 건가. 이건 안 되는 건가. 기주는 그녀의 어깨 위에서 손을 스르르 내렸다. 맥이 빠지는 건 아니었다. 자존심 강한 그녀가 쉽게 수락할 것이라고는 생각지 않았다. 그래도 이렇게까지 짐을 다 들고 와서, 이렇게까지 설득을 하는데…… 내심 그녀에게 서운한 기분이 들었다.

"좋아, 그럼 그만둬. 이삿짐 센터 불러서 당장 짐들을 원상태로 복구시켜 놓지."

기주는 주머니에 손을 꽂아 넣으며 질렸다는 듯 퉁명스럽게 말하고 있었다. 바닥으로 시선을 던져 두었던 가을이 천천히 고개를 들어 기주를 바라보았다.

"그런데 송가을, 이것만 알아둬."

"……?"

"당신이 여기에 있지 않으면 내가 그리로 짐을 옮겨. 까짓것 내가 월세 살아보지 뭐."

"……!"

가을의 눈이 경악으로 화잔등만하게 커졌다. 기주는 굳었던 표정을 어느새 풀고 주머니에 손을 찔러 넣은 채로 빙글빙글 웃고 있었다.

"월세는 낼게. 시세로 계산해서."

가을은 픽 웃고 말았다. 어찌 웃지 않을 수 있겠는가. 그가 어떤 마음으로 그러는 것인지를 충분히 아는데. 웃고 있는 가을이 마음에 든다는 듯 기주 역시 흡족하게 웃었다.

오후 다섯 시가 넘어서자, 가을이 짐정리 하는 것을 내내 벽에 기대어 보고 있던 기주가 스케줄이 있다며 나갔다.

아무리 집 그대로 그녀의 짐을 옮겨왔다고 해도 방의 구조가 다르고 크기가 다르니, 정리하는 것에 만만찮은 시간이 들었다. 가을이 쓰던 자취방이 위험하기에 그가 이런 식으로 데려온 것을 이해할 수 있었다. 그래서 그대로 머무르기로 결정한 뒤 짐 정리가 시작된 것이었다.

그는 뭐가 그렇게 좋은지 계속 빙글빙글 웃으며 방의 문지방에 쪼그리고 앉아 가을이 하는 모양새를 지켜보고 있었다. 잘하던 일도 누가 지켜보고 있으면 손이 느려지고 일일이 신경이 가듯이 가을은 기주가 지켜보고 있다는 사실에 저도 모르게 손이 부드럽지 않게 움직였었다.

"문지방 밟으면 재수없대요."

가을이 그렇게 말하자 기주가 피식 웃었다.

"은근히 미신 같은 거 믿나 봐?"

"미신을 믿는다기보다는 재수없으니 하지 말라는 선조들의 말씀을 굳이 할 건 없다는 거죠."

"말이나 못하면 밉지나 않지."

시비를 걸듯 장난조로 말하는 기주를 가을은 멀뚱히 쳐다보았다.

"말 못하면 더 미울걸요? 말 잘하는 게 내 매력이거든요."

"풉!"

당할 재간이 없다는 듯 고개를 절레절레 흔들어 보이며 기주가 일어섰다. 이제 아래층으로 내려가나 보다 생각하며 가을은 책장에 책을 꽂기 시작했다. 그러나 그녀의 예상과는 달리 기주는 방을 가로질러 가을이 정리하는 책상에 걸터앉아 목을 비스듬히 하고 그녀의 옆얼굴을 바라보았다.

가을은 의아한 듯 기주를 바라보았다. 뭐가 저리 즐거운 표정일까. 바쁘지 않으면 도와주기나 하지. 새치름하게 입을 내밀어 비죽거리면서도 가을은 가슴께에서 조금 뜨겁게 느껴지는 박동

을 느꼈다. 그의 공간에 당연스레 들어와 그의 시선을 받는 현
실이 마치 꿈만 같았다. 이 두근거림이 참 좋다.

"이상해."

기주의 미소에 덩달아 따라 웃던 가을은 그가 의미를 알 수
없는 말을 하자 움직임을 멈추고 그에게로 시선을 두었다. 기주
는 쑥스러운 듯 피식 웃으며 허공의 어딘가로 시선을 돌리고는
말을 이었다.

"쉬는 날에도 이 공허함이 싫어서 기획사에 가 있기가 일쑤였
어. 이렇게 커다란 집에 나 혼자 오롯이 앉아 있는 것이 너무나
싫었거든."

"작은 집으로 옮기지."

화려한 무대 위에서 그 많은 사람들의 사랑을 받던 그 행복과
집으로 돌아와 느끼는 외로움의 사이에서 느껴지는 괴리에 힘
들어했을 기주를 생각하니 가을은 마음 한구석이 아려왔다. 손
을 뻗어 위로라도 하듯 그의 뺨을 어루만지자 기주가 그녀의 손
목을 감싸 쥐었다.

"그럴 수가 없었어. 부모님과 함께 살던 집이라서……."

아, 그랬구나. 그래서……. 다른 사람이 자신의 물건을 건드
리는 것을 끔찍이도 싫어하다던 현장 매니저 영탁의 말이 가을
의 머릿속에 스쳤다. 가을은 그의 머리를 안았다. 기주는 그녀
가 하는 대로 가만히 따라, 가을의 가슴께에 이마를 대었다.

"좋은 향이 나."

무거워진 분위기를 바꾸려 기주가 장난스레 말하자, 가을은 그의 등을 탁 쳤다.

"허튼짓하면 혼난다."

그렇게 장난을 하던 사이 그의 휴대폰이 울렸다. 기주가 전화를 받는 동안 창을 통해 밖을 내려다보았더니 대문 앞에 검은색 밴이 한 대 서 있었다. 지나가는 사람들이 흘끗흘끗 차를 쳐다보았다.

그렇게 기주가 나간 뒤 가을은 짐정리를 마저 끝내놓았다. 옷가지들을 모두 꺼내 새로 정리해 넣고는 서랍장을 탁 닫으며 가을은 손을 탁탁 털었다. 휴우, 이제야 끝났다.

작은 방에서 기거하던 짐인지라 그렇게 많아 보이지 않지만 정작 꺼내고 보니 일이 많았다. 어깨가 묵직해져 오는 것 같아 가을은 한쪽 어깨를 주무르면서 자신의 휴대폰을 찾았다.

단축번호를 누른 뒤 통화 대기음을 들으며 기다리자 이내 휴대폰 너머에서 정다운 목소리가 들렸다.

"아주머니, 저예요. 지하 방."

아! 으응, 하며 아주머니가 수다스럽게 대답해 왔다.

"다른 게 아니라 방을 빼야 할 것 같아서요……. 예, 예. 네, 계약 기간 남은 건 알고 있어요. 그래도 일단 광고 내보내 두고 그동안 월세는 내는 걸로……. 네, 네. 그럼 부탁드릴게요."

짐 정리를 끝낸 가을은 갈증을 느끼며 일층으로 내려왔다. 적막한 그 넓은 공간을 가을은 이리저리 훑어보았다. 정말 조용한

곳이다. 그 공간에 서 있는 자신이 너무나 미약하게 느껴질 정
도로. 이곳에서 기주는 늘 이런 기분을 맛보았을 것이었다. 마
음 한구석이 애잔해져 왔다.

가을은 천천히 주방으로 향했다. 불과 얼마 전까지 이곳에 있
었으니 단번에 주방을 찾아 들어갈 수 있었다.

맥주를 사 와 함께 나누어 마시던 그날, 주방에서 이런저런
안주감을 만들어 가지고 나갔으니, 선반에서 머그잔을 꺼내고
냉장고를 열어 물을 부어 마시는 것도 가을은 자연스럽게 행동
하였다. 이 집에서 기주를 뺀 누가 이렇게 자연스럽게 행동할
수 있을까. 차가운 물을 목으로 넘기면서 가을은 우월감에 젖었
다.

송가을, 이 여우. 가을은 자신을 향해 픽 웃었다.

기주가 자신의 짐을 허락도 받지 않고 이쪽으로 옮겨온 것에
발끈한 것은 언제고, 지금은 또 이렇게 좋아 죽다니. 어느 영화
의 주인공 말처럼 참, 자신도 어쩔 수 없는 여자인가 보았다.

다 비운 머그잔을 개수대에 넣고 돌아서던 가을은 발을 멈칫
하였다. 자신이 본 것이 맞을까. 확신이 없어 하며 그녀는 식탁
을 향해 천천히 몸을 돌렸다.

아, 그녀가 본 것이 맞았다. 식탁의 의자가 두 개가 되어 있었
다.

"뭐, 뭐라고? 혹시 내가 지금 헛거 들었어?"

토크쇼 프로그램 녹화장 대기실에 마주 앉은 기주를 향해 혜
련은 믿을 수 없다는 듯 새된 고함을 지르며 되물었다. 여유로
운 얼굴로 의자에 기대어 앉아 느물느물 웃으며 혜련을 바라보
던 기주는 자세를 고쳐 앉으며 대답하였다.

"아니, 제대로 들은 거 맞을걸?"

"하!"

혜련은 그만 기가 막혀 숨을 거칠게 내뱉었다. 그리고는 여전
히 믿을 수가 없다는 듯 그를 건너다보았다.

"이건 뭐, 잘한다, 잘한다 멍석 깔아주니까 아주 대놓고 분탕
질이네?"

혜련의 말에 기주는 쿡쿡 웃었다. 예상은 했지만 그녀의 경악
은 쉬이 가라앉질 않았다. 무엇보다 가을을 집에 들였다는 말을
하는 순간이 너무 쑥스러웠다. 그러면서도 가슴 깊은 곳에서 꾸
물거리는 것이 간질이는 듯한 이 기분은 뭘까. 자꾸만 웃음이
나려 했다.

"지나친 비약이야. 분탕질은 무슨……."

"아니, 그렇잖아. 열병 앓는 녀석 등 좀 밀어줬더니 바로 동거
야?"

"동……! 아니 동거는 무슨……."

당황한 기주의 언성이 높아졌다. 왜인지 알 수는 없지만 얼굴
이 붉어져 올랐다. 젠장, 저 동거라는 말이 주는 음란한 상상 때
문일 것이었다.

"얼레? 천하의 이기주가 얼굴이 붉어져?"

"놀리지 마."

기주의 얼굴이 순식간에 정상으로 되돌아왔다. 포커페이스 자식. 그러나 혜련은 지금 기주가 속으로는 좋아 죽으려 한다는 것을 눈치 채고 있었다.

"암튼 그렇게 알아둬. 나중에 놀라서 괜히 가을이 앞에서 소란 떨어 곤혹스럽게 할까 봐 미리 말해두는 거야."

"호오, 가아―을이이?"

먹이를 놓치지 않으려는 매의 눈처럼 혜련의 눈이 반짝 빛났다. 아차, 싶던 기주는 더 이상 이곳에 있다가는 혜련의 놀림을 받을 것만 같아, 또 자신이 그 놀림을 감당하지 못할 것 같아 얼른 일어났다.

"녹화 준비 끝났을 거야. 너무 기다리게 하면 이기주 진상 부린다고 소문난다. 나가자."

기주는 쭈뼛거리며 문을 향해 걸었다. 손과 발이 함께 움직여 그는 더욱 당황하였고 혜련은 더욱 그를 비웃을 뿐이었다.

"준비되면 부른다 했거든?"

그, 그랬나. 기주는 문을 열기 위해 손잡이를 잡은 자세에서 멈칫하였다. 그러나 다시 뒤로 돌아가 앉기도 뭐해 기주는 손잡이를 비틀어 문을 열었다.

"화, 화장실 다녀올게."

"어이, 이기주 씨."

빙그레 웃으며 혜련은 당황한 그를 불렀다. 그의 등이 우뚝 멈추어졌다. 귀여운 자식, 안 그런 척하는 것이 더 우습고 귀엽다는 것을 그는 미처 알아차리지 못했을 것이었다.

"왜?"

그가 뒤를 돌아보지 않은 채 물어왔다.

"축하한다."

"응."

기주는 쑥스러움을 이기지 못하고 대기실을 황급히 벗어났다.

의외인 기주의 모습에 그저 웃기만 하던 혜련은 문이 탁 닫히자 짙은 한숨을 내쉬었다. 이 일을 사장이 알았다가는 날벼락이 날 것이었다. 아니, 사장의 귀에 들어가기 전에 하이에나 같은 연예부 기자들이 냄새라도 맡았다가는 천청벽력이 떨어질 것이었다.

"으윽."

혜련은 머리를 감싸 쥐고 신음을 뱉었다. 어찌해야 좋을지 알 수가 없어 머리가 복작거리기만 하였다.

―예, 후속곡 활동 때문에 정신이 없긴 하죠.

―그렇군요. 몸이 두 개라도 남아나지 않겠어요.

―이기주가 두 명이라면 출연료가 남아나지 않겠죠. 둘로 나눠야 할 테니까요.

─예? 하하하하.

미니스커트를 입고 요염하게 다리를 꼬고 앉은 토크쇼의 진행자인 여자 탤런트가 입으로 손을 가리고 요란스럽게 웃는 것을 모니터를 통해 보던 혜련은 그녀를 따라 씁쓸하게 허허허, 웃었다. 제 속을 아는지 모르는지 모니터 속의 기주 역시 그저 즐겁게만 웃고 있었다.

그래, 이기주. 넌 웃어라. 난 울 테니.

그러면서도 혜련은 내심 신기했다. 가을은 저 차가운, 아니, 차가워진 기주를 어떻게 저렇게 뜨겁고 즉흥적인 남자로 돌려놓았을까. 그 비법이 궁금했다. 비단 3박 4일간 그와 동행하여 취재한 것 때문이라는 생각은 들지 않았다. 동행이라면 벌써 수년간 그와 함께하고 있는 혜련이 더할 것이었다. 그러나 그간 기주는 자신을 여자로 보지 않았다. 남자로 봤으면 봤지. 그런 생각을 하던 혜련은 낮게 한숨을 내쉬었다.

사실 기주를 남자로 보았던 때도 있었다. 남자로 보지 않으려 애를 써도 어쩔 수 없는 마음이었다. 하긴, 함께 거의 하루 종일을 붙어 다녀도 여자의 마음 하나 동하지 못하게 하는 매력을 가진 남자를 이 시대 최고의 매력남으로 키워낼 민혜련이 아니었다. 아무튼 그를 남자라고 느낀 후 기주를 유혹해 보고자 나름의 노력을 기울였었다. 그러나 그는 콧방귀도 끼지 않았다. 아니, 아예 눈치를 못했었다. 그 정도이니 저 목석같은 남자를 움직인 가을만의 매력이라는 것이 궁금해지는 것도 무리는 아니었다.

"이기주가 웬일이래? 저렇게 적극적으로 수다도 떨고."

이를 악물고 모니터를 주시하던 혜련이 소리가 들려오는 쪽으로 고개를 돌렸다. 바지춤에 손을 찔러 넣고 느물느물 웃으며 김영선 PD가 다가오고 있었다. 또 조연출에게 맡겨두고 자리를 비운 모양이었다. 언제고 CP(책임프로듀서)를 찾아가 일러 버릴까 보다. 혜련은 그러지도 못할 생각을 입에서 꿍얼거렸다.

지금 기주가 출연하는 토크쇼의 담당 PD였다. 유난히 기주를 싫어하는 사람인지라 늘상 그가 출연할 때마다 속을 긁어오곤 했었는데 오늘은 조용해 웬일인가 싶었다. 역시나군. 혜련은 그를 향해 돌아섰다.

"늘 열심인걸요 뭐."

"아냐, 아냐. 분명 뭔가 달라."

그는 추리라도 하는 듯 턱을 쓰다듬으며 의문을 제기하고 있었다. 그러고는 '뭔가 있지?' 라고 묻는 듯 눈을 가늘게 뜨고 혜련을 바라보았다. 혜련은 낮은 한숨을 쉬었다.

"낚시질에 성공한 사람의 분탕질 정도로 해두죠."

혜련의 대답에 김영선의 눈은 더욱 동그랗게 떠질 뿐이었다. 혜련은 그에게서 시선을 돌려 다시 모니터를 바라보았다. 두고 보자, 이기주.

한참 동안이나 단잠에 빠져 있던 가을은 이마 위에서 느껴지는 간질거림에 깨어났다. 아직 몽롱해져 있는 정신으로 힘겹게 눈꺼풀을 떠올렸다.

푸른 미명 속에 침대에 누운 가을의 곁에 앉은 남자가 자신의 이마 위에 흐트러져 있는 머리를 옆으로 치우다 흠칫 하며 손을 거두었다. 가을은 피식 웃으며 그의 손을 잡았다. 따뜻한 기운이 맞닿은 손을 타고 흘러왔다. 이 다정한 소속감. 기분이 좋았다.

"언제 왔어?"

"지금 방금."

“몇 신데?”

“새벽 네 시.”

“에엑.”

벌써 새벽 네 시라니. 기주의 집에 들어온 첫날이라 그와 이런저런 이야기를 나누어볼까 싶어 기다리던 가을이 졸음을 참지 못하고 잠깐만 누웠던 것이 벌써 이렇게나 되었다. 그러나 가을이 놀란 것은 시간의 흐름 때문이 아니라 이 시간까지 기주가 일을 했다는 것이다. 정말 쉬운 일은 하나도 없구나.

“더 자. 나 때문에 깬 거 아니야?”

말은 그렇게 하면서도 기주는 가을과 잡은 손을 놓지 않고 조물조물 만지작거리고 있었다. 그의 앞에서 어떤 모습으로 잤는지 알 수가 없던 가을은 갑작스레 부끄러워져 부어 있을 얼굴을 아래로 내리고는 웃으며 고개를 가로저었다.

“괜찮아. 밥은? 먹었어?”

시간이 시간이니만큼 밥을 먹었냐는 인사는 무척이나 부자연스러웠지만, 하도 바빠서 식사를 제대로 챙겼을 것 같지가 않았다. 피곤에 절은 기주의 얼굴이 가을은 안쓰러웠다.

그런데 기주는 가을의 물음에 답을 하지 않고 가을의 얼굴을 들여다보고 있다. 새벽빛 때문일까. 가을은 그의 얼굴 위에 얽혀 있는 표정을 읽어낼 수가 없었다. 한참 동안이나 아무 말도 하지 않고 묘한 표정으로 가을의 얼굴을 기주는 뚫어져라 쳐다보았다. 머쓱해진 가을이 먼저 입을 열었다.

“뭘 그렇게 봐. 내 얼굴에 뭐 묻었어?”

“응.”

그렇게 대답한 기주는 가을의 손을 잡은 채로 그녀를 자신에게로 당겼다. 갑작스런 일에 당황한 가을이 비명도 지르지 못하고 그에게 가까워지자 기주는 가을의 얼굴을 부드럽게 감싸 쥐고는 그녀의 입술에 짧은 입맞춤을 하였다.

“뭐, 뭐 하는 거야.”

당황한 가을이 입술을 한 손으로 막으며 싫지 않은 항의를 해 보이자 기주는 옅은 미소를 지으며 그녀의 작은 몸을 끌어당겨 안았다.

“기분이 이상해.”

기주의 품에 안긴 가을은 자신의 귓가에서 나른하게 들려오는 그의 목소리에 가슴이 뛰었다. 기주는 기분이 이상하다고 말하고 있었지만, 그런 그 때문에 가을 역시 기분이 이상해지고 있었다. 커다란 기주의 가슴에 갇혀 있던 가을은 살짝 눈을 감으며 팔로 그의 등을 안았다. 그에게서도 나직한 박동이 전해져 오고 있다.

“뭐가 이상한데?”

가을을 안은 기주의 팔에 조금 더 강한 힘이 주어졌다.

“우선 집에 돌아와도 난 혼자가 아니야.”

“응.”

가을 역시 그의 몸에 조금 더 밀착해 보았다. 옅은 땀 냄새가 났다.

"온 집 안에 불이 꺼져 있어도 난 한숨을 쉬지 않아."

"쿡쿡. 그건 좀 할아버지 같은데?"

자신의 가슴에 안겨 쿡쿡거리는 가을 때문에 가슴께가 간질 거렸다. 그녀의 머릿결을 쓰다듬으며 기주는 아이러니한 자신의 감정에 혼란스러웠다. 지금 그녀의 얼굴을 너무나 보고 싶은데, 자신의 품 안에 안겨 있는 가을을 떼어내고 싶지는 않다. 나직한 한숨이 입에서 새어나왔다.

"난 당연하다는 듯이 네가 자고 있을 이층으로 올라오지."

"호오."

"그리고 넌 내 식사를 걱정해."

"그리고?"

이내 기주는 그녀를 자신의 품에서 놓았다. 대신 그렇게나 보고 싶던 그녀의 얼굴을 자신의 손 안에 가두어보았다. 이 여자가 이렇게 좋아질 줄 알았을까.

"그리고…… 키스를 해."

기주의 입술이 가을의 입술에 내려앉았다. 가을의 어깨가 살짝 굳었을 뿐 그녀는 기주를 밀어내지 않았다.

뜨거운 숨과 마음이 맞붙은 곳에서 얽힌다. 심장은 터질 듯 솟구쳐 오고 주체할 수 없이 달아오르는 피가 혼탁한 머리를 만들어내었다. 두 번 다시 맞을 수 없는 순간처럼 그들은 서로를 원하고, 탐하였다.

"하아."

그들의 입술이 천천히 떨어지자 가을의 입에서 한숨 같은 것이 흩어져 나왔다. 붉어진 얼굴이 부끄러운 모양인지 가을이 고개를 숙이자, 기주는 그녀를 끌어안아 자신의 가슴에 얼굴을 감추어주었다.

"그런 모든 어제와 다른 오늘이 이상하기만 한데…… 그건 너무 좋은 기분이야. 이렇게나 행복한 오늘이 있을 수 있다는 것을 상상이나 할 수 있었을까?"

기주는 가을을 조금 더 강하게 안았다.

"어머! 비가 왔었어?"

일층으로 내려가는 계단을 타닥타닥 경쾌한 걸음으로 내려가는 가을의 뒤에서 따르고 있던 기주는 그녀의 유쾌한 목소리에 오히려 한숨을 지었다. 아아, 널 데리고 올 때 왜 이런 생각은 하지 못했지? 기주는 지금 화장실로 뛰어들어 가 찬물로 샤워를 하고만 싶었다.

두 사람의 입술이 농밀하게 얽히고 힘이 빠져 버린 가을의 몸이 자신에게로 더욱 치우쳐 왔을 때 기주는 생각했다. 왔구나!

그러나 그 순간 가을은 기주에게서 몸을 떼고는 뭔가 생각이 났다는 듯이 벌떡 침대에서 일어나는 것이 아닌가! 닭 쫓던 개 지붕 쳐다보는 것보다 더 멍한 시선으로 기주가 가을을 올려다보았다. 그녀는 의미심장하게 씨익 웃어 보였다. 그리고는 말했

었다. 식사를 물어봐 준 게 그렇게 좋으면 아마 자기가 차려놓
은 식탁을 보고는 눈물을 흘릴지도 모르겠다고 말이다. 어이 어
이, 식탁 차려준 건 고맙지만 지금 중요한 건 그게 아니거든?

그러나 앞서 내려가는 가을의 뒷모습을 미간을 찌푸리고 보
던 기주는 이내 피식 웃어버렸다. 저런 어린아이 같은 모습도
참 귀여우니 팔불출이 따로 없었다. 아아, 갈 길이 멀다.

기주는 그녀의 팔랑거리는 몸짓을 보며 잠시 생각했다. 손잡
으면 키스하고 싶고, 키스하면 안고 싶고. 그런 것이 남자라고.
자신도 그런 남자들과 별반 다를 것이 없다는 것을 가을이 알아
줬으면 좋겠다.

"에에, 비 온 줄도 모르고 잤네."

일층으로 먼저 내려선 가을이 베란다를 내려다보며 짧게 한
숨을 뱉었다. 아쉬움의 발로였다. 비를 좋아하는가 보다. 오늘
또 하나 알았군. 기주는 벽에 비스듬히 기대어서서 기분 좋게
그녀를 향해 웃었다.

"넋 놓고 자니까 그렇지."

유리창 너머에 정신이 팔려 있던 가을이 기주의 말에 고개를
돌리고는 생긋 웃으며 다가왔다.

"늑대가 다가온 줄도 모르고 말야?"

그리고는 까르르 웃으며 주방으로 들어갔다. 기주는 뒤에서
혀를 내둘렀다. 아아, 정말 무서운 여자야.

벽 쪽에 붙어 있는 식탁에 마주 보게 놓인 의자를 보며 기주는 만족스러웠다. 그리고 그 위에 가지런히 놓여 있는 반찬들. 기주는 잠시 멍하니 그것을 바라보았다. 어깨를 으쓱하던 가을이 기주의 옆구리를 쿡쿡 찔렀다.

"이거 그림의 떡 아닌데?"

"아."

그제야 기주는 시선을 들어 가을을 바라보았다. 이걸 차려두고 새벽 네 시가 넘도록 편한 잠을 못 잔 걸까. 왠지 미안해지기 시작했다. 그러면서도 감격을 금치 못하는 자신을 기주는 느끼고 있었다.

"근데, 밥 먹었으면 나중에 먹어도 돼. 새벽이라 입도 깔깔할 거고."

뒷머리를 긁적이며 가을이 말했다. 기주는 그녀의 말에 아랑곳 하지 않고 식탁 의자에 앉았다. 그리고는 가을을 위해 마련해 주었던 의자를 그녀가 앉을 수 있도록 빼주었다.

"안 먹었어. 입도 깔깔하지 않고."

먹었다. 먹은 지 세 시간도 안 지났다. 어떻게든 먹어야 몸이 허해지지 않는다고, 그래야 내일 또 스케줄을 소화할 수 있을 거라고 혜련이 싫다는 기주를 억지로 부여잡아 꾸역꾸역 부대 찌개를 쑤셔 넣은 지 채 세 시간도 지나지 않았단 말이다. 그러나 기주는 자신에게 용기를 불어넣었다. 이기주 할 수 있다!

"정말? 그럼 찌개 데워올게."

“아냐.”

식탁의 중앙에 놓인 뚝배기를 잡는 그녀의 손을 기주가 막았다. 의아한 듯 가을이 자신을 내려다보자 기주는 배시시 웃어 보였다.

“더운데 뭘 데워. 그냥 먹을게.”

뜨겁지 않아야 입 안에 털어 넣을 수 있다. 죽도록 부른 배에 깨작깨작 씹어 삼키면 서서히 배가 차올라옴을 느껴 다 먹지를 못하는 법이다. 그러니 순식간에 당하는 교통사고처럼 입에 털어 넣는 수밖에 없다. 일단 기주는 워밍업을 하듯 찌개를 숟가락에 가득 담아 입 안에 넣었다.

짜다.

“맛있어?”

“응, 진짜 맛있다.”

많이 짜다.

“많이 먹어.”

“응. 잘 먹을게. 하선정 김치보다 맛있어.”

목이 타 들어갈 만큼 짜다.

“정말?”

“응.”

이건 나트륨 원액이냐!

그렇게 새벽녘 기주의 교통사고와도 같은 식사 시간이 이어지고 있었다.

기어이 꾸역꾸역 삼키는 식사 시간이 끝난 뒤 싱크대 앞에 서서 흥얼거리며 설거지를 하고 있는 가을의 모습을 기주는 식탁 의자에 앉아 바라보고 있었다. 이루 말할 수 없이 즐겁다, 이 시간이.

오후 시간 내내 스케줄에 끌려 다니다 피곤에 지쳐 들어왔지만 평소처럼 바로 쉬지 않고 이렇게 그녀가 차려주는 밥을 먹고 설거지를 하는 가을의 뒷모습을 바라보는 시간이 기주에게는 오히려 휴식 같은 안식이었다.

자신의 공간을 비집고 들어온 그녀에게 조금의 괴리감도 느껴지지 않았다. 아주 오랜 시간 이렇게 해왔던 사람들처럼 그녀는 그곳에 있었고, 기주가 여기에 있었다. 그리고 지금의 느낌처럼 이 시간이 아주 오랫동안 계속되기를 기주는 바랐다.

"해가 뜨면 무지개가 보였음 좋겠다. 비가 왔으니 기대할 만도 한데 말야."

익숙한 솜씨로 싱크대의 물을 잠그고 손에 묻은 물기를 탁탁 털며 돌아선 가을이 기주의 옆으로 걸어왔다. 기주는 씽긋이 웃으며 의자에서 일어섰다. 그리고는 주방을 나서는 가을의 뒤를 따랐다. 몸은 천근만근이 되고 눈꺼풀은 자꾸만 내려앉는데, 그녀의 움직임에 천 근이 된 몸이 반응하고, 만 근이 되어 가라앉는 눈꺼풀이 들어 올려져 가을의 모습을 쫓는다. 병이다, 정말.

이제 완전히 밝아져 버린 창밖을 내다보던 가을의 뒤로 기주는 다가갔다.

"무지개? 그 정도로 해가 좋을 것 같지는 않은데?"

기주의 말에 가을은 천천히 베란다의 창을 닫았다. 그리고는
아쉽다는 듯 말했다.

"그렇지? 뜨면 좋을 텐데."

"왜?"

어린아이 같은 면이 예쁘다. 기주는 가을의 머리를 쓰다듬고
는 그녀의 어깨를 감싸 안았다. 가을이 한쪽 팔로 기주의 허리
를 감싸왔다. 지탱해 오는 가을의 무게를 느끼며 기주는 또다시
몸이 달아오르는 것을 느꼈다. 잠이 저만치 달아나 버린다.

"무지개 본 지 오래돼서."

"흐음."

대답을 하며 소파에 앉는 가을을 따라 앉던 기주는 그대로 몸
을 뉘어 가을의 무릎을 베었다. 들어가 자라고 밀어내면 서운할
것 같았는데, 걱정과는 다르게 가을은 기주의 앞머리를 장난치
듯 손가락에 감았다 풀었다를 반복하고 있었다.

살랑 살랑 불어오는 봄바람이 간질이듯 하는 그녀의 손길에
기주는 기분 좋게 눈을 감았다.

"돌아가신 엄마가, 나 어릴 적에 그랬어."

"……."

기주는 묵묵히 그녀의 말을 들었다. 처음으로 듣는 그녀의 이
야기였다.

“저 무지개의 끝을 따라가면 행복이 있을 거라구.”

“아아, 청소년의 가출을 조장하는 말씀이시네.”

그의 말에 가을이 쿡쿡 소리 내어 웃었다. 가을의 어머니가 돌아가신 것을 알고 있는 기주이기에 어머니에 대한 말을 하고 있는 가을의 마음이 얼마나 무거운 것인지 안다. 그래서 더 가을이 가지고 있을 마음의 무게를 덜어내 주고 싶었던 것이다.

자신의 이마 위에서 꼬물거리는 그녀의 손을 잡아끌어다 기주는 자신의 가슴 위에 두었다.

“어머니는 어쩌다가…….”

뒤끝을 흐리는 그의 말에도 충분한 물음이 되었는지 가을이 짧은 숨을 들이쉬었다. 그것만으로도 그녀의 아픔이 느껴졌다.

“병이었어요. 암.”

“아아.”

가을은 거기까지만 말하고 입을 다물었다. 기주 역시 그녀가 자신의 아픔을 더 말해주기를 종용하지도 재촉하지도 않았다.

한참을 그렇게 있던 기주는 가을이 주는 포근함에 까무룩 잠에 빠져들었다. 자신의 무릎 위에서 아이처럼 잠들어 버린 기주를 보면서 가을은 부드럽게 웃었다.

그렇게 얼마간을 흘려보냈다. 이내 햇살이 그들이 있는 공간으로 침범하였다. 그들은 아침을 그렇게 맞았다.

가을은 얼핏 시선을 들어 올려 창밖을 바라보았다. 그리고는 자신의 눈앞에 펼쳐져 있는 경이로운 광경에 놀라 눈을 커다랗게 떴다.

저 멀리 무지개가 떠 있었다.

시작이 어디부터인지 알 수 없는 희미한 무지개였다. 그러나 가을은 그 끝을 알 수 있을 것 같았다. 그 끝은 이곳이었다. 행복이 닿아 있는 이곳, 그와 함께하는 이 공간이 저 무지개의 끝일 것이었다.

엄마…….

삐릭 삐릭.

현관에서 들려오는 기계음에 어느새 잠들어 버렸던 가을은 놀라 눈을 떴다. 기주는 여전히 자신의 무릎을 벤 채 누워 있었다. 비스듬히 목을 꺾고 잔 탓에 굳은 모양인지 움직이는 것이 영 자유롭지 못하다. 몽롱한 정신으로 맞은편 벽에 걸려 있는 벽시계를 보니 벌써 오전 열 시가 넘어 있었다.

이 아침부터 누굴까. 곤히 단잠에 빠져 있는 기주를 어떻게 무릎에서 떨쳐 놓을까 가을이 잠시 당황해 있는 동안 현관문이 열렸다.

“아!”

늘 그래 왔듯 알아서 비밀번호를 누르고 현관문을 열고 들어오던 혜련이 깜짝 놀라 몸을 굳혔다. 곤혹스러운 듯 가을이 몸을 일으키지도 못하고 자신을 바라보고 있었다. 그리고 그녀의 무릎을 베고 있는 이기주. 정말이지 꼴불견이다.

“아, 저기 혜련 씨, 그게……."

가을이 당황하여 허둥지둥 몸을 일으키려 하자 혜련은 얼른 한쪽 손을 들어 그녀를 저지하는 제스처를 취해 보였다. 그리고는 씨익 웃었다.

괜.찮.아.요.

뻐끔거리는 혜련의 입모양을 알아들은 가을은 다시 쭈뼛쭈뼛 엉덩이를 소파에 내려놓았다. 이 정도의 들썩거림에도 잠에서 깨어나지 않는 기주를 보며 가을은 얼마나 피곤하면 그럴까 싶기도 했지만 한편으로는 참 대단한 신경 줄이다 싶어 혀를 내둘렀다.

“어떡할까요? 깨워야 하는 거 아니에요?”

목소리를 잔뜩 낮추고 가을이 묻자 혜련은 주변을 두리번거렸다. 뭘 찾는 거지? 가을이 가만히 앉아 그녀를 주시했다. 이내 테이블 위에서 쓰고 대충 던져 둔 봉투와 볼펜을 찾아왔다. 가을을 향해 씨익 웃어 보이는 혜련의 얼굴이 자신이 하는 양을 좀 보라는 언질 같았다. 가을은 바닥에 앉아 봉투의 뒷면에 뭔가를 적는 혜련을 바라보았다.

〈드라마 기획안을 가져왔어요. 얼마 있다가 드라마 하나는 해야 할 것 같아서요. 전해주면 알 거예요. 적당히 훑어보고 하나 정해보자고 전해주기만 하면 돼요. 이따가 두 시간 후까지 안 깨면 그때 좀 깨워주세요. 그때 데리러 올게요.〉

혜련이 내민 종이를 물끄러미 바라보던 가을은 이내 그녀의 응답을 기다리는 혜련에게 고개를 끄덕여 보였다. 혜련이 환하게 웃었다. 그리고는 다시 조심스러운 몸짓으로 일어나 현관으로 걸었다. 고양이처럼 발끝으로 서서 걷는 그녀의 발에 슬리퍼가 신겨져 있지 않았다. 기주의 잠을 방해하는 작은 소리조차 용납할 수 없다는 듯.

갈.게.요.

현관문까지 다가선 혜련이 조심스레 구두를 신다 말고 가을과 시선이 마주치자 다시 입을 벙긋거려 보였다. 가을은 고개를 끄덕여 보였다.

찰칵.

아주 작은 소리만을 내고 혜련이 모습을 감추자 가을은 여전히 잠이 든 기주를 내려다보며 묘한 기분에 사로잡혔다.

그녀는 기주의 집에 들어오는 것에 대해 조금의 거리낌도 없어 보였다. 그녀의 몸짓 하나하나에 얼마나 기주와 오랜 시간을 함께 교감하여 왔는지 알 수 있을 것 같았다.

오랜 시간.

그 오랜 시간 동안의 혜련은 지금 가을이 보았던 그녀의 모습처럼 구김살이 없었을 것이고, 여전히 아름다웠을 것이며, 여전히 쾌활했을 것이었다. 그리고 자신만의 커리어를 만들어가는 그녀는 조금의 위축도 없이 세상 앞에서 당당했을 것이었다.

가을은 기주를 내려다보았다.

미웠다. 저렇게 아름다운 혜련과 그간의 세월을 보낸 그가. 자신과는 이제야 만난 그가. 혜련과 그렇게 자연스러운 그가. 혜련으로 하여금 이렇게나 배려하게 하는 그가 미웠다.

이건 질투다.

아름답고, 머리도 좋으며, 일을 잘하고, 그러면서도 너무나 성격 좋은 여자에게 그저 자격지심만 강한 못난 여자의 못난 질투다.

"혜련이 왔다가 그냥 갔다구?"

젖은 얼굴을 수건으로 꾹꾹 누르며 욕실에서 나오던 그가 욕실 바로 옆 벽에 팔짱을 낀 채 기대어 있던 가을에게 물었다. 가을은 고개를 끄덕였다.

"응. 잔다고 그냥 간대. 저기 서류 있지? 그거 전해주러 왔다고. 드라마 기획안이래."

"아아."

알겠다는 듯 고개를 끄덕이며 기주는 들고 있던 수건을 구석에 놓여 있던 빨래 바구니에 툭 던져 넣었다. 그 반동으로 플라스틱 빨래 바구니가 한 번 들썩거렸다. 그 흔들림을 가만히 보고 있던 가을은 시선을 아래로 둔 채 그에게 물었다.

"드라마도 해?"

"으응, 뭐……. 근데 그 말만 하고 갔어?"

대충 대답을 얼버무린 기주는 거실을 가로 질러 테이블 위로 다가갔다. 다섯 개의 묶음으로 나뉜 파일을 한두 장 넘기며 물었다. 왠지 그의 목소리가 조금 높아진 듯 느껴졌다.

"이따가 다시 데리러 온다고."

"으응. 알았어."

시큰둥하게 대답을 한 기주는 파일들을 챙겨 들고 다시 거실을 가로질러 가을의 앞을 지나치며 자신의 방으로 향했다. 물끄러미 그의 행동을 지켜보던 가을은 자신이 왠지 물 위를 부유하는 기름층 같은 기분이 들었다.

가을은 결코 남녀의 만남이 서로의 개인적인 일을 모두 알아야 하고, 모든 것을 공유해야 한다고 생각하는 쪽은 아니었다. 그런데 지금 이 기분은 뭘까. 기주가 가을의 물음에 대한 답을 흐린 것이 가을은 못내 섭섭하였다.

"후우."

가을의 입에서 한숨이 새어나왔다. 내가 왜 이러지. 가을은 거칠게 머리를 헝클고는 철벅철벅 걸어 거실 소파에 앉았다. 그리고는 리모컨으로 TV를 켰다. 삐리릭 하는 신호음과 함께 왁자지껄하는 소리가 들려왔다.

이렇게 TV에 신경을 묻지 않으면 또 무슨 추접한 질투를 하게 될지도 몰라. 가을은 애써 TV에 신경을 두었다.

TV에서는 한창 아침 토크쇼가 진행 중이었다. 전에 기주가 출연했던 그 프로그램이었다. 저기서 기주는 가장 싫어하는 계절이 가을이라고 했지 아마?

오늘 토크쇼의 출연자는 성우진이었다. 그는 기주처럼 가수로 출발해 각종 모델 활동과 드라마의 연기자 활동을 동시에 하고 있는 사람이었다. 새하얗고 곱상해 보이는 얼굴과는 대조적인 근육질의 몸매가 인상적인 사람이었다.

"뭐 해?"

옷을 갈아입으려 방에 들어갔던 모양인지 기주는 어느새 외출복으로 갈아입고 있었다. 어차피 스케줄에 가면 무대의상이 준비되어 있을 터였으므로 편한 면 티셔츠에 면바지를 입었다. 그를 바라보던 가을은 다시 아까의 질투가 떠올라 시큰둥하게 고개를 TV로 돌렸다.

"아침 방송. 성우진 나오네."

그렇게 중얼거리던 가을은 순간 '아, 이거다' 싶었다. 혜련에 대한 자신의 질투가 혜련이 뭘 어찌해서도 아니었고 기주가 잘못한 일도 아니었지만 자신을 이렇게나 평소의 송가을답지 않게 만들어놓은 기주에게 복수를 해주고 싶었다.

"성우진 실제로 본 적 있어?"

"……응."

잠깐의 틈을 두었다가 대답하는 그의 목소리가 탐탁지 않았다. 약간 미간을 찌푸리고 있기도 했다.

"실제로 보면 엄청 잘생겼겠지? 저 근육 봐."

기주는 이내 벽에 비스듬히 기댄 채 팔짱을 꼈다. 그의 표정이 굳어 있다.

"실제로 봐도 다를 것 없는데……."

가을은 쾌재를 부르고 싶은 기분이었다. 처음엔 그저 조금 골려주고 싶을 뿐이었는데 그가 저렇게 즉각 반응을 보이니 즐거웠다. 다른 남자를 좋아하든 말든 상관없어한다면 오히려 그것이 더 서운할 것 같았다. 오케이, 좋았어. 조금만 더 나가볼까.

"사실 나 이 년 전에 성우진 극성팬이었다? 막 선물도 사서 보내고 팬레터도 썼어."

"뭐?"

기주의 목소리가 허공을 갈랐다. 이제 그는 노골적으로 불쾌한 티를 내고 있었다.

"너 이 년 전이면 스물아홉이거든? 쟤가 몇 살인 줄 알기나 해?"

"알지. 기주 씨 보다 세 살 어릴걸?"

"알면서……."

띵동.

기주가 뭔가 가을에게 반문하려 할 때 초인종이 울었다. 기주는 인상을 찌푸린 채 인터폰으로 다가갔고 그의 뒤에서 가을은 안도의 한숨을 내쉬었다. 사실 팬레터를 보냈다거나 선물을 보냈다는 얘기는 거짓말이었다. 괜히 따지고 들면 곤란해질 것 같았는데 타이밍 참 좋다.

"응, 알았어. 금방 나가."

기주를 데리러 차가 온 모양이었다. 기주는 날카로운 눈으로 홱 돌아서 가을을 노려보았다. 소파에 앉아 다리를 달랑거리고 있다가 기주와 눈이 마주치자 가을은 혀를 쏙 내밀었다. 기주의 얼굴이 더 험상궂게 굳어졌다.

"하여튼 영계 꽤 좋아해, 송가을 씨는."

"영계가 몸에도 좋거든."

"뭐?"

이크, 잘못 건드렸나 보다. 가을은 자신의 머릿속에서 울리는 경고등을 정확히 감지하였다. 장난스럽게 웃던 그녀는 얼른 몸을 일으키고 자신의 얼굴을 노려보고만 있는 그의 등을 현관 쪽으로 밀었다.

"자자, 말싸움은 다녀와서 하고, 밖에 기다리는 사람들을 위해서라도 빨리빨리 움직이세요, 이기주 씨?"

기주 역시 못 이기는 척 가을이 미는 대로 현관까지 다가갔다. 그리고는 구두를 신었다. 가을은 그가 신발을 다 신고 몸을 일으킬 때까지 현관 앞에서 기다려 주었다.

그것은 기주에게 아주 기분 묘한 일이었다. 누군가가 자신의 나가는 길을 배웅해 주고, 또 어제처럼 들어오는 길에 자신의 집에 있을 그녀를 떠올리며 행복해하는 일. 이런 일들이 일상이 되어 주었으면 하는 생각이 들었다.

"다녀와."

"응."

그녀의 인사를 받으며 기주는 언제 화를 냈냐 싶게 부드럽게 웃었다. 그리고 현관문을 열던 그는 다시 가을을 돌아다보았다.

"너."

"응?"

뭔가 할 말이 남은 걸까. 가을이 그를 의아하게 바라보았다.

"성우진 걔, 진짜 별거 없어."

"풉!"

"진짜야. 걔 가슴 근육도 단백질 약 먹고 만든 거야."

"알았어. 알았으니까 얼른 가기나 하셔."

간신히 기주를 밀어 내보낸 가을은 그가 출발한 뒤에도 현관문 앞에 남아 한참이나 소리 내어 웃었다.

경기도 고양시에 위치한 케이블 방송국. 그곳에서는 지금 음악방송의 녹화 준비가 한창이었다. 드라이 리허설을 마치고 무대 정리가 진행되는 동안 기주는 대기실에서 잠시 피곤한 몸을 쉬었다.

생각해 보니 가을의 무릎을 베고 잔 것이 전부였다. 원래의 계획대로라면 새벽 한 시에 집에 들어가 혜련이 데리러 오기로 했던 열두 시까지 열한 시간을 잠에 쏟아 부었어야 했다. 그러나 가을과 함께하는 그 달콤한 시간을 잠 따위로 보낼 수만은 없었다.

문득 가을의 무릎을 베고 잠에 빠졌던 달콤한 시간이 떠올라 소파에 기대고 앉아 잠시 눈을 감았던 기주는 자신도 모르게 히죽히죽 웃고야 말았다.

"얼레? 정신이 빠졌어?"

참 말 곱게도 한다. 기주만의 행복한 상상을 가르고 혜련의 말이 그에게로 향하자 이내 행복했던 상상 속의 분위기는 박살이 나버렸다. 에이, 기주는 미간을 찌푸리며 눈을 떠올렸다.

"여자가 말본새 하고는."

"평생을 이렇게 살아왔거든요?"

혜련이 입을 비죽 내밀고 응수하자 기주는 접었던 미간을 풀고 쿡쿡 웃으며 다시 눈을 감았다.

혜련은 그런 기주를 물끄러미 내려다보았다. 그의 어머니 아버지가 돌아가시고 한동안 기주는 무척이나 힘들어했었다. 어머니 아버지의 영결식에 각 신문과 방송사의 취재진들은 그의 고통스러운 얼굴을 한 컷이라도 더 잡으려, 그의 눈물을 잡아내려 슬픔에 잠겨 가슴을 쥐어뜯는 그를 향해 카메라를 들이대었고 플래시를 터뜨렸다.

이제 두 번 다시 볼 수 없다는 슬픔에, 부모님의 마지막조차 지키지 못한 죄스러움에, 이제 세상에 혼자 남은 외로움에 오열을 하는 그를 향해 기자들은 외쳤다.

이기주 씨 여기 한 번만 봐주세요.

당장 달려들어 그 카메라들을 땅바닥에 패대기치고 싶었었다. 당신들도 사람이지 않냐고. 여기 이기주도 사람이라고. 그러니 제발 그만 하라고. 그가 충분히 죄스러워하고, 충분히 슬퍼하고 충분히 오열을 하게 해주라고. 그러고 나서 스스로 털고 일어나길 기다려 주라고. 그렇게 외치고 싶었었다.

"그만 봐. 얼굴 닳아."

혜련의 시선을 느꼈는지 눈을 감은 채로 중얼거리는 그의 말에 혜련은 움찔하면서도 풋 웃었다.

"내 가수 내가 보겠다는데, 누가 뭐라 그래?"

"내가 뭐라 그래. 나 얼굴 닳으면 안 돼."

"왜?"

닳지도 않을 것이지만 혜련은 장난스럽게 물었다. 눈을 감고 소파에 몸을 파묻고 있던 기주는 혜련의 물음을 기다렸다는 듯이 몸을 일으키고 앉았다.

"얼굴 보여줘야 하는 사람이 있잖아."

"가을 씨?"

딩동댕, 정답!

뻔한 답이었지만 기주는 혜련의 입에서 그렇게 듣고 나니 왠지 자신이 너무나 유치하게만 느껴져 얼굴이 화르륵 타올랐다.

"츠츠, 부끄러워하기는."

얼굴을 홱 돌리고 다시 소파에 몸을 묻는 기주를 보며 혜련은 혀를 찼다. 그러면서도 싱긋이 웃음이 지어졌다. 부모님의 일이 있고 나서 무대 위의 화려함과 긴장, 그리고 두근거림에 반해 무대 아래에서의 외로움과 공허함이 그를 괴리에 빠지게 했었다. 그는 점점 이전의 이기주에게서 멀어져 갔다. 잘 웃지 않았으며 늘 눈을 감았다. 그런데 이제 그는 점점 그 늪에서 헤어나오고 있었다. 그의 이런 변화는, 아니, 원점으로의 한 발짝은 송가을, 그녀 덕분이겠지. 혜련은 팔짱을 낀 채 기주를 내려다보며 그렇게 생각하였다.

"어이, 조심하라구!"

"일단 비켜요, 비켜. 다 나와봐, 어서!"

갑자기 밖에서 작은 소란이 일었다. 뭐지? 출연자들의 대기실에서 이런 소란이 일어날 일은 거의 없는데. 무슨 일이라도 난 건가 싶어 혜련은 팔짱을 풀고서 문 쪽으로 몸을 돌렸다. 현장 매니저 영탁은 지금 밴에서 남은 스케줄 시간들을 조율하고 있을 터였다.

"무슨 일이야?"

어렴풋 잠에 빠져들었던 기주 역시 소란에 깬 건지 상체를 일으키고 앉았다.

"그러게, 잘 모르겠네. 잠깐 나가 보고 올게. 쉬고 있어."

혜련은 문을 열고 밖으로 나갔다. 혼자 남은 기주는 다시 소파 위로 몸을 뉘었다. 그러나 이미 잠은 달아난 지 오래였다.

별일이야 있겠냐 싶다. 가끔 케이블 방송국의 경우 출연진의 대기실이 제대로 마련되지 않아 소란이 일 때도 있었다. 기주의 경우에는 일반적으로 혼자 쓰도록 대기실이 마련되지만 신인들의 경우에는 여러 팀이 한 대기실을 쓰기 때문에 거기서 비롯되는 충돌이 간혹 있다.

달카닥.

다시금 문이 열리자 기주는 들어온 것이 혜련이라고 어림짐
작하고는 누운 채로 물었다.

"무슨 일이래?"

"아, 옆 대기실에 잠깐 불이 났나 봐. 그래서……."

"불? ……너, 너는!"

불이라는 혜련의 대답에 조금 놀란 기주가 몸을 벌떡 일으켰
을 때, 혜련의 뒤에 서 있던 남자를 발견한 기주는 불이라는 대
답을 들었을 때보다 더욱 놀라 눈을 동그랗게 떴다.

"작은 불이기는 한데, 안이 너무 정신없어져서 대기실 좀 같
이 써달라고 PD님이 부탁하시더라고. 괜찮지?"

혜련이 쾌활하게 묻는 반면 기주의 얼굴은 영 탐탁지가 못했
다. 혜련은 의아해져 고개를 갸웃거렸다. 성우진과 기주가 모르
는 사이도 아니고, 일전에 어떤 일을 계기로 둘은 가끔 술잔을
기울이는 정도의 친분을 가지고 있었다.

게다가 모르는 사이라 하더라도 대기실을 같이 쓰는 일 따위
에 기주는 까탈을 부릴 사람이 아니었다. 오늘 출연진 중 워낙
좁은 방송국 사정으로 대기실을 혼자 쓰는 것은 기주뿐인데다
가, 이 정도의 부탁이라면 응당 들어줘야 하는 것이고, 그걸 이
해 못할 기주도 아니었다.

그런데 지금 기주의 표정은 어떤가. 마치 뭐라도 씹은 얼굴이

잖은가.

"형, 신세 좀 질게요."

뒷머리를 긁적이며 기주에게 먼저 인사를 건넨 우진이 안으
로 들어왔다. 그러는 동안에도 기주는 우진을 똑바로 본 채 시
선을 돌리지 않았다. 방 안을 감싸고도는 이상한 기류.

"그럼 잠깐 난 밖에 나갔다 올게. 영탁이가 스케줄을 제대로
정리했나 몰라."

"응."

여전히 이글이글 타오르는 눈으로 우진을 보고 있던 기주가
시선을 돌리지도 않고 대답을 하자, 혜련은 이 상황을 이해하기
힘들다는 듯한 우진의 동그래진 눈을 보며 머쓱하게 웃어주었
다.

"그럼 전 이만."

"예. 저기 제 매니저에게 이따가 숏 들어갈 준비되면 알려달
라고 해주세요."

"메이크업은 어쩌시려구요?"

"하하, 베이스는 했으니까 괜찮아요. 기주 형 먼저 촬영이시
니까 나가시면 메이크업 받으면 돼요."

알겠다는 듯 혜련이 고개를 끄덕이고 나가자 대기실 안에는
적막이 감돌았다. 왠지 목이 타는 것 같아 마른침을 삼키던 우
진이 이내 참지 못하고 여전히 자신을 노려보고 있는 기주에게
말했다.

"혀, 형. 무슨 일 있으세요?"

"없다."

"아, 예……."

단호한 그의 태도에 우진은 더 이상 묻지를 못했다. 아아, 이럴 줄 알았으면 신인들 방으로 갈 걸 그랬다는 생각을 우진은 뒤늦게 하고 있었다.

여전한 정적과 여전한 긴장. 우진은 이 어색한 분위기를 어떻게든 탈출하고 싶었다. 소파의 끝에 벗어둔 작은 가방을 끌어다 우진은 안에서 작은 책을 꺼내었다. 이동 시간과 대기 시간이 생각보다 길어 그때마다 틈틈이 읽기 위해 준비해 둔 포켓북이었다. 처음에는 작은 게임기를 가지고 다녔지만 그것도 슬슬 물리기 시작했다.

따끔 따끔. 그러나 다시 번뜩.

우진은 도무지 책에 집중을 할 수가 없었다. 오른쪽 옆얼굴을 태워 버리려는 듯 뚫어지게 바라보는 기주의 시선에 따끔거려 미칠 것만 같았다. 대체 왜 그러시냐 묻고 싶은 마음이 굴뚝같았지만 우진은 정신을 번뜩 차리고 다시 책에 집중해 보려 애를 썼다.

"이봐."

투둑.

갑작스레 기주가 부르자, 긴장의 끈이 끊어진 듯 우진의 손에서 책이 바닥으로 떨어졌다. 그와 함께 그의 심장도 풀썩 떨어져 내리는 것 같았다. 그간 너무나 친했던 형인데 갑자기 180도 달라진 그의 태도에 우진은 너무나 긴장하는 자신을 이해할 수가 없었다.

"예. 예, 형."

"대답은 한 번만 해도 된다."

"네."

우진은 자신도 모르게 기주의 앞에서 정자세를 취하고 앉았다.

"너 나한테 갚아야 할 빚이 있지?"

"예?"

우진은 잠시 멍하니 그의 얼굴을 바라보았다. 기억 안나? 하고 금세 쏘아붙일 것 같은 얼굴로 기주가 그의 얼굴을 바라보았다. 우진은 시선을 허공의 어느 지점에 두고 잠시 기억을 되짚어보았다. 헉, 설마 그걸 말하는 건가!

일 년 반쯤 전의 일이었을 것이다. 우진이 한동안 연예계라는 곳에 신물이 나 우울감에 젖어 있을 때, 자신도 모르게 스케줄을 가지 않고 중간에 도망을 친 적이 있었다. 생방송이었고, 펑크가 난다면 우진이 두 번 다시 무대에 설 수 없을지도 모르는 일이었다. 그러나 근처의 스튜디오에서 광고 촬영을 하던 기주가 소식을 듣고 현장에 달려와 우진의 몫을 해주었다. 덕분에 생방송은 무사히 치러졌다.

정말이지 그때 우진에게 기주는 신이었고 하늘이었다. 그가 필요하다면 무어라도 해줄 것이었다. 기주 같은 유명 스타가 남의 자리에 대타로 나서준다는 것은 쉬운 결정이 아니었다. 그런데 일 년 반이나 지난 이 시점에, 게다가 저렇게 비장한 얼굴을 하고서 자신에게 부탁하려는 것이 무엇일까.

"아. 예. 당연히 갚아야죠. 이자라도 쳐드려야 할 판에. 그런데 무슨 일 있으세요?"

우진이 가능한 기주의 기분을 상하게 하지 않으려 조심스레 물었다. 마치 제단에 놓인 제물을 확인하는 양 기주는 눈을 반짝이며 그의 얼굴을 훑었다. 그리고 입 끝을 말아 올리며 씨익 웃었다. 아주 자극적이고도 잔혹한 미소.

"이 년 전쯤 송가을이라는 여자한테서 받은 팬레터 찾아와."

"예에?"

우진은 자신의 귀를 의심하였다. 지금 잘못 들은 건가? 저렇게 비장한 얼굴을 하고서 할 부탁이라는 게, 고작 팬레터를 찾아오라는 거? 아니, 무엇보다 이 년 전에 받은 팬레터가 아직 남아 있을 리가 없다. 있다 해도 그걸 어떻게 찾아오냔 말이다. 하루에 도착하는 팬레터만 해도 라면박스로 하나 가득이다. 대체 송가을이 누군데!

알 수 없는 기주의 말에 우진은 머릿속이 순식간에 뒤엉켰다. 자신의 연예인 생활의 롤 모델이며, 은인이며, 존경에 금치 않는 기주가 자신에게 처음으로 부탁한 일이…… 송가을의 팬레터를 찾아와라?

"아, 아니 그걸 어떻게……."

"잔말 말고 찾아와."

"아니, 그게……. 송가을이라는 여자 분이 누군데요?"

우진이 묻자 다시금 날카로워진 기주의 시선이 쓰윽 하고 그
에게로 돌아왔다. 우진은 날카로운 숨을 들이켰다. 뭔가 묻지
말아야 할 것을 물은 모양이라고 머릿속의 누군가가 자신에게
알려주는 기분이었다.

똑똑. 찰칵.

"이기주 씨, 준비해 주세요. 슛 들어갑니다!"

"네."

기주는 멍해 있는 우진을 그대로 두고 주머니에 한 손을 꽂은
채 쓰윽 천천히 일어섰다. 그리고는 예의 그 느긋하고도 유연한
걸음으로 문 앞까지 다가섰다. 문을 열다 말고 기주는 문득 잊
은 것이 생각났다는 듯 걸음을 멈추었다. 우진은 울상을 하고
기주를 올려다보았다. 기주는 한없이 따뜻한 시선으로 우진을
바라보았다.

"두드려. 그러면 열릴 거야."

"형!"

"파이팅."

기주는 우진을 향해 주먹을 들어 보이고는 문을 미어지게 닫
고 나갔다. 우진은 멀쩡히 길을 가다 날강도를 당한 사람처럼
맥을 놓고 의자에 주저앉았다. 대체 저 형 왜 저래?

삐거덕.

문이 다시 열렸다. 빠끔히 열려진 문틈으로 기주가 머리를 내밀었다. 혼란스러워진 머리를 감싸 쥐고 있던 우진이 다시금 긴장을 하며 자리에서 엉거주춤 일어났다.

"너 못 찾아오면 그 근육 덩어리. 단백질 약 먹어서 키운 거라고 뿌린다."

쾅! 문은 다시금 닫혔다.

기주가 나가고 난 뒤 한참이나 머리를 쥐고 있던 우진은 주머니에 들었던 휴대폰을 빼들었다.

"아, 엄마. 저 우진이에요. 네……. 제 팬레터 온 거 오래된 것까지 다 모아두신 거 있죠? 창고에요? 그럼 그것 좀 제 방에 올려다 뒤주세요. 아뇨. 지금 방이 꽉 들어차는 게 문제가 아니에요."

두드려라, 그러면 열릴 것이다. 성우진 파이팅.

무대의 중간 맨 뒤쪽으로 드럼이 세팅되어 있고 기주가 설 메인 마이크 양옆으로 코러스와 기타 세션 연주자들이 튜닝을 하고 있었다. 기주가 모습을 드러내자 오랜 기간 그와 작업이나 공연을 해온 그들이 손을 흔들어 보이거나 가벼운 목례를 하면서 그에게 인사를 건넸다.

기주는 곧은 걸음으로 뚜벅뚜벅 무대의 정중앙을 향해 걸었다. 그의 존재감 때문일까. 스태프들과 무대의 연주자들 사이에

팽팽한 긴장이 흘렀다.

무대의 정중앙에 선 기주는 자신을 바라보고 있는 카메라의 렌즈와 스태프들을 쓰윽 시선으로 훑었다. 생방송이 아니라 사전녹화이기 때문에 무대에 자리 잡는 것이 한층 여유로웠다. 지금 녹화된 화면은 아마 십 분쯤 뒤 가을이 보게 될 것이다.

기주는 자신의 옆에 베이스 기타를 메고 서 있던 종훈에게 고개를 숙였다. 귓속말을 들으려는 듯 종훈이 그에게로 귀를 대었다.

"형, 오늘 아주 죽어보자."

의외라는 듯 종훈이 눈을 동그랗게 뜨고 그를 바라보았다. 기주가 씨익 웃자 종훈 역시 그를 따라 씨익 웃었다.

"좋지."

두두두두. 드럼이 공기를 가르고 연주를 시작하자 일렉트로닉 기타가 화려한 음으로 그 뒤를 따라잡았고, 그 아래를 베이스가 받쳐 주었다. 풍성하고 화려한 음에 앰프가 찢어질듯 둥둥거렸다. 기주는 호흡을 몰아쉬고 천천히 마이크를 잡았다.

가장 좋아하는 순간, 미칠 듯한 박동. 그래 이것 때문에 가수를 택했었다.

—시간이 흐르고, 하루가 지나고, 해가 바뀌고, 오늘은 어제가 되어버려. 그러나 문득 정신을 차렸을 때, 그 어제의 나의 곁에 네가 있기를. 오늘의 너의 곁에 내가 있기를. 그것이 앞으로가 될 수 있기를 나는 바래. 그건 나만의 craving.

휘몰아치는 격정은 이내 그를 잠식하고 뜨거운 열기가 호흡 속으로 섞여 나왔다. 성심을 다해 부르는 노래는 절정을 향해 달리고 기타도, 드럼도, 피아노도, 기주도 절정을 향해 달렸다. 모두의 이마에 땀이 송골송골 맺혔다.

"와, 이기주 오늘 장난 아닌데?"

팔짱을 끼고 무대를 지켜보고 있던 혜련의 뒤에 서 있던 타 가수의 매니저들이 소곤대는 소리가 들렸다. 혜련은 흡족한 듯 웃으며 무대로 눈을 돌렸다. 걱정을 하지 않은 바는 아니었다.

기주가 따뜻해지는 것이 이전의 그보다 좋기는 했지만 그로 인해 기주의 무대 위 열정까지 사그라지지는 않을까 하는 우려 가 그녀에게는 있었다. 그런데 그런 걱정은 모두 기우였다. 지 금 기주는 무대 위에서 평소보다 더 뜨거운 열정을 쏟아 붓고 있었다.

확실히 송가을, 그녀는 이기주에게 좋은 영향을 미치는 사람 임에 틀림이 없었다.

그나저나 왜 이렇게 어지럽지. 기주의 공연을 만족스럽게 보 고 있던 혜련은 갑자기 찾아오는 극심한 어지러움에 머리를 짚 었다.

다다당!

숨이 막힐 듯 달리던 드럼과 기타가 동시에 멈추고 기주는 마 이크를 든 손을 번쩍 치켜들었다. 말할 수 없이 강렬한 쾌감이 기주의 등줄기를 타고 솟구쳐 올랐다. 무대 밑에 있던 몇몇 스태프들이 박수를 치고 있었다.

"하아 하아."

가쁜 숨을 몰아쉬던 기주는 만족스럽게 웃었다. 봐라, 송가을. 단백질 근육 덩어리와 나, 둘 중에 누가 더 멋진지.

잠시 뒤, 기주의 공연이 있던 케이블 방송을 보던 가을은 그의 노래가 끝나고 거친 숨을 몰아쉬며 주먹을 치켜든 기주의 클로즈업된 모습을 보며 중얼거렸다.

"왕자병."

화면이 이내 가수들의 순위를 발표하는 VJ에게로 넘어가자 가을은 시큰둥해져 버려 리모컨을 들어 TV를 껐다. 그리고는 기지개를 한 번 켜고 다시금 컴퓨터 앞으로 갔다. 이층에서 글을 쓸까 하다가 노트북을 일층 거실로 가지고 내려왔었다.

어차피 글을 쓰기 위해 쓰는 컴퓨터이니 인터넷은 그다지 필요가 없어 일층으로 내려온다고 하더라도 불편할 건 없었다. 무엇보다 행여 기주가 초인종이라도 누르면 문을 열어주기 위함이 컸다. 제집 열쇠야 없겠냐만은, 오늘 새벽녘 그가 들어올 때 잠이 들어 있었으니 이번만큼은 자신이 직접 기주의 귀가를 맞아주고 싶었다.

다녀왔어? 라고 해주고 싶다.

오늘도 고생이 많았어. 라고도 해주고 싶다.

그리고 그의 멋쩍게 웃는 얼굴을 보고 싶다.

같이 마주 앉아 식사를 하고 싶다.

투닥이며 장난을 걸고도 싶다.

자신에게는 너무나 생경한 바람들이었지만 가을은 그 바람들을 상상해 보는 것만으로도 가슴께가 간질거려 왔다.

"자, 이제 글을 써보자."

다시 한 번 양손을 깍지를 끼고 기지개를 켠 가을은 노트북 키보드 위에 양손을 올려두고는 하얀 화면 위에 짧게 명멸하는 커서를 바라보았다. 그리고는 숨을 내쉬고 천천히 키보드를 두드려가기 시작했다. 자신의 안에서 꿈틀거려 오는 생각의 편린들이 하얀 화면 속에 점점이 글자를 만들어 나갔다.

기주의 자서전은 어느 정도 작업이 진행되었다. 어차피 다 짜 놓은 틀이기 때문에 살만 붙이면 된다. 살 붙이는 것은 쉽다.

가을이 지금 하고 있는 것은 겨울쯤 공고가 붙을 신춘문예에 출품할 소설이었다. 예전부터 꿈꾸어왔던 일이었다. 그간 생활을 위해 자서전 대필을 해왔지만 그것은 가을에게 단순한 돈벌이만이 아니었다. 글의 흐름을 연습하고 문장을 연습하는, 이를테면 습작과도 같은 것일 수 있었다. 물론 이 사실을 안다면 고객(?)들이 항의를 해올 테지만 말이다.

이제 기주의 자서전을 마지막으로 가을은 대필 일을 그만둘 생각이었다. 기주의 집에 들어와 생활이 편해진 이유 때문만은 아니었다.

자신의 꿈을 제 손으로 이뤄 그의 앞에서 당당한 사람이 되고 싶었다. 이미 자신의 손으로 꿈을 이루고 그 꿈의 정점에 서 있는 기주에게 나도 내 손으로 꿈을 이뤘어, 하고 반듯이 서고 싶었다.

타닥타닥. 생각해 두었던 뼈대에 문장이라는 살을 붙이고 대사라는 피를 흐르게 하여 생명력을 불어넣던 가을은 문득 손을 멈추었다. 그리고 옆에 놓인 핸드폰을 바라보았다.

아아, 수진이에게도 기주의 집에 들어오게 되었다는 것을 알려야 할 텐데. 갑자기 가을의 입에서 한숨이 새어나왔다. 분명 수진은 가을을 향해 손가락질을 해대며 배꼽을 잡고 까르르 웃을 것이었다.

웃어대는 수진의 음성이 실시간 음성 지원으로 귓가에서 들리는 것만 같았다. 소란스럽게 호들갑을 떨며 그러나 마지막에는 눈물까지 글썽거려 가며 축하해 줄 수진의 모습이 떠올라 가을은 이내 피식 웃고 말았다.

몇 번쯤 핸드폰을 만지작거리다가 가을은 고개를 가로저으며 다시 휴대폰을 테이블 위에 내려놓았다. 지금은 그냥 두기로 하였다. 사실은 아직 용기가 덜하다. 수진의 호들갑스런 축하를 받아내기에는 너무나 쑥스러워 용기가 나지 않는 것이었다.

'아아, 자꾸 딴생각만 하고 앉아 있네.'

가을은 다시 노트북으로 신경을 집중하였다. 지금 자신에게 무엇보다 중요한 일은 이것이었다.

띵동. 띵동.

들려오는 초인종 소리에 가을은 다시금 한숨을 내쉬었다. 집중해 보려 하면 꼭 잡생각이 나거나 집에 누군가가 오는 것은 불변의 법칙인가 보다. 인터폰을 향해 걸어가면서 가을은 문득 벽에 걸린 시계를 올려다보았다.

오후 세 시 삼십 분. 스케줄이 벌써 끝난 걸까. 꽤 일찍 끝나네. 가을은 중얼거리며 인터폰 앞에 섰다. 기주의 스케줄이 어떻게 돌아가는지 잘 알지 못하니 언제쯤 돌아오는지 알 턱이 없다.

인터폰의 앞에 선 가을은 검지로 작은 버튼을 눌렀다. 인터폰의 화면에 파란색 불이 켜지면서 대문 앞에서 얼굴을 들이밀고 있는 한 남자의 얼굴이 보였다.

"영탁 씨?"

[문 열어주세요.]

삐익. 가을은 문을 열어주고는 현관문 앞으로 가 들어올 영탁을 기다렸다. 정원이 워낙에 넓으니 영탁이 모습을 드러내는 데까지는 한참이나 걸렸다. 이내 삐거덕하고 현관문이 열렸고 양옆으로 커다란 가방을 든 영탁이 낑낑거리며 들어왔다. 그 뒤로 기주도 혜련도 보이지 않는 것이 의아했다.

그러나 어리둥절할 새도 없이 가을은 재빠르게 영탁의 짐을 하나 받아 들고는 함께 거실로 들어왔다. 그것만으로도 고마운지 연방 영탁이 '고맙습니다'를 반복하였다.

워낙에 더운 날인지라 땀으로 범벅이 된 채 거친 숨을 몰아쉬

는 그가 안쓰러워 가을은 찬물은 한 잔 받아다 그에게 내밀었
다. 그런 자연스러운 면면들이 마치 자신이 이 집의 주인 행세
를 하는 것만 같아 가을은 갑자기 머쓱한 기분이 되었다.

"후아! 저 짐들을 들고 택시를 잡으려니 어찌나 힘든지."

푸념을 하듯 영탁이 말했다. 가을은 거실에 늘어서 있는 가방
들을 바라보았다. 하나는 여행용 트렁크였고, 나머지 둘은 커다
란 은색 케이스였다.

"뭐예요, 이게 다?"

"기주 형님 무대의상이랑 메이크업 박스들이요."

"예? 이걸 왜……."

가을이 가져다준 머그컵에 반쯤 남은 물을 마저 들이켠 영탁
이 턱 아래로 흐르는 물기를 닦아내며 말을 이었다.

"실장님이 쓰러지셨어요."

"실장님이라면…… 혜련 씨 말씀하시는 거예요?"

네, 하고 대답하며 영탁이 고개를 끄덕였다. 아까 볼 때만 해
도. 그렇게 밝아 보이던 혜련이 쓰러지다니. 가을은 놀란 마음을
감추지 못했다.

"그럼 기주 씨도 따라간 거구요?"

"네, 그렇다니까요. 장난 아니었어요. 기주 형 무대가 끝나자
마자 실장님이 쓰러지셨는데 그대로 무대에서 달려 내려오시더
니 번쩍 안아 들고 달리신 거예요. 그 와중에도 무슨 정신이신
지 저한테 뒷문에 차 바짝 대라고 해두시고는…… 운전도 직접

하셔서 병원 가셨어요. 그것만 보고 저는 무대의상이랑 차에 미처 싣지 못한 메이크업 상자 들고 온 거죠 뭐.”

“아아······.”

무대에서 달려 내려왔다. 번쩍 안아 들고 직접 운전을 해 병원을 데리고 갔다. 영탁이 해준 그 말들은 도저히 기주의 모습을 떠올리기에 힘든 것이었다.

“형님이 얼마나 놀라셨는지 얼굴이 파랗게 질리셔서는 제가 모시고 가겠다고 실장님을 받으려고 했더니 직접 가셔야 한다 하시더라고요.”

영탁이 그때의 기주의 모습이 떠오르는지 어깨를 조금 떨었다. 그가 내미는 빈 물잔을 받아 들고 가을은 주방으로 들어갔다.

가슴 한켠에 싸한 바람이 불고 지나갔다. 이것은 추잡한 질투. 송가을, 너 정말 못났다. 가을은 머그잔을 꼬옥 힘주어 잡았다.

시간을 피해 도망을 다니듯 거실을 가득 메웠던 햇살들이 해가 저물어감에 따라 그늘진 어둠을 피해 점점 구석으로 밀리고 있었다. 그 모양을 가을은 가슴께에 무릎을 그러안고 앉아 가만히 바라보았다.

슬프지 않다. 우울감에 젖어 있지도 않다. 패배감과 그에 못 이긴 질투에 괴로운 것도 아니었다. 무어라 단정 지을 수 없는 기분에 가을은 영탁이 돌아간 이후에도 한참을 그렇게 앉아 있었다.

가을은 문득 벽에 걸린 시계를 올려다보았다. 워낙에 조용한 공간이라 찰칵거리며 움직이는 초침의 소리가 크게 들려왔다.

오후 여덟 시. 아직 기주로부터는 전화가 없다.

"뭐 하는 거냐, 송가을."

가을은 무릎에 얼굴을 박고서 중얼거렸다. 자신에게 하는 물음에도 그녀는 답을 할 수가 없었다. 글쎄, 여기서 뭘 하는 거지.

너무나 자신답지 않았다. 기주가 혜련 없이 죽고 못 산다 했었나? 아니다. 그저 쓰러진 혜련을 데리고 다급히 병원으로 갔다는 얘기만을 전해 들었을 뿐이었다. 그 한 마디의 전언에 지금 이렇게나 복잡한 기분으로 몇 시간씩이나 앉아 있는 자신이 가을은 마음에 들지 않았다.

글이나 써야겠다.

그렇게 생각한 가을은 그 이상한 기분을 떨쳐 내기 위해 자리에서 일어섰다. 몇 시간씩이나 그러고 앉아 있었던 탓에 무릎께에 뻐근함이 느껴졌다. 몇 번 제자리걸음을 하던 가을이 이층으로 올라가기 위해 몸을 돌렸다.

Rrrrrr.

단조로운 휴대폰 벨소리가 울렸다. 소파 앞의 테이블 위에 올려두었던 그녀의 핸드폰이 액정을 환하게 밝히며 울고 있었다. 마치 신기한 것이라도 보는 양 가을은 얼른 휴대폰을 들지 못하고 말끄러미 바라보았다. 휴대폰이 울리는 순간 가장 먼저 기주가 떠올랐다. 그일까. 가을은 숨을 크게 들이쉬고 이내 휴대폰을 들어 올렸다. 그러나 액정을 확인한 그녀의 얼굴에 작은 실망감이 스쳤다.

"나야, 수진아."

[야, 송가을! 너 어디야!]

귀청이 찢어질 듯 소리를 지르는 수진의 목소리에 가을은 미간을 구기며 귓가에서 휴대폰을 멀찍이 떼었다가 소리가 잦아들자 다시 귓가에 대었다. 흥분을 잘하는 수진인지라 갑작스레 소리를 지르는 것도, 앞뒤 잘라먹고 그녀의 위치부터 물어오는 것도 가을로서는 별로 놀랍지 않았다. 가을은 시큰둥하게 대답하였다.

"왜?"

[왜냐니! 지금 나 너 자취방 앞이야! 집이 텅텅 비어서 얼마나 놀란 줄 알아?]

다시금 그녀의 어조가 하늘을 향했다. 평소 특별히 약속을 잡지 않아도 수진은 가을의 집에 자주 들렀었다. 어차피 열쇠가 있어야 들어갈 수 있는 집이 아닌지라 가끔 가을이 집으로 돌아와 보면 수진 혼자 맥주를 사다 마시고 있었던 적도 있었다. 그런 수진이 집에 찾아왔을 때 텅 빈 방을 보고 얼마나 놀랐을지 짐작이 되었다.

"아……."

[아? '아' 라니!]

"흥분 좀 가라앉혀. 그게 어떻게 된 거냐면……."

가을은 고개를 비스듬히 기울여 귀와 어깨 사이에 끼우고는

천천히 부엌으로 가 가스레인지에 주전자를 올려두고 불을 켰
다. 그리고는 식탁 의자를 하나 빼 엉덩이를 두고 앉았다.

수진의 씩씩거리는 호흡 소리를 들으며 가을은 천천히 그간
의 일을 설명하기 시작했다. 자세한 이야기까지 하기에는 쑥스
럽기도, 곤란하기도 하였기에 그와 마음을 확인하였다는 뉘앙
스만 풍길 수 있도록 말을 골랐다. 그리고 자취방이 너무 위험
하다 하여 기주의 집으로 올 수밖에 없던 사정도 말해주었다.
우습잖게 변명을 늘어놓아 봤자 눈치 빠른 수진은 금세 알아차
릴 것이기 때문이다.

그녀의 말이 이어지는 동안 수진의 거친 분노의 호흡 소리는
점차 가라앉아 갔다. 전화기 너머로 너무나 놀란 그녀가 기절이
라도 한 건 아닐까, 가을은 걱정이 되기 시작했다.

"듣고 있어?"

[…….]

"수진아?"

전화기가 끊어진 걸까. 가을은 휴대폰을 귀에서 떼고 액정을
확인하였다. 통화 시간이 정확히 일 초씩 흘러가는 것을 보면
전화가 끊어진 것 같지는 않다. 그사이 올려두었던 주전자에서
김이 풀풀 나왔다. 가을은 가스레인지로 다가가 불을 끄고는 선
반에서 커피 잔을 하나 꺼냈다.

[진짜야?]

전화기 너머로 간신히 들릴 만큼 작은 소리가 넘어왔다. 놀랐

나? 놀랐을 것이다. 한때 수진이 대필을 해주던 연예인에게 마음을 주었다는 얘기를 들을 때 가을도 그만큼 놀랐으니까 말이다.

"응, 진짜야."

가을은 애써 아무렇지 않은 척 답하며 커피 스푼으로 커피를 타기 시작했다. 커피 두 스푼.

[너…… 내가 무슨 걱정 할지 알지?]

"알아."

알고 있다. 수진의 '그때' 가을이 걱정했던 것을 지금은 수진이 걱정하고 있을 테니까 말이다. 쉬이 거절하기 힘든 유혹이 많은 곳에서 일하는 사람에 대한 우려. 크림 두 스푼 반.

[후우.]

"……."

수진의 짙은 한숨 소리가 들려왔다. 그 한숨의 무게만큼 가을은 그녀의 마음이 느껴졌다. 설탕 두 스푼.

[어때? 나쁘진 않지?]

잠깐의 침묵 뒤에 이어져 오는 수진의 물음에 가을은 쉽게 대답을 할 수가 없었다. 손의 움직임을 멈추고 가을은 침묵을 지켰다. 그러다 이내 커피에 뜨거워진 물을 붓고 휘휘 저었다.

"나쁘지 않아."

나쁠 건 없다.

수진과의 통화를 다음에 한번 보자는 모호한 약속을 하는 것
으로 끝낸 가을은 그대로 이층으로 올라가 작업에 몰두하였다.
공모전을 생각하자 정신이 번쩍 들었다. 정말 아무것도 아닌 일
에 몇 시간이나 넋을 놓고 있다니. 시간이 아깝다.

이상한 오해를 할 만큼 기주와 혜련이 보인 행동도 없었고,
혜련과 특별한 사이면서도 가을에게 손을 내밀 만큼 기주가 나
쁜 남자인 것도, 기주와 특별한 사이면서도 자신과의 사이를 묵
인해 줄 만큼 혜련이 용의주도한 사람도 아니었다. 오히려 혜련
이 쓰러졌다는데 매몰차게 그녀를 내버려 두었다면 가을은 기
주에게 더 실망을 했을 일이었다.

우스웠다. 그렇게 생각을 한순간에 몇 시간 동안 쌓아온 묵직
한 감정이 한순간에 씻겼다. 그대로 가을은 글에 몰입하였다.
지금까지의 시간이 아깝다고 생각하니 마음이 더 조급해져 왔
다.

타닥타닥. 키보드는 쉴 새 없이 두드려졌다. 이번 공모는 원
고지로 팔백 장을 내야 하니 중편 정도로 계획을 하면 될 것 같
았다. 장편을 쓰는 것에 익숙해 있던 가을은 중편 쓰는 것이 더
어려웠다. 일단 글쓰기부터가 다르다. 시작도 끝도 스토리의 이
어짐도 장편과 중편은 판이하게 다르다.

그렇게 한참을 가을은 자신이 아닌 다른 사람이 되어 컴퓨터
의 하얀 화면 위에서 인생을 그려내고 있었다.

띵동. 띵동.

갑작스레 들리는 초인종 소리에 가을은 자다가 놀라 깨어난 사람처럼 고개를 퍼뜩 치켜들었다. 문득 시계를 보니 벌써 밤 열한 시.

"아, 벌써 시간이⋯⋯. 누구지."

가을은 의아하면서도 얼른 몸을 일으키고 일층으로 내려가기 시작하였다. 누군지도 모르는데 이런저런 생각으로 지체하여 기다리게 할 수는 없었다. 기주라면 열쇠를 가지고 있기에 알아서 들어올 테니, 굳이 초인종을 누르는 걸 보면 다른 사람일 것이었다. 이곳에 있는 가을의 존재를 아는 사람이라면 상관없지만, 다른 사람이라면 곤란했다. 이층까지 연결되어 있는 탓에 이어지는 초인종 소리는 꽤나 요란스러웠다.

"이런."

잔뜩 긴장을 하고 일층까지 내려간 가을이 인터폰 화면을 누르자 네모난 액정 속에 기주의 모습이 보였다. 씨익, 음흉하게 웃고 있는 얼굴이 무척이나 귀엽다. 지금까지 그렇게 무거운 마음으로 앉아 있어놓고 송가을 멍청이.

삐익, 가을은 문을 열어주었다.

잠시 뒤, 현관문이 열리고 들어오는 기주가 무척이나 쑥스럽게 웃고 있었다. 그의 빙글거리는 얼굴을 보니 가을은 몇 시간이나 이상한 기분으로 앉아 있던 자신이 바보같이 느껴졌다. 아아, 빈정 상해.

"열쇠 있으면 열고 들어오지. 피곤하겠다. 얼른 쉬어."

신발을 벗다 말고 가을의 차가운 말에 기주는 멍해져 버렸다. 그녀의 얼굴 표정이 좋지 못하다.

"아, 자게?"

"자지, 그럼 뭐 해? 쎄쎄쎄라도 하게?"

아, 이건 아닌데. 가을은 왜 자신이 화난 사람처럼 되어버리는지 알 수가 없었다. 그와 더 마주 보고 있다가는 정말이지 유치한 말들이 쏟아져 나올 것 같았다. 너무나 자신답지 않다. 가을은 얼른 이층으로 올라가고 싶어졌다.

휙 몸을 돌리는 가을의 손을 기주는 황급히 잡았다. 걸음을 떼던 가을이 멈칫, 서서 천천히 고개를 돌렸다.

화가 난 것 같다. 그러나 기주는 그 이유를 알 수가 없었다. 하루 종일 떨어져 있었다. 집으로 돌아오는 내내 그녀와 이런저런 이야기를 나눌 생각만 하였다. 그런 생각에 은근슬쩍 웃음도 나왔었다. 기주는 그녀와 웃고 싶었다.

그러나 그녀는 화가 난 것 같다. 아아, 하지만 함께 있고 싶다. 두 개의 의지가 기주의 안에서 강한 혼잡을 이루었다.

"밥 줘."

하, 가을의 입에서 기가 막힌 헛웃음이 튀어나왔다.

"정강이를 차주려고 했어."

식탁에 앉아 밥을 입 안에 구겨 넣던 기주를 새치름하게 흘겨 보던 가을이 불만을 토로하자 기주는 쿡쿡, 소리 내어 웃었다.

“자기도 먹으면서 뭘.”

“흠…… 그러게?”

가을이 수저로 국을 떠 입 안으로 밀어 넣으며 말했다. 기주는 다시 어깨를 들썩이며 웃고 있었다. 그런 모습을 보니 슬쩍 가을의 입가에도 미소가 드리워졌다.

기주의 밥 달라는 말에 잠시 멍해 있던 가을은, 가만히 생각해 보니 자신도 하루 종일 밥을 안 먹었다는 것이 떠올랐다. 그리하여 밤 열한 시가 넘은 시간에 가을은 계란국을 끓여 그와 나란히 앉아 입에 밥을 밀어 넣고 있었던 것이었다. 이러고 있으니 점점 더 자신의 고민이 바보같이 느껴졌다.

혜련의 건강이 걱정되었다. 기주가 아무렇지 않은 얼굴로 들어온 것을 보면 그다지 나쁘진 않을 것 같다. 게다가 지금 물었다가는 질투했던 자신의 마음이 뒤섞여 나올 것 같아 가을은 식사가 끝난 뒤에 질문하기로 결심했다.

김치를 한 조각 넣어 오물오물 씹던 가을은 문득 자신을 보는 시선을 느껴 기주를 바라보았다. 말끄러미 그녀를 응시하던 기주의 눈과 부딪쳤다.

“왜?”

가을이 김치 조각을 목으로 넘기며 물었다.

“얄미워.”

“뭐야?”

식탁 위에 젓가락을 탁, 소리 나게 내려놓으며 인상을 구긴 가을이 사납게 되물었다. 하루 종일 누구 때문에 속을 썩었는데. 한번 해보자는 거지? 노려보는 그녀의 시선을 느끼며 기주는 물잔을 들어 한 모금 마셨다.

"별것도 아닌 김치를 최고급 스테이크인 것마냥 야무지게 씹는 것도 얄밉고, 원래부터 있던 사람처럼 지금까지 내 외로움이 무색하게 내 귀가를 맞아주는 것도 얄미워."

하이고, 이 남자 좀 보게. 좋다고 헤벌쭉할 때는 언제고. 가을은 완전히 그에게 따지고 들 태세였다. 잠시 그녀의 화가 끓어오르는 사이 기주는 그녀의 입이 열릴 틈도 없이 말을 이어 나갔다.

"처음엔 안 그러더니 이젠 아무렇지 않게 말을 놓는 것도 얄밉고, 내가 모르는 글 쓰는 일 때문에 몇 시간씩이나 컴퓨터 앞에서 술술 시간 흘려보내는 것도 얄미워."

오호라, 그동안은 휴화산이었다 이거지? 가을은 더욱더 가늘게 눈을 떴다. 들어온 지 얼마나 됐다고 그간 마음에 안 드는 것을 꾹꾹 담아놨다가 술술 풀어놓는 그가 가을로서는 오히려 얄미웠다. 가을은 묻고 싶었다. 맘에 안 드는 걸 일기라도 써두냐?

"아니, 그럼 진작에……!"

흥분해 따지려던 가을의 볼 위에 기주의 손이 내려앉았다. 말과는 다르게 따뜻하게 보듬어오는 그의 손길에 당황한 가을은 그만 입을 다물고 말았다. 다정한 그의 눈길이 그녀를 응시하였다.

"생각할수록 얄미워 미치겠는데…… 그래도 네가 없으면 이제 내 인생이 너무 심심할 것 같다."

순간 가을의 머릿속이 새하얗게 되어버렸다. 어디 몇 대 맞은 사람마냥 부풀어 오르는 심장이 버겁고, 화르륵 달아오르는 얼굴이 뜨겁기만 하였다. 쿵쿵 울려대는 박동이 귀가 따가울 정도로 요란스러웠다.

"너한텐 정말 미안한데, 고작 계란국 앞에 두고 이런 말 하는 거 정말 미안한데……."

"뭐, 뭐라는 거야."

기주의 말을 자르며 어색해진 이 공기에서 벗어나고 싶어 가을은 짐짓 농담처럼 말을 뱉으며 그의 손을 밀어냈다. 그리고는 식탁에서 일어섰다. 그러나 그녀의 움직임은 이내 기주의 손에 의해 저지되었다. 잡힌 손목이 달아오른 얼굴만큼이나 뜨겁다.

"나 아직 활동 중이라 함께 있는 시간도 많지 않을 거고, 주변에 같이 일하는 여자도 많아서 너 신경 쓸 일 있을지도 몰라. 새벽에 들어와 오늘처럼 밥 달라는 날도 많을 거고, 컴퓨터 앞에 앉지 말고 놀아달라고 널 곤혹스럽게 하게 될지도 몰라."

"……."

"그래서 정말 미안한데. 그러니까 미안하지만, 나랑 결혼해 주라."

툭, 하고 심장이 떨어져 내렸다.

가을은 흔들리는 눈으로 기주를 바라보았다. 순식간에 머릿

속이 헝클어졌다. 내가 이 남자를 만난 지 얼마나 되었지? 라는
상황과는 조금 벗어난 생각이 들기도 하였다.

기주는 여전히 가을의 손을 잡고 있었다.

"갑작스럽지?"

"……."

가을이 대답이 없자 기주는 조금 굳어진 얼굴로 애씨 웃으며
자리에서 일어났다. 그리고는 멀뚱히 서 있는 가을을 당겨 자신
의 품에 조심스레 끌어안았다. 넋을 잃고 있는 것인지 가을은
조금의 저항 없이 그의 품에 가두어졌다. 기주는 가을을 안고
그녀의 머릿결을 쓰다듬었다.

"우와, 우리 송가을 씨 엄청 놀랐나 보다. 느닷없이 말한 것도
미안해. 근데 너랑 이렇게 있는 거 혹시 오늘로서 끝나 버리는
건 아닐까, 그런 걱정 더 이상 하기 싫어서. 그래서 그래."

귓가에서 조근조근 들려오는 그의 목소리를 들으며 가을은
눈을 감았다. 왜 이러지. 그의 고백을 듣는 이 순간에 왜 혜련이
떠오르는 것인지 가을은 알 수가 없었다.

결혼 따로 연애 따로. 가을은 그렇게 자신의 마음을 나누고
살지 않았다. 그렇게 할 수 있는 사람도 아니었다. 기주와 마음
을 나누어 갖게 된 날부터 가을은 어쩌면 이런 순간이 언제고
올 수 있을 거라 예상하고 있을지도 몰랐다.

그러나 정작 이런 순간이 오자 가을은 망설이고 있었다.

"미안해."

그녀의 말에 일순, 기주의 팔에 힘이 빠졌다.

천천히 그녀와 닿았던 몸을 떼며 기주는 가을을 응시했다. 그의 눈이 흔들리고 있었다.

"미안, 난 아직인 것 같아."

그때 가을은 혜련을 떠올렸다. 그리고 자신의 너무나 못난 모습에 절망하였다.

다음날 오후 네 시쯤 가을의 휴대폰이 울렸다. 그때까지 창밖을 바라보며 넋 나간 사람처럼 입을 벌리고 있던 가을은 정신을 퍼뜩 차리고 휴대폰을 바라보았다.

〈이기주 매니저.〉

예전 대필을 처음 맡았을 때 저장해 두었었다. 가을은 자신도 모르게 긴장을 하다가 이내 큰 숨을 들이쉬고는 휴대폰을 열었다.

[가을 씨, 나예요.]

어제 쓰러졌다는 사람 목소리치고 꽤 쾌활하다. 빈정거리는 마음이 스윽 밀려드는 자신이 못나 보이면서도 그 마음은 어쩔 수가 없다.

"네, 혜련 씨."

[미안한데, 지금 청담동에 있는 세림 스튜디오로 좀 와주지 않겠어요?]

가을은 곤혹스러워 얼른 대답을 하지 못하였다. 어제 그의 청혼을 거절하였을 때 기주는 아무 것도 묻지 않았다. 다만 조금 어색한 미소와 함께 '내가 너무 급했나 봐' 라고만 하였다. 천천히 몸을 돌려 방으로 들어가는 그의 뒷모습을 보면서 가을은 차마 그를 잡지 못하였다. 기주가 싫어서가 아니라 자신의 모습이 너무 초라해서라고 말해줬어야 했지만 잡지 못하였다.

지난밤, 가을은 한숨도 잠을 이루지 못하였다. 차라리 돌려 말하지 말고 확실하게 털어놓을 걸. 그러나 후회는 늦은 뒤였다.

그런데 이런 어색한 순간에 기주의 촬영장으로 오라니. 가을은 어떤 얼굴로 그의 앞에 서야 할지 알 수 없었다.

"무슨 일인데요?"

[아니, 그게……. 전화로 말하기가 좀 어려워요. 부탁인데 좀 와줄 수 없겠어요?]

곤란했다. 가을은 머릿속에서 거절의 말을 고르고 있었다. 출판사로 들어가야 한다고 해야겠다 싶은 생각이 들 때였다.

[기주 씨 일이에요. 급한 일이에요.]

전화기 너머로 들려오는 말에 가을은 숨을 멈췄다. 머릿속을 부유하던 변명들이 순식간에 사그라지고 휴대폰을 쥔 손에 힘이 가해진다. 아아, 송가을 바보.

"갈게요."

가을은 혜련으로부터 세림 스튜디오의 간단한 위치를 전해 듣고는 전화를 끊었다. 그리고는 황급히 운동화를 신고 달렸다.

혜련이 얘기한 세림 스튜디오까지는 택시로 삼십 분이나 걸렸다. 출퇴근 시간이 아니라 그다지 막힌 것도 아닌데 신호에 걸려 생각보다 조금 지체되었다. 기주의 일이란 것이 무얼 말하는지 알 수가 없었기에 가을의 마음은 더욱 급하기만 하였다.

가을이 생각한 것보다 스튜디오라는 곳의 규모는 컸다. 건물의 로비에 세림 스튜디오에서 작업한 것으로 보이는 연예인들의 화보 사진들이 액자로 깔끔하게 걸려 있었다. 어디로 들어가야 할까. 우왕좌왕하던 가을은 이내 포기하고 휴대폰을 꺼내 들었다.

안내 데스크에 물어 혜련이 있을 곳을 물으면 될 일이었지만 그렇게 되면 불가피하게 기주도 만나야 했다. 아직은 모르겠다, 어떤 얼굴로 그의 앞에 서야 할지.

몇 번의 신호 끝에 전화는 음성 녹음으로 넘어갔다. 스튜디오에 있을 때는 전화를 잘 받지 못할 것이었다. 가을은 할 수 없이 그녀의 휴대폰에 문자를 남겼다.

〈지금 로비에 와 있어요.〉

문자를 보내고 일 분도 안 되어 혜련으로부터 답문자가 왔다. 역시나 촬영 중이기에 핸드폰을 받지 못한 모양이었다.

〈금방 올라갈게요. 잠깐 앉아 있어요.〉

가을은 주변을 둘러보았다. 많은 사람들이 오가는 그곳 한 켠에 음료수 자판기와 함께 의자가 있었다. 급하게 오다 보니 목이 말랐다. 천 원짜리 지폐를 밀어 넣고 가을은 매실 음료수를 뽑아 의자로 가 앉았다.

목으로 넘어가는 시원한 매실 음료수가 그녀의 타는 갈증을 없애준다. 차가운 캔의 밑바닥을 손으로 쓸며 기다리는 시간동안 가을은 다시 착잡해지기 시작하였다.

"부아아아앙!"

요란한 소리가 들려 시선을 들어보니 로비의 이리저리를 종이비행기를 들고 휩쓸고 다니는 남자아이가 보였다. 파란색 멜빵 청반바지를 입고 그 작은 발로 타닥타닥 걸어다니는 아이가 무척이나 귀여웠다. 가을은 물끄러미 아이를 보다 피식 웃었다.

'혜련 씨가 늦네.'

가을은 설핏 창가로 시선을 돌렸다.

"부아아아앙!"

"앗!"

가을의 외마디 비명이 로비를 흔들었다. 지나가던 몇몇 사람들이 가을을 돌아보았고, 무슨 일이 있는 것인지 파악하기 위해 안내데스크 직원들이 목을 길게 빼고 그녀를 주시하였다.

조금 전 그 남자아이가 장난을 치다 가을에게 부딪치는 바람에 손에 들고 있던 음료수가 가을의 옷에 쏟아진 것이었다.

다급하게 가방에서 휴지를 꺼내 바지를 문지르던 가을은 눈만 말똥말똥 굴리며 사색이 된 아이를 바라보았다. 당황한 모양이었다. 아이를 안심시키고 싶어 가을이 아이를 향해 방긋 웃어

주었다.

"재희야!"

화장실에서 젖은 손을 닦고 나오던 남자가 빠른 걸음으로 아이에게 다가왔다. 한순간에 상황이 파악되었는지 남자가 가을에게 말을 걸어왔다.

"어쩌죠? 우리 아이가 장난을 치다 음료수를 쏟은 모양인데."

가을은 남자를 올려다보았다. 하얀 피부에 단정한 머리가 깔끔한 인상을 주는 남자였다. 흰 와이셔츠에 잘 다린 정장이 그에게 잘 어울려 보였다.

"괜찮아요."

"세탁 비라도……."

남자가 황급히 바지 뒷주머니에서 지갑을 꺼내었다. 가을은 곤혹스러운 얼굴로 그를 향해 손짓하였다.

"아니에요. 그러실 거 없어요. 빨면 되니까."

"그래도……."

남자의 얼굴이 못내 미안하다는 표정이었다. 경우가 바른 사람이구나. 그렇게 생각하며 가을은 그를 향해 웃어 보였다. 이런 일 가지고 세탁 비까지 받을 필요는 정말 없었다. 안 지워지는 페인트가 묻은 것도 아니고 세탁기에 한 번 돌리면 끝날 일이었다.

괜찮다며 손사래를 치던 가을의 눈에 남자의 어깨 너머로 혜련이 주변을 두리번거리며 오고 있는 것이 보였다. 정말 괜찮아

요, 하고 가을이 남자에게 말하고는 혜련을 향해 손을 들어 보
이려던 그때였다.

옆에 서 있던 아이가 쪼르르 가을을 지나 달려나갔다. 그리고
는 혜련의 다리에 매달렸다.

"엄마!"

엥? 지금 뭐라고?

"허허허허허."

혜련이 내민 커피가 담긴 종이컵을 받아 든 가을은 커피 속에 시선을 넣어둔 채 허허허 하는 웃음만 연발하고 있었다. 생각지도 못했었다. 단 한 번도 의심해 보지 못했었다.

혜련 씨가 유부녀였다니! 게다가 지금 아이를 밴 몸이라니! 얼마 전 혜련이 쓰러졌다는 이유가 임신성 빈혈일까 하는 생각이 그제야 들었다.

'으아아악! 내가 대체 무슨 짓을 한 거야!'

가을은 괴로워 미치겠다는 듯 머리를 감싸 쥐었다. 조금 전 로비에서 본 남자는 혜련의 남편이라 하였다. 오늘이 결혼 기념

일이라 아이와 함께 저녁식사를 하기로 했다가 혜련이 늦어지자 데리러 온 것이라 하였다. 아직 촬영은 끝나지 않았지만 현장 매니저 영탁이 있으니 혜련은 가을과의 이야기만 끝나면 바로 나갈 것이라 했다.

"무슨 일 있어요?"

가을에게 커피를 한 잔 빼준 혜련이 자판기에서 한 잔을 더 빼어 손에 들고 그녀의 옆으로 다가왔다. 가을은 대답 없이 한숨만 푹 내쉬었다. 무슨 말을 할 수 있으랴! 그녀와의 사이를 의심해 기주를 밀어냈다는 얘기는…… 죽어도, 하늘이 두 쪽 나고 땅이 꺼져 내려앉아도, 자신의 혀가 뱀의 혀처럼 두 조각으로 갈라져도 못할 말이었다.

"흐음, 무슨 일이 있긴 있는 모양이네."

커피를 한 모금 마신 혜련이 혼잣말을 하듯 중얼거렸다. 그러면 그럴수록 가을의 목이 자라목이 되어 움츠러들었다.

"가을 씨, 잠깐만 이리 와볼래요?"

벌떡 일어선 혜련은 가을의 손에 들린 종이컵을 빼앗아 테이블 위에 올려두고는 그녀의 손을 잡아끌었다. 자괴감에 빠져 허우적거리던 가을은 무슨 영문인지 몰라 어리둥절해하면서도 별 저항이나 물음 없이 그녀의 뒤를 따랐다.

혜련이 그녀를 끌고 들어간 곳은 건물 내부에 개미집처럼 늘어선 스튜디오들 중 한 곳이었다. 문 앞에 선 혜련은 눈을 동그랗게 뜨고 있는 가을을 돌아보며 검지를 입술의 가운데에 가져

갔다. 촬영 중일 테니 조용히 해야 되는 것이라는 것을 가을은 알아차릴 수 있었다. 가을의 끄덕이는 고갯짓을 본 혜련은 안을 들여다보라는 듯 문을 빠끔히 열고는 안을 손가락으로 가리켜 보였다.

"……?"

가을은 조심스럽게 문 틈 사이로 안을 들여다보았다. 안은 무척이나 어두웠고, 어느 한 지점만 눈이 부시도록 환하였다. 그 빛의 가운데를 향해 카메라가 몰려 있었다. 그곳에서 가을은 기주의 모습을 쉽게 찾을 수 있었다.

"……!"

깜짝 놀란 가을이 혜련을 휙 돌아다보았다. 곤혹스러운 얼굴을 한 혜련이 어깨를 으쓱하여 보였다. 쟤 누구죠? 라고 묻고 싶은 것을 가을은 간신히 참아내었다.

"지금은 촬영할 각도와 채광 체크를 하느라 기주 씨는 대기 중이긴 한데……. 카메라 세팅까지 다 끝나면 저 상태로 어떻게 촬영에 들어가야 할지 걱정이에요."

나직한 한숨을 쉬며 혜련이 고개를 절레절레 흔들었다. 그녀를 보던 가을은 시선을 돌려 다시금 기주를 바라보았다. 카메라와 스태프들이 즐비한 그곳의 한가운데서 기주는 완전히 넋을 빼고 있었다.

그의 초점은 대체 어디를 향해 있는 것인지 짐작조차 할 수 없을 만큼 모호하였고, 주변의 소란스러운 소음이 들리지도 않는 듯하였다. 기주는 가을이 그를 본 이래 가장 멍청해 보이는 표정으로 광고를 찍겠다 그 자리에 앉아 있던 것이었다.

"오전 내내 저래요."

탄식을 하듯 혜련이 가을을 향해 말하였다. 혜련은 기주가 저런 모습인 이유가 가을과의 관계에 이상 기류가 생겨 그런 것이라 짐작하는 모양이었다. 그리고 그 짐작은 무섭도록 들어맞았다. 아이고, 이를 어째.

"혜련 씨, 잠깐 기주 씨와 얘기 좀 나눌 수 없을까요?"

그를 뭐라 호칭해야 할지 몰라 좀 난감하던 가을은 일단 혜련의 앞에서는 기주 '씨' 쪽을 택하였다. 가만히 그녀의 얼굴을 들여다보던 혜련은 낮게 고개를 저었다.

"지금은 좀 곤란해요. 기주 씨 피부 톤에 맞춰 조명을 세팅해야 하거든요. 거의 준비도 끝나가서 숏 들어가게 될 거예요."

"저렇게 넋을 놓고 있어서 어떻게 해요."

가을은 못내 그가 걱정스러웠다. 저 남자가 왜 저렇게 멍하니 있는지 가을은 알 것 같다. 아니, 알고 있었다. 허허허, 근데 왜 이렇게 웃음이 나누. 가을은 저도 모르게 속에서부터 끓어오르는 배실거림을 안간힘을 다해 참아야 했다. 왜 그렇지 않겠는가. 자신의 거절 한마디에 'OK, 할 수 없지 뭐' 라고 쿨하게 돌아서서 자신의 일을 하는 남자보다는 저렇게 큰 데미지를 입고 '어쩜 네가 나에게……' 의 70년대 비련의 여주인공 포스를 풍겨주는 쪽이 낫다. 사랑에 쿨한 자는 아직 그 사랑에 제대로 빠지지 않은 사람이나 할 수 있는 일이다.

"할 수 없죠 뭐. 오늘 다행히 연기가 필요한 건 아니고 이미지 컷만 쓰는 광고이니 괜찮을 거예요."

그렇게 말하면서도 혜련의 얼굴은 걱정스러움을 감추지 못했다.

"오늘 가을 씨 여기까지 오라고 한 건, 저 바보 같은 놈이 어쩌고 있나 한번 보시는 게 좋을 것 같아서예요."

가을은 말끄러미 그녀를 바라보았다. 조금 전 걱정스러운 듯 어두운 얼굴은 금세 사라지고 그녀의 얼굴에는 장난기가 가득했다.

"다른 사람들은 다 괜찮을 거라 생각해요. 이기주는 괜찮겠지. 조금 상처받아도, 조금 버림받아도, 그래도 저렇게 많은 사람의 사랑을 받으니까. 그러니까 괜찮겠지. 그런데 기주는 전혀 괜찮지 않거든요? 당연하죠, 사람이니까. 그걸 가을 씨가 알아줬음 한다는 거예요. 뭐, 이미 알고 있을지도 모르지만."

그녀의 목소리는 더없이 경쾌했다. 혜련의 말을 가만히 들으며 가을은 생각하였다. 자신은 어떠했을까. 그에게 작은 오해를 품고 그의 내민 손을 거절하면서, 자신은 '이기주는 괜찮겠지'의 생각을 하지 않았었을까. 그러나 한 가지 정확한 것이 있다. 이 앞의 혜련만은 그를 이해하고, 위하고, 진심으로 걱정하고 있다는 것이었다.

"저기 혜련 씨."

“예?”

“저기 혜련 씨와 기주 씨는……. 아, 오해는 말구요. 그게
저…….”

“어떤 관계냐구요?”

조심스럽게 건네는 그녀의 물음을 정곡을 찔러 되물어오는
혜련 때문에 가을은 퍼뜩 놀라 고개를 치켜들었다. 기분이 상했
을까 하는 우려는 그녀의 방실거리는 웃음에 깨끗이 사그라졌
다.

“그런 오해 많이 받아요. 혹시 저 여자 결혼 전에 이기주와 그
렇고 그런 관계 아니었을까, 하는.”

“아니, 전 그게 아니라…….”

가을은 애써 변명하였다. 그러나 ‘그게 아니’ 지 않았다. 자신
도 분명 오해를 하였었다. 혜련은 빠끔히 열었던 문을 밀어 닫
으며 대답했다.

“음…… 나와 기주는 좀 특별한 사이이기는 해요.”

말을 이어가면서 혜련은 조금 전 가을과 만났던 의자 쪽으로
향하였다. 특별한 사이라는 말에 가슴 언저리가 묵지근해져 오
는 것을 느끼며 가을도 그 뒤를 따랐다.

“이를테면, 콩팥을 나눠 가진 사이?”

“예에?”

깜짝 놀란 가을은 그대로 선 채 굳어버렸다. 부드럽게 웃으며
혜련이 가을의 손을 잡아끌어 자리에 앉혔다.

"신장 이식 말이에요. 기주가 고등학교 때 신부전 환자였어
요."

"……!"

가을은 아무 말도 하지 못했다. 생각지도 못했던 일이었다.

"기주 부모님 두 분 다 기주와는 맞지 않아서 이식 수술을 하
실 수가 없었어요. 기주네 부모님과 같은 교회에 저희 가족이
다녔는데, 뜻이 맞는 사람들이 검사를 받았죠. 우연히 맞았던
게 저였고…… 기주와는 그전부터 친하기는 했었어요."

예전의 일을 떠올리듯 혜련의 시선이 허공을 향했다.

"그때부터 기주가 좀 제 일이라면 벌벌 떠는 경향이 있어요.
아무래도 여잔데 왼쪽 옆구리 쪽에 수술 자국이 20㎝ 정도 생겼
거든요."

혜련이 옷 위에서 수술 자국이 있는 부분을 가리켜 보이듯 사
선으로 죽 금을 그었다.

"수술 끝나고 일 년에 한 번씩 비뇨기과를 찾아가서 정기적으
로 체크를 받아야 하는데 그때도 기주는 한 번도 빠지지 않고
따라왔어요. 하하하. 뭐, 두어 번 갔나? 이제는 안 와도 된다고
해서 몇 번 가고 끝났구요."

"어려운 결정이었을 텐데. 많이 친하셨나 봐요."

그랬을 것이었다. 가족도 아닌 남에게 자신의 몸을 가르고 장
기를 내어준다는 것은 웬만한 용기가 있지 않고서는 어려운 일
이었을 것이었다. 게다가 여자의 몸에 20㎝의 칼자국이 남는다.

간과할 만큼의 무게가 아니었을 것이다.

가을의 물음에 혜련은 좀 곤란한 듯 뒷머리를 긁적였다.

"사실……그게, 수술해 주면 수업에 빠질 수도 있어서……. 그때가 마침 중간고사…… 허허허허. 이건 기주한테는 비밀이에요! 킥킥."

"에엥?"

과장되게 놀란 표정을 지으며 가을도 소리 내어 웃었다. 그러나 어디 그뿐이겠나. 혜련의 따뜻한 마음이 보이는 것 같아 가을은 자신에게까지 그 온기가 전해져 오는 듯했다. 처음 기주의 자서전 대필 문제로 통화를 하였을 때, 혜련 대신 전화를 받은 기주가 가을을 스토커로 오인하고 화를 내던 것이 떠올랐다. 그리고 영탁으로부터 전해 들은 어제의 일. 그럴 수도 있다는 생각이 들었다. 명확히 뭐라 말할 수 없지만 가을은 혜련에게 느끼는 기주의 기분을 이해할 것 같았다.

"근데 그나마도 사흘 만에 퇴원했어요. 너무 일찍 퇴원시켜 줘서 오히려 서럽던데요?"

"뭐라구요? 하하하하."

"헤헤. 아! 전 이만 가봐야겠어요. 우리 사랑하는 신랑 군이 기다리고 있으니까."

그렇게 말하며 일어서는 혜련이 기분 좋은 표정으로 일어섰다. 자신의 남편을 만나러 간다는 얘기를 하는 그녀의 표정이 무척이나 행복해 보였다.

"혜련 씨, 이거 끝나면 기주 씨 어디로 가요?"

"예?"

그녀를 따라 일어서던 가을이 무언가를 떠올린 듯 물어오자 혜련은 그녀의 물음이 무엇을 뜻하는 것인지 얼른 파악되지 않아 눈을 동그랗게 뜨고 되물었다.

"이후 스케줄…… 있어요?"

"아! 아뇨. 오늘은 없어요. 광고 찍는 날은 한 시간 안에 끝날 수도 있고, 하루 온종일이 걸릴 수도 있거든요. 함부로 스케줄을 잡아두기가 어렵죠."

"아, 그렇군요. 그럼 집에 가서 기다려야겠어요."

"그래요. 저 어린애 같은 남자 좀 잘 풀어줘요. 내일 촬영 때는 저 바보 같은 표정 좀 안 보면 좋겠어요."

장난스럽게 말하며 혜련은 가을에게 손을 흔들어 보였다. 몸을 돌려 자신의 남편이 기다리고 있을 곳으로 팔랑팔랑 뛰어가는 그녀의 걸음이 무척이나 가볍고 즐거워 보였다.

"으아아악!"

집으로 돌아간 가을은 괜한 오해로 우울의 땅을 덩실덩실 파고 있던 자신이 떠올라 견딜 수가 없는지 연방 머리를 부여잡고 비명을 질렀다. 자꾸만 못난 자신의 모습이 떠오를 때마다 그녀는 미친 듯 자신의 머리를 뒤헝클고 마구 때렸다.

"허억 허억."

벌써 몇 번째인가의 짜증을 머리를 헝클어 버리는 것으로 푼 가을은 동공이 풀린 초점 없는 눈으로 씩씩대며 거친 숨을 몰아쉬었다. 나 어떡해. 울고 싶은 기분이다.

이건 정말이지 굴러 들어온 호박을 발로 걷어차 홈런을 시킨 것보다 더 허무한 일이었다. 그가 마음을 내보일 때 어떤 마음이었을지, 어떤 용기를 내서 말한 것인지를 생각하면 가을은 기주에게 미안해서 미칠 것만 같았다.

철컥.

가을이 혼란을 겪는 그때 현관 쪽에서 차가운 마찰음이 들려왔다. 그것은 열쇠를 넣어 문을 여는 소리였다. 분명 기주일 터였다. 오늘따라 초인종을 누르지 않고 들어오는 그의 행동이 기주의 상심을 말해주고 있는 것만 같아 가을은 더 마음이 아프고 미안했다. 그리고 살짝 겁도 났다.

덜컹하고 문이 열림과 동시에 기주가 모습을 드러내었다. 생각보다 차분한 얼굴이었지만 그는 몹시 지쳐 보였고 어두워 보였다. 아까 낮의 넋을 잃고 정신 빼고 앉아 있던 그의 모습이 가을의 눈앞을 지나쳤다.

아아, 이러면 안 되는데 하면서도 가을의 입가가 자꾸만 벌어졌다. 그의 저런 모습이 자신을 얼마나 원했던 것인가에 대한 반증인 것만 같아서였다.

"이제 와?"

무슨 말부터 꺼내야 할지, 가을은 마치 누군가에게 선물을 주는 것처럼 말을 고르다가 쑥스럽게 평소의 인사부터 건네었다. 신발을 벗고 들어서던 그가 퍼뜩 고개를 치켜들었다. 동그랗게 떠진 기주의 눈이 잠깐 흔들리다가 이내 아래로 떨어졌다.

"……나간 건 아닐까 걱정했어."

기주는 낮은 목소리로 말하였다. 그랬었다. 하루 온종일을 머리가 터질 만큼 생각하고 또 생각하였다. 끝도 없이 이어지는 생각이 뫼비우스의 띠처럼 연결되었다.

너무 섣부른 청혼을 한 것이 아닐까. 그녀에게는 부담이 되었을 수도 있었다. 자신은 그저 함께 있고 싶은 마음만으로 그녀에게 청혼을 하였으나, 미처 가을의 마음을 헤아리지 못한 부분이 있을 수도 있었다. 만난 기간도 얼마 되지 않는데다, 자신은 일반인이 아니었기에 그녀가 가진 부담에 대해 더 신중히 생각했어야 했다는 자책으로 하루 종일 괴로웠었다. 가을의 입장에서 생각하면 유명인인 자신과 결혼하는 것이 부담일 수도 있었다. 충분히 그럴 수 있다.

기주는 그녀를 이해하려 애썼다. 그러나 가을에게 조금 서운한 생각이 자꾸 드는 것은 스스로도 어찌할 수가 없었다. 같은 마음이라 생각했는데…….

그리고 집에 돌아오는 내내 그녀가 혹시 떠났을까 기주는 조바심이 일었다. 초인종을 누르려던 손가락을 몇 번이나 주춤거렸다. 이것을 눌렀을 때 그녀의 목소리가 전해져 오지 않을까봐. 겁이 났다.

기주는 가을을 물끄러미 바라보았다. 등 뒤로 손을 돌리고 선 그녀의 얼굴은 어찌 된 일인지 발그스름하다. 한참 동안이나 가을의 얼굴에서 시선을 떼지 못하고 응시하고 있는데 배시시 웃던 가을이 이내 기주에게로 달려와 그의 목을 끌어안았다.

"갑자기 왜…… 읍!"

갑작스런 일에 놀란 그의 물음은 이내 가을의 입 안으로 사그라졌다. 기주의 목 뒤로 팔을 돌린 그녀는 기주가 몸을 비틀 때마다 더 힘을 주어 그의 목을 끌어안았다. 거칠게 부딪쳐 온 능숙치 못한 그녀의 입술은, 그럼에도도 불구하고 기주의 입술과 마음을 달뜨게 하였다. 거친 숨결이 나뉘고 이내 기주의 팔이 항복이라도 하듯 그녀의 허리를 감싸 안았다.

무엇에라도 홀린 걸까. 가을은 완전히 기주에게 매달려 어느새 자신의 두 다리가 바닥을 떠나 기주의 허리를 안게 된 건지도 알 수가 없었다. 기주는 그녀의 허리를 받쳐 주었다.

"하."

누구의 입에서 터진 것인지 자신들조차도 알 수 없었다. 맞닿았던 입술이 떨어지자마자 아쉬움을 느꼈던 것은 가을과 기주, 둘 모두였기 때문에.

그가 안아들고 있었기 때문에 가을은 위에서 그를 내려다볼 수 있었다. 고개를 꺾은 채 아까의 그 지친 표정이 아닌, 따뜻한 눈길로 바라보는 그의 얼굴을 가을은 가만히 두 손으로 쓰다듬었다. 그녀의 손길이 지나칠 때마다 기주는 살짝 눈을 감기도 하였다.

"사랑해."

기어이 고르고 골라낸 말이 저 세 글자였다. 사실은 널 오해했느니, 나는 너를 밀어낸 것을 후회하느니 하는 변명보다 지금 자신의 감정을 전달하는 것이 가장 중요하다고 가을은 생각하였다. 그리고 저것이 자신의 지금 마음이었다. 너무나 간절하고, 너무나 행복으로 충만하며, 너무나 그에게 하고 싶었던 말. 사랑해.

가을을 안은 기주의 팔에 점점 힘이 빠지더니 그는 이내 가을을 천천히 땅에 내려놓았다. 조금 쑥스러워진 가을은 그의 어깨를 잡은 채 땅에 내려서서는 고개를 살짝 숙였다.

"아직은 아니라고……."

그렇게 물어오는 기주의 어조에서 머뭇거림이 느껴졌다. 묻는 것만으로도 그 말을 다시 듣게 되면 어쩌나 하는 생각이 드는 모양이었다. 가을은 고개를 들어 그의 뺨을 다시 감쌌다. 여전히 그의 눈은 흔들리고 있었다.

"아니. 지금이더라. 아니라고 하고 보니 내가 널 사랑하고, 네 옆에 있고 싶은 것은 바로 지금이더라."

"하!"

참을 수 없는 기쁨에 격한 숨을 터뜨린 그는 가을을 당겨 자신의 품에 꽉 끌어안았다. 너무나 강한 힘에 기주의 품에 갇힌 가을은 숨을 쉬기가 좀 어려웠지만 오히려 팔을 뻗어 그를 더

세게 안아주었다. 얇은 여름 셔츠 사이로 그의 온기와 박동이
느껴졌다.

가을은 자신보다 한참이나 더 큰 그의 등을 토닥거려 주었다.

"헷갈려서 미안해."

그 말의 진짜 의미를 아는지 모르는지 기주가 고개를 끄덕이
는 것이 느껴졌다. 그리고는 가을을 더 꽉 끌어안아 주었다.

"나는, 아무래도 내가 신중하지 않았던 걸까. 너한텐 너무 당
황스럽지 않을까 걱정했었어."

"……."

"아니면, 혹시 네가 날 아직 그 정도까지는 신뢰하지 않는 것
일까, 고민도 했었고."

그의 말을 들으며 가을은 천천히 그를 안은 팔을 풀었다. 그
리고는 그의 손을 부드럽게 쥐었다. 자신의 것보다 한참이나 더
긴 손가락을 하나하나 만져 보았다.

"어떻게 신뢰하지 않을 수 있겠어. 이 집에 들어온 뒤로 넌 한
번도 나에게 무례한 일을 한 적이 없는걸."

이번에는 기주가 침묵을 지켰다.

"사실은 좀 겁도 났었어. 어떻게 겁이 나지 않을 수 있었겠어.
여기 들어온 첫날에는 계단에서 삐거덕 소리만 들려도 화들짝
놀라곤 했었는걸. 긴장해서 말이야."

가을은 소리 내어 쿡쿡 웃었다. 그런 그녀의 얼굴을 기주가
부드럽게 감싸 안아 자신을 보도록 하였다. 피가 뜨거워진다.

심장이 박동을 하고 온몸을 두근거리게 하였다.

"나랑 제일 친한 친구가 있는데, 남자는 다 늑대라고. 조심하라고. 옛날부터 그랬는걸. 그런데 이기주는 그 '다' 가 아니더라."

기주는 가을이 말하는 친구가 누구인지는 알 수 없었지만, 지금 이 순간 얼굴도 알지 못하는 그녀에게 감사하고 싶은 기분이었다. 그런 교육 덕분에 어쩌면 이 아름다운 서른한 살의 여자가 지금껏 혼자일 수도 있었으니 말이다.

"아니, 나도 그 '다' 가 맞아."

"응?"

가을이 눈을 동그랗게 뜨며 물어왔다. 기주는 낮은 한숨을 내쉬었다. 저 동그란 눈을 봐라. 놀랄 때마다 동그랗게 모으는 저 빨간 입술 좀 봐라. 남자로 하여금 몸을 달아버리게 만드는 매력이 가을에게는 있다. 그 매력은 적어도 이기주에게는 통하는 것이었다. 문제는 가을 스스로는 자각을 하지 못한다는 것이었다. 그런 점이 기주를 더 미치게 하였다.

"나도 그렇고 그런 남자야. 네가 이 집에 들어올 때부터 너를 안고 네 입술에 입을 맞추는 상상을 수없이 했어. 불이 꺼지는 네 방 앞에서 수없이 손잡이를 잡았다 놓으며 한숨을 내쉬곤 했어. 나도 그런 남자야. 지금도 죽을힘을 다해 참고 있어."

기주의 말이 떨어지기가 무섭게 가을은 그의 입에 쪽, 하고 다시 입을 맞추었다. 잠깐 맞물렸다 떨어지는 입술에 기주는 끓는 열기를 잠재우려 애써야 했다. 가을이 후후, 웃었다.

"그런 널 내가 어떻게 신뢰하지 않고 사랑하지 않을 수 있겠어. 네 마음에 참 감사해. 그걸 전할 수 있어서 기쁘다. ……아! 오늘은 피곤할 거야. 그만 들어가서 쉬어."

가을은 멀거니 서 있는 그의 어깨를 살짝 주무르듯 쥐었다 놓으며 몸을 돌렸다. 이층으로 올라가는 그녀의 발이 무척이나 가벼웠다. 그만큼 가을의 마음도 가벼웠다. 이 이상으로 엇갈리지 않아 기뻤다. 아— 속이 다 후련하다!

이층으로 올라가는 그녀의 뒷모습을 보던 기주는 짙은 한숨과 함께 소파에 털썩 주저앉으며 머리를 감싸 안았다. 자신의 마음을 받아준 것은 물론 기쁘다. 하지만, 하지만…….

기주는 오늘 처음으로 알았다. '죽을힘을 다해 참고 있어' 라는 말 뒤에 따라오는 '참지 마' 라는 여자의 대답은 드라마 안에서만 가능하다는 것을 말이다.

기주는 비틀거리며 일어나 욕실로 향했다. 찬물이 필요하다. 얼어버릴 만큼 차가운 물이.

그는 가을을 이 집에 들인 후로 온수를 틀어본 적이 언제인지 기억도 나지 않는다. 들끓는 몸과 사투를 벌어야 하는 기주에게는 이 뜨거운 여름의 밤이 무척이나 잔인하다.

성에꽃 눈부처라는 소설에서 작가 고형렬 님은 '침묵을 듣는다' 라는 표현을 사용하였다. 성에꽃 눈부처를 처음 읽었을 때 가을은, 그 문장을 몇 번이고 반복하여 읽었었다. 당시에는 무슨 뜻인지 알 것 같으면서도 참으로 모호하다 생각했었다. 그러나 그녀는 지금에야 그 문장이 무얼 이야기하는지 이해할 수 있을 것만 같다.

눈을 멀거니 뜨고, 노트북의 점멸하는 커서를 보며 가을은 뇌의 침묵을 듣는다. 그중에서도 대뇌피질의 침묵을 듣는다. 그리고 감성의 침묵을 듣는다.

자신의 모든 기관의 침묵 소리를 가을은 듣고 있었다. 당장이라도 울음이 터질 것처럼 눈동자가 흔들려 왔다. 아랫입술이 가늘게 떨려왔다.

"아악!"

가을은 기어이 비명을 내지르고는 책상에 엎드려 버렸다. 자신의 뇌와 그중에서도 대뇌피질과 감성과 그리고 모든 기관이 침묵하고 있다. 그래서 아무것도 떠오르지 않았다. 단 한 문장도, 한 줄도, 한 단어도 떠오르지 않았다.

마감시한이 붉은색으로 동그라미 쳐진 달력만 자신의 눈앞을 가로막는 기분이었다. 이제 얼마 남지 않은 공모전이었다. 작년만 같았어도 글의 완성도를 위해 공모전 참가는 내년으로 미루자, 하며 유유자적 과자나 씹고 있었을 것이었다.

그러나 이번은 달랐다. 어떻게든 도전해 볼 것이었다. 내년에, 내년에 하며 공모전 참가 문턱에서 뒷걸음질 치게 한 어설픈 용기는 던져 버릴 생각이었다. 되든 안 되든 부딪쳐 보고, 행여 실패하여 쓰러진다 하여도 그것이 문이 아니라 벽이었기 때문이라는 깨달음을 얻어 다시 한 번 용기를 가져 문을 찾을 것이었다.

그래서 어제부터 갖은 애를 써왔다. 머릿속을 부유하는 적어 내려가지 못한 스토리들 때문에 밤에 잠도 자지 못하였다. 머릿속에 둥둥 거리고 떠다니는 것을 횟집에서 횟감을 잡듯 망으로 퍼 올리는 것이 글쓰기라면 얼마나 좋을까 싶었다. 스토리는 있는데 그것을 어떻게 표현해야 할지 떠오르지 않아 가을은 미칠 지경이었다.

"그러게 안 되면 잠깐 덮어두고 나랑 놀자니까."

가을의 책상 뒤 침대에서 부스스 몸을 일으키며 기주가 말했다. 가을은 잔뜩 감싸 쥐었던 머리를 신경질적으로 놓고는 고개를 홱 돌려 기주를 노려보았다. 서슬 퍼런 그녀의 기세에 기주는 짐짓 딴청을 하였다.

"좀 내려가시지?"

가을의 목소리는 차갑다. 그러나 그 말투에 개의치 않고 기주는 자신이 베던 베개를 가슴에 끌어안고 다시 침대에 벌러덩 드러누웠다.

"낮잠 잘 거야."

허, 하고 가을이 헛웃음을 내뱉었다.

"본인 방 가서 주무세요. 네, 이기주 씨?"

단어 하나하나에 힘을 잔뜩 주어 가을이 말했다. 그러나 기주는 고개만 살랑살랑 흔들 뿐 물러설 기미를 보이지 않고 있었다.

"여기서 잘 거야."

가을 역시 고개를 절레절레 흔들며 다시 컴퓨터로 시선을 두었다. 그렇잖아도 밤새 스트레스를 받아 미쳐 버릴 지경이다. 컴퓨터에서 손을 딱 떼고 하루든 이틀이든 내쳐 쉰 다음 다시 손을 대보면 뭔가 나올지도 모르겠지만, 조급증 탓인지 가을은 컴퓨터를 끄지 못하고 내내 붙들고 있었다.

"쳇."

가을이 고개를 다시 컴퓨터 쪽으로 돌리자 기주는 입을 비쭉돌리고 불만을 뱉으며 벽을 보고 돌아누웠다. 간만에 스케줄 없이 마음 편히 쉬는 날인데, 이런 날까지 저렇게 소설 쓰기에 매달리는 가을이 못내 서운하다. 지난밤, 마지막 스케줄을 마치고와 함께 DVD라도 보자는 기주의 제안을 가을은 글을 써야 한다는 이유로 거절하였다. 그래서 아침을 기다려온 기주였다. 그런데 눈을 뜨자 아직까지 컴퓨터에 매달려 있는 가을이 보였다. 그때의 절망감이란!

"참나, 어린애야?"

다시금 고개를 가로저으며 가을은 픽 웃었다. 다시 모니터에 시선을 두고 집중해 보려다 가을은 시력보호 안경을 벗어 책상 위에 올렸다. 아무래도 밤새 컴퓨터를 보는 일은 무리였는지 눈이 많이 피로하였다. 안경을 벗고 두 눈두덩을 꾹꾹 주물렀다. 조금 가벼워지는 것 같기도 하였다. 그리고는 콧잔등을 쓱쓱 문지르고는 다시 안경을 썼다.

새로운 기분으로 화면을 보자, 가을의 뇌가, 대뇌피질이, 감성이 다시금 침묵을 한다. 소리라도 지르며 발악하고 싶은 기분이다.

"에이씨! 뭐가 이렇게 오래 걸려!"

땅이라고 파고 들어가 눕고 싶은 가을의 기분은 아는지 모르는지 기주가 벌떡 일어나며 소리쳤다. 아무리 생각해도 간만의 휴일에 벽 보고 돌아누운 자신이 못내 불쌍했다. 가을의 침대에서 내려와 실내용 슬리퍼를 발에 끼우고는 거친 걸음걸이로 기주는 그녀의 뒤로 다가섰다. 그리고는 허리를 굽혀 모니터를 들여다본다. 그의 미간이 조금 찌푸려졌다.

"이게 뭐야! 어제랑 똑같잖아."

그의 말에 가을이 아랫입술을 꽉 깨물었다. 이 사람, 기억력 한번 예술이다. 왠지 유난 떨며 여태껏 컴퓨터 앞에 앉아 있던 것이 민망해졌다. 가을은 떠듬떠듬 입을 열었다.

"또, 똑같지 않아. 두 줄 늘었다구!"

그녀의 변명에 기주는 픽, 웃는다. 비웃는다. 가을이 앙칼지게 노려보자 기주는 어깨를 으쓱해 보였다.

"어떻게 밤새 컴퓨터 앞에 앉아서 두 줄을 쓰냐? 그것도 자랑이라고 두 줄 썼다고 악다구니까지 쓰는 거 봐라. 하이고, 두 줄 쓰느라고 고생 많으셨쩨요?"

기주는 이제 완전히 대놓고 가을을 비아냥거리기 시작했다. 요즘 가장 왕성히 활동하는 개그맨의 유행어까지 곁들여 가며 말이다.

으이씨, 하고 가을은 이를 간다. 그러나 이내 유유자적한 미소를 얼굴에 띠었다. 그녀의 눈에 반짝 하고 빛줄기가 스쳤다. 가을은 부드러운 미소를 유지하며 시력보호 안경을 벗어 책상 위에 올렸다. 그리고는 의자를 빼고 자리에서 일어났다. 이제야 놀아주는가 보다 싶은지 기주가 기분 좋게 조금 물러나 주었다.

"이리 와봐."

가을이 기주에게 손을 내밀었다. 뭐지? 기주는 조금 당황하였다. 그 당황이 기주의 얼굴에 그대로 드러났다. 가을은 그런 그를 보며 손을 흔들어 그가 손을 내밀 것을 재촉하였다. 엉거주춤 기주의 손이 가을의 내민 손 위로 얹어졌다.

와, 이 여자 갑자기 왜 이러지. 당황스럽기는 하지만 기주는 싫지 않았다. 저 요염한 손짓을 보라! 황진이도 울고 갈 저 매력적인 눈빛을 보라! 이 순간을 마다한다면 자신은 정녕 남자의 딱지를 떼어야 할지도 모른다는 생각이 들었다.

기주의 손과 맞닿아지자 가을은 그의 손을 힘주어 잡고 자신 쪽으로 당겼다. 기주의 몸이 조금의 저항도 없이 따라왔다.

가을은 그를 끌고 조금 전 자신이 앉았던 의자에 앉게 하였다. 기주는 조금 불안해진 마음에 그녀를 올려다보았다. 고개를 숙이고 자신을 내려다보며 가을이 그의 뺨을 조심스럽게 어루만졌다. 어느새 불안감은 우주 저편으로 날아가 버리고 기주는 기분이 다시 상큼해졌다. 그러나 떨리는 가슴은 그대로였다. 설마…… '때'가 온 건가.

"눈 감아봐."

그녀의 목소리에는 열기가 가득하였다. 그 열기가 자신에게까지 전해져 오는 듯 기주의 심장도 열을 뿜어내느라 바빴다. 기주는 그녀가 시키는 대로 해보자는 생각에 눈을 천천히 감았다.

"그대로 가만히 있어야 돼."

잠에서 깨어난 사람처럼 나른한 목소리를 가을은 기주의 귀에 흘려 넣었다. 기주의 한쪽 고개가 움찔하였다.

"뭘 하려구."

"쉿, 눈뜨지 말고 그대로."

기주는 그대로 눈을 감았다. 그녀가 해올 다음 액션을 상상해 보면서 말이다. 이내 가을의 발자국 소리가 들려왔다. 덜커덕, 하고 조금 낡은 서랍장을 여는 소리도 들려왔다. 부스럭, 하고 비닐을 만지는 소리 같은 것도 들려왔다. 비닐? 설마……. 기주는 생각했다. '콘'으로 시작하는 그것을. 콘 아이스크림도 아니고, 콘샐러드도 아닌 그것을. 편의점에서도 파는 그것을.

이내 가을의 발걸음이 자신에게로 향해지는 것이 느껴졌다. 눈을 감고 있으니 온 신경이 곤두서며 기분은 이루 말할 수 없이 묘해졌다. 가을이 억지로 눈을 가려놓은 것도 아니라서, 자신이 눈만 뜨면 되었다. 그러나 눈을 뜨기가 싫었다. 이 즐거운 기분을 놓치기는 싫었다.

"큭큭."

억지로 웃음을 참는 가을의 소리가 들려왔다. 자신도 스스로가 하는 모양새가 우스운데 그녀라고 웃기지 않을 리가 있겠는가 싶었다. 기주의 입가가 쓰윽 말려 올라갔다. 그러는 동안 그는 자신의 허벅지가 묵직해지는 것을 느꼈다. 아마도 가을이 그의 허벅지에 올라앉은 것 같았다.

기주는 순식간에 몸의 열기가 다시 들끓는 것을 느꼈다. 당장에라도 눈을 뜨고 자신의 무릎 위에 앉은 그녀를 껴안고 싶다. 그가 몸을 일으키려고 움찔거리자 가을은 황급히 제 손으로 그의 눈을 덮었다.

“왜.”

“가만히 좀 있어봐. 눈뜨면 안 놀아줄 거야.”

아아, 나쁜 여자. 기주는 감은 눈을 더욱 꼭 감아야 했다. 눈을 뜨면 깨어버릴 꿈같다. 심장의 고동 소리를 들으며 기주는 그녀의 다음 행동을 기다렸다.

사르륵, 그녀의 머리카락이 흘러내렸는지 기주의 왼쪽 뺨 위에서 살랑거렸다. 아마 고개를 자신 쪽으로 숙인 것 같았다. 심장이 터질 것 같다고 생각하는데, 자신의 가슴 위에 따뜻한 온기가 겹쳐졌다.

얇은 셔츠 한 장 사이로 그녀의 몸이 신랄하게 느껴졌다. 얼굴 옆에 닿은 그녀의 호흡이, 맞닿은 가슴과 가슴이 기주의 온몸 신경을 곤두서게 하고 있었다. 이내 그의 몸 뒤로 가을의 팔이 둘러지는 것이 느껴지고, 그의 배를 감싸는 질긴 끈의 감촉…… 응? 기주는 눈을 번쩍 떴다.

뭔가 이상했다. 황급히 자신의 몸을 내려다보자 의자에 묶여 있는 것을 발견하였다. 노끈으로 배가 의자와 함께 묶여 있었다. 어느새 가을은 저쪽 구석으로 도망쳐 혼자 배를 잡고, 한 손으로는 입을 막고 어깨를 들먹거리며 웃고 있었다.

"이건 뭐냐."

열기로 들끓던 몸이 한순간에 확 식어버렸다. 기주는 어이가 없어 자신의 배를 감싸고 있는 노끈과 가을을 번갈아 보았다. 그리고는 아직 자유로운 손을 등 뒤로 돌려 노끈을 풀려 하였다. 순간, 가을이 빠른 걸음으로 다가와 그의 손을 저지하였다.

"풀지 마. 풀면 알아서 해."

경고를 하면서도 가을은 기주를 묶어놓은 포박을 재정비하느라 분주하였다. 등 뒤로 돌려 묶은 노끈을 다시 한 번 돌려 재차 묶으면서 가을은 말하였다.

"나 두 줄 썼다고 무시했지? 기주 씨도 한번 써봐."

"뭐?"

"써보라구. 많이도 안 바라니 딱 두 장 써봐. 소설의 내용은 뭐든지 좋아. 나 한숨 잘 동안 두 장 못 써놓기만 해."

"뭐? 이건 말도 안 돼!"

매듭을 다 묶은 가을은 보란 듯이 기주의 앞에서 손을 탁탁 털었다.

"안 되긴 뭐가 안 돼. 역지사지 몰라? 암튼 나 잘 동안 안 써 놓고 풀기만 해."

"풀면?"

기주의 마지막 항거.

"풀면 당장 짐 싸들고 반지하 자취방 갈 거야."

마지막 항거의 패배.

"아, 정말 너무한다, 너무해."

기주의 울상인 얼굴을 보며 가을은 씨익 웃으며 침대로 기어 올라갔다.

그런 가을을 원망스러운 듯 바라보던 기주의 고개가 컴퓨터 쪽으로 돌아간다. 흰색 화면이 가득하다. 보였다 보이지 않았다 하는 애꿎은 커서만을 쥐어뜯어 버릴 듯 노려본다. 그리고 조금 전 가을이 했던 대로 기주는 침묵을 듣는다. 대뇌피질의 침묵을 듣는다.

얼마나 잠을 잤던 걸까. 정말이지 간만에 곤한 잠을 이룬 듯하다. 아직 꿈속과 현실의 중간쯤에서 몽롱한 상태였던 가을은 애써 손을 뻗어 눈두덩을 꾹꾹 누른 뒤에야 점점 정신을 차릴 수 있었다. 낮에 자는 잠이란 것은 오래 자면 잘수록 머리가 개운치 못하다.

"으음……."

목을 잘못 꺾고 잠을 잔 것인지 목덜미와 함께 오른쪽 어깨가 뻐근해 왔다. 가을은 상체를 일으키며 낮은 신음을 흘렸다. 어깨를 주무르며 가을은 방 안을 이리저리 둘러보았다.

기주의 모습은 보이지 않았다. 다만 그를 묶었던 노끈만 전리품처럼 의자에 걸쳐 있었다. 뭐야. 결국 끈을 푸르고 도망친 거야. 가을은 입을 비쭉 내밀며 침대에서 내려왔다.

흐트러진 침대를 대강 정리해 둔 가을은 아직 켜져 있는 컴퓨터를 끄기 위해 책상으로 다가갔다. 실내용 슬리퍼가 바닥에 끌려 달각달각 소리를 냈다.

"음?"

분명 자신이 켜두었던 대로 아무런 내용도 없는 흰색 화면일 거라 생각했었는데 무언가 글자가 찍혀 있었다. 뭔가 시도라도 해본 것일까. 가을은 화면을 주시하였다. 그리고는 어이가 없어 그만 입을 떡 벌리고 말았다.

〈옛날옛날 이기주와 송가을이 살았습니다. 그들은 행복하게 잘 먹고 잘살았습니다. 끝.〉

그 한 줄이 전부였다. 가을은 자신도 모르게 이마를 짚고 잠시 휘청거렸다.

일층 거실로 내려왔을 때 가을은 소파에 앉아 우아한 척 홍차를 마시고 있는 전래동화 표절작가 이기주를 발견하였다. 뭐라고 약 올려주지? 가을의 머릿속에는 그 생각만 가득하다.

홍차를 한 모금 들이키며 신문을 읽어 내려가고 있던 기주는 계단을 내려오며 자신을 흘겨보는 가을을 발견하였다. 자신도 모르게 배시시 쑥스러운 웃음이 지어졌다. 가을이 빠른 걸음으로 기주의 앞까지 왔다.

"세상에 태어나 한 줄짜리 소설은 처음 봤어."

잔뜩 비웃는 말투다. 기주는 읽고 있던 신문을 접어 옆으로 밀어 두면서 그녀를 올려다보았다. 그리고는 어깨를 으쓱했다.

"내가 개발한 문체야. 일명 이기주 문체. 저래 봬도 기승전결이 확실하다구."

어이가 없다는 듯 가을은 허, 하고 웃었다. 말이나 못하면 밉지나 않지.

"저기에 대체 기승전결이 어딨다구?"

"자, 봐."

그렇게 말하며 기주는 밀어두었던 신문을 다시 앞으로 끌어당겼다. 소파 옆 보조 테이블에서 볼펜을 꺼내 들고 광고란에 있는 여백에 '옛날옛날 이기주와 송가을이 살았습니다. 그들은 행복하게 잘 먹고 잘살았습니다. 끝' 이라는 웃기지도 않은 한 줄 소설을 다시 적어 내려갔다. 그리고는 가을에게 보란 듯이 볼펜 끝으로 적은 것을 툭툭 쳤다.

"자, 봐. 우선 기(起)는 '옛날옛날 이기주와 송가을이 살았습니다 여기까지고, 두 번째로 승(承), 승은 설명을 해야 되는 부분이니 그들은 행복하게 잘 먹고, 까지가 되겠지? 그리고 다음이 전(轉). 이 부분은 증명해야 되는 부분이니 잘살았습니다, 까지고, 결(結)은 끝!"

"허허허."

어이없다는 듯 맥 빠진 실소를 하고 있는 가을의 얼굴을 보면서도 기주는 의기양양한 표정을 지어 보였다. 관두자, 관둬. 가

을은 몸을 홱 돌렸다. 열심히 잠을 자고 났더니 뭔가 먹을 것이
필요했다.

주방으로 걸어가는 가을의 뒷모습을 보면서 기주는 인상을
조금 찌푸렸다. 무슨 여자가 저렇게 눈치가 없지? '잘 먹고 잘
살았다' 의 속뜻을 가을은 눈치 채지 못한 것 같았다. 저 정도로
확실한 힌트를 줬으면 감동이라도 받아야 하는 거 아닌가? ……
아닌가?

기주는 소파에서 벌떡 일어섰다. 그리고는 가을의 뒤로 성큼
성큼 따라가 그녀의 손에 깍지를 꼈다. 조금 놀란 가을이 눈을
동그랗게 뜨고 고개를 돌리자 기주는 아랑곳하지 않고 그녀를
자신의 방으로 이끌었다.

"뭐야?"

"피아노 쳐줄게."

자다가 봉창 두드리는 것도 아니고 피아노를 치겠다구? 그게
무슨 소리냐는 듯 되물으려는 태세인 가을의 얼굴을 보자 기주
는 씨익 웃어 보였다.

"글 제대로 못 쓴 데 대한 벌충."

"피이."

가을은 입술을 비쭉 내밀었다. 그러나 기주가 이끄는 대로 아
무런 저항 없이 피아노 앞까지 갔다. 기주가 피아노 의자에 앉
는 동안 가을은 멀뚱거리며 옆에 서 있었다. 미소를 머금은 채
로 기주가 가을의 손을 잡고 끌어당겨 의자에 앉혔다.

"피아노 뚜껑 열어봐."

그렇게 말하는 기주의 심장이 두방망이질을 쳤다. 오늘 그녀를 위해 준비한 것이 이 피아노에 담겨 있었다. 어떻게든 준비한 것을 그녀에게 보여주고 싶었는데 갑자기 자신을 의자에 묶어버리지를 않나, 자겠다고 침대 위로 올라가 버리질 않나. 보여주지 못할까 봐 내심 걱정했었다. 이것을 보고 그녀가 어떤 얼굴을 할지 기주는 기대가 되었다.

"뚜껑을 왜 나보고 열래?"

아아, 분위기가 깨지려고 한다. 기주는 자신도 모르게 미간이 찌푸려졌다. 할 수 없이 이 눈치 없는 여자 대신 자신의 손으로 피아노 뚜껑을 열어야겠다고 생각하였다. 기주의 손이 피아노 뚜껑을 감싸고 이내 그것이 천천히 모습을 드러내었다.

"아……."

터져 나오려는 탄성을 막기라도 하려는 듯 가을은 손으로 입을 막았다. 눈가가 옅게 떨리고 있었다. 자신의 옆에 앉았던 기주는 기분 좋게 웃고 있었다. 뭐라 말해야 할까. 가을은 기주에게 무어라도 말해주고 싶었는데, 이 벅찬 감정들이 한꺼번에 뒤엉켜 아무 말도 할 수가 없었다.

"돌아가신 엄마가, 나 어릴 적에 그랬어. 저 무지개의 끝을 따라가면 행복이 있을 거라구."

언젠가 가을이 했던 말이었다. 기주는 그것을 기억하고 있었다. 그래서 그랬나 보다. 기주가 뚜껑을 연 피아노 건반이 온통 무지갯빛을 띠고 있었다. 빨강, 주황, 노랑……. 손으로 만져 보니 시트지 같은 것을 잘라 붙인 듯했다.

"뭐야, 이 정도에 감격을 하면 안 되지."

기주가 가을의 앞에서 손을 설레설레 흔들며 말했다. 지금 이것만으로도 충분히 놀라운데 뭐가 더 있는 걸까. 가을은 아무 말도 하지 않고 가만히 있었다. 시선이 무지갯빛 건반 위에서 떨어질 생각을 하지 않았다.

기주가 일어나 어디론가 가더니 이내 악보집을 가지고 다시 가을의 옆 자리로 왔다. 그리고는 악보 대에 펼쳐 고정을 시켰다. 가을의 시선이 자연스레 악보로 향했다.

End over the rainbow
무지개의 끝에서.

"너희 어머니가 하셨다는 말씀, 어디선가 들어본 적이 있는 것 같아서 한참이나 찾았어. 1980년대 초쯤에 인기 있었던 뮤지컬에서 어떤 배우가 불렀던 노래 가사 중에 비슷한 내용이 있더라. 한번 들려주고 싶었어."

가을은 아무 말도 하지 못하고 고개만 끄덕거렸다. 입을 열었다가는 당장이라도 눈물이 쏟아질 것 같았다.

"근데 나, 아직 피아노 그렇게 능숙하지는 못하니까 내가 '악보' 하고 말하면 한 장씩 넘겨줘."

픽, 웃으며 가을이 고개를 끄덕였다.

기주의 손이 가볍게 건반 위를 오른다. 그리고는 이내 부드럽게 건반 위를 유영하였다. 청명하고도 아름다운 선율이 방안을 가득 메웠다. 전주가 끝나자 기주의 노래가 시작되었다.

You said, There will be happiness over the rainbow.

무지개의 끝을 찾아가면 행복이 있을 거라 당신이 말했죠.

I just laughed, cause I didn't believe.

나는 웃기만 했어요. 믿지 않았으니까요.

But after you left,

그러나 당신이 떠난 뒤에 나는,

I started to search the happiness over the rainbow.

무지개의 끝을 찾기 시작했어요.

To find my happiness, you.

행복을 찾아서. 내 행복이었던 당신을 찾아서.

가을은 가만히 눈을 감고 모든 의식을 기주에게로 집중하였다. 그가 만들어내는 선율이, 그가 보여주는 진심이 그녀의 온몸을 휘감고 이내, 그녀의 안으로 밀고 들어왔다. 아름다운 이 순간이 끝나지 않았으면…….

"악보."

기주의 한마디에 가을이 눈을 번쩍 치켜떴다. 정말 분위기 깨

는 덴 선수야. 그러나 기주의 손이 우뚝 멈춰 있었기에 가을은
할 수 없이 손을 뻗어 악보를 한 장 넘겼다.

딸랑.

휘익 넘어가는 책장에 매달려 있던 것이 흔들리는 것을 가을
은 발견하였다. 숨이 멎을 것처럼 온몸에 긴장이 감돌았다. 반
지였다. 책장에 붙은 실 아래로 반지가 달랑거리고 있었다. 백
금의 링에 예쁜 큐빅이 박혀 있었다.

당황한 것인지, 혹은 너무 감동을 받았기 때문인지 가을은 아
무 말도 하지 않았다. 그러나 발갛게 달아오른 얼굴과 파들거리
는 손가락이 기주를 기분 좋게 하였다.

가을이 그러고 있는 사이 씨익 웃고 있던 기주의 손이 다시
건반 위에서 움직이기 시작하였다.

And we finally meet again over the rainbow.

그리고 우리는 그곳에서 다시 만났죠.

Yes, You were right.

그래요, 당신의 말이 맞았어요.

There is happiness over the rainbow.

무지개의 끝을 찾아가면 행복이 있더군요.

My only happiess, you are there.

나의 유일한 행복인 당신이 있더군요.

이어지는 그의 노래를 들으며 가을은 악보에서 반지를 떼어 내 손가락에 가만히 끼었다. 받아줄 거냐는 물음과 받겠다는 대답은 그 순간 그들에게는 필요치 않았다. 그들은 지금, 무지개의 끝에 있다.

가을은 주방에서 차가운 음료수를 따라 거실로 가져갔다. 드라마 기획안을 검토하는 기주의 건너에 혜련이 앉아 있다가 가을을 향해 씽긋 미소를 지었다. 가을도 약간은 어색한 미소를 지어 보이며 그녀의 앞에 음료수 잔을 내려놓았다. 유리 컵 표면에 고였던 물기가 테이블로 흘러내렸다.

"고마워요, 가을 씨."

혜련의 말에 가을은 고개만 살짝 끄덕였다. 아직 기주는 기획안을 보고 있다. 혜련이 전에 두고 갔던 것들이었는데, 이런저런 일로 미루다가 '뭐로 할 거야?' 하는 말에 황급히 검토하는 기주였다.

혜련이 왔을 때 가을은 조금 긴장하였다. 기주가 벌써 청혼에 관한 이야기를 혜련에게 했을까 봐였다. 해도 상관은 없지만 아무래도 많이 쑥스럽다. 그러나 별다른 얘기가 없는 것을 보니 아직은 말하지 않은 모양이었다. 다행인 것 같으면서도 뭔지 모르게 서운한 기분이 들었다. 감정의 오류.

"흐음."

다 훑어본 것인지 기주가 소파에 기대었던 몸을 일으키며 턱을 쓱쓱 문질렀다. 음료수를 마시던 혜련이 컵을 내려놓고 기주를 주시했다. 가을 역시 기주가 어떤 것을 결정하게 될지 궁금하여 혜련의 옆으로 엉덩이를 두고 앉았다.

"사장님은 뭐라셔?"

"뭐, 그다지……. 사장님 입장에서야 드라마를 한다는 게 중요하지, 뭘 하는지에 대해서는 터치 잘 안 하시잖아. 기주 씨 생각이 중요하시다고 하지 뭐."

기주는 고개를 끄덕이며 손에 들고 있는 기획안들을 번갈아 보았다. 그리고는 하나만을 손에 남기고 다른 것들은 다 테이블 위에 내려놓았다.

"만월연가. 난 이게 괜찮은데? 소재도 참신하고, 구성도 짜임새 있고."

기주가 들고 있던 파일을 펄럭여 보였다. 순간, 혜련의 얼굴에 난감한 기색이 스쳤다. 뭔가 깜박한 것이 이제야 생각났다는 듯한 얼굴이었다.

“그게 거기 섞였네. 이런……. 뺀다는 걸 깜박했어. 다른 건 어때?”

약간 당황한 혜련이 기주가 내려놓았던 다른 기획안들을 그에게 펼쳐 보이며 묻자 기주의 표정이 조금 의아하게 변했다.

“왜? 이미 다른 배우가 캐스팅 되었다는 거야?”

이런 일은 비일비재하다. 어차피 한 명의 배우에게만 기획안을 보내는 일은 드물었다. 대충 이미지가 맞는 배우들 대여섯에게, 많게는 열 명 이상의 배우들에게 기획안을 돌린다. 그 때문에 결정을 내리는 동안 다른 배우가 확정되어 버리는 일도 꽤 많은 편이었다.

“아니, 그건 아니고…….”

처음보다 혜련의 안색이 조금 더 나빠졌다.

“그거, 오디션을 봐야 하는 건데?”

“뭐?”

되묻는 기주의 얼굴이 굳어 있다. 천하의 이기주가 드라마에 캐스팅이 되기 위해 오디션까지 보아야 한다는 건 어불성설이다. 그걸 알았으니 혜련도 빼려고 했다는 말을 하는 것이다. 이 기획안이 드라마로 완성된다면, 그리고 그 주인공의 역할을 자신이 맡는다면 연예인 이기주에게 좋은 전기가 될 거라는 생각을 했었는데……. 조금 아쉽지만 그만두어야겠다는 생각을 기주는 하고 있었다.

“오디션 봐야 하는 거라 빼려고 했었지.”

"그럼 이건 패스."

기주는 소파 옆으로 만월연가의 기획안을 툭 던져 놓았다. 다른 것을 집어 드는 기주를 보며 혜련은 아직도 조금 찝찝함을 표정 어딘가에 숨기고 있었다. 이내 혜련은 손톱을 갉작이다 말고 기주를 향해 말하였다.

"그런데, 그 만월연가 말이야……."

"응?"

다른 기획안의 표지를 넘기던 기주가 혜련을 향해 눈을 치켜 떴다.

"근데 그 만월연가 말이야. 송진만 작가님 차기작이야."

"뭐?"

기주의 언성이 조금 높아졌다. 그러나 오히려 놀란 것은 가을 쪽이었다. 송진만이라니. 자신의 아버지 아닌가!

소설가가 본업이긴 했지만 이전 드라마를 몇 편 쓰기도 하셨다. 가을은 본 적 없지만 써내셨던 드라마가 모두 공존의 히트를 쳤다고 들었다. 시청률과 호평, 두 마리의 토끼를 잡은 드라마라고 하였다. 차기작을 하시는구나……. 가을은 남을 통해 들어야 알 수 있는 아버지의 소식이 조금 씁쓸하게 느껴졌다. 어쩌다 이렇게까지 되었을까. 조금 슬펐다.

가을이 생각을 하는 사이 기주는 옆으로 던져 두었던 만월연가의 기획안을 집어 들었다. 그의 손 움직임을 따라 가을과 혜련의 시선이 함께 움직였다.

“이거 한다. 오디션 일정 알려달라고 연락 넣어.”

기주의 말에 얼마나 놀랐는지 혜련은 입을 허, 하고 벌렸다. 가을도 조금 놀랐다. 오디션 보는 것을 자존심 상해하는 줄 알았는데, 아버지의 이름 석 자에 바로 하겠다니……. 가을의 머릿속에 처음 기주의 집에 들어왔을 때의 일이 떠올랐다. 서재에 아버지의 작품이 잔뜩 꽂혀 있었다.

“기주 씨, 송진만 작가님 좋아해?”

가을이 은근슬쩍 물었다. 기주가 흘끗 가을을 건너다보고는 기획안을 테이블에 탁, 소리가 나게 올려놓았다.

“아니, 싫어해. 치가 떨릴 만큼.”

그렇게 말하며 기주는 인상을 구겼다.

바늘 하나, 먼지 한 톨이 떨어지는 소리까지 들릴 만큼 적막한 공간에서 가을은 숨 쉬기도 부담스러울 정도의 감정에 짓눌린 채 앉아 있었다. 그녀의 건너편 소파에 앉은 기주는 고개를 숙인 채 양손에 얼굴을 묻고 있었다. 마른세수를 하듯 얼굴을 쓰윽 훑어 내리며 가을에게 시선을 던지는 그의 눈빛이 예사롭지 않다. 가을은 어깨를 움찔, 옹송그렸다.

“그 얘기를 왜 이제 하지?”

“아, 아니. 뭐, 그렇게 놀랄 것까지야……. 그리고 만나자마자 우리 아버지는 누구고 어쩌고 하는 게 더 웃기잖아.”

생각해 보니 그건 또 그렇다. 가을은 왠지 자신이 죄인이나 거짓말쟁이처럼 몰리는 이 순간이 어이가 없었다. 그렇게 생각하면 아무리 몰랐기로서니 자신의 아버지가 치가 떨릴 만큼 싫다고 한 기주가 미안해야 할 상황이 아닌가.

"아우, 진짜!"

가을이 따지기 위해 고개를 치켜든 순간 기주가 머리를 거칠게 헝클어뜨리며 포효하였다. 깜짝 놀란 가을이 엉거주춤 들었던 엉덩이를 다시 소파에 앉혔다. 지극히 뻘쭘해진 얼굴이었다. 옆에서 풋, 하는 혜련의 웃음소리가 들렸다. 가을이 원망스러운 눈초리로 그녀를 바라보니 애써 웃음을 참으려는 혜련의 입가가 꾸물거리고 있다.

"나, 담배 한 대만 피우고 올게."

당황한 가을의 표정에도 아랑곳없이 기주는 벌떡 일어나 정원으로 나가 버렸다. 하얗게 질린 것같이 보이는 그의 얼굴을 보며 입을 꼬물락거리던 혜련은 문이 쾅, 하고 닫히자 배를 부여잡고 박장대소하기 시작하였다.

"아니…… 대체 왜 저렇게?"

가을의 물음에 숨을 고르다 다시 웃어 젖히기를 몇 번이나 계속하던 혜련은 후아후아, 큰 숨을 내쉬고는 이내 진정하였다.

"그게, 아마 기주가 첫 드라마 도전을 하던 때였는데……."

드라마로서는 신인이지만 가수로서의 입지가 컸던 탓에 기획사에서는 수단과 방법을 가리지 않고 주역을 따왔던 모양이었다. 작가 송진만의 심한 반대가 뒤따랐고 말이다.

“그런데 첫 리딩에서……."

혜련은 그때의 일이 생각나는지 눈을 허공의 어딘가에 두더니 다시 키득대고 웃기 시작하였다.

“다시!”

“이봐요, 이 감독! 누가 쟤 데려왔어요?”

“나 이렇게는 대본 못 써! 드라마에 배우가 둥둥 떠다녀서야 되겠어요?”

“이봐, 이기주 씨. 연기학원부터 다니는 것에 대해 진지하게 생각해 보지 그래?”

리딩이 시작되니 칼날 같은 지적이 무차별적으로 쏟아졌다고 했다. 기주는 나름대로 이를 악물고 연습을 해갔으나 무엇이 부족하였는지 점점 더 드라마와 유기적인 하나가 되지 못했단다. 결국 기주의 역할은 다른 배우로 교체되었고, 스포츠 신문은 ‘이기주의 굴욕?’ 이라는 타이틀로 화려하게 장식되었다고 한다.

가을은 나직한 한숨을 쉬며 이마를 짚었다. 보지 않아도 눈앞에 훤히 그려지는 듯하였다. 예전 가을이 어렸을 때, 출판사 편집부 직원들의 실수로 문장 한 줄이 빠진 적이 있었다. 그날 집으로 불려 들어와 전전긍긍하던 그들에게 태풍이 몰아치듯 닦달하던 아버지의 모습이 떠올랐다.

그런 일을 당했으니 기주에게는 좋지 못한 기억일 것이 분명하였다. 그런데 그렇게 싫다면서 오디션을 보더라도 그 역할을 해야겠다는 심보는 또 뭐래? 가을은 뭐가 뭔지 하나도 알 수가 없었다.

"그런데 왜 굳이 저걸 하겠다는 거예요?"

"크크큭, 이를 갈고 있었거든요. 언제고 멋진 연기를 보여서 그 콧대를 눌러주겠다고…… 아! 죄송해요."

자식 앞에서 아버지의 콧대를 누르겠다는 말을 하다니, 혜련은 실수했다 싶은지 입을 가리고는 가을에게 사과하였다. 그러나 가을은 지금 그것이 중요한 게 아니었다. 머리가 복잡하다. 좋든 싫든 아버지였다. 자신이 사랑하는 남자가 아버지와 좋은 사이이기를 바라는 것은 당연한 일이었다.

탁!

현관문이 벌컥 열어젖혀졌다. 혜련과 가을은 동시에 그쪽을 바라보았다. 머리를 얼마나 쥐어뜯었는지 헝클어진 머리로 기주가 들어왔다. 아직 얼굴에는 핏기가 없었다. 가을과 혜련을 번갈아 보던 기주가 이내 입을 열었다.

"그 드라마 내가 한다. 오디션 준비해. 꼭 한다."

그는 우산국을 정벌하러 나서는 신라장수 이사부의 그 결의에 찬 얼굴을 하고 있었다. 그리고는 조금 놀란 가을, 웃다가 휘익 하고 휘파람을 부는 혜련을 번갈아 보며 다시 입을 열었다.

"지금부터 모든 스케줄 다 접고, 연기 수업에 몰두해서 꼭 이

배역 따낸다. 해내고 말 거야."

결연한 그의 어조에 혜련은 다시 소리 내어 웃기 시작하였고, 가을은 원망에 가득 찬 눈초리로 혜련을 바라볼 뿐이었다.

TBC 방송 드라마국 제4회의실. 드라마 PD와 제작사 사장, 카메라 감독, 그리고 극본을 맡은 송진만이 책상을 두고 앉아 있다. 비공개로 진행되는 오디션이기는 하나 송진만의 복귀 작이기에 언론의 관심은 뜨거웠다. 오디션 장에 취재기자들을 들이지는 않지만 분명 방송국 내부 곳곳에 정보라도 얻고자 하는 기자들이 돌아다닐 테고, 오디션의 결과에 촉각을 기울일 것이었다. 오디션을 보기로 한 배우들이 국내에 내로라하는 배우들이기에 오디션의 탈락 시 그들의 자존심 때문에 비공개로 진행하는 만큼 그들은 더욱 공정하게 오디션을 치르기로 이미 약속을 한 뒤였다.

"요즘 갠 좀 별로지 않아요?"

제작사 하늘정원의 심 대표가 마땅치 않은 얼굴로 말했다. 송진만은 조금 전 오디션을 봤던 배우의 프로필에 붉은색 펜으로 삼각형을 그려 넣으며 고개를 끄덕였다. 아무래도 집필을 할 때부터 특별한 인물 설정을 해두지 않고 진행하였기에, 그 인물에 맞는 실존인물을 대입시키기가 쉽지 않았다.

"일단 다음으로 넘어가죠."

이번에 프로듀서를 맡은 연태오 PD가 말하자, 팔락 하고 동시에 그들의 손에 들려 있던 프로필이 다음 장으로 넘어갔다.

"호오. 의외의 인물이네요."

기주와 송진만의 사이에 있었던 일을 알고 있던 심 대표가 턱을 긁으며 탄성하였다. 기주의 프로필을 보던 송진만의 이마가 구겨졌다.

"얜 연기 연습 좀 하고 들이대는 거야, 뭐야. 불러요."

송진만이 오디션 진행요원에게 말하자 고개를 끄덕해 보인 남자가 문을 열었다. 그 뒤로 기주가 모습을 드러내었다.

"이기주입니다. 잘 부탁드립니다."

기주가 허리 굽혀 인사를 하고는 상체를 들어 여유로운 태도로 주변을 쓰윽 훑어보았다. 그리고 그의 레이더망 같은 시선에 송진만이 마지막으로 턱, 하고 걸렸다. 자신을 날카로운 눈으로 쳐다보고 있었다. 부녀지간이라고 생각을 하고 봐서 그런지, 이렇게 들여다보니 가을과 많이 닮아 있었다.

"오디션이라, 참가 결정하기 어려우셨을 수도 있었을 텐데요."

심 대표가 턱을 괴며 눈을 반짝였다. 여우 같은 영감. 사정을 다 알면서 묻는 질문이라는 것을 기주는 알아차렸다. 그러나 속과는 다르게 기주는 여유로운 미소를 지어 보였다.

"오디션이면 어떻습니까. 송진만 작가님의 작품에 캐스팅만 될 수 있다면요."

대답은 심 대표에게 하였지만 그의 시선은 진만에게 가 있었다. 송진만의 미간이 조금 좁혀졌다.

"각 제작사로 보내 드린 기획안은 다 읽으셨을 텐데요. 본인께 맞는다고 생각하신 겁니까?"

연태오 PD가 몸을 앞으로 당겨 앉으며 물어왔다. 신인 배우들을 뽑는 공개 오디션과는 다르게 기존 배우들의 비공개 오디션의 경우 많은 이야기를 나누게 되기 마련이었다. 결국에는 그 배역을 확실하게 소화해 내기에 부합할 수 있는 인물이냐, 아니냐가 중요하게 작용을 하겠지만 말이다.

"이기주에게 맞는지 맞지 않는지는 중요치 않다고 생각합니다. 그러나 전 만월연가의 소태섭이 될 자신이 있습니다."

기주는 당당한 어조로 말하였다. 송진만과의 악연으로 인해 드라마를 선택한 점도 없잖아 있었지만, 적어도 받은 그 기획안이 별 볼일 없는 것이었다면 기주는 선택하지 않았을 것이다. 그러나 확실히 만월연가의 주인공 소태섭이라는 역할은 기주를 당기는 매력이 있었다. 오디션을 보았다는 이야기가 돌면 자존심이 상할 것이라 소속사 측에서는 반대를 하였지만 기주는 이 역할에 반드시 도전해 보고 싶었다.

"좋습니다. 그럼 모든 이야기들은 차치해 두고……. 연기를 한번 보죠. 물론 가능하다면 말입니다."

송진만이 들고 있던 펜을 놓으며 말하였다. 할 수 있다면 해 봐라, 라는 것은 기주를 도발하기에 충분하였다. 몇 년 전의 악연으로 송진만 역시 기주에게 좋은 감정이 있지 않은 것은 확실하였다.

기주는 입고 있던 검은색 양복 상의를 벗어 옆에 있던 테이블로 던져 놓았다. 흰 와이셔츠의 첫 번째 단추를 풀며 송진만을 바라보았다.

"극 중, 양궁 선수 소태섭이 여자 주인공 민연에게 향하는 마음을 가라앉히기 위해 양궁 연습에 몰입하는 장면을 해보겠습니다."

받은 기획안의 내용 중 가장 핵심이 되는 부분이었다. 반대로, 가장 어려운 부분이었다. 그것을 지금 이 자리에서 해 보이겠다는 것은, 실패 시 탈락의 길로 직행이라는 걸 의미했다. 심대표가 진만의 귀에 속닥였다. 아마도 잘할 수 있겠느냐는 속닥거림이겠지. 잠깐 그들에게로 시선을 옮겼던 기주는 작은 한숨과 함께 바닥으로 시선을 떨어뜨렸다. 자, 시작이다.

기주는, 아니, 양궁 선수 소태섭이 되어버린 그는 가슴이 찢어진다. 자신이 너무나 사랑하는 여인 민연을 향한 마음을 접어야 하기에, 드러내지 않아야 하기에.

마음을 굳힌다. 그녀가 저곳에서 보고 있다. 그러나 이제는 정말로 마음을 굳혀야만 했다. 당장에라도 달려가 그녀의 손목을 잡아채고 싶은 이 마음을 참아야 한다.

후, 하고 한숨을 내쉰다. 천천히 시위를 들어 과녁을 조준한다. 옆에서 또 다른 남자의 시선이 느껴진다. 민연의 남자의 시선이다. 지나친 도발, 강한 자극.

그래, 그녀를 가질 수 없는 나는 이 한 발로 모든 것을 정리하여야 한다. 과녁을 노려본다.

사위가 적막해진다. 이곳에는 아무도 없다. 오로지 나와 저 과녁뿐이다. 저 과녁은 나의 마음이다. 심상이다. 이제는 없어져야 할 고통이다. 이 한 발, 이 한 발로 모든 것이 끝난다.

……끝. 눈물이, 흐른다.

"……!"

진만은 하마터면 자리를 박차고 일어날 뻔하였다. 아무것도 들지 않고서도 과녁을 조준하고 있는 양궁 선수의 자세를 기주가 정확히 취하고 있었다. 게다가 저 표현력. 마치 자신이 상상하며 집필해 왔던 소태섭이 자신의 눈앞에서 양궁을 하는 것만 같았다.

아니, 그는 완전히 소태섭이었다.

쏴아아아.

화장실 세면대에 물을 가득 틀어 손을 집어넣자, 하얀 포말이 손 위에서 부서졌다. 시원한 감각에 기주는 기분이 좋아졌다. 손에 남은 물기를 탁탁 털어내며 기주는 수도를 잠그고 벽에 붙어 있는 거울을 올려다보았다.

"훗."

웃음이 터져 나왔다. 자신이 연기를 마쳤을 때의 송진만 작가의 표정이란!

눈을 동그랗게 뜨고 입은 조금 벌어져 있었다. 발갛게 달아오른 그의 얼굴만 보아도 무슨 생각을 하고 있는지 번연히 알 수 있었다.

그리고 연기가 끝난 후, 송진만이 결연한 얼굴로 말하였다.

"더 오디션 할 것도 없이 이기주로 정하지요."

아싸, 라고 외칠 듯 그는 주먹을 불끈 쥐어 보였다. 당장 가을에게 전화를 걸고 싶은 마음이 굴뚝같았다.

역시 모든 버라이어티 쇼의 스케줄을 취소하고 양궁을 연습한 것이 헛되지 않았다. 양궁 선수를 집으로 불러들여 하루 두 시간씩 연습을 하였다. 그리고 그 장면에서 가장 중요한 감정의 극대화를 위해 이미지 트레이닝을 수도 없이 하였고, 감정 선을 살리기 위해 하루에도 몇 시간씩 인물 연구를 하였다. 그렇게 일주일을 오로지 만월연가만을 위해 살았다.

"기주 형님!"

"억, 깜짝이야!"

별안간 들려오는 소리에 기주는 화들짝 놀랐다. 근육이 뭉친 듯하다. 어깨에 손을 얹으며 고개를 돌리니 현장 매니저 영탁이 문 앞에 서 있었다. 어디서부터 헐레벌떡 뛰어온 건지 거친 숨을 내쉬며 가슴을 씨근덕거리고 있었는데 그런 그의 얼굴이 좀 다급해 보였다.

"야, 놀랐잖아! 그리고 그 형님 소리 집어치우라고 그랬지? 방송국 사람들이 조폭 출신인 줄 알겠어!"

“예, 그보다⋯⋯.”

예, 라고는 대답하였지만 귓등으로 흘린 듯하다. 그보다, 라고 황급히 말을 잇는 것을 보아하니 정말 급한 일이 있는 듯했다. 기주는 이번 기회에 영탁의 ‘형님’ 이라는 말버릇을 아예 없앨까 싶기도 하였지만 그의 얼굴이 예사롭지 않아 용건부터 들어보기로 하였다.

“송진만 작가님께서 잠깐 보자고 하시는데요?”

영탁의 말이 떨어지는 순간 기주는 잠시 멍, 하였다. 지금 자신이 무슨 말을 들은 건지 귀를 의심하였다. 누가 누굴 보자고?

“송진만 작가님이 확실해?”

“그렇다니까요? 아까 오디션 보셨던 제4회의실에서 기다리고 계신다고 하셨어요.”

“⋯⋯ 단둘이?”

“그렇다니까요?”

차가운 물을 엎어쓴 듯 기주는 정신이 확 드는 것 같다.

“야! 그 말을 이제야 하면 어떻게 해!”

“처음부터 한 거예요!”

“으이씨!”

기주는 황급히 바지춤에 물기를 쓱쓱 닦으며 영탁을 밀치고 화장실 밖으로 나갔다. 영탁은 멍하니 그의 뒷모습만 바라 볼 뿐이었다.

다시 제4회의실 앞으로 간 기주는 노크를 하려다가 손에 찬 땀 때문에 손을 쓱쓱 비볐다. 아무래도 긴장이 되었다. 그가 왜 부른 것인지에 대한 긴장보다, 가을의 아버지란 것에 긴장하는 맘이 더 컸다.

똑똑.

이내 용기를 낸 기주가 노크를 하였고, 잠시간의 틈을 두었다가 들어오라는 진만 특유의 목소리가 들려왔다.

"부르셨습니까."

"아, 아직 안 갔구먼. 앉게."

진만이 앉아 있던 책상 건너에 놓인 의자를 가리켰다. 기주는 애써 긴장한 티를 내지 않으려 노력하며 그쪽으로 가 앉았다.

"연기가 많이 늘었더구먼. 예전 일로 기분이 상했을 텐데."

자신의 배우로 기주가 선택된 이상, 진만은 기주와 생긴 감정의 벽을 부수고 싶었다. 게다가 악감정이 남아 있을 텐데도 불구하고 오디션을 받으러 찾아온 기주가 좀 의외였다. 어떤 녀석인지 조금 더 대화를 나누고 싶었기도 했다.

"예, 연습을 좀 했습니다. 그보다 선생님, 말씀 드리고 싶은 게 있습니다."

기주의 표정은 결연하였다. 그러나 표정과는 반대로 그의 심장은 무척이나 쿵덕대었다.

"말해보게."

"제가 요즘 자서전을 준비하고 있습니다."

흐음, 그래? 하고 진만이 시큰둥하게 대답하였다. 근래 들어 젊은 아이돌 가수들이 자서전 같은 것을 많이 내고 있었다. 진만에게는 그 모습이 보기 좋지만은 않았다. 자서전이라는 것은 자신의 삶에 대해 이야기를 하는 것이다. 자서전이란 연륜이 있고 살아온 길이 순탄치만은 않았으나, 그래도 나는 이만큼 했다, 라는 것을 보여줌으로써 당신도 할 수 있다는 마음을 심어주는 것이라고 생각하는 진만에게는 더욱 그럴 수밖에 없었다. 대체 짧은 인생을 살아온 그들이 인생에 대해 논하는 깊이가 깊으면 얼마나 깊겠는가.

"그런데 글이라는 것의 특성상, 아무것도 모르는 제가 쓰는 것보다 낫다는 생각에선지 회사에서는 대필 작가를 붙여주었습니다."

대필 작가라는 말에 일순 진만의 얼굴이 어두워졌다. 그의 흔들리는 눈빛이 '설마?' 하고 기주에게 묻고 있었다. 딩동댕, 그 설마가 정답입니다, 라고 기주는 말해주고 싶었다.

"그 대필 작가가…… 송가을입니다."

기주의 말에 진만의 얼굴이 눈에 띄게 굳었다. 베스트셀러 작가의 딸이 대필 작가라는 것은 경찰청장의 아들이 도둑이라는 것과 다르지 않다.

기주는 전과는 다르게 당황한 그의 얼굴을 가만히 들여다보았다. 다른 사람도 아니고 앞으로 함께 일을 해야 할 배우에게 그 같은 사실을 들킨 것이 무척이나 곤혹스러울 것이었다.

“미안하지만, 담배 한 개비만 주겠나.”

들릴 듯 말 듯 나직한 목소리였다. 기주는 주머니에서 담뱃갑을 꺼내 한 개비를 내밀었다. 약간 떨리는 손으로 진만이 그것을 받아 들어 입에 물자 기주는 라이터에 불을 붙였다. 담배를 문 진만의 얼굴이 그에게로 가까워져 왔다.

“불 붙이십시오, ……아버님.”

기주의 말에 진만의 입에 물려 있던 담배가 툭, 하고 떨어졌다.

기주의 집 거실에 평소와는 다른 무거운 정적이 감돌고 있
다. 테이블을 가운데 두고 송진만 작가의 건너에 앉은 기주는
그 무거운 정적에 짓눌려 숨 쉬기조차 어려울 지경이었다. 아무
런 대책도 없이 폭탄선언을 한 것까지는 좋았는데, 가을이 기주
의 집에 와 있다는 것을 알자 송진만은 선약들을 취소하고 당장
기주를 앞세워 집으로 쳐들어온 것이었다.

온 것까지는 좋은데 들어온 진만은 소파에 앉아 팔짱을 낀 채
로 기주를 노려보고만 있었다. 아아, 미치겠군. 기주는 땀이 진
뜩 고인 손바닥을 허벅지에 쓱쓱 문질러 닦았다. 그사이 녹차를
끓이러 들어갔던 가을이 주방에서 나왔다. 그녀의 표정은 잔뜩

굳어 있었으나 기주는 가을이 나오자 조금 위안을 하였다. 그 사이 크흥, 하고 송진만이 헛기침을 하였다. 기주는 얼른 그에게로 고개를 돌렸다.

"가을이, 앉아라."

진만 역시 좋은 목소리는 아니었다. 왜 그렇지 않겠는가. 평소 가을이 대필 일을 하는 것을 못마땅해 왔었다. 그런데 이제는 그도 모자라 남자와 동거를 하고 있다. 그것도 사생활 보호가 전혀 안 되는 남자 연예인과!

가을은 녹차를 내려놓은 빈 쟁반을 가슴께에 끌어안았다. 좀 뚱한 얼굴이다. 진만의 눈썹이 꿈틀거리는 것을 기주는 보았다. 얼른 눈치를 차리고 가을의 손목을 잡아끌었다. 가을이 기주를 돌아다보자 기주는 미간을 살짝 찌푸리며 눈치를 주었다.

"앉아. 아버님이 하실 말씀 있으신가 본데."

그렇게 말하며 스윽 시선을 돌리니 진만의 표정은 아까보다 더 구겨져 있었다. 그의 시선은 정확히 가을의 팔목을 잡은 기주의 손 위에 닿아 있었다. 기주는 얼른 손을 놓았다.

"앉으래두."

진만의 목소리가 재차 무겁게 떨어지자 가을은 할 수 없다는 생각이 들었는지 천천히 기주의 옆에 앉았다. 너무 바짝 붙어 앉는 거 아냐? 기주는 얼른 진만의 눈치를 보았다. 다행히도 이번에는 그의 눈썹이 꿈틀거리고 있지 않다. 후우, 하고 한숨을 내쉬었다.

차라리 작가 송진만과 가수 출신 배우 이기주와의 대면이었다면 이렇게 긴장을 하지는 않았을 것이었다. 그러나 지금은 그것과는 판이하게 다르다. 예비 사위 이기주와 예비 장인 송진만의 자리였다.

"무슨 일이세요."

히익, 하고 기주는 가을에게로 고개를 돌렸다. 무슨 일이냐고 묻는 그녀의 목소리는 기주가 평소에 알고 있던 것과는 판이하게 다른 것이었다. 그러고 보니 어머니 얘기는 굉장히 애절한 표정으로 말해온 그녀의 입에서 아버지와의 이야기는 자주 나오는 편이 아니었다. 이번 기주가 그의 작품에 캐스팅 되지 않았다면 아마 아직까지 모르고 있을 것이다. 평소 혹시 아버지와 사이가 좋지 않은 건 아닐까 하는 생각을 하기는 했었다.

"짐 싸거라."

히익, 다시 한 번 놀란 기주가 숨을 들이키며 진만을 바라보았다. 간만에 만난 딸이 남자와 같이 살고 있다는 것은 가히 좋은 일이 아닐 테지만 아무리 그래도 다짜고짜 짐을 싸라니. 평소에도 자신이 원하는 일에는 가차없는 성격이었는데 아무래도 딸의 일이니 더욱 그 성격이 나오는 것 같다.

"내 짐을 왜 아버지가 싸라 마라예요."

아이고, 이거 미치겠네. 가을은 평소의 가을과는 사뭇 달랐다. 무슨 이유에선지 자세히는 알 수 없으나 가을은 좀 흥분해 있는 듯하였다. 기주는 가을을 진정시키기 위해 그녀에게로 고개를 돌렸다.

"넌 지금 네가 옳은 일을 하고 있다고 생각하는 거냐."

다그치는 듯한 목소리다. 기주는 송진만 작가라도 말려야겠다 싶어 다시 그리로 고개를 돌렸다. 무슨 작가가 이렇단 말이냐. 은유 비유 총동원해서라도 살살 구슬리지는 못할망정.

"기주 씨."

"이보게."

기주가 안절부절못하는 사이 전쟁 발발 직전의 상황처럼 팽팽한 긴장감을 유지하고 있던 부녀가 동시에 기주를 불렀다. 으응? 하고 기주는 가을을 보았다가 네에? 하고 다시 진만을 보았다. 부녀의 눈썹이 똑같이 꿈틀하는 것을 기주는 보았다.

"그러다 목 돌아가겠어."

"목 돌아가겠네."

둘이 동시에 말하였다. 그래 놓고는 서로 다시 노려보는 부녀다. 정말 못 말리겠군. 기주는 낮은 한숨을 쉬고는 고개를 번쩍 치켜들었다.

"아하하하. 아버님, 좀 놀라셨을 텐데 저녁이라도 함께 하시면서 천천히 이야기를……."

"당장 짐 싸지 못하겠나."

기주의 중재를 진만은 단칼에 잘라내었다. 아하하…… 하하, 어색한 웃음을 이어가며 기주는 입을 다물었다. 가을의 미간이 잔뜩 찌푸려졌다.

"왜 이제 와서 이러세요? 어차피 제가 뭘 하든 상관없으신 분이잖아요, 아버지는."

"그래서 지금 네가 이 일이 똑바른 일이라고 생각을 하는 거냐. 집을 나와 같잖은 일을 한답시고 남자와 동거나 하는 게?"

이 집에 들어와 진만의 언성이 처음으로 높아졌다. 말문이 막힌 건지, 아니면 앞뒤 사정도 모르면서 '동거'라고 말해 버리는 것에 질렸는지 가을은 입을 조금 벌린 채 말이 없었다. 그렇다. 정확히 말하자면 동거가 맞다. 그러나 그 동거라는 말 뒤를 따르는 추저분한 관념들이 기주를 씁쓸하게 하였다. 처음부터 가을을 이런 식으로 데려오는 것이 아니었던 걸까. 그러나 지금 이 시간들은 비단 그것만이 아니라 이전부터 쌓여오던 그들의 벽 때문이었다.

이내 정신을 차린 건지 가을의 입술이 굳게 닫혔다. 꾹 다문 입술이 고집스럽게 보였다. 그리고는 다시 천천히 열렸다.

"네, 제가 하는 건 아버지께 늘 같잖은 일이죠. 제가 무슨 생각을 하고 무엇을 준비하든지 간에 대단하신 아버지께는 같잖은 일이겠죠. 아버지는 원래 그런 분이시니까요."

그리고는 아랫입술을 꾸욱 다물었다. 이제 기주는 안절부절 못하지 않고 그냥 그 자리를 가만히 지켰다. 이들의 사이에 누군가의 중재 따위는 필요없다. 그들에게 필요한 중재는 대화뿐이다.

송진만은 황급히 양복의 안주머니로 손을 찔러 넣었다. 다시

나오는 그의 손에 담배가 딸려 나왔다. 기주는 황급히 라이터를 들이밀었다. 힐끗, 진만이 날카로운 시선으로 그를 한 번 올려 보았다가 담배를 다시 집어넣어 버렸다.

‘뻘쭘하기도 하지.’

기주는 살짝 들었던 엉덩이를 다시 소파에 내려놓았다.

“그래서 네가 남자와 동거를 하든, 지저분한 스캔들 때문에 신문 1면을 장식하든, 베스트셀러 작가 이 송진만의 딸이 남자와 동거를 하는 대필 작가라는 것이 알려져 곤혹스럽든 말든 상관 말라는 거냐?”

이건 아니다. 기주는 그렇게 생각하였다. 가을이 아무리 딸을 걱정하는 부모의 마음을 알아주지 않더라도 저런 식으로 말하는 것은 결코 좋은 결과를 낳을 수가 없다. 역시나 가을이 탁, 하는 소리가 나도록 거칠게 머그잔을 테이블 위에 내려놓았다.

“예. 그 말씀이 하고 싶으셨던 거죠? 아버지는 원래 그러셨어요. 뭐든지 아버지의 명예가 중요하시죠. 소문 걱정 마세요. 절대 아버지께는 폐 끼치지 않을 테니까요.”

격앙된 가을의 목소리가 거실 안을 쩌렁쩌렁 울렸다.

“내 말은 그게 아니다.”

“아니긴 뭐가 아니에요. 아버지는 늘 그러셨어요. 가족보다 아버지의 일이 먼저죠. 엄마가 죽을병에 걸려 다 죽어갈 때도 아빠는!”

마치 비명 같은 목소리가 빼액, 하고 하늘로 치솟는다. 무슨

말이 나올지 예감하고 있다는 듯 진만은 눈을 감아버렸다. 가을
은 허억, 하고 숨을 고른다. 숨이 진정되자…… 눈물이 차오른
다. 목소리가 가늘게 떨려왔다.

"엄마가 죽어갈 때도 아빠는…… 글에만 매달리셨잖아요."

진만은 대답을 하지 못하였다. 기도라도 하듯 꼭 모아 쥔 손
을 이마에 가져다 대고 작은 신음을 흘릴 뿐이었다.

진만은 말하고 싶었다. 그렇게라도 하지 않으면 아무것도 지
킬 수 없을 것 같았다고. 입원비를 정산하지 않으면 당장 치료
도 중단시킬 것이고, 입원실에서 쫓아내리라는 병원의 엄포에
그렇게밖에 할 수가 없었다고. 모든 병을 털고 하늘로 올라가던
그날에 아무것도 모르는 채 집필을 했던 것도…… 다른 날처럼
그날도 괜찮을 줄 알았다고.

그러나 그 모든 것은 딸의 앞에서 변명인 것만 같아 진만은
아무 말도 할 수가 없다.

진만으로부터 아무 말이 없자 가을은 아랫입술을 꼭 깨물고
는 자리에서 일어섰다. 진만의 시선이 다급히 그녀를 따랐다.
뜨거운 눈물이 흘렀던 눈은 어느새 차갑게 식어 진만을 내려다
보고 있었다.

"돌아가세요. 아버지 그 명성! 절대로 흠집 낼 일 없을 테니까
요!"

가을은 몸을 돌려 뛰어가다시피 이층 계단을 올랐다. 그녀의
발소리가 서서히 사라지자 진만은 후우, 하고 깊은 한숨을 내쉬

며 마른세수를 하였다.

"가을이는 괜찮을 겁니다, 아버님. 지금 좀 흥분해서……."

그의 말을 가로막으며 진만이 손을 들어 보였다. 지금은 아무 것도 듣고 싶지 않다는 제스처였다. 소파에서 천천히 일어나던 진만이 비틀, 중심을 잃었다. 기주가 얼른 다가가 그의 팔을 붙들었다.

"소란스럽게 해 미안하네."

역시나 송진만이었다. 이 상황에서도 인사치레를 하다니. 기주는 괜찮다는 듯 고개를 끄덕여 보였다.

"모셔다 드리겠습니다, 아버님."

"괜찮다니까."

집을 나서는 내내 진만과 기주는 설왕설래하였다. 기주의 차를 타고 왔으니 데려다 주겠다는 요청을 진만은 굳이 거절하였다. 어디 가 소주라도 한잔하고 싶어 그러네, 라는 말을 하려다가 말았다.

"내가 알아서 가겠네. 그리고 자네."

"네, 아버님."

재빠른 기주의 대답이었지만 진만의 표정은 탐탁지 않았다. 어느새 평소 호랑이 작가 송진만의 모습으로 돌아온 듯 진만은 날카로운 눈으로 기주의 위아래를 훑었다. 그리고 단호한 얼굴로 기주에게 말하였다.

"떡 줄 사람 생각도 않는데 어디다 대고 아버님인가? 난 아직 허락하지 않았네."

참 못 말릴 사람이다. 조금 전 자신의 딸과 의절 직전까지 갈 만큼 싸운 사람으로 느껴지지 않았다. 그러나…….

기주는 도발을 하듯 씨익 웃으며 진만을 바라보았다. 그의 시선에 진만의 어깨가 움찔하였다. 기주는 히죽 웃으며 말하였다.

"그 떡, 아버님이 쥐고 계신 거 맞습니까?"

헉, 하고 진만이 숨을 들이켰다. 기주는 느물거리며 손을 오므리고 펴기를 반복하였다. 마치 떡이라도 주무르듯 말이다.

"자, 자네!"

"예, 아. 버. 님."

일부러 한자한자 힘을 주어 발음했다. 그러나 정작 기주를 부른 진만은 말이 없다. 하기 어려운 말을 꺼내듯 입만 달싹였다. 굳이 진만의 입으로 듣지 않아도 기주는 알 것 같았다. 시집 안 간 딸을 둔 아비의 걱정이란 다 거기서 거기다.

"걱정 마십시오. 가을 씨에게 좋지 못한 일은 하지 않습니다."

그제야 후우 하고 진만이 숨을 쉬었다. 그러나 느물느물 여전히 웃고 있는 기주의 시선을 의식하자 헛기침을 하였다.

"이만 가네."

"예."

진만이 몸을 돌렸다. 기주는 그래도 문 앞까지는 배웅을 해야겠다는 생각에 그의 뒤를 따랐다. 육중해 보이는 철제 대문 앞에서 진만은 손잡이를 잡은 채 뒤도 돌아보지 않고 움직임을 멈추었다. 기주도 걸음을 멈추었다.

"가서 자네가 위로 좀 해주게. 그래도 찾아온 아비에게 소리 질러 보냈으니…… 울고 있을 걸세."

그대로 진만은 그의 집을 벗어났다.

기주는 진만의 발걸음 소리가 천천히 멀어질 때까지 그곳에서 있었다. 일부러 떡이네, 어쩌네 장난스럽게 말을 하였지만 마지막에 마지막까지 가을의 걱정만 하는 그의 마음을 알 것 같았다.

퍽!

거실로 들어서기가 무섭게 기주에게로 쿠션이 날아들었다. 던져진 쿠션은 그의 가슴께에 맞고 바닥으로 떨어졌다.

"대체 무슨 생각으로! 나한테는 단 한 마디도 없이, 무슨 생각으로!"

진만과 있을 때와는 사뭇 다른 어조였다. 애써서라도 냉정함을 유지하려던 모습은 온데간데없다. 기주는 씩씩거리는 가을을 물끄러미 바라보다가 허리를 굽혀 쿠션을 들어 올렸다. 그리고는 여유로운 태도로 소파 쪽으로 걸어가 쿠션을 제자리에 돌려놓았다. 후우, 한숨을 쉬고는 다시 가을을 바라보았다. 무슨 생각으로라니?

"결혼할 생각으로."

"뭐?"

"결혼할 생각으로 말씀드렸다구."

기주는 소파에 앉으며 가을에게도 앉으라는 듯 턱으로 반대편 소파를 가리켰다. 아직 화가 덜 풀린 것인지 한참을 가만히 있던 가을은 대답 없이 기주의 맞은편 소파에 가 앉았다.

"이봐요, 송가을 씨."

웬 송가을 씨? 가을이 곱지 못한 시선으로 기주를 바라보았다. 저 여유로운 표정. 참 얄밉다.

"내가 그 반지 줄 때, 당신이 그 반지 손가락에 낄 때, 그럼 아무런 생각이 없었단 말이야?"

기주의 음성은 한없이 부드러웠다. 마치 빗나가는 청소년을 타이르는 상담센터 직원 같다.

"지금 그런 이야기를 하는 게 아니잖아."

아니라고 가을은 생각한다. 자신에게는 아무런 언질도 없이 진만에게 알려 일을 이 지경까지 몰아버린 기주의 태도가 잘못된 것이다. 그러면서도 마음 한구석에서는 의문을 표하고 있다. 기주가 아버지에게 말하지 않았다면? 그와의 결혼을 생각하면서도 아버지에게 알렸다고 화를 내는 것은, 그렇지 않았다면 아버지에게는 영영 알리지 않으려고 했던 걸까.

"아니, 그런 얘기를 하는 거 맞아. 우리의 결혼에서 어떻게 아버님을 빼놓고 생각할 수 있어?"

가을은 대답이 없다. 잠시 숨을 고르는 척 그녀의 말을 기다렸다가 기주는 말을 이었다.

"이봐, 송가을 씨. 어린애가 아니잖아, 이젠."

기주의 부드러운 어조에 가을은 그를 건너다보았다. 이럴 때
는 정말이지 누가 연상이고 누가 연하인지 알 수가 없다. 사실
그를 알게 된 후로 가을은 줄곧 그와의 나이 차이를 잊었다.

"아버지를…… 싫어하는 거야?"

그건 아니다. 하지만 좋아하냐고 묻는다면……. 가을은 대답
을 찾지 못했다. 가만히 고개를 떨구고 있는 동안 기주로부터는
말이 없었다. 적막이 흐르는 그들의 사이로 에어컨의 찬바람이
스쳐 지나갔다.

"엄마는……."

가을이 천천히 입을 열었고, 기주는 그녀에게로 약간 상체를
기울인 채 그녀의 말에 귀를 기울였다.

암이였다. 멀쩡하던 엄마—적어도 옆에서 보기에는 말이다—가
진단을 받자마자 침대 생활을 시작하여 그대로 일어나시지를
못하였다. 어머니의 부재로 집 안은 눈을 뜨고 볼 수 없을 만치
망가졌고, 치료비와 입원비로 가세는 급격히 기울었다.

엄마는 침대에서 하루 종일 하얀 천장만을 봐야 했다. 아버지
는…… 글에만 매달리셨으니까. 어머니가 돌아가시는 날에도
그랬다. 돌아가실 때까지 엄마는, 그렇게 혼자였다.

"병원비를 벌려고 그러신 거 아닐까."

가을은 고개를 끄덕였다. 그건 그녀로서도 알고 있었다. 그러

나 돌아가시는 그날까지 아버지는 어머니의 곁을 지키지 않았다. 마지막 숨이 다할 때까지 어머니는 아버지를 기다리시다 눈을 감으셨다. 그 미움은 아마 그때부터가 아닐까.

흠, 하고 기주는 마른세수를 하였다. 어려운 문제다. 말 한마디로 그간 쌓여온 두터운 벽이 순식간에 사라질 거라고는 생각지 않지만. 그래도…….

"그때부터였을 거야. 나는 점점 아버지와 공감하지 못했고, 점점 크면서 내 세계를 만들어 나갔고, 아버지와 소통 없이 만든 내 세계를 아버지는 당연히 이해하지 못했지. 딱히 어느 것 때문에 이렇게 됐다고는 말하기 어려운 것 같아."

가을이 기주로부터 시선을 돌려 이미 검어진 창밖을 내다보았다. 비가 올 것 같네, 하고 중얼거렸다.

"하지만 자식이 부모를 용서할 자격은 없어."

가을은 창밖을 내다보던 시선을 거둔다.

"부모님들에게는 부모님들만의 사정이 있었을 거야. 물론 네가 쉬운 감정으로 아버지와 벽을 쌓았다고 생각하는 건 아냐. 하지만 지금은 좀 아버님을 이해해 드리는 게 어떨까. 자식에게는 부모를 용서할 자격은 없어. 가족이니까 받아들이는 거지. 쉽게 떨어질 수 있으면 가족이겠냐."

가을은 또 대답이 없다. 저 고집불통. 처음부터 쉬울 거라 생각한건 아니었으니 기주는 가을을 몰아붙일 생각은 없었다. 시간을 두고 천천히. 세월에 쌓인 벽은 다시 무너뜨리면 그만이다.

그러나 내심 내일은 시간을 내어 진만과 술이라도 한잔해야 겠다는 생각을 하였다. 매번 무뚝뚝한 얼굴만 보다가, 딸의 앞에서 화를 내는 척 전전긍긍하는 모습이라니. 왠지 기주는 그를 어려워하였던 이전의 감정은 다 잊을 수 있을 것 같았다.

가을은 여전히 무거운 얼굴이다. 고개를 숙인 채 무슨 생각을 하는지 이따금 아랫입술을 깨물고 있었다. 그러다 가끔 유리창 밖을 내다보기도 하였다.

"아버님 그렇게 보내고 나니 신경 쓰이지? 비도 올 것 같고 말이야."

무거운 분위기를 바꿔보기 위해 기주는 일부러 목소리를 한 톤 높였다. 그런 그의 생각을 알아서일까. 가을은 샐쭉 기주를 흘겨보며 말하였다.

"떡 줄 사람은 생각도 안 하는데 누구더러 아버님이래? 누구 맘대로?"

정말 닮은 부녀다. 고집스러운 면까지 말이다. 허, 하고 기주 는 헛바람을 뱉었다. 그리고는 왼손을 들어 반지를 보였다.

"애 맘대로."

이번에는 허, 하고 가을의 입에서 헛웃음이 터졌다. 기주는 씨익 웃으며 소파에 길게 드러누웠다. 하얀 천장에 드문드문 얼룩이 보인다.

"그래도 난 네가 부럽다."

천장을 보고 있음에도 기주는 가을의 시선이 자신의 뺨 위로 향해 있다는 것을 느꼈다. 기주는 눈을 깊게 감았다. 시간을 내어 부모님을 모신 납골당에 한번 가 뵈어야겠다는 생각을 하면서.

"으아, 미치겠네."

새벽 다섯 시, 평소 같으면 잠이 들었어도 한창 깊은 잠에 빠져 있어야 할 시간에 기주는 자신의 방 옷장 앞에서 머리를 거칠게 쥐어뜯었다. 분명 어제까지는 괜찮았었다. 진만에게 자신이 지금 가을과 함께 지내고 있다는 말을 할 때에도, 넉살좋게 아버님이라 넙죽 부를 때에도 조금은 긴장이 되었지만 이 정도까지는 아니었단 말이다.

진만이 돌아가고 가을과 긴 이야기를 나눈 후 방으로 들어오면서 기주는 다짐하였다. 무슨 일이 있어도 가을과 그녀의 아버지의 관계를 예전처럼, 아니, 다른 집과 같은 부녀지간으로 돌려놓겠다고 말이다. 그렇게 되려면 가장 먼저 자신이 허락을 받아야 했다.

어쩔까. 어차피 계약 문제로 방송국에 들러야 하니, 그것을 핑계 삼아 진만과 만나는 것이 가장 자연스러울 것이었다. 만나면 옛날 노래 가사처럼 넙죽 절하고 나서, 드라마처럼 '가을이를 제게 주십시오. 손에 물 한 방울 묻히지 않겠습니다' 하는 것이 가장 좋은 방법이 아닐까 싶었다.

'물 한 방울 묻히지 않아도, 자네의 그 소란스러운 팬클럽 아이들이 내 딸의 머리를 다 쥐어뜯어 놓겠지.'

가차없는 진만의 대답이 들려오는 것만 같다. 진만은 분명 그렇게 말하고도 남을 위인이었다. 그럼 다른 방법은?

그런 생각들을 하다 기주는 잠이 확 달아나 버렸던 것이다. 밤새 뒤척이다 결국에는 옷장 앞에서 무엇을 입고 가야 할지 한참이나 고민하였다.

"양복? 아냐, 이건 너무 오버야. 그럼 청바지? 아아, 이것도 아니고!"

이렇게 옷에 신경을 써본 일은 처음이다. 기주는 셔츠 몇 개를 들고 전신 거울 앞으로 가 하나씩 대어보았다. 마음에 안 든다는 듯 고개를 절레절레 흔드는 그의 손에 들린 셔츠 몇 개가 바닥으로 나뒹굴었다.

"아버님, 가을이를 제게 주십시오."

진부하다. 게다가 거울을 통해 멘트를 연습하는 자신의 얼굴이 무척이나 작위적이었다. 처음 연기 연습을 할 때도 이렇게 어렵진 않았다. 사랑받는 사위가 되기 위한 백서라는 책이 있다면 그것을 사들고 이미지 트레이닝이라도 하고픈 맘이 간절했다.

"아버님, 가족이 되고 싶습니다!"

이것도 아니다. 분명 저따위 말을 했다가는 '그럼 양자로 받아주지' 라고 하실 거다.

“에잇, 몰라!”

기주는 손에 남은 셔츠들을 팩 던지고는 쓰러지듯 침대에 벌러덩 드러누웠다. 제대로 된 아이디어조차 없는 머리를 타박하듯 머리카락에 손을 넣어 북북 긁었다. 포효하는 듯한 사자의 울음 같은 것이 그의 입 안에서 터졌다.

“기주 씨?”

똑똑, 하는 노크 소리와 함께 가을이 문을 빼꼼히 열었다. 기주는 황급히 일어나 머리를 가다듬었다.

“응, 왜?”

“이 시간에 깨어 있길래.”

아예 못 잔 거라고 말하면 놀라겠지. 기주는 그녀를 향해 미소 지었다.

“나야 뭐⋯⋯. 그러는 넌? 내가 시끄럽게 해서 깬 거야?”

그녀의 방은 이층이니 들릴 리가 없다 생각하면서도 혹시나 하여 물었다. 역시 가을은 고개를 가로저었다.

“아침을 좀⋯⋯.”

쑥스러운 듯 배실 웃으며 등 뒤로 숨기는 가을의 손에는 앞치마가 들려 있었다.

“응.”

알겠다는 대답이다. 기주가 대답하자 가을은 피식 웃으며 고개를 끄덕였다. 어쩐지 그녀의 표정은 밤새 밝아져 있었다.

“그럼 조금 더 자.”

가을은 문을 닫았다. 그녀의 모습이 사라진 닫힌 문 너머로 잠시 뒤 달그락거리는 소리가 들려왔다. 소리만 들어도 충분히 알 수 있는 서툰 움직임이지만, 참 마음까지 따뜻해지는 소리다. 기주는 침대 위에 누웠다. 달그락거리는 소리에 귀를 기울이며 그에 맞춰 발가락을 까닥거려 보았다.

결정하였다. 진만에게 허락을 구하는 한마디.

'매일 이런 아침을 맞이하고 싶습니다.'

그제야 마음이 편안해진 기주는 다시금 잠에 빠져들었다. 그 와중에도 그 한마디를 수없이 연습하면서.

그러나 그런 기주의 연습은 오래가지 않았다. 아침 아홉 시가 조금 넘어선 시각, 가을과 함께 앉아 아침식사를 하는 와중에 걸려온 혜련의 전화 때문이었다.

[오늘 방송국에 계약하러 가는 거, 조금 미뤄야겠어. 송진만 작가님이 쓰러지셨대. PD들까지 다 거기에 가 있나 봐. 나도 연락만 받아서 자세한 상황은 모르고…… 아무튼 계약하러 가기로 한 건 잠깐 미루는 거니 그런 줄 알아.]

앞뒤 사정을 모르는 혜련의 사무적인 말이 전화기 너머에서 들려왔다. 정신이 핑, 하고 어디론가 향한다. 기주는 물 컵에 손을 뻗고 있는 가을에게 시선을 던졌다.

출근 시간대에 걸린 도심의 도로는 주차장을 방불케 하였다. 여기저기서 서로 먼저 가겠다, 아우성을 치듯 빵빵거리는 소리가 난무하였으며, 끼어들기를 시도하는 비양심 운전사와 담판을 붙은 남자도 보였다. 꽉 막힌 도로처럼 가슴이 답답해진 기주는 자신도 모르게 주먹으로 핸들을 내려쳤다.

"젠장!"

그리고는 손바닥으로 얼굴을 쓸어 내렸다.

"괜찮아. 천천히 가."

바닥까지 가라앉아 버릴 듯 나직한 목소리가 들려오자 기주는 고개를 돌렸다. 가을은 정면을 바라보고 있다. 그러나 그녀가 바라보는 것은 거미줄처럼 얽혀 버린 도심 속이 아니었다. 먼 곳으로 시선을 두고 심상에 젖어 있다.

"빨리 간다고 해서 아버지가 더 좋아질 것도 아니잖아."

무척이나 건조한 어조였다. 남들이 들었으면 아버지가 쓰러졌는데 어떻게 냉정을 유지할 수가 있냐며 손가락질할 만큼 그녀의 목소리는 건조했다. 기주 역시 가을을 알기 이전이었다면 그녀의 차가움에 혀를 내둘렀을 것이다. 그녀를 알기 전이었다면 말이다.

기주는 팔을 뻗어 가을의 떨리는 손을 가만히 쥐었다.

"빨리 가면, 적어도 후회는 안 해."

자신을 돌아보는 가을에게 기주는 씨익 웃으며 말하였다.

애써 냉정한 척하던 가을의 조급함은 차가 종합병원의 주차장으로 진입할 때부터 실체를 드러냈다. 주차장 따위에 진만의 모습이 보일 리는 없었지만, 가을은 내내 이곳저곳을 두리번거렸다. 이내 주차를 한 뒤 가을은 기주와 함께 일층 데스크로 달음박질쳐 갔다.

"송진만님 응급실에 계십니다."

가쁜 숨을 몰아쉬며 데스크에 아버지의 이름을 대자 잠깐 조회를 해본 직원이 대답해 주었다. 응급실. 듣기만 하여도 정신이 아찔하다. 가을은 자신도 모르게 몸을 휘청하며 벽을 짚었다.

“괜찮아?”

기주가 다급히 그녀의 팔을 붙들었다. 무척이나 걱정스러운 얼굴로 가을을 내려다보고 있었다. 그녀는 살짝 고개를 끄덕여 보였다.

“괜찮아. 잠깐 어지러웠어.”

“너무 걱정 마. 괜찮을 거야.”

기주는 그녀의 손을 힘주어 쥐었다. 그리고는 가을의 떨림이 조금 나아진 것 같자, 응급실 쪽으로 향하였다.

응급실의 내부는 도심의 한가운데만큼 어지럽고 소란스러웠다. 무슨 사고인지 다리를 붙들고 신음하는 환자에서부터 술 취한 취객까지 다양한 사람들이 응급실을 메우고 있었다. 그 사람들의 틈에서 가을은 아버지를 찾기 위해 여기저기를 헤매었다.

그리고 마침내 가장 끝자리에서 진만을 찾을 수 있었다. 마침 간호사 한 명이 그의 팔에 끼어 있는 링거액을 조절하고 있는 중이었다.

“아, 아빠?”

진만이 누워 있는 침대 쪽으로 가을이 뛰어들었다. 그녀의 목소리는 가늘게 떨리고 있었다. 기주는 가을의 옆으로 바짝 다가서며 간호사에게 물었다.

“어떻게 된 겁니까.”

심드렁하게 돌아보던 간호사는 기주를 보자 눈을 동그랗게 떴다. 자신의 눈앞에 있는 것을 믿지 못하는 듯 입이 살짝 벌어져 있었다. 순간, 기주는 조금 아차 싶었다.

"어떻게 된 거예요? 같이 온 사람이 아무도 없어요?"

연예인이 자신의 눈앞에, 그것도 여자와 나란히 서 있다는 것에 놀라움을 금치 못하는 사이 가을의 목소리가 그녀의 이성을 깨웠다. 가을의 퍼렇게 선 서슬에 간호사는 기주에게서 가을로 시선을 옮겼다.

"같이 오신 분들은 잘 모르겠습니다. 지금은 수면 상태에서 링거를 맞고 계시는 중이시고, 자세한 것은 담당 의사 선생님과 말씀하시면 됩니다. 필요하시다면 호출해 드리구요."

수면 중이라는 말에 가을의 눈에서 눈물이 툭 떨어져 내렸다. 자신도 모르게 떨어진 안도의 눈물이었다. 간호사로부터 살짝 고개를 돌린 기주가 가을의 어깨를 감싸 안았다.

"지금 상태를 듣고 싶은데, 선생님을 불러주시겠어요?"

"부를 필요 없다. 여기 왔으니까."

별안간 들려오는 소리에 가을은 뒤를 돌아보았다. 흰 가운을 입은 의사가 침대를 향해 다가왔다. 머리는 하얗게 세었으나 혈색이 좋고 사심 없이 밝게 웃는 얼굴이 멋졌다. 약간 젖은 눈으로 그쪽을 바라보던 가을의 얼굴에 반색의 감정이 스쳤다.

"변 박사님!"

"아아, 이런이런, 성까지 붙여서 너무 크게 부를 필요 없다."

장난스럽게 손을 가로저으며 가까이 다가온 의사가 가을의 머리에 손을 얹고는 쓱쓱 쓰다듬었다. 그러던 그는 손을 우뚝

멈춰 세웠다. 가을의 머리를 쓰다듬는 자신의 손을 못마땅한 듯
바라보는 기주를 발견했기 때문이다.

'오호라.'

변 박사는 기주와 눈을 마주한 채 그를 향해 싱긋 웃었다. 기
주의 미간이 조금 더 찌푸려졌다. 그 표정을 보는 변 박사는 조
금 더 즐거워졌고 말이다. 변 박사는 그대로 가을의 어깨를 끌
어당겨 안았다.

"꺅!"

"반갑다, 반가워. 너를 마지막으로 본 게 언제지? 많이 컸구
나아—"

여전히 기주의 시선을 의식하며 가을을 안은 채로 인사를 건
네는 변 박사였다.

"어머, 이기주 아냐?"

"야, 이기주가 왜 여기 와 있겠냐. 닮은 사람이겠지."

"설마."

그들이 인사를 나누는 동안 갑자기 뒤쪽에 웅성거림이 들려
오기 시작하였다. 기주가 더욱 고개를 숙이는 것을 가을은 그제
야 알아차렸다. 변 박사와 안았던 것을 풀고는 가을이 물었다.

"아버지는 어떻게 된 거예요?"

흐음, 하고 변 박사는 가을을 바라보았다가, 웅성거림을 듣고
는 기주에게로 시선을 옮겼다. 어디서 봤나 했더니 유명인사였
나. 변 박사는 가을에게 말하였다.

"네 아버지는 당장 어떻게 되는 건 아니다. 그러나 저 청년은 여기다 뒀다가는 무슨 일 나겠어. 병실을 하나 비울 테니 그리로 올라가자."

변 박사의 덕분으로 진만은 곧 병실로 올라갈 수 있었다. 그러나 이동하는 침대를 따라 올라가는 내내 진만은 깨어나지 않았다. 잠이 든 건지, 아니면 깨어나지 않은 건지 알 수가 없어 가을은 더 불안하기만 하였다.

이럴 줄 알았으면 어제 그렇게 돌려보내는 것이 아니었다. 설마 그길로 나가 계속 자신을 탓했던 건 아닐까. 그런 생각이 들자 가을은 미칠 것만 같았다. 고혈압까지 있는 분이었다. 그렇게 몰아세워서는 안 되는 것이었다. 뒤늦은 후회가 물밀듯이 밀려들어 왔다.

병실에 들어서기 무섭게 가을은 변 박사의 팔을 잡았다.

"어떻게 된 거예요? 주무시는 거예요, 아님 안 깨어나신 거예요? 아니, 대체 왜 쓰러지신 거예요?"

"허허. 하나씩 물어봐, 녀석아."

변 박사가 진정을 시키려는 듯 가을의 등을 톡톡 두드렸다.

"나도 꽤 놀랐다. 대체 송가 놈은 자기를 얼마나 몰아붙여야 속이 시원하대냐."

"예?"

가을이 눈을 동그랗게 뜨고 되물었다. 변 박사는 진만이 덮고 있던 이불을 목 근처까지 덮어주며 말하였다.

"이 녀석, 네 엄마 입원했을 때도 그랬잖냐, 왜. 밥도 안 먹고 물도 제대로 마시지 않고 그저 컴퓨터 앞에 앉아서, 악으로 독기로. 그랬잖냐, 왜."

그의 말을 들으며 가을은 진만의 얼굴 위로 시선을 떨어뜨렸다. 글쎄, 잘 모르겠다. 자신에게는 원망이었던 그 모습이 남에게는 아내를 살리려는 안간힘으로 보였다면, 잘못 본 것은 과연 누굴까. 내가 잘못된 걸까. 가을은 머릿속이 혼란스러워졌다.

그러나 한 가지는 알 수 있었다. 자신은 아버지를 원망하고 있다고 생각했었는데 그게 아니었다. 아버지가 쓰러지셨단 전화를 받자마자 미칠 것만 같았다. 머릿속이 하얗게 비어버렸었다. 그간 아버지와 격조하였던 것은 나를 좀 봐달라는 치기 어린 투정이었던 걸까. 어느새 나는 이렇게나 아버지를 사랑하였구나, 그제야 가을은 알 수 있었다.

"그래서 지금은……."

진만에게서 시선을 떼지 못하고 물어오는 가을의 옆모습을 변 박사는 물끄러미 바라보았다.

"녀석, 급하기는. 과로야."

"과로요?"

가을은 그제야 진만에게서 시선을 거두었다.

"그래. 그나저나 가을이 너 집 나갔다며?"

고개를 숙이는 가을을 보던 변 박사가 뒤에 서 있는 기주를 스윽 돌아다보았다. 자신이 나설 자리가 아닌 듯하여 한 걸음 물러서 있던 기주가 변 박사의 시선에 기대었던 몸을 일으켰다.

"어떻게…… 아셨어요? 아버지가 말씀하셨어요?"

가을의 물음에 진만은 기주에게서 시선을 거두었다.

"네 아버지, 너 나간 다음에 밥은 제대로 먹고 다니는지, 잠은 편한 데서 자는지 하루도 마음 편히 지내지 못했다. 그걸 잊으려고 그 큰집에 혼자 앉아 밤새워 글에 매달렸겠지. 그때처럼 말이다."

가을은 아무 말도 할 수가 없었다. 제 외로움만, 제 아픔만 생각했던 자신이 무슨 낯으로, 무슨 말을 할까.

"네 아버지, 꽤 외로웠을 거다. 그래 봐야 못난 녀석이지. 어제도 뭔 술을 그리 마셨는지, 담당 PD라는 놈이 대본 보고 싶어서 갔다가 발견했다더라. 처음엔 하도 술 냄새가 나기에 취한 줄 알았다지 뭐냐."

말을 이어가며 변 박사는 허허, 웃었다. 처음 실려오는 진만을 보았을 때의 어이없던 기분이 떠오르는 모양이었다. 그러면서 변 박사는 다른 스태프들은 모두 볼일이 있어 나갔다고 말해주었다. 진만과 친분이 있는 사이 같으니 안심하고 나간 모양이었다.

"그럼 어떻게 하면 되는 거예요?"

눈물이 그렁그렁한 눈이었다. 변 박사는 그녀의 눈을 부드럽게 응시하였다. 어차피 부모 자식 간이란 다 그런 거다.

“과로에는 그저 휴식이 최고지.”

지금 상태는 별다른 게 없다고 변 박사는 말을 이었다. 가을은 안도의 한숨을 내쉬었다. 만약 이대로 잘못되었다면 가을은 자신을 평생토록 용서하지 못했을 것이다. 살짝 밝아지는 그녀의 안색을 보면서 변 박사는 중얼거렸다.

“그런데 왜 안 깨어나는 건지는 잘 모르겠구나. 너무 지쳐서 그런지……. 좀 지켜봐야 될 거야.”

가을의 얼굴이 다시 어두워졌다. 설마 어제의 행동이 너무나 미워 깨어나지 않으려 하시는 건 아닐까.

“아무튼 난 이만 일 좀 보러 다녀오마. 무슨 일 있으면 바로 간호사실 가서 얘기하고. 그럼 나한테 바로 호출이 올 테니까.”

흰 가운에 손을 집어넣으며 변 박사가 말하였다. 진만을 걱정스러운 듯 바라보던 가을이 황급히 몸을 돌리고 변 박사에게 허리를 굽혀 인사하였다. 멀뚱히 서 있던 기주도 그녀를 따라 허리를 굽혔다.

“감사해요, 박사님.”

“별말을.”

변 박사는 특유의 호탕한 웃음을 지으며 가을의 어깨를 토닥였다. 그리고는 몸을 돌려 밖으로 나가다가 문득 생각난 것이 있는지 가을을 불렀다.

“가을아.”

“네?”

“너도 글을 쓰는 사람이지?”

가을은 변 박사의 물음에 잠시간의 틈을 두었다가 ‘네’ 하고 대답하였다.

“그럼 넌, 그저 돈을 벌기 위해 글 쓰는 일에 미친 듯이 매달려야 하는 놈의 심정이 어떤 건지 알겠니?”

가을의 입이 다물렸다.

“돈을 벌기 위해 돈이 되는 글, 더 팔릴 글에 매달려야만 하는 놈의 심정이 뭔지, 알겠냐. 그게 아무리 제 마누라의 병원비를 버는 거라도 말이다.”

“…….”

“제 어린 동생들 학비 벌기 위해 몸을 파는 호스티스와 입원비를 벌기 위해 제 궁지를 파는 놈. 그들이 뭐가 달랐겠냐.”

가을이 대답을 하지 못하는 동안 변 박사는 병실 밖으로 나갔다.

진만의 병상을 내내 지키던 가을은 뭐라도 먹어야 한다는 기주의 손에 강제로 이끌려 늦은 저녁을 먹고 올라오던 길이었다. 병원 앞에 늘어져 있는 식당은 소머리 국밥이나 순대국 정도가 다였다. 뜨는 둥 마는 둥, 맛이 있는 건지 없는 건지도 모르겠는 국밥을 몇 숟가락 입에 떠 넣었다. 더 이상 넘어가지 않아 숟가락을 내려놓자 기주 역시 수저를 함께 내려놓았다.

“기주 씨라도 더 먹어.”

가을의 말에 기주는 말 없이 계산을 치르고 그녀의 손을 잡고 나왔다. 어디서 구했는지 모자를 쓴 상태라 알아보는 사람이 없는 듯하였다. 병원 앞의 식당이라는 특이성 때문일 수도 있었다.

병원 내 승강기를 기다리면서 가을은 휴대폰을 꺼내 부재중 전화가 있는지 확인해 보았다. 혹시 자리를 비운 사이 아버지가 깨어나면 연락을 달라는 부탁을 간호사에게 해두고 왔기 때문이다. 변 박사가 자신과 각별한 사이이니 더 잘 살펴보라는 언질을 넣어주어 간호사는 자주 들여다보겠다는 약속을 쉬이 해주었다. 그러나 부재중 전화는 없었다.

"어디 큰 이상이 있는 건 아니라고 하시니까, 곧 깨어나실 거야. 너무 걱정하지 마."

가을이 멍하니 액정화면을 보고 있는 것을 눈치 챈 기주가 그녀의 어깨에 팔을 두르며 위로하였다. 가을은 휴대폰을 주머니에 찔러 넣으며 고개를 끄덕였다. 기주의 손가락이 그녀의 어깨를 토닥토닥 두드렸다.

띵동.

엘리베이터 특유의 음과 함께 문이 열렸다. 멈춰 선 층을 확인하고 가을은 엘리베이터에서 내렸다. 기주도 그 뒤를 따라 내렸다.

툭, 하고 누군가와 어깨가 부딪쳤다. 모자를 너무 푹 눌러쓴 데다가 고개를 숙이고 있어 미처 타려고 하는 사람을 보지 못한 것 같았다.

죄송합니다, 하고 목례를 하던 기주의 얼굴이 순간적으로 굳었다.

부딪친 사람과 눈이 마주쳤다. 고등학생인지 중학생인지 분간을 할 수는 없었지만 교복을 입은 여학생이었다. 자신을 보는 여학생의 눈이 조금 커졌다. 기주의 머릿속에 순간적인 생각이 스쳤다. 알아…… 보았다.

"뭐 해? 안 와?"

약간은 물기에 젖은 가을의 목소리가 들려오자 기주는 순간적으로 정신을 퍼뜩 차리고 몸을 다급히 돌렸다.

"으응, 가자."

기주는 빠른 걸음으로 가을을 향해 걸었다. 뒤에서 찰칵, 하는 기계음이 들렸다.

병실에 들어선 가을은 혹시나 하는 마음에 진만을 들여다보았다. 여전히 굳게 닫고 있는 눈과 고집스럽게 다물어 버린 입술. 실망감과 안타까움에 가을은 한숨을 푹하고 내쉬었다.

"너무 그렇게 조급하게 생각하지 마."

"응."

조금 처져 보이는 가을의 어깨를 주무르며 기주가 위로하였다. 조금 전 엘리베이터에서 마주쳤던 여학생의 일이 마음속에 남았지만 기주는 애써 잊으려 노력하였다. 지금은 그것보다 중요한 일이 있잖은가.

"커피라도 한 잔 마실래? 아니면 집에 잠깐 들어가 좀 쉴래?"

기주의 말에 가을은 힘없이 고개를 가로저었다. 기주는 일부러 약간 억양을 높여서 말하였다.

"왜? 들어가서 좀 쉬고 나와. 여기는 내가 있으면 되잖아. 아버님 깨어나시면 바로 전화할 테니까 너무 걱정 말고."

이번에도 가을의 고개가 가로저어졌다. 기주의 표정이 조금 어두워졌다.

"밤새 이러고 있으려면 힘들 텐데. 잠깐 있어봐, 그럼. 내가 시원한 거라도 사 올게."

"아냐, 기주 씨."

지갑을 들고 나가는 기주를 가을이 잡았다. 그가 돌아보자 가을은 자신의 가방을 챙겨 들었다.

"내가 나가서 사 올게. 바람이 좀 쐬고 싶어."

"……그러든지, 그럼."

기주가 쓰게 웃으며 대답하였다. 가을은 병실 밖으로 나가기 위해 손잡이를 쥐어 잡았다. 그때였다.

"으으음……."

신음 소리였다. 밖으로 나가려던 가을의 움직임과 그녀를 배웅하려던 기주의 움직임이 동시에 멈추었다. 가을과 기주는 동그랗게 떠진 눈으로 서로를 바라보았다. 지금 자신들이 들은 것이 실제로 들려온 것인지 확인해 보려는 눈짓이었다.

그리고 그들은 동시에 뒤를 돌아보았다. 진만의 손가락이 움찔거리고 있었다. 깨어나는 것이 힘든지 미간이 구겨진 상태였다.

가을과 기주는 동시에 진만의 침대 옆으로 바짝 다가갔다.

"아빠! 아빠!"

"아버님!"

둘은 똑같은 심정이 되어 진만을 간절하게 불렀다. 진만의 신음 소리가 조금 더 확실하게 나기 시작하였다. 그리고 이윽고 진만의 눈꺼풀이 서서히 들어 올려졌다.

처음 실눈을 떴던 진만은 갑작스럽게 자신의 눈을 자극하는 불빛 때문에 다시금 눈을 감았다. 그리고 이내 다시 눈을 떠올렸다. 눈앞이 희뿌옇게 보이는지 몇 번이나 눈을 깜빡거려 보기도 하였다.

"아빠! 나 보여?"

"아버님! 저 기주입니다."

가을의 상체는 완전히 진만에게로 기울어져 있는 상태였다.

진만의 눈이 확실하게 열렸다. 그는 잠시 이곳이 어딘지를 파악하고 싶은 듯 천장을 물끄러미 바라보았다. 그리고는 천천히 고개를 돌린 뒤 눈으로 주변을 둘러보았다. 그의 시선은 가을의 얼굴 위에서 잠시 멈추었다.

"아빠……."

애써 터지려는 눈물을 참으며 가을이 진만의 손을 잡았다. 진만은 조금 더 가을을 바라보다가 시선을 들어 기주를 물끄러미 바라보았다. 기주가 걱정스러운 듯한 얼굴로 진만의 시선을 마주하였다. 진만은 그를 향해 떠듬떠듬 입을 열었다.

"연기 연습은 좀…… 했냐."

허, 하고 가을의 입에서 어이없는 듯한 숨이 터졌다. 사람을 죽을 만치 걱정시켜 놓고 정신을 차린 뒤 처음 하는 말이라니! 가을은 맞잡고 있던 진만의 손을 팩하니 던지듯 놓았다.

병원의 복도.

갑자기 문을 확 열어젖힌 가을의 우악스러움 때문에 복도를 지나가던 환자 몇몇과 간호사들이 화들짝 놀랐다. 그러나 누군가의 손에 의해 가을은 다시 병실 안으로 빨려 들어갔고 문이 거칠게 닫혔다. 잠시 걸음을 멈추었던 사람들이 다시금 제 갈 길을 찾아 발을 움직였다.

"놔, 이거 놔! 나 집에 갈 거야."

기주의 손에 의해 다시 병실로 끌려 들어온 가을은 고집스럽게도 그의 손을 뿌리치며 병실의 문에 손을 뻗고 있었다. 기주는 다시 간신히 그녀의 손을 잡았다.

"내 말 좀 들어봐. 왜 그러는 거야, 대체."

기주는 가을을 달래려는 듯 그녀의 어깨를 잡고 눈을 맞추며 물었다. 여전히 씩씩대던 가을은 미간을 찌푸리고 말하였다.

"몇 시간 만에 깨어난 거야. 몇 시간 내내 내 심정이 어땠는데! 근데 깨어나서 한다는 말이 고작 그거야?"

연기 연습 좀 했냐, 였지. 기주는 한숨을 내쉬었다.

정말 고집스러운 부녀다. 진만이 깨어날 때 기주는 분명히 보았다. 가을을 찾으려 시선을 훑던 그의 눈을, 가을을 발견하였을 때 기쁨으로 일렁이던 그 눈을 말이다. 그러나 자신의 마음을 숨기려 진만은 자신에게로 눈을 돌려 그런 얼토당토않은 말을 뱉은 것이었다.

그러기는 가을도 매한가지였다. 진만이 쓰러졌다는 소리에 덤덤한 척 말하면서도 손을 벌벌 떨어놓고, 깨어나지 않는다고 국물 한 모금 목으로 제대로 넘기지 못해놓고, 진만이 깨어났을 때 한달음에 침대 옆으로 달려가 놓고⋯⋯. 정말 솔직하지 못한 부녀였다.

"이런 이런, 저 송가 놈, 또 일 저지를 줄 알았어."

가을과 기주가 실랑이를 벌이는 사이 병실의 문이 열리고 변 박사가 모습을 드러내었다. 처음엔 변 박사가 문을 여는 줄도 몰랐던 기주와 가을은 변 박사가 혀를 끌끌 차자 이내 그의 존재를 알아차렸다. 머쓱하게 마주 잡은 손을 놓았다.

변 박사는 기주를 쓰윽 한번 훑어보고는 진만에게로 다가갔다.

"눈 떴냐."

"떴다."

가을과 기주를 훔쳐보고 있던 진만이 변 박사가 나타나자 고개를 휙 돌리고는 냉정하게 말하였다. 변 박사가 피식 웃었다.

“이번에는 완전히 가는 줄 알았다. 용케 살아 돌아왔네. 예상이 틀렸어. 흠.”

변 박사는 짐짓 아쉽다는 투로 말하였다. 그의 어조에는 장난기가 다분히 실려 있었다. 진만도 코웃음을 치며 말했다.

“똥박사 놈이 아는 게 뭐가 있겠어. 흥.”

“나쁜 놈.”

“똥 놈.”

둘은 완전히 만담 콤비로 보였다. 가을과 기주는 상상도 못한 진만의 모습에 넋을 빼고 그쪽을 보고 있었다. 그때 변 박사의 고개가 획하고 그들에게로 향하였다.

“근데 가을이는 그렇게 펄떡거리며 어디를 가겠다구?”

진만의 첫마디에 화가 나 집에 가겠다고 펄펄 뛰던 가을을 본 모양이었다. 아무리 그래도 그렇지 펄떡거리다니……. 변 박사는 유쾌한 사람임에는 분명하였다. 아버지의 친구인 변 박사의 앞에서 화를 낼 수가 없어 가을은 그에게 이르기라도 하듯 입을 비쭉거리며 말했다.

“눈 뜨자마자 일이 제일 먼저 생각나는 분이랑 뭘 더 하겠어요. 전 이만 가려구요.”

말을 이어가며 가을이 진만을 바라보자 진만은 시선을 피하였다. 변 박사가 진만을 나무랐다.

“너 정말 그랬냐? 아, 이놈 참 구제불능이네. 자, 어서 말을 해보거라. 얼마나 나를 걱정했냐. 미안하다 하고.”

변 박사가 진만을 얼렀다. 아무리 그래도 진만이 그런 낯간지
러운 말을 할 리가 없다고 가을은 생각하였다. 평생을 어머니나
자신에게 그런 말을 하신 적이 없는 분이었다.

"어서. 해보래두."

변 박사가 그를 재촉하였다. 진만은 천장에 두었던 시선을 내
려 가을을 바라보았다. 잠시간의 침묵이 흘렀다. 찰칵, 하고 시
곗바늘이 움직였다.

"밥은 먹었냐."

툭 던지는 듯한 말투였다. 풉, 하고 기주가 웃음을 참느라 바
람 빠지는 소리를 내었고, '에라이, 이놈아!' 하고 변 박사가 진
만을 때리는 시늉을 해 보였다. 입을 틀어막고 웃음을 참던 기
주는 설핏 가을을 바라보았다.

그녀의 얼굴이 발갛게 달아올라 있었다.

"다녀올게요. 혹시 더 필요한거 생각나시면 전화하세요."

가을이 진만의 흐트러진 이불을 바로잡아 주며 말했다.

"노트북 가지고 와."

"노트북은 무슨! 푹 쉬어야 한다는 변 박사님 말씀 못 들으셨
어요? 입원하신 동안만이라도 일은 하지 마세요. 노트북 안 가
져와요. 아시겠죠?"

"……흥, 변가 놈. 쓸데없는 소리를."

입을 비쭉거리며 진만이 말하자 가을은 조금 웃었다. 왠지 아

버지가 어린아이가 된 것 같았다. 예전에는 그저 무섭고 무뚝뚝하게만 보였는데……. 어쩌면 자신이 아버지에게 너무나 관심을 두지 않은 탓일지도 모른다는 생각이 들었다.

"다녀올게요."

가을은 진만의 병실을 나섰다. 그 뒤를 기주가 따랐다.

"바쁜 일 없으면, 아빠 집에 같이 가줄래?"

나란히 걸으며 가을이 말하자 기주는 고개를 끄덕여 주었다.

"응. 가야지."

"고마워."

"고맙긴. 근데……."

"응?"

가을이 걸음을 멈추고 기주를 올려다보았다. 무슨 생각을 하는지 기주는 미간을 조금 찌푸리고 있었다. 할 말이라도 있는 건가 싶어 물끄러미 바라보았다. 기주는 그녀의 시선을 느꼈는지 가을과 눈을 맞추고는 부드럽게 웃었다.

"전화 한 통만 하고 갈게. 먼저 나가 있을래?"

"전화?"

"응. 아버님 괜찮으시다고 PD님이랑 작가님한테 연락드려야 할 것 같아서. 아까 변 박사님한테 물어보니 오셨다가 바쁜 일 때문에 방송국 들어가야 한다고 헐레벌떡 가셨다더라구."

"아……."

가을이 고개를 끄덕였다. 기주는 그녀의 머리에 손을 얹고 쓱쓱 문질러 주었다. 마치 강아지처럼 가을의 목이 움츠러들었다.

"그럼 택시 승강장에 먼저 가 있을게."

가을이 쾌활하게 말하였다. 그녀의 표정이 한층 홀가분해 보였다. 용서를 받지 못한 자, 용서를 하지 못한 자, 그 둘의 상처의 무게는 다르지 않을 것이었다.

경쾌한 걸음으로 통통 걸으며 복도 끝으로 사라지는 가을의 뒷모습을 물끄러미 보던 기주는, 그녀의 모습이 시야에서 완전히 사라지자 주머니에서 휴대폰을 꺼내 들었다. 그리고 단축번호를 길게 눌렀다.

통화대기음이 몇 번 이어졌고, 이내 전화기 너머로 익숙한 음성이 들려왔다.

"어. 혜련아, 나야."

기주의 말 뒤로 대체 어디 있었냐는 혜련의 질타가 무섭게 쏟아졌다. 연락이 되지 않아 이리저리 방방 뛴 것이 그녀의 목소리만으로도 상상되었다.

"미안. 근데 그것보다 더 큰일이 있어."

뭔데, 이제는 뭘 들어도 놀라지 않을 것 같아, 라고 혜련이 대답을 해왔다.

"나 여기 아버님, 아니, 송진만 작가님 병원인데……. 가을이랑 같이 왔지. 응…… 정답."

기주의 말을 끊고 '설마 사람들이 알아본 건 아니지?' 라고 묻는 혜련에게 기주는 '정답' 이라 해주었다. 짙은 혜련의 한숨이

기주의 귀에 들렸다. 휴대폰을 쥔 손에 힘을 주며 기주는 다시
용기를 내어 입을 열었다.

"사진을…… 찍힌 것 같아."

전화기 너머에서는 아무런 소리도 들려오지 않았다.

[그래서 넌 어떻게 하고 싶은데?]

한참 동안이나 침묵을 지키고 있던 혜련이 진지하게 물어왔다. 기주는 잠시 입을 다물었다가 쓰게 웃었다.

"내가 어떻게 하고 싶으냐가 중요한 건 아니잖아."

자신만 생각하자면 기주는 당장이라도 기자회견을 열어 가을을 자신의 연인으로 공표하고 싶은 마음이었다. 가을과 결혼하여 자신의 인생에 두 번 다시 찾아오지 못할 그런 달콤한 행복을 맛보고 싶었다. 자신만 생각하자면 말이다.

전화기 너머로 혜련의 한숨이 들렸다.

[알았어.]

전화는 그렇게 끊어졌다. 인터넷이 발달한 요즘 같은 시대에 핸드폰으로 찍힌 자신의 사진이 뿌려지기까지의 시간은 얼마나 걸릴까. 하루? 아니면 반나절? 한 시간 안으로 뿌려질 수도 있다.

기주는 머리가 아파왔다. 자신만의 일이라면 괜찮았다. 나쁜 짓을 한 것도 아니고 당당하지 못할 이유는 없었다. 하지만 가을이 걱정이었다. 모든 매스컴은 가을을 파헤칠 것이었다. 팬들까지 그녀에게 어떤 화살을 돌릴지도 불안하였다.

그 모든 것들을 그저 평범한 여자가 견딜 수 있을까.

"뭐 해? 안 가?"

기주가 아랫입술을 꾹 깨물고 고민을 하는 동안 어느새 다가온 가을이 그를 바라보고 있었다. 화들짝 놀라 고개를 든 기주는 아무 일도 없었다는 듯 가을을 향해 미소 지었다.

"택시 승강장에 먼저 가 있는다더니."

"너무 더워서."

가을이 손부채질을 하면서 빙글거렸다. 여름의 열기에 익어버린 그녀의 발간 볼이 귀엽게 보였다.

저 여자를 얻을 수 있다면 아무것도 두렵지 않을 거야. 그리고 지켜내겠어.

그렇게 다짐하며 기주는 그녀의 머리를 쓱쓱 문질렀다.

"가자, 택시 타러."

기주는 그녀의 손을 잡고 성큼 앞서 걸었다. 앞으로도 이 손만은 놓지 않으리라 다짐하면서.

진만의 집에 도착한 기주는 거실부터 진만의 서재까지 벽마다 붙어 있는 책장에 경악에 금치 못하며 혀를 내둘렀다. 마치 도서관을 축소해서 집어넣은 것 같았다.

"책에 깔리겠다."

집에 들어와 기주가 가장 먼저 한 말이었다. 가을은 씁쓸하게 웃었다.

"깔렸어. 내 어린 시절이."

그녀의 말에 기주는 걸음을 멈추었다. 그래, 수년간 쌓아온 응어리는 단 몇 분 만에 풀어질 만한 것은 아니었다. 아직도 그녀에게는 서러움이 있고, 서운함이 있고, 미움이 있을 것이었다. 그러나 아버지니까. 그래도 핏줄이니까. 그래도 이렇게나 사랑하니까. 가을은 그렇게 모든 서러움과 서운함과 미움을 건너뛴 것이다.

기주는 가을의 머리 위에 손을 얹었다. 그리고는 쓱쓱 문질렀다. 부드러운 머리카락이 기주의 손가락을 간질였다.

"아아, 착하다, 우리 가을이."

"뭐야?"

가을이 기주의 손을 탁 쳐내며 장난스럽게 노려보았다. 기주는 그런 가을을 살포시 끌어당겨 안았다. 그가 이끄는 대로 가만히 있는 가을의 등을 상이라도 주듯 쓱쓱 문질러 내렸다. 부드럽고 따뜻한 온기가 기주의 온몸에 느껴졌다.

"뭐 그냥……. 예쁘다구."

기주의 품 안에 갇힌 가을은 그의 말에 그저 웃을 뿐이었다.

척 봐도 오래되어 보이는 갈색 가죽 소파에 앉아 있던 기주는 문득 시선을 들어 가을을 찾았다. 거실과의 사이에 문으로 분리되어 있지 않은 탓에 가을이 설거지를 하고 있는 주방이 훤히 보였다.

병원에 챙겨갈 치약과 칫솔 등을 챙겨야 한다며 화장실로 향하던 가을은 주방 앞에서 멈춰 서야 했다. 주방 개수대에 사용한 그릇들이 가득 들어차 있었으며 그릇에 반쯤 음식물이 남겨진 채 방치되어 버섯 같은 곰팡이가 피어나는 것도 있었다.

비명을 지르며 앞치마를 두르고 가을이 주방 청소에 매진한 지 삼십 분째. 기주는 그런 가을의 뒷모습을 바라보고 있었다.

"심심하면 TV라도 틀어."

그의 시선을 느낀 건지 여전히 접시에 말라붙은 밥풀을 떼고 있던 가을이 고개도 돌리지 않고 말을 걸어왔다.

"아니, 괜찮아."

"괜찮긴. 심심할 텐데. 아님 거기서 좀 눈이라도 붙이든지……. 아, 이건 대체 얼마나 내버려 둔 거야? 당최 닦이지가 않네."

아주 열심히 힘주어 박박 문지르며 가을은 연방 입을 비쭉거리고 있었다. 그녀를 보던 기주의 입가에 살며시 미소가 걸렸다.

기주는 상상하였다. 저 사람이 자신의 집에서, 저런 앙증맞은 앞치마를 입고, 오로지 자신을 위해 음식을 하고 설거지를 하고, 잔소리를 퍼붓고, 그리고 웃어준다면……. 그리고 그런 그녀 옆에 있는 사람이 자신이라면 얼마나 행복할까 하고 말이다.

원한다. 저 사람을.

저 사람이 자신의 것이 되어주길 기주는 간절히 원하고 있다. 저 사람을 얻음으로 하여 잃을 수도 있는 것이 무엇인지 기주는 알고 있었다.

"에휴, 이제 다 했네."

앞치마에 젖은 손을 쓱쓱 문지르며 가을이 갑자기 몸을 돌리자 그녀를 뚫어지게 응시하던 기주는 퍼뜩 놀라 고개를 돌렸다. 의아하게 고개를 갸웃 거린 가을이 빠른 걸음으로 기주에게 다가섰다.

"무슨 생각을 그렇게 해? 무슨 걱정이라도 있는 거야?"

살짝 흘러내린 기주의 앞머리를 옆으로 치우며 가을이 물었다.

"아니."

기주는 가을의 손목을 잡아 내렸다.

"별일 없어. 가져갈 거 얼른 챙겨야지?"

평소대로의 미소였다. 분명 표정이 어두워 보였는데……. 가을은 고개를 갸웃하고는 여전히 부드러운 눈빛으로 자신을 보고 있는 기주에게 생긋 웃어 보였다. 자신이 잘못 본 모양이었다.

"오래 입원할 거는 아니라고 변 박사님이 말씀하셨으니까 속옷이랑 퇴원하실 때 입을 셔츠 정도만 챙기는 게 낫겠지? 수건이랑 칫솔, 치약, 비누…… 음, 빠진 거 없나?"

잊은 것이 없는지 떠올리려 애쓰는 듯 가을은 눈을 천장 쪽으로 치켜뜨고는 손가락을 하나하나 접어가며 품목을 나열하였다. 기주가 그녀를 응시하다 짤막하게 말하였다.

"노트북."

가을의 시선이 날카롭게 기주를 쏘아보았다.

"아부쟁이."

가을의 말에 기주는 어깨를 으쓱하였다.

"장인어른께 밉보여 좋을 건 없지."

"누구 맘대로……. 아? 이 시간에 누구지?"

기주의 '장인어른'이라는 말에 쏘아붙일 준비를 하던 그때, 가을의 주머니에서 핸드폰이 진동하였다. 지잉, 하는 소리는 기주에게도 들렸다. 일순, 기주의 얼굴이 눈에 띄게 굳었다. 가을의 손에 의해 핸드폰이 꺼내어지던 순간 기주는 그녀의 손목을 잡았다. 가을의 눈이 화잔등만해진 채 기주에게로 향했다.

"받지 마."

"응?"

깜짝 놀란 가을이 잘못 들은 건 아닌가 싶어 되물었다. 그의
굳은 표정에 불안한 기운이 스쳤다.

"그냥…… 받지 마."

뭐라고 말해야 좋을지 알 수가 없었다. 어쩌면…… 이미 스캔
들이 났을지도 모르는 일이었다. 그게 진짜라면 자신에게 연락
이 오는 것이 먼저일 테지만, 기주는 그래도 불안하였다.

여전히 손목을 잡은 채 자신을 바라보는 기주의 시선이 흔들
리는 것을 보며 가을의 마음에도 알 수 없는 불안감이 스쳤다.
그의 눈동자와 핸드폰의 액정을 번갈아 바라보았다.

"……아빠야."

"아…….."

그제야 가을의 손목에서 기주의 손이 스르륵 빠져나갔다. 가
을은 기주에게서 시선을 거둘 수가 없었다. 흔들리는 그의 시선
이, 맥 빠지듯 손을 놓고 떨어져 내리는 그의 손이 가을의 눈에
는 위태해 보이기만 하였다.

"여보세요. 예, 아빠."

[어디냐.]

여전히 무뚝뚝한 말투였다. 잠시 느꼈던 불안감도 잊고서 가
을은 피식 웃었다.

"집이에요. 병원에서 쓰실 것 좀 챙겨간다 했잖아요."

[올 것 없다.]

"엥?"

가을은 어이가 없었다. 아버지와 멀어졌던 관계는 아까 병실에서 있었던 일로 조금 나아지는가 싶었다. 물론 자식이 아버지에게 봉기를 들고 집까지 나가 버린 일이 그렇게 쉬이 풀어질 응어리는 아니라고 생각하긴 했으나 갑자기 오지 말라니. 아니, 오지 말라는 것도 아니고 올 것 없다니.

차마 무슨 말을 해야 할지 몰라 가을은 전화기를 귀에 대고 가만히 있었다. 전화기 너머에서 소란스러운 소리가 들려왔다. 목소리로 보아하니 변 박사님 같았는데 마구 소리를 지르고 계셨다. 얼핏 들으니 '작가라는 놈이 말본새가 뭐 그러냐!' 라고 소리를 지르시는 것 같았다.

[시끄러, 이 똥 놈아! 아니, 아니다. 너한테 그런 게 아니야.]

황급히 변명하시는 아버지를 가을은 처음 보았다.

[오늘은 그만 쉬어라. 짐은 안 가져와도 돼. 변가 놈이 알아서 챙겨준댔다.]

"그래도 아빠……."

[말 들어. 나도 변가 놈이랑 아주 간만에 만났으니 할 얘기도 많다. 너 여기 와 할 것도 없으면서 보호자 침대 차지하고 있으면 내가 더 불편해. 네 잔소리가 좀 심하냐.]

가을은 그만 웃음을 터뜨릴 뻔하였다.

"그럼 챙겨서 내일 갈게요."

간만에 만나신 친구 분과 회포를 풀겠다 하시는데 굳이 방해할 필요는 없을 것 같았다. 알겠어요, 하고 전화를 마치려는데 다급히 그녀를 부르는 진만의 목소리에 가을은 전화기를 다시 귀에 가져다 대었다.

[오늘 어디서 잘 거냐.]

“예?”

되묻는 가을의 얼굴이 웬일인지 화르륵 타올랐다. 기주가 그녀를 바라보았다. 가을의 얼굴이 더 붉어진다. 가을은 몸을 홱 돌려 그의 시선을 피했다.

“그게 무슨 말씀이세요.”

책망이라도 하듯 목소리를 낮추었다.

[내 모를 줄 알고. 아무튼 오늘 거기 가지 말고 내 집에 있어라. 아…… 이기주 그놈도.]

괜스레 과년한 딸년 요상한 소문이라도 퍼질까 두려우셔서 그러는가 싶었다. 그런데 기주까지 이 집에 같이 있으라니. 이해가 가지 않았다.

“아니, 대체 왜…….”

[왜는 뭐가 왜냐? 설마 내 집에서 그놈이 허튼짓하겠냐.]

가을은 그만 말문이 막혔다. 아빠가 갑자기 왜 이러시는 거지? 얼핏 들으면 아, 싶다가도 뭔가 앞뒤가 맞지 않는 말이었다. 가을이 침묵을 지키고 있자 전화기 너머에서 진만이 먼저 말을 툭 내뱉었다.

[혼자 있으면 무섭잖냐. ……끊는다.]

전화가 정말로 뚝 끊겨 버렸다.

가을은 한참이나 어이없다는 듯 핸드폰을 노려보았다.

"왜?"

등 뒤에서 기주의 물음이 들려오자 가을은 퍼뜩 정신을 차리고 그를 돌아보았다. 그리고는 아랫입술을 꾹 깨물었다. 죽어도 '자고 가래' 소리가 나오지 않을 것 같다.

"변 박사님이랑 하실 말씀 있으셔서 병원 오지 말라시네."

"그래? 그럼 가자."

기주가 소파에서 일어났다. 가을은 어쩔 줄 몰라 '아니, 그게……' 하며 팔을 뻗어보지만 무슨 말을 해야 할지 알 수가 없었다.

"왜?"

당황함에 어쩔 줄 몰라 하는 가을의 기색을 알아챈 기주가 물었다. 가을의 시선은 어디로 둘지 몰라 하는 사람처럼 불안정했다.

"아니, 저 그게…… 아! 아빠에게 아주 중요한 원고가 집에 있는데 집에 무인경보시스템이 망가졌다는 거야!"

좀 궁핍하지만 별수가 없다. 이유야 어찌 됐든 간에 가을로서는 일부러 전화까지 한 진만의 말을 무시할 수가 없었다. 이제야 겨우 벽이 하나둘 내려앉기 시작했는데 다시 쌓아올릴 수는 없었다.

"원고? 그래서?"

기주는 요새는 원고 도둑도 있나 싶었다. 차라리 집에 금은보

화가 수두룩하다면 믿을 것도 같았다.

그때 기주의 휴대폰이 삐빅, 하고 문자 수신음을 알렸다. 잠깐만, 하고 가을에게 말한 뒤 곤혹스러운 얼굴로 서 있는 그녀를 세워두고 핸드폰을 열었다. 액정에 하나 가득 찍힌 문자가 그의 눈에 들어왔다.

천천히, 그리고 싸늘하게 그의 얼굴이 굳어갔다. 기주는 숨을 한번 훅, 하고 내뱉었다. 그리고는 고개를 들어 가을에게 말하였다.

"그럼 여기서 자고 갈까?"

가을의 얼굴이 환하게 웃음 지어졌다.

기주는 그녀를 향해 따라 웃음 지으며 휴대폰을 주머니에 쑤셔 넣었다.

〈역시 인터넷 강국이야. 벌써 사진 떴어. 인터넷 뉴스에도 속속 뜨고 있고. 일단 스케줄 다 취소했으니 내 전화 아니면 받지 말고, 집에도 들어가지 말고. ─혜련〉

혜련은 입력을 끝낸 문자의 전송 버튼을 누르며 깊이 한숨을 내쉬었다. 벌써부터 이곳저곳에서 사실 여부 확인 전화와 기주의 행방을 묻는 전화가 걸려오고 있었다. 사진이 뜨자마자 소속사 사장님이 흰 거품을 물고 전화를 걸어왔다. 오늘은 어찌 되었든 간에 내일부터 처리할 일들을 생각하니 골치가 딱딱 아팠다.

"나도 전화 끝냈네."

핸드폰을 환자 침대 옆 테이블에 올려놓으며 진만이 무뚝뚝하게 말했다. 그의 옆은 변 박사가 지키고 서 있었다.

"감사합니다. 그리고 죄송해요."

혜련은 핸드폰의 전원을 아예 꺼버리려다가 차마 그러지 못하고 묵음으로 바꿔놓았다. 핸드백에 황급히 핸드폰을 쑤셔 넣으며 진만을 향해 돌아섰다.

모르긴 몰라도 취재진들은 벌써 기주의 집 앞에 포진해 있을 것이었다. 기주가 가을을 데리고 집으로 들어간다면……. 생각하기도 싫었다. 수습할 방법도 없이 폭탄이 터지는 형국일 것이었다.

이런 때에 기주를 호텔로 가라 할 수도 없었다. 그래서 생각해 낸 것이 진만의 도움이었다.

"자네가 죄송할 것 없네. 어차피 내 딸 문제야. 내 딸이 곤란스러워질 일 아닌가."

진만의 말에 옆에 있던 변 박사가 그의 등을 토닥토닥 두드려주었다. '아이고, 우리 진만이 다 컸네' 하는 말에 진만이 발끈하여 그의 손을 탁 쳐냈다.

"아무튼 이기주 그놈, 우리 가을이 손끝 하나 건드렸다간 봐라."

이를 갈며 진만이 으르렁거리는 듯한 목소리로 말하였다. 혜련은 그를 보며 빙그레 웃었다. 아닌 척하면서도 이미 가을과 기주의 사이를 인정하신 듯 보였다. 딱딱한 말속에 부드러운 것을 감추신 분이시다. 그리고 가을의 앞에서 한없이 부드러워진 그 속내가 드러난다.

"기주 믿어보세요. 이런 상황에서 그럴 만큼 나쁜 사람, 아니거든요."

혜련의 말에 진만이 그녀를 노려본다. 뭔가 실수라도 한걸까? 혜련의 어깨가 흠칫하였다. 진만이 인상을 구겼다.

"내 딸 데려가는 놈은 다 나쁜 놈이야."

별 하나 없는 검은 하늘 아래로 낡은 가로등만이 도로를 외롭게 비추고 있었다. 담장 너머의 가로등 불빛 덕분에 어스름한 마당이 시야에 들어왔다. 주인의 손길을 기다리듯 잡초로 무성한 작은 화단이 위태하게 보였다. 한동안 사람의 손길이 닿지 않았다는 것을 온몸으로 시위라도 하듯 적나라한 모습이다.

"뭐 해?"

이층의 작은 베란다에 서서 바깥을 바라보던 기주는 뒤에서 들려오는 가을의 목소리에 고개를 돌렸다. 기주가 잘 자리를 봐주겠다며 갔었던 가을이 차가운 녹차 컵을 들고 와 기주에게 내밀었다. 더운 날씨 때문에 컵 표면의 결로가 기주의 손 위로 또르르 흘러내렸다. 말없이 그것을 받아 든 기주는 녹차를 목으로 한 모금 넘겨보았다. 녹차 특유의 향이 입 안에 남았다.

"그냥."

대답을 하며 기주는 다시 마당 쪽으로 고개를 돌렸다. 가을이 그의 시선이 향한 곳을 따랐다.

"엄마 돌아가신 뒤로는…… 아무도 돌보지 않아서."

마치 변명이라도 하는 듯한 말투였다. 엄마가 돌아가신 뒤 버려졌던 저 화단처럼 자신의 아버지를 버려두었다는 생각 때문이었을지도 모른다는 생각을 하였다. 기주는 그녀의 어깨에 팔을 두르고 살며시 자신에게로 끌어당겼다. 가을의 머리가 그의 어깨에 살며시 닿았다.

"앞으로 잘 돌보면 되지 뭐."

'아버지와의 관계도' 라고 이으려던 기주는 그 말은 그냥 두었다. 이미 가을은 말하지 않아도 알고 있을 것이라 생각하였다.

"아, 기주 씨 오늘 피곤할 텐데 어서 자야지. 안에 이불 펴뒀어."

갑자기 생각났다는 듯이 가을이 그의 어깨에서 머리를 떼며 말하였다. 안으로 들어가려 몸을 돌리던 그녀의 팔을 기주가 붙들었다. 가을이 이상하다는 듯 그를 돌아보았다.

"여기서 잘까?"

날이 밝아 날카롭게 손톱을 들고 할퀴고 벗겨 내려 독을 품고

있는 그것들이 그녀를 덮치기 전에, 자신의 입으로 말해야겠다
는 생각을 하였다.

좁은 베란다에 얇은 돗자리가 깔렸다. 바닥 타일의 차가움과
딱딱한 돗자리의 거칠음이 등에 여실히 닿았다. 이불을 한 겹
더 깔아야겠다며 일어나는 가을을 기주는 잡아당겨 뉘었다. 좁
은 베란다인 탓에 가을의 몸은 기주와 밀착되었다.
 '왜 이러지. 심장 뛰는 소리가 들리겠어.'
 미칠 듯이 달음박질치는 심장 덕분에 가을은 일부러 숨을 멈
추었다. 그렇게라도 하지 않으면 심장의 박동을 기주가 그대로
알아챌 것 같았다.
 가을의 작은 머리를 받치고 있던 베개를 치우고 기주가 자신
의 팔로 그녀의 머리를 지탱했다.
 "송가을."
 "으, 응?"
 떨리는 목소리로 가을이 대답했다. 기주는 피식 하고 웃어버
렸다.
 "목에 힘 빼."
 "뺀 건데?"
 거짓말이다. 가을은 지금 목에 힘을 바짝 주고 있었다.
 "빼."
 기주가 말하며 그녀의 이마를 쿡 눌렀다. 곧 그녀의 무게에

뭉근히 기주의 팔이 눌렸다. 기분 좋은 무게감이었다. 기주는 팔베개를 해준 채로 그녀의 머리를 쓱쓱 쓰다듬었다.

"대두."

"으이씨! 나 들어갈래!"

버럭 소리를 지르며 일어나는 그녀의 팔을 기주가 강하게 잡아챘다. 중심을 잃은 가을의 몸이 기주의 품 안으로 떨어졌다. 벗어나려 바르작대는 가을을 기주는 힘주어 끌어안았다. 그녀의 얼굴이 발갛게 달아올랐다.

기분 좋은 온기와 그녀의 체취, 여름이지만 이따금 불어오는 밤의 바람. 기주는 지금 이 순간이 마치 꿈같다는 생각을 하며 밤의 하늘을 올려다보았다.

가을은 그의 품에 갇힌 채로 고개를 들어 기주를 올려다보았다. 오늘 그는 뭔가 이상했다. 아니, 그가 이상했던 건 아까 병원에서 나올 때부터였다.

"너 이상해."

그녀의 말에도 기주는 여전히 하늘만 바라보고 있는 채였다. 일순 그의 입에서 짙은 한숨이 흘렀다.

"가을아."

"응?"

기주의 나직한 말에 가을의 심장이 툭 떨어져 내렸다.

"결혼하자."

가을은 상체를 일으키고 앉았다. 그리고는 고개를 돌려 그를 바라보았다. 꿰뚫어 버릴 듯한 기주의 시선이 가을을 응시하고 있었다. 가을은 그와 시선을 맞추면서 자신의 검지손가락에 걸려 있는 반지의 감촉을 의식하고 있었다. 그 무게도 느껴진다. 가을은 천천히 입을 열었다.

"하고 싶어."

기다리는 것을 들어버린 그 환희에 기주는 그녀의 목을 와락 껴안아 자신에게로 당겼다. 한 치의 공간도 없이 둘의 입술이 부딪쳤다.

뜨거운 숨이 열락으로 그들을 가득 채웠다. 기주는 천천히 입을 떼고는 열기가 가득한 눈으로 그녀를 응시했다. 가을의 눈은 애잔하기만 하였다.

"여기서 이러고 있는 걸 알면 아버님한테 나 맞아 죽을 거야."

기주의 말에 가을은 쿡쿡, 하고 웃었다.

"CCTV는 없으니까."

가을은 그의 입술에 쪽, 하고 입술을 맞추었다. 기주가 그녀의 머리를 쓰다듬었다.

"하여튼 딸들이란……. 너랑 결혼하면 난 꼭 아들 낳고 싶다."

그의 품 안에서 가을이 기분 좋게 웃었다.

"하지만 좀 어렵지 않을까."

다시 기주의 팔베개를 하고 누워 있던 가을이 검은 하늘을 응시하며 중얼거렸다. 기주는 가을의 머리카락을 손가락에 감았다 풀었다를 반복하고 있었다.

"뭐가."

기주가 나직한 목소리로 되물었다. 그의 가슴에 바짝 닿아 있는 탓에 지르르 하고 작은 울림이 전해졌다.

"기주 씨는 아직 앨범 활동 중이고, 팬도 많고……."

가을이 말끝을 흐렸다. 그녀가 무엇을 걱정하는지 알고 있기에 기주는 더 묻지 않았다.

"설마 내 눈알이 파진 사진을 보내오진 않겠지?"

가을이 장난스럽게 말하고는 무섭다는 듯 어깨를 파르르 떨었다. 그런 그녀의 귀여운 모습에 기주는 그만 소리 내어 웃어 버렸다. 바로 얼마 전까지 그를 짓눌러 왔던 걱정들이 가을의 앞에서는 모두 무색해져 버렸다.

"농담 아냐. 난 눈이 매력이라구."

가을이 울상을 지어 보였다. 기주는 애써 웃음을 참았다.

"반송시켜 버려."

"아, 그 방법이 있었지."

가을은 과장스럽게 안도의 한숨을 지어 보였다. 그리고는 또 씨익 웃었다. 뭔가 또 재밌는 일이 떠오른 걸까. 이럴 때 장난기 많은 그녀의 얼굴은 무척이나 사랑스럽다. 젠장, 지금 이곳이 진만의 집이 아니었다면 좋았을 걸.

"나 그럼 스포츠 신문에 뜨겠다. 이기주의 여자라고 대문짝만

하게 박혀서.”

“웬 이기주의 여자.”

이기주의 여자라는 말은 왠지 가을에게 어울리지 않는다. 이기주를 휘어잡은 여자 정도면 몰라도.

“기자들이 막 몰려오겠네.”

가을의 말에 기주의 심장이 쿵 내려앉았다. 내내 걱정해 오던 것을 그녀는 아무렇지 않게 현실 앞으로 툭 던져 놓았다.

“평소에 부르는 애칭이 있습니까?”

가을은 짐짓 기자들 흉내를 내며 주먹 쥔 손을 그의 얼굴 앞에 내밀었다. 기주는 그녀의 손을 쓱 밀어냈다.

“뭐 하는 거야. 바보.”

“왜에— 기자회견 연습이야. 근데 아무 생각 없이 말해놓고 나니 생각나네. 왜 나한테는 애칭이 없어?”

“응?”

“전에 스캔들 났던 연예인들 보면 하나같이 애칭이 있던데. 뭐야 남들 다 있는 거 나만 없다는 거야? 안 돼! 지금 당장 만들어.”

가을의 명령에 기주는 생각하는 척하며 턱을 긁었다. 그리고는 생각났다는 듯 말했다.

“음, 꽃사슴?”

의외의 말. 가을은 그만 깔깔대고 웃어버렸다.

“뭐야, 그게. 웬 80년대 신성일 포스?”

기주도 그만 어이없어져 버려 웃었다.

"그럼 넌 뭐라 할 건데?"

이번에는 기주의 공격. 기주가 조금 전 하던 대로 가을은 고민을 하듯 턱을 쓸어내렸다. 음, 하고 한참이나 고민한 끝에 가을이 툭 내뱉었다.

"바깥양반."

이번에는 기주가 베개에 얼굴을 묻고 한참이나 큭큭거렸다.

얼굴이 벌겋게 달아오른 가을은 헛기침을 두어 번 했다.

"자자, 그럼 다음 질문. 이기주일보 송가을 기자입니다. 어떻게 저렇게 아리따운 여자를 사랑하시게 되었습니까?"

"아리따운?"

기주의 눈이 날카롭게 변했다. 가을은 대답을 재촉하듯 주먹 쥔 손을 흔들었다. 잠깐의 침묵. 기주의 시선이 가을에게 닿고 이내 목소리가 흘러나왔다.

"사랑하지 않을 수 없어서, 사랑하는 것밖에는, 할 수 있는 게 없어서, 사랑했습니다."

가을의 숨이 탁 하고 멎는다. 아니, 가을의 숨이 기주의 입 안으로 사그라졌다.

기주와 가을은 나란히 누워 밤하늘을 한동안 아무 말도 하지 않고 응시하였다. 장난이 가신 후 그들에게 찾아오는 것은 무거운 현실이었다.

검은 하늘 속은 깊이를 알 수 없는 심연처럼 아득하고 두렵
다. 그것들이 온몸으로 떨어질 것 같은 착각을 일으켰다. 습기
가 가득한 바람이 후루룩 불어와 마당의 나무를 치고 지나갔다.
싸르륵 소리가 귀를 자극했다.

"기주 씨."

가을이 가만히 그를 불렀다.

"응."

기주도 하늘을 응시한 채 대답하였다.

"기주 씨."

이 사람을 이렇게 사랑하게 될 줄 알았을까.

"응."

이 여자를 이렇게 사랑하게 될 줄 알았을까.

"기주 씨."

이 남자를 평생 놓을 수는 없을 것 같다.

"말해."

이 여자를 놓고는 살아갈 수 없을 것 같다.

"……."

가을은 입을 다물었다. 기주는 얼굴을 그녀에게로 돌렸다. 고
집스럽게 입술을 다물고 가을은 하늘을 바라보고만 있다.

"말해."

마음이 여름의 뜨거운 공기에 애절하게 끓어오른다. 여름의
바람에 눅진한 습기처럼 마음이 젖어든다. 그리고 그 바람을 타

고 마음이 그녀에게 전해지길 기주는 바란다.

그것이 전해지기라도 한 듯 가을의 입술이 움직였다.

"회사에서 반대할 것 같으면, 힘들어질 것 같으면…… 난 더 기다려도 돼."

기주는 대답하지 않았다.

아침.

가을은 찌르는 듯한 햇살에 이마를 찡그리며 살며시 눈을 떴다. 그리고 천천히 일어나 몸을 일으켰을 때, 그녀는 그곳에 혼자 남겨져 있다는 것을 깨달았다. 기주는 없었다.

"기주 씨?"

왠지 그가 먼저 집에서 나갔다는 생각을 하면서도 거실로 들어서며 가을은 그를 한번 불러보았다. 예상대로 대답은 돌아오지 않았다. 혹시 마당에 나가 있는 건 아닐까. 그렇게 생각하며 마당으로 나오던 가을의 발걸음이 담장 너머로 아무렇게나 내던져진 스포츠 신문 앞에서 멈춰 섰다.

가을은 천천히 허리를 굽혀 신문을 집어 들었다.

기주는 사층 창문에서 블라인드를 살짝 벌리고 그 틈으로 아래쪽을 내려다보고 있었다. 예정된 기자회견 시간보다 한 시간여 일찍 기자들이 포진해 있었다. 행여 기주가 소속사 건물로 들어가는 모습이라도 포착할 수 있지 않을까 하는 생각 때문이

었다. 그것을 미리 예상한 혜련이 새벽같이 기주를 태우러 와주
었다.

"괜찮겠어?"

혜련의 걱정스러운 목소리가 들려왔다. 기주는 벌리고 있던
블라인드를 놓고는 뚜벅뚜벅 소파로 가 앉았다.

"아주 구름같이 모여들었네. 이기주 아직 안 죽었나 봐."

기주가 장난스레 말하며 픽 웃었지만 혜련의 얼굴에는 걱정
만 가득하였다.

인터넷과 방송사에 문제의 사진이 퍼지자 언론에서는 누가
먼저랄 것도 없이 이기주의 여자에 대해 조사를 시작하였다. 그
과정에서 지난번 스캔들 때 찍힌 뒷모습이 다시 화두에 올랐고
발 빠른 어느 신문사 쪽에서 기주의 집에서 나오는 여성의 모습
을 보았다는 인터뷰를 따왔다. 그것은 이기주가 동거를 하는 것
이 아니냐는 소문으로 바로 이어졌다.

공인의 동거는 도덕성의 문제까지 야기시켰다. 단 하룻밤 사
이에 소문은 눈덩이처럼 불어났고, 그들을 서울 모처의 산부인
과에서 목격했다는 이야기까지 나오고 있었다. 그것도 모자라
자신과 아는 이가 산부인과의 간호사인데 직접 수술 장에서 낙
태수술을 도왔다는 이야기까지 나왔다.

문제가 커지자 소속사에서는 즉각 반박 보도 자료를 신문사
에 발송하였다. 그리고 기자회견 일정을 잡았다. 악성루머를 퍼
뜨린 자에게는 강경대응을 하겠다는 말과 함께였다.

기주는 테이블에 올려져 있던 연예신문을 집어 들었다. 1면에 기주의 사진이 커다랗게 실려 있었다.

"내 아이는 남자였을까, 여자였을까."

낙태를 했다는 기사였다. 기주가 비웃음을 흘리며 중얼거리자 혜련이 다가와 그의 손에서 신문을 빼앗았다. 그리고는 작은 글씨로 깨알같이 프린트된 종이를 내밀었다. 기주가 혜련을 쳐다보았다.

"기자회견 때 할 말이야. 거기에 없는 내용들이 질문되면 대충 두루뭉수리하게 넘겨. 알았지?"

혜련의 말에 기주는 픽 웃었다. 그리고는 프린트를 훑었다. 조금씩 읽어 내려가던 기주는 픽, 웃더니 이내 킥킥거리기 시작하였다.

"이거 뭐야? '근거 없는 루머들 덕분에 오히려 친구 하나를 잃은 기분입니다' 라고?"

"그렇게 웃지 마."

혜련이 지친다는 듯이 기주의 건너편 소파에 털썩 주저앉았다. 기주가 프린트를 테이블 위에 내려놓았다.

"사장님이 썼구나."

"그럼 내가 썼겠니?"

깊게 파묻었던 몸을 일으키며 혜련이 쏘아붙였다. 이런 식으로 하고 싶지는 않았다. 예전과는 인식이 많이 달라서 연예인들이 결혼이나 연애를 한다 해서 하루아침에 팬들이 등을 돌리거나 무대에서 내려와야 하는 것은 아니었다.

솔직하게 자신들의 사랑을 당당히 내놓아도 될 만큼 기주와 가을은 그렇게 약해 보이지 않았다.

그러나 사장의 말도 무시할 수는 없는 혜련이었다. 기주가 결혼을 한다면 당장 해외 진출에 제동이 걸린다. 이, 삼십대 미혼 여성의 팬이 압도적으로 많은 기주에게는 결혼이 큰 타격으로 작용할 수도 있었다. 게다가 소문의 동거가 사실로 확인된다면 광고계약 파기와 지금 나가고 있는 광고도 그쪽에서 원한다면 위약금을 물어야 할 상황까지도 생각지 않을 수 없었다. 쉬운 문제가 아니었다.

하지만…….

"언제까지 그렇게 코 빠뜨리고 있을 거야. 일어나, 시간 됐어."

깊은 생각에 잠겨 있는 사이 기주가 먼저 몸을 일으켰다. 혜련은 퍼뜩 정신을 차리고 시간을 확인하였다. 그의 말대로 약속된 기자회견 시간이 되었다.

기자회견은 소속사 건물 일층에서 하기로 되어 있었다. 혜련이 빠른 걸음으로 창가로 가 아래를 내려다보니 기자들은 이미 건물로 들어왔는지 보이지 않고, 내부로 들어가지 못한 팬들만이 자리를 지키고 있었다.

저들은 그의 사랑을 지지할까, 아니면 반대할까.

사무실의 문이 열리고 사무 일을 보고 있는 미스 서가 들어왔

다. 기주에게 목례로 짧게 인사를 한 후 혜련에게 다가와 말을
걸었다.

"세팅 끝났습니다."

"사장님은?"

"지금 막 도착하셨어요. 일층에 계십니다."

"알았어요."

미스 서가 나가자 혜련이 기주를 돌아다보았다. 기주가 알았
다는 듯이 고개를 끄덕여 보였다.

"가자."

기주와 혜련 역시 사무실을 벗어났다.

엘리베이터를 타고 혜련이 일층 버튼을 누를 때까지 그들은
아무런 말도 하지 않았다. 혜련은 기주의 위태해 보이는 어깨를
응시하였다.

연예인이란 뭘까.

대학을 졸업해 그간 이 일이 힘겹게 느껴진 적은 많았지만 매
니저 일을 선택한 것 자체에 회의한 적은 없었다. 그런데 오늘
은 뭐가 뭔지 알 수 없는 기분이었다.

노래를 하고 싶어 노래를 했고 듣는 이로 하여금 환상을 주었
다. 기쁨을 주었다. 그리고 그들의 환호는 금전적 풍요로 그에
게 돌아왔다.

그의 노래 한곡이, 무대 하나가 소속사와 매니저, 코디네이

터, 소속사 사무원까지 수십 명의 이르는 사람들을 먹여 살리는 셈이었다.

그러나 그것들은 반대로 이기주라는 한 개인에게는 족쇄로 돌아왔다. 사생활은 하나도 보장되지 않았으며, 편하게 한 말 한마디와 행동 하나하나가 뭇매로 돌아왔다.

부모님이 돌아가셨을 때도 기주는 흔들림 없이 무대를 지켰다. 듣는 이에게 기쁨을 주었으며 전과 다름없이 소속사 수십 명과 함께했다. 자신의 상처와 크나큰 고통은 그것들에게 저만치 밀려 우선순위가 되지 못했다.

그랬던 그가 이제 스스로의 감정을 지키려는데, 또 모든 것들에게 밀려야만 하는가. 이제 지독했던 외로움에서 벗어나야 하는데……. 대체 언제까지. 언제까지 그는 자신을 잃어야 하는가.

땅동, 하는 기계음과 함께 엘리베이터가 열렸다. 엘리베이터에서 내리자 바로 흰색 문이 눈에 들어왔다. 이제 저 문을 열면 기주는 또다시 혼자가 될 것이었다.

"기주야."

문을 열려 손잡이를 쥐었던 기주가 뒤를 돌아보았다. 혜련의 얼굴은 어딘가 결연해 보이기까지 했다. 기주가 '왜?' 하고 묻듯 눈을 동그랗게 뜨자 혜련은 자신도 모르게 주먹을 꼭 쥐었다. 그리고 빠른 걸음으로 그에게까지 다가간 혜련은 순식간에 그의 손에 들린 프린트를 낚아챘다.

“혜련……”

쫙쫙.

당황한 기주의 눈앞에서 거짓으로 점철된 프린트들이 혜련의 손에 의해 조각조각 찢겨 나갔다. 아주 작은 조각이 되도록 찢어낸 혜련은 손에 남은 것들은 바닥에 팩 하니 던져 버렸다.

“야, 이기주!”

“어.”

“그만큼 했으면 됐어.”

“……”

혜련도 모르는 사이 그녀의 목소리는 격앙되어 있었다. 기주는 무슨 생각을 하는지 모를 얼굴로 그녀를 응시했다. 혜련은 잠시 아랫입술을 꾹 깨물었다가 말을 이었다.

“그만큼 했으면 됐어. 너도 이제 너 하고 싶은 대로 해. 그동안 우리가 널 하고 싶은 대로 했으니 이젠 네가 하고 싶은 대로 해도 돼.”

기주의 눈이 동그랗게 떠졌다가 이내 부드럽게 가라앉았다. 그의 입가에 미소가 걸렸다. 기주는 혜련에게로 다가가 그녀의 어깨를 툭툭 쳤다.

“고맙다, 공범.”

말을 뱉은 기주는 거침없이 기자회견장으로 몸을 돌렸다. 혜련은 멍하니 그의 뒷모습을 바라보았다. 그리고는 분하다는 듯이 중얼거렸다.

“저 자식 처음부터 저럴 작정이었어.”

혜련의 분노를 뒤로하고 기주는 기자회견장의 문손잡이를 강하게 쥐었다. 굳은 결심을 하듯 낮게 숨을 들이켰다. 이내 그의 손에 의해 문이 활짝 열어젖혀졌다. 플래시가 그에게로 쏟아졌다.

스포츠 신문을 집어 든 가을은 한동안 굳은 것처럼 그 자리에 서 있었다. 찌르르 울어대는 매미 소리가 그녀를 집어 삼킬 듯 거셌지만 가을에게는 그 소리가 들리지 않는 듯하였다. 조금의 미동도 없이, 분노의 떨림도 없이 가을은 그렇게 한참을 서서 스포츠 신문에 찍힌 자신의 이름을 바라보았다.

그곳에는 단 하루의 시간동안 눈덩이처럼 불어난 추저분한 소문들이 친절하게도 요목조목 정리되어 있었다. 가을이 모르는 사이에, 가을이 모르는 곳에서, 가을이 모르는 일들이 송가을의 이름으로 퍼져 나가고 있었던 것이었다.

가을은 그제야 간밤의 기주의 행동들이 이해가 되었다. 어쩌

면 그녀는 예감하고 있었을지도 몰랐다. 뭔가의 일이 기주에게
분명 있다고, 평소와 다르다고 그렇게 느끼고 있었으니까 말이
다. 그리고 지금 신문에서 보여주는 이 현실에 그녀는 조금도
당황해하지 않았다. 마치 어차피 일어날 일이었던 듯, 그렇게
그녀를 둘러싼 감정은 고요하기만 하였다.

신문에는 오늘 이기주의 기자회견이 있을 거라고 나와 있었
다. 가을은 가슴을 펴고 숨을 크게 쉬었다. 그리고는 느릿한 걸
음으로 텔레비전 앞으로 가 바닥에 앉았다. 손을 뻗어 테이블
위에 있던 리모컨을 들고 텔레비전을 켰다. 갑자기 매미 소리가
크게 느껴져 음량을 조금 더 높였다.

아직 기자회견이 시작하지 않았는지 TV는 광고가 한창이었
다. 오른쪽 상단에 이기주 기자회견이라는 문구가 찍혀 있었다.
가을은 숨을 멈추고 그 문구를 한참이나 들여다보았다.

왜 당신 혼자 속을 끓였니.

왜 당신 혼자 고민했니.

왜 당신 혼자 거기 있니.

왜 당신 혼자서…… 왜, 왜.

너무나 미안했다. 자신의 잘못이 아닌 걸 알면서도 왠지 가을
은 기주에게 미안했다. 미처 눈치를 채지 못하고 어젯밤 더 꽉
껴안아주지 못해서, 회사에서 반대하면 더 기다리겠다는 말 따
위보다 차라리 어떻게든 이겨내 보자고, 함께 이겨내자고 해주
지 못해서 너무나 미안하였다.

가을은 주머니에 손을 집어넣어 휴대폰을 꺼냈다. 그리고는 길게 버튼을 눌렀다. 단축번호로 저장된 번호가 액정화면에 뜨자 가을은 휴대폰을 귀에 가져다 대고 숨을 크게 쉬었다. 전화기 너머로 몇 번의 신호음이 들렸다.

[가을이냐.]

묵직한 목소리가 들려왔다. 가을은 살짝 긴장을 하며 대답을 하였다.

"예, 아빠."

둘의 사이에 적막이 잠시 흘렀다. 가을의 침묵을 함께 지켜주던 진만이 먼저 입을 열었다.

[말해라.]

무릎 위에 올려둔 손에 주먹이 쥐어졌다. 갑자기 목이 타는 듯도 하다.

"아빠, 나…… 기주 씨랑 결혼하고 싶어요."

잠깐 머뭇거렸던 말은 봇물 터지듯 이내 본론을 끄집어내었다. 잠시 전화기 너머로 후우, 하는 한숨 소리가 들려왔다. 가을의 온 신경이 수화기로 향하였다.

"아빠……."

가을이 두 번째로 진만을 불렀을 때, 이내 그의 목소리가 들려왔다.

[괜찮겠냐?]

가을의 의중을 떠보려는 목소리가 아니었다. 그녀를 시험하려는 것도 아니었다. 그저 진심으로 가을을 걱정하는 것이었다.

[그 사람은 유명인이고, 사람들은 그 사람의 일거수일투족을 주시하고 입방아를 찧어. 그러면 너도 찧일 수밖에 없고…….]

무얼 걱정하는지 가을도 알고 있다. 그러나 중요한 것은…….

"그래도 함께하고 싶어요, 아빠. 허락해 주세요."

진심으로 가을은 진만의 축복을 받고 싶었다. 엄마의 일로 진만에게 서운함도 많았고 서러운 시간을 보내기도 하였으나, 그로 인하여 진만이 잃은 것이 어떤 것인지를 알기에, 그리고 피는 정말 어쩔 수가 없어서 가을은 진만을 놓을 수는 없었다. 가족이라는 것은 '할 수 없지'의 용서가 되는 집단이 아닌가. 그런 진만까지 반대를 한다면 가을은 정말 마음이 아플 것 같았다.

"허락…… 해주세요."

용기를 낸 가을이 다시 한 번 말하였다.

[부모는…… 자식의 행복을 허락할 수는 없단다. 다만 행복하기를 빌고, 그 행복을 지켜주는 것뿐이지.]

종료 버튼을 누른 진만은 휴대폰을 침대 옆에 내려놓았다. 그리고는 가만히 이기주의 기자회견이 시작됨을 알리는 TV 속 문구를 쳐다보았다.

너무나 소중한 딸이었으나 생의 고단함에 차치해 두었던 딸이었다. 열 손가락 깨물어 안 아픈 손가락 있겠냐마는 가을은 자신에게 있어 미처 깨물지도 못한 손가락이었다. 그런 딸이 이제 자신의 사람을 찾아 가정을 꾸미려고 하고 있다. 어떻게든, 어떤 일이든 딸아이의 마음을 무거워지게 하는 것이 있다면 내려놓아 주고 싶다.

진만은 내려놓았던 휴대폰을 다시 집어 들었다.

"응, 날세, 연 PD. 그래, 기자회견 틀어놓고 있어. 그나저나 어제 얘기한 건 말이야……. 그래, 알아. 그래도 난 이기주가 아니면 이 드라마 하지 않겠네. 그래, 맞아. 편성에서 밀려서 다음 편성에 해도 좋네. ……그래, 내 생각은 확고하네."

전화를 끊은 진만은 깊은 한숨을 내쉬었다. 그리고 TV를 노려보았다.

"이기주 놈. 내 딸 울리면 국물도 없을 줄 알아."

진만은 리모컨을 들어 신경질적으로 TV를 껐다. 그리고는 확 돌아누웠다. 옆에 있던 변 박사가 그 마음 다 안다는 듯이 싱글벙글 웃으며 그의 등을 토닥거려 주었다.

진만과 전화를 끝낸 가을은 씀벅거리는 눈을 훔쳤다. 스스로조차 이해할 수 없으리만치 가슴언저리가 울컥하여 감사의 인사도 하지 못한 채 전화를 끝냈다.

후, 하고 숨을 고르며 가을은 TV로 시선을 옮겼다. 어느덧 광고가 끝나고 기자회견이 시작되고 있었다. 검은 정장을 입은 기주가 굳은 얼굴로 단상 위에 마련된 책상에 자리를 잡자 플래시가 그에게로 쏟아졌다. 마치 플래시의 불빛이 기주를 삼키려는 듯 보였다.

기주가 자리에 앉아 마이크를 입가에 가져다 댈 때까지 기자들의 산발적인 질문공세가 이어졌다. 그러나 기주는 묵묵히 장내가 조용해지길 기다렸다. 가을은 TV 속 기주의 모습에서 시선을 돌리지 않았다.

볼 것이다. 그가 자신을 사랑하기 위해, 행복을 잡기 위해 어떤 노력을 하고 어떤 것을 잃어가고 어떤 것을 손에 쥐는지, 눈 돌리지 않고 피하지 않고 볼 것이다.

—바쁘신 와중에도 여기까지 와주신 모든 분들께 진심으로 감사드립니다.

낮으면서도 단호한 어조였다. 기주의 입이 열리자 소란스럽던 장내는 일순 찬물을 끼얹기라도 한 듯 조용해졌다. 그것과 동시에 가을 역시 자신도 모르게 숨을 멈추었다.

—신문의 내용은…….

기주가 눈을 깊게 감는 것이 보였다. 그 위로 다시 플래시 세례가 쏟아졌다. 가을은 자신도 모르게 무언가에 이끌리듯 중얼거렸다.

"괜찮아, 나는."

그것을 듣기라도 한 것처럼 기주가 눈을 떠올렸다. 그리고는 몰려 있는 기자들을, 아니, 카메라들을 한번 휙 둘러보았다.

—제게 지금 연인이 있다는 부분만 사실입니다.

웅성거림이 격해졌다. 가을은 주먹을 꼬옥 쥐었다. 그녀의 발갛게 달아오른 눈이 당장에라도 눈물을 떨구어낼 듯한 기세였다.

TV 화면에 혜련의 모습이 설핏 스쳐 지나갔다. 흥분한 남자를 말리는 듯한 모습이었다. 기획사 사장님이 아닐까 하는 생각이 언뜻 가을의 머리를 스치고 지나갔다.

―세보스포츠 정재우 기자입니다. 지금 연인이 있다는 부분만이라고 말씀하셨는데요, 그렇다면 다른 부분은 다 확대해석된 것이라는 말씀입니까?

기자의 물음에 다시 플래시 세례가 멈추었다. 기주가 큰 숨을 들이키는 것이 화면에 고스란히 잡혔다. 그러나 그는 머뭇거리지 않고 마이크를 쥐었다.

―다른 부분이라는 것은 정확히 무엇을 말씀하시는 겁니까?

―이를테면 동거라든지.

기주의 미간이 눈에 띄게 좁혀졌다. 불쾌한 티가 드러났다.

―솔직하게 말씀드리겠습니다. 네. 저는 그녀와 지금 함께 지내고 있습니다.

웅성거림과 플래시 터지는 소리가 귀를 자극했다. 가을은 아랫입술을 꼬옥 깨물었다. 그에게 미안함뿐이다.

―저희에게는 그럴 수밖에 없는 사정이 있지만 여기서 일일이 말씀드리지 않겠습니다. 다만, 여러분이 알고 있는 이기주는 자신이 무엇을 하는지 가장 잘 알고 있는 사람이며, 그 일에 대해 책임을 질 줄 알고, 정도를 지키는 사람이라는 것만 믿어주시기 바랍

니다.

―한국일보의 정세연기자입니다. 여기서 일일이 말씀드리지 않겠다고 하신 것에 대한 이유가 있으십니까?

떳떳하면 말하지 못할 것 뭐 있냐는 듯한 말투다.

―네. 저야 이미 언론에 드러나 있는 사람이라 괜찮지만, 그녀는 다릅니다. 연예인이기 때문에 제 사적인 감정을 이렇게 취조 받듯 해야 하는 저와는 다르기 때문입니다. 그녀는 한 개인으로서 자신의 감정을 존중받을 자격과 권리가 있는 사람입니다.

당당한 기주의 말투에 질문을 던졌던 기자가 오히려 당황한 얼굴로 자리에 쭈뼛쭈뼛 앉는 것이 카메라에 잡혔다. 잠시 조용해졌다.

―역시 한국일보의 유민호 기자…….

―잠시만요.

손을 들고 일어나 질문을 하려는 기자의 말허리를 자르며 기주가 손을 들어 보였다. 잠깐 질문을 멈추라는 제스처였다. 잠시 멈칫했던 기자가 할 수 없이 질문지를 든 채로 다시 자리에 앉았다.

―제가 한 마디만 드리겠습니다. 이 말씀은 꼭 드리고 싶었습니다. 그러나 기자님들의 질문에 일일이 대답하다 보면 정말 중요한 이 한 가지를 말씀드리지 못할 것 같아서 감히 질문을 중단시킨 것이니 양해해 주십시오.

우스울 만치 기자회견장이 조용해졌다. 누군가가 볼펜 하나만 떨어뜨려도 들릴 정도였다. 가을은 무릎을 가슴께에 모았다. 그리고 TV 속의 기주를 응시하였다.

─스물아홉의 신체 건강한 남자 이기주는 마음이 자꾸만 쓰이고 조금이라도 더 잘해주고 싶은 여자를 만나 사랑을 하였습니다. 제가 드리고 싶었던 말은 이것 단 하나였습니다. 이기주는 사랑을 하였고, 지금도 앞으로도 사랑을 할 것입니다.

다시 이어지는 플래시 세례. 그러나 이전과 같이 산발적인 질문공세가 이어지지는 않았다.

스물아홉의 남자가 사랑을 하겠다는데, 그래, 무슨 말이 더 필요하겠는가. 화면으로 혜련이 다가와 기주의 귀에 속닥이는 것이 보였다. 적당히 기자회견을 정리하려는 것 같았다. 어차피 길어져 봐야 다람쥐 쳇바퀴 도는 질문만 이어질 뿐일 테니까.

혜련이 다시 화면 밖으로 사라지고 기주가 마이크를 쥘 때였다. 조금 전 질문을 하려다가 다시 앉았던 기자가 손을 들었다. 기주의 시선이 그리로 향하였다.

─질문 받겠습니다.

기주의 말에 세미정장을 입은 남자가 작은 수첩을 들고 일어났다. 기자는 손에 쥐었던 수첩을 자신이 앉았던 의자에 내려놓았다. 그리고는 물었다.

─그분의 어떤 점 때문에 사랑하게 되셨습니까?

화면이 잠시 기자에게 향했다가 기주 쪽으로 돌아갔다. 기자가 부드럽게 미소 짓고 있었다. 왠지 자신이 준비했던 질문들은 다 필요가 없어져 버렸다는 듯한 미소였다.

기자의 질문에 기주가 웃고 있었다. 그리고 그것을 보는 가을도 웃었다. 기주가 화면을 곧은 시선으로 응시하였다. 가을도 그와 마주 보는 듯 화면 속 기주의 시선을 맞받았다. 기주가 천천히 입을 열었다. 가을도 그를 따라 천천히 입을 열었다.

─*사랑하지 않을 수 없어서……*.

"사랑하지 않을 수 없어서……."

─*사랑했습니다.*

"사랑했습니다."

그들은 동시에 말하였다. 기주는 기자회견장에서, 가을은 진만의 집에서. 비록 그렇게 몸을 떨어져 있었어도 그들은 하나의 마음으로 말하였다.

─*사랑밖에는 할 수 있는 게 없어서.*

"사랑밖에는 할 수 있는 게 없어서."

─*사랑했습니다.*

"사랑…… 합니다."

가을의 볼을 타고 또르르 흘러내린 눈물이 미소를 머금고 있는 그녀의 입가에 머물렀다.

석 달 후.

"자, 1회분 수정대본이래. 빨리 외워야 할 거야. 내일이면 촬영이니까."

이제 막 지면광고를 찍고 밴에 들어와 숨을 돌리는 기주에게
혜련이 대본을 내밀었다. 기주는 감았던 눈을 떠올리며 미간을
좁혔다. 정말 쉴 틈을 주질 않는군.

"내일 촬영인데 수정대본이 지금 나오면 대체 어쩌자는 거야.
쪽대본이랑 다를 게 없잖아."

혜련이 내미는 대본을 받아 들며 기주가 투덜대었다. 혜련이
그를 흘겨보았다.

"그래도 할 거면서."

기주가 혜련의 말을 듣고는 눈을 동그랗게 떴다.

"당연하지."

누구 대본인데. 기주는 대본의 첫 장을 팔락, 넘겼다. 혜련이
고개를 절레절레 흔들며 혀를 차는 것도 아랑곳하지 않았다. 그
러는 사이 그가 탄 밴이 천천히 도로로 빠져나갔다.

"아, 시간 거의 다 되지 않았나?"

혜련이 핸드폰 시계를 확인하며 묻자 기주가 대본에서 시선
을 떼고 고개를 들었다.

"응, 이제 바로 가면 될 것 같아."

기주의 대답에 혜련이 알겠다는 뜻으로 고개를 끄덕였다.

가을과 기주의 일이 스캔들로 터지고, 그것은 그들의 동거에
대한 악성루머로 파생되어 이윽고 기자회견이 열리기까지 가장
마음고생을 한 것은 어쩌면 혜련일 것이었다. 기주의 진심을 알
기에 그의 사랑을 숨기자 할 수도 없었고, 또 일에 관해 최악의

최악까지 생각지 않을 수 없는 입장이기에 기주만을 위한 결정을 내릴 수도 없을 것이었다.

그래도 기주의 손을 들어준 혜련은 기자회견이 끝난 이후에 그 책임을 물어 회사에서 방출되기 직전까지 갔었다. 그래도 끝까지 웃어주던 혜련이었다.

그렇게 자신들의 사랑을 떳떳하게 밝히고 나자, 방송국에서는 이번 편성에서 진만의 드라마를 빼고 다른 드라마로 대체하는 것으로 제작사 측에 통보를 해왔다. 사실상 드라마 제작 무산의 위기까지 닥쳤다는 소문이 돌았다.

영향은 기주의 음반활동에까지 미쳤다. 더 큰 루머의 양산을 막기 위해 소속사 측에서도 활동을 자제시키긴 하였으나, 방송국 자체에서도 기주를 캐스팅하는 것에 대해 꺼려하는 움직임이었다.

그러나 재미있는 일들이 벌어졌다.

보통 스캔들에 대해 쉬쉬하는 것이 일반적이었다면, 이기주는 자신의 사랑에 떳떳했다며 그를 옹호하고, 연예인이라 하여 사생활까지 침해하는 일부 언론들을 네티즌들이 직접 질책하고 나선 것이다.

그것도 모자라 근거 없는 소문을 마치 사실인 양 보도한 신문사에 대해서도 네티즌들은 명예훼손 등으로 법적 처벌을 해야 한다고 성토하자, 기회가 이때다 싶은 혜련은 이기주는 모든 것이 원만하게 마무리되었으면 한다는 내용의 기사를 내보냈다.

법적 조치는 하지 않겠다는 것이 주요 골자였다.

이에 네티즌들의 이기주 옹호는 더욱 거세졌던 것이다.

상황이 반전되자 이기주의 섭외를 꺼려했던 방송사들은 하나둘 접촉을 시도해 왔고, 혜련은 모든 것들을 정중히 거절하였다. 그리고 나름의 자숙의 시간을 가진 삼 개월. 드라마 제작사에서 제작을 재개하자는 요청에 진만이 OK 사인을 보낸 것을 필두로 기주 역시 활동 준비에 들어갔다.

그리고 오늘, 재활동의 첫 타로 이동통신사의 지면광고를 촬영하였다. 진만의 드라마 첫 촬영은 내일이었다.

"그래서, 선물은 샀어?"

창밖을 내다보던 혜련의 눈에 백화점이 스쳐 지나가자 퍼뜩 생각이 난 듯 혜련이 룸미러를 통해 기주를 보며 물었다. 심각한 얼굴로 대본을 들여다보던 기주가 고개를 숙인 채로 고개를 끄덕이며 가슴께를 툭툭 쳤다. 뭔가 이미 준비된 모양이었다.

오늘은 진만의 생일이었다. 원래는 주말이었지만 드라마 촬영이 시작되고 나면 시간이 나지 않을 것 같아 가을이 앞당겨 치르자고 했었다.

"예비 장인어른이라고 빠르기도 하네."

혜련은 장난스럽게 핀잔을 주며 스케줄 수첩을 꺼내었다. 당분간 가수 활동은 접기로 되어 있어 드라마와 드라마 홍보에 필요한 인터뷰 정도만이 잡혀 있었다.

혜련은 창밖을 스쳐 지나가는 도로를 바라보며 지난 석 달을 떠올렸다. 기자회견이 있은 후 혜련이 놀랄 정도로 가을은 덤덤하였다. 그녀의 아버지가 진만이라는 것을 알게 된 기자들이 더더욱 극성을 부려대었지만 진만도 가을도 기주도 흔들림이 없었다.

가을은 앞으로의 기주와 진만의 일에 미칠 영향에만 신경을 썼으며, 기주는 가을이 상처를 받거나 힘들어하지 않을까에 대한 걱정만 하였고, 진만 역시 가을과 기주의 일에만 신경을 두었다. 그들에게 가장 중요한 것은 서로에 대한 것이었다.

정말 멋진 사람들이다.

"큭큭큭…… 푸하하하!"

혜련이 생각에 잠시 잠겨 있을 때 뒤에서 갑자기 기주의 웃음소리가 들려왔다. 처음엔 터지는 웃음을 참기라도 하듯 하다가 완전히 폭소를 터뜨리고 있었다. 뭐야, 너무 좋아 미치기라도 한 거야? 혜련은 황당하다는 얼굴로 뒤를 돌아보았다.

"왜 그래? 바뀐 대본이 그렇게 재밌어?"

혜련의 물음에 기주는 웃음을 뚝 그치고 고개를 들었다. 언제 그랬냐는 듯 그의 얼굴에는 웃음기가 하나도 없었다. 정색을 하고 기주가 입을 열었다.

"대본에 키스신이 다 빠졌어."

이번에는 혜련이 박장대소하였다.

"아버님, 생신 진심으로 축하드립니다."

기주가 느물느물 웃으며 준비해 온 선물을 내밀었다. 생신 상을 다 차리고 마지막으로 국그릇을 올려두던 가을이 뿌듯하게 그 모습을 지켜보았다. 선물을 뭘 해야 할까 죽을 만치 고민하던 그에게 진만으로 하여금 점수를 더 딸 수 있도록 힌트를 준 것이 가을이었다. 그런데 진만의 표정은 좋지 못하였다. 선물을 풀어보기도 전에 점수가 깎인 듯 그의 이마에 주름이 그어졌다.

"아직 아버님 아닐세. 내 손으로 식장에 데리고 들어가기 전까지는 몰라. 흥!"

그러면서도 진만은 한 손으로 선물을 받아 쥐었다.

"이건 뭐야. 뭘 이런 걸 사 오고…… 오."

심드렁한 얼굴로 선물의 포장을 열어보던 진만의 눈이 휘둥그레졌다. 예쁜 리본으로 장식되어 있던 상자를 여니 고급만년필이 나왔다. 국내에는 한정판으로 소량만 판매된 만년필이었다.

"아니, 자네가 이걸 어떻게."

"마음에 드십니까."

기주가 회심의 미소를 지으며 물었다. 집에 멀쩡히 컴퓨터가 있으면서도 글을 쓸 때는 손으로 노트에 일일이 적어야 좋은 것이 나온다며 손으로 글을 쓰는 진만이었다. 그렇기 때문에 그의 중지는 볼펜에 눌려 굳은살이 툭 불거져 나올 정도였다. 꽤나 불편하고 아파해하면서도 컴퓨터를 사용하지 않는 진만이었다. 언젠가 한번 신문에 한정판 만년필의 기사를 읽으며 이런 건 어

떻게 구하지, 하고 혼잣말을 했던 것을 가을이 떠올렸던 것이
다.

"흠, 뭐…… 나쁘지는 않군."

너무 반색한 것이 쑥스러웠던 것인지 진만은 헛기침을 두어
번 하곤 선물상자를 옆으로 내려놓았다. 그러나 어느새 만년필
은 그의 안주머니 안에 들어가 있었다.

"아빠, 얼른 식사하세요."

가을이 쿡쿡 웃으며 진만에게 수저를 내밀었다. 진만이 그것
을 받아 들며 은근 슬쩍 말을 꺼냈다.

"결혼은…… 어떻게 하는 것이 좋겠는가."

진만의 물음에 가을의 볼이 발갛게 물들었다. 그리고 기주와
가을의 시선이 한번 맞닿았다. 기주가 대답하였다.

"드라마가 끝나면 조용히 치르고 싶습니다."

"그래……."

딸을 보내야 됨이 서운하셔서 그런 것일까. 드라마가 끝날 때
까지 고작 해봐야 삼사 개월 정도뿐이었다. 지금도 진만과 같이
살고 있지는 않지만 완전히 결혼식을 해서 다른 집 사람이 되는
것과는 아무래도 기분이 다른 모양이었다. 진만의 눈가에 그늘
이 졌다.

"가을아."

약간은 무거운 어조로 진만이 그녀를 불렀다. 숟가락을 들던
가을이 중압감 있는 그의 목소리에 다시 내려놓고 그를 다정하

게 바라보았다. 진만은 차마 말을 꺼내기가 어려운지 숨을 들이
쉬고는 천천히 입을 열었다.

"집을…… 팔까 생각 중이다. 네가 결혼하면."

"예?"

생각지도 못했던 말이다. 갑자기 집을 팔다니.

"이 집에 있으면 자꾸만 네 어미가 생각이 나는구나. 이 집을
무척이나 싫어했었지. 이 집에 오고 나서 내가 더욱 네 어미에
게 소홀했었으니까. 그리고 병도 얻었고……."

말은 그렇게 하시지만 이 집에 있을수록 어머니의 투병 중 모
습이 떠올라 더 괴로우실 거라는 생각이 가을의 머릿속을 스쳤
다.

식사가 끝난 뒤 진만은 잠시 변 박사를 만나러 나가야 한다고
했다. 수술 일정이 잡혀 식사를 함께 하러 오지 못하니 선물 받
으러 병원까지 오라는 변 박사의 협박이 있었다. 진만은 연방
툴툴대면서 대문을 나섰다. 그래도 늘그막에까지 그런 친구가
곁에 있어주는 것이 내심 좋으신 듯 보였다.

"아버님, 다녀오십시오."

"또, 또! 또 아버님! 크흠……. 아무튼 오늘 와줘서 고맙네. 대
충 치우고 그만 돌아가 쉬게. 어차피 변가 놈이랑 술잔 기울이
다 보면 난 내일이나 들어올 것 같으니 대충 문 잠그고 가게. 가
을이한테도 열쇠 하나 있으니. 만년필도 고마웠고. 변가 놈이
장난질 칠까 봐 책상 위에 두고 가는 것이니 대충 팽개쳤다고

생각하지 말고.”

진만은 겉보기와는 다르게 참으로 따뜻한 사람이었다. 은근히 소심한 면도 있고 말이었다. 기주는 씨익 웃으며 허리를 숙여 인사를 했다.

진만을 배웅한 기주가 집 안으로 들어서니 가을이 주방에서 설거지를 하고 있었다. 그런 그녀의 어깨가 왠지 조금 처져 있는 듯 보였다. 기주는 빠른 걸음으로 다가가 그녀의 허리를 껴안았다. 갑작스러운 행동에 놀란 가을이 세제 거품이 잔뜩 묻은 손을 허공에 치켜들고 버둥거렸다.

“갑자기 뭐야.”

“갑자기 뭐긴 뭐야. 사람 하나 살리는 거지.”

기주가 가을의 목 언저리에 코를 박으며 향기를 가슴 한가득 들이켰다.

“무슨 소리야?”

“너 지금 설거지물에 뛰어들 것처럼 위태로워 보였어.”

기주가 장난스럽게 말했지만 완전히 틀린 말은 아니었다. 집을 내놓는다는 아버지의 말이 너무나 쓸쓸하게 들려서, 듣고 난 한참 후에까지 그 쓸쓸함이 가을의 마음 언저리에 걸려 있었다.

“아버지가…… 이사를 하신다니까 왠지 마음이 좀 그래. 계속 혼자 사신 거나 다름없는데…… 이상해.”

“같이 사시면 좋을 텐데.”

혼잣말하듯 기주가 중얼거렸다. 그러나 그것은 그냥 해본 말이 아니었다. 자신도 부모님을 잃은 뒤 부모의 정이란 것을 느끼지 못하고 외롭게 살았다. 가을과의 일이 있은 뒤 진만은 매번 기주에게 가시 돋친 말을 건네지만 기주는 은근히 그런 것이 좋았다. 자체적인 자숙의 시간을 가질 때에 기주는 가끔 진만을 찾아가 낚시를 하러 가자고 조르기도 했었다.

가을은 수도를 틀어 손에 묻은 거품을 씻어내고는 자신의 배를 감싸고 있는 기주의 손을 풀고 그와 정면으로 마주섰다. 그리고는 그의 손을 다시 잡았다.

"그렇게 말해줘서 고마워."

"진심이야."

"응. 알아. 입바른 소리 아니란 거. 하지만 아빠는 그렇게 하지 않으실 거야. 강제로 모시고 가지 않는 한은……."

이어지던 가을의 말꼬리가 점차 사그라졌다. 말을 하다가 무언가 생각이 났다는 듯 가을이 기주를 바라보았다. 기주 역시 가을을 바라보았다. 둘의 눈이 허공에서 부딪쳤다. 그것은 지금 서로가 각자 하고 있는 생각들이 맞닿아 있다는 것을 의미했다. 이내 기주의 입가에 씨익 하고 미소가 그려졌다.

"저지르지 뭐."

새벽의 미명을 받으며 차에서 내린 진만은 승용차의 잠금이 제대로 걸려 있는지를 확인하고는 지친 발걸음을 끌고 집으로 향하였다. 몇 년 전 상처한 변 박사는 집에 들어가 봐야 반길 사람도 없다고 진만을 새벽 내내 끌고 다녔다. 그래 봐야 둘이 하는 것은 술잔을 기울이는 것과 과거에 대한 추억을 늘어놓는 일이 다였다. 술을 깨고 나서 차를 끌고 들어와야 하기에 시간이 많이 지체되었다. 술 깬다는 핑계로 수다를 더 늘어놓은 것도 사실이었다.

"변가 놈……."

진만은 그를 탓하듯 중얼거렸지만 기분은 좋았다. 간만에 좋은 사람을 만나 회포를 푼 것은 그로 하여금 좋은 기분을 갖게 하였다.

대문 앞에 다다른 진만은 대문에 열쇠를 꽂아 넣어 열고는 마당을 가로질렀다. 새벽이라 그런지 돌보지 않은 마당은 더욱 을씨년스러웠다. 진만의 좋던 기분이 살짝 우울감에 젖어들었다. 이런 기분도 이제 이사를 가면 끝나려나. 진만은 중얼거리며 현관문을 열었다. 적막한 공간에 현관문이 열리는 소리가 평소와는 다르게 요란히 울렸다.

"응?"

안으로 들어서던 진만은 잠시 멈칫하였다. 왠지 평소와 달랐다. 즐거웠던 기분이었다가 갑자기 을씨년스러운 공간에 들어온 것 때문만이 아니었다. 문을 연 순간 진만은 알아차렸다. 이것은 썰렁함이었다. 공허함이었다. 그제야 진만의 눈에 바닥에 분연하게 찍혀 있는 발자국들이 보였다.

도, 도둑?

그런 생각이 들자 진만의 등허리로 서늘한 공포 한줄기가 흘렀다. 그러나 두려움도 잠시, 진만은 황급히 거실의 불을 켰다. 그리고 그의 눈에 들어온 것은……

텅 빈 방.

그야말로 거실은 텅 비어 있었다. 거실을 가득 메운 책장도, 소파도, TV도 없었다. 아무것도 남아 있지 않았다. 바닥에 찍혀 있던 발자국들이 거실의 횅함을 더해주고 있었다.

진만은 굳은 채 그 자리에 서 있었다. 무슨 도둑이 책장째로 훔쳐 가느냔 말이다. 이건 마치…… 이사를 간 것 같잖아!

아무튼 신고부터 해야겠다는 생각이 그의 머리를 스쳤다. 진만은 휴대폰을 들었다. 그때 그의 눈에 뭔가가 들어왔다. 신발장 위에 걸려 있는 거울에 붙어 있던 메모지였다.

"뭐지?"

진만은 손을 들어 메모지를 떼어냈다. 그리고 메모지에 적혀 있던 글자를 읽던 그의 표정이 경악으로 일그러졌다.

〈아버님, 만년필 찾으러 오세요.〉

짤랑.

붉은 레드와인을 담은 와인 잔이 공중에서 청명한 소리를 내며 부딪쳤다. 기주의 집 이층 베란다 티 테이블에 앉은 기주와 가을은 목적을 이룬 성취감에 잔뜩 부풀어 있었다. 와인 잔을 입에 가져다 대어 한 모금 목으로 넘긴 기주는 고급 와인의 향을 입 안에 굴리며 음미한 후 잔을 내려놓았다.

"아아, 왠지 아버님이 쫓아오실 걸 생각하니 긴장돼서 이 순간이 더 달콤한 것 같아."

그의 장난스러운 말에 건너편에 앉아 있던 가을이 큭 하고 웃었다. 진만이 없는 동안 급하게 이삿짐 센터를 수배하였다. 가을의 짐을 기주의 집으로 몰래 가지고 올 때 이용하였던 이삿짐 센터였다.

가을은 그의 손을 부드럽게 잡았다.

"근데 기주 씨…… 고마워."

진심이었다. 자신의 마음을 이해해 준 그가 고마울 따름이었다. 그를 향한 이 마음을 단지 고맙다는 단어로밖에 표현할 수 없는 것이 안타까울 뿐이었다.

기주는 손을 들어 그녀의 이마 위에 흐트러진 머리카락을 쓸어 넘겼다.

"고맙기는……. 가을아, 우리 가족 된 거잖아. 우리 행복해지자."

기주는 그녀의 머리를 살짝 끌어당겨 이마에 입을 맞추었다. 그리고 천천히 시선을 내려 가을과 눈을 마주하였다. 그녀의 눈에 열기가 담겨 있었다.

"사랑해."

그의 나른한 목소리가 멜로디처럼 달콤하기만 하였다. 가을
도 맞닿은 시선을 피하지 않으며 이순간 자신의 마음 깊은 곳에
서 끓고 있는 그 말을 뱉었다.

"나도, 나도 사랑해."

기주의 입가가 호를 그었다.

"성우진보다 더?"

"풉! 못 말려, 정말!"

가을이 고개를 숙이고 낮게 웃었다. 그리고 시선을 들었을 때
기주의 얼굴이 성큼 그녀에게로 가까워져 있었다. 그의 입술이
천천히 그녀에게로 내려앉았다. 가을은 스륵 눈을 감았다.

딩동, 딩동!

초인종이 거칠게 울었다. 화들짝 놀란 가을이 눈을 번쩍 치켜
떴다. 이 타이밍이 아쉽다는 듯이 기주의 미간이 찌푸려졌다.

"아빠 오셨나 봐."

가을의 말에 기주는 그녀의 목 뒤로 팔을 둘렀다. 그리고 자
신에게로 그녀의 얼굴을 끌어당겼다.

"문 열려 있어. 맞아 죽기 전에 마지막 유희라고 생각해."

장난기 많은 어린아이처럼 킥, 웃은 기주는 그대로 그녀의 입
술을 덮었다. 부드럽고 다정하고 그러면서도 아주 뜨거운 키스
였다.

그들이 달콤한 유희를 즐기고 있는 이층 베란다 아래로 진만
이 씩씩대며 집 안으로 진입하였다. 자신의 머리 위로 가을과

기주가 있는 것은 알지도 못한 채.

그들은 모두 행복하다. 진만에게 혼날 것에 대비해 최고급 책장을 주문해 놓은 기주도, 자신의 마음에 대해 믿음을 보여준 그에게 커다란 사랑을 느끼는 가을도, 허락도 받지 않고 짐을 옮겨 버려 화가 난 진만도.

모두 행복하다. 행복할 것이다.

간밤에 내린 비 때문에 그들의 집 지붕 너머로 무지개가 걸렸다. 그들은 지금 무지개의 끝에 있다.

End over the rainbow

무지개의 끝에서

You said, There will be happiness over the rainbow.

무지개의 끝을 찾아가면 행복이 있을 거라 당신이 말했죠.

I just laughed, cause I didn't believe.

나는 웃기만 했어요. 믿지 않았으니까요.

But after you left

그러나 당신이 떠난 뒤에 나는,

I started to search the happiness over the rainbow.

무지개의 끝을 찾기 시작했어요.

To fInd my happiness, you.

행복을 찾아서. 내 행복이었던 당신을 찾아서.

And we finally meet again over the rainbow.

그리고 우리는 그곳에서 다시 만났죠.

Yes, You were right.

그래요, 당신의 말이 맞았어요.

There is happiness over the rainbow.

무지개의 끝을 찾아가면 행복이 있더군요.

My only happiess, you are there.

나의 유일한 행복인 당신이 있더군요.

따뜻한 봄이 생각보다 이르게 물러나고, 뜨거운 바람이 훅 불어닥쳤습니다.

타타타, 돌아가는 낡은 선풍기 밑에서 이렇게 더운데 좀 달달한 얘기를 써볼까 하는 것이 〈Fall in love〉의 시작이었습니다.

그때가 막 〈흐르는 기억 너머로〉라는 글을 완결 냈을 때였는데, 그 소설에 한 여자 조연이 대필을 하는 얘기가 잠깐 쓰였습니다.

그때 실제로 대필 작가 일을 하시는 분들을 다룬 기사를 보게 되었고, '유명인의 집에서 3, 4일가량 머물며 밀착취재를 한다'는 한 줄의 내용이, 어두운 면의 대필 일이지만 이런 즐거운 일도 있지 않을까 하는 생각으로 이어지며 〈Fall in love〉의 시놉시스가 만들어졌습니다.

여담입니다만, 〈Fall in love〉의 내용 중, 가을이 기주와 함께 마시려 맥주를 사는 장면이 있는데 실제로 대필 일을 하시는 분들이 함께 술을 마시며 속내를 듣는 경우가 있다고 하더군요.

이 글을 쓸 때 가장 고민되었던 부분은 사실, 여자 주인공의 직업에서

예견되어지는 그 사건을 써야 하나 말아야 하나 하는 부분이었습니다.

　자서전 대필 논란.

　하지만 대부분의 대필들이 그러하듯 서로 알면서도 쉬쉬하는 것이 관행이고, 소수를 제외하면 밝혀지는 것들이 거의 관계자가 밝히는 것이나, 대필 작가 본인이 양심선언을 하기 때문에 밝혀지는 것이죠.

　그렇기에 기주 주변의 사람들, 즉 기주를 친구로서 아끼는 혜련이 밝힐 리도, 가을이 양심선언을 할 리도 없다는 생각을 하게 되어 대필 파문은 내용에서 제외하였습니다.

　둘에게서 자서전의 대필은 서로를 만나게 해주는, 서로의 가슴속 상처를 드러내 보여주는 매개체일 뿐이었으니까요.

　글을 쓰고 수정을 하는 동안 봄이 지나고, 여름이 지나고, 이제 가을까지 보내게 되었네요. 그러는 동안 함께 고민해 주고 웃고 이야기해 준 우리 시나브로 작가님들과 가족 분들, 가장 감사드립니다.

　퇴근한 뒤 글 쓴다고 매번 걱정해 주시고 이것저것 챙겨주시는 우리 부모님과 정가네레인저 남매들, 고맙습니다. 2월에 결혼하는 작은언니, 28년을 붙어살아서 그런지 아직 실감이 안 나네.

추석 연휴도 제대로 쉬지 못하시고 원고 검토하느라 고생하신 청어람의 이종민님. 예쁜 목소리만큼 친절하게 처음부터 끝까지 챙겨주셔서 감사드려요.

후기 쓰는 오늘이 제 생일입니다. 그래서 그런지 기분이 참 묘하네요. 생일선물을 받은 것 같기도 하구요.
시원섭섭하다는 말이 있는데 사실은 그냥 섭섭하기만 합니다. 언제나 이런 기분이네요. 앞으로 더 얼마나 쓰면 후기 쓰는 데 후련한 기분이기만 할지 궁금합니다. 하하.
이제 또 다른 글의 파일을 열려고 합니다.
전 그냥 글 쓰는 것이 참 좋습니다.

—2008년 가을에.

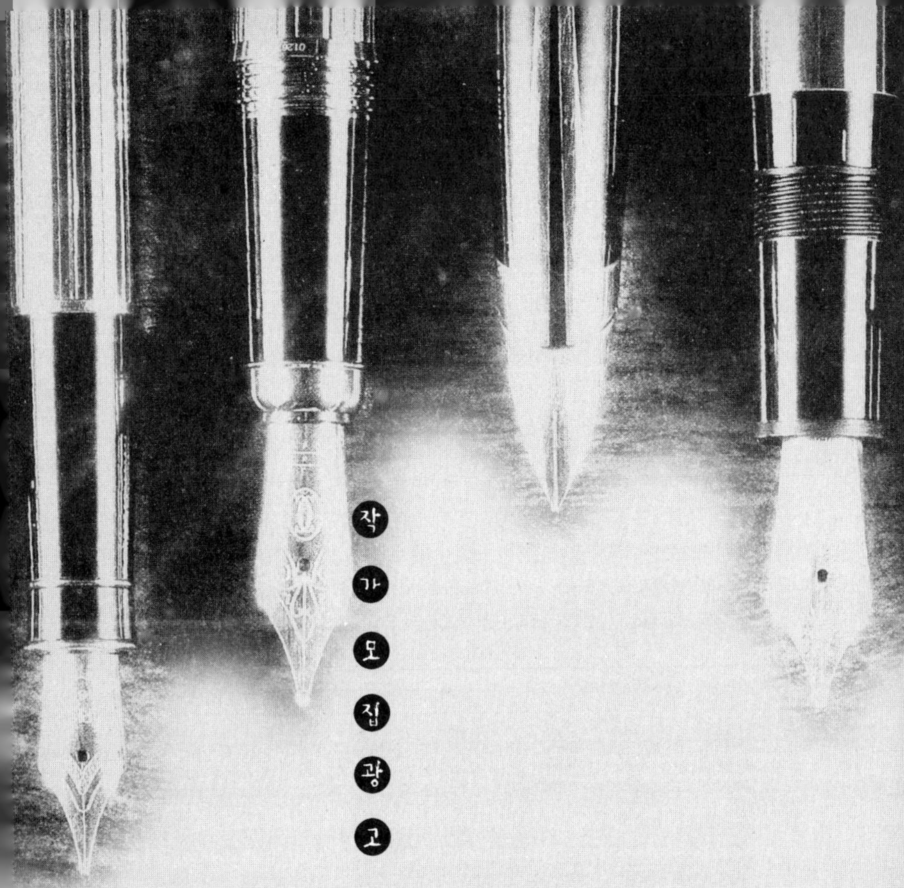

작
가
모
집
광
고